Aniceti
Kitereza

Die Kinder der Regenmacher

Erster Teil

Zu diesem Buch

Aniceti Kitereza erzählt die Geschichte der zärtlichen Liebe von Myombekere und Bugonoka, deren Anfänge von Schwierigkeiten überschattet sind: Bugonoka wird wegen mehrerer Fehlgeburten von der Familie ihres Mannes abgelehnt und muß ins Haus ihrer Eltern zurückkehren.

Nur durch zähes Ringen und mit sechs Krügen Bananenbier kann Myombekere sie wiedergewinnen. Als ein Heiler ihr hilft, ihre Unfruchtbarkeit zu überwinden, bringt sie, wie durch ein Wunder, ihren ersten Sohn zur Welt.

»Diese märchenhafte Lebens- und Liebesgeschichte ist eine literarische Reise in die afrikanische Vergangenheit und zugleich ein kulturhistorisches Dokument.« *Steffen Radlmaier, Nürnberger Nachrichten*

»Das Buch gleicht einem Zauberspruch des Medizinmanns, von dessen Heilerfolgen der Leser erfährt: Es wirkt, aber man weiß nicht, wie und warum. Es fesselt unglaublich. Es erzählt mit einer Distanz, die Vertrautheit und Nähe verrät.« *Deutsches Allgemeines Sonntagsblatt*

»Das Spannungsmoment liegt in der unerhörten Detailtreue, mit der Kitereza Alltag und Denken des in Tansania lebenden Kerewe-Stammes festhält. Mit großer Verspätung lernt man nun afrikanische Denk- und Lebensformen mit ähnlicher Achtsamkeit wahrzunehmen.« *Neue Zürcher Zeitung*

Der Autor

Aniceti Kitereza wurde 1896 in Sukuma-Land in Zentral-Tansania geboren. Er war Königsenkel, Missionsschüler, Theologe, Katechet, Übersetzer und Schriftsteller, sprach acht Sprachen, sammelte Volkserzählungen und schrieb mehrere historische Bücher. Sein größter Erfolg war »Die Kinder der Regenmacher«, dessen Erscheinen 1981 er nicht mehr erlebte. Er starb am 20. April desselben Jahres in Kagunguli.

Aniceti
Kitereza

Die Kinder der Regenmacher

Erster Teil: Die Ehe

Aus dem Suaheli und mit einem Nachwort
von Wilhelm J. G. Möhlig

Unionsverlag
Zürich

Die Originalausgabe erschien 1980
unter dem Titel *Bw. Myombekere na Bi. Bugonoka na Ntulanalwo na Bulihwali*
bei Tanzania Publishing House Ltd., Dar es Salaam.
Die deutsche Erstausgabe erschien 1991
im Peter Hammer Verlag, Wuppertal.

Auf Internet
Aktuelle Informationen
Dokumente, Materialien
www.unionsverlag.ch

Unionsverlag Taschenbuch 193
Diese Ausgabe erscheint mit freundlicher Genehmigung
des Peter Hammer Verlags, Wuppertal.

Rieterstrasse 18, CH-8027 Zürich
Telefon 0041-1 281 14 00, Fax 0041-1 281 14 40
mail@unionsverlag.ch

Umschlaggestaltung: Heinz Unternährer, Zürich
Umschlagbild: Wolf Erlbruch
Druck und Bindung: Clausen & Bosse, Leck
ISBN 3-293-20193-8

Die äußeren Zahlen geben die aktuelle Auflage
und deren Erscheinungsjahr an:
1 2 3 4 5 - 04 03 02 01

INHALTSVERZEICHNIS

Namen und Bezeichnungen der handelnden Personen

ABAZUMAKAZI	Soldatinnen der Königin der Frauen
BARONGO	Cousine Bugonokas
BAZARAKI I	Hausmädchen auf dem Hof von Myombekere, Nichte Myombekeres, Schwester Kagufwas
BAZARAKI II	Tochter des Heilers Kibuguma
BIBI	Anredeform für eine Frau
BITURO	ein entfernter Nachbar
BUGONOKA	Hauptperson, Ehefrau Myombekeres, Tochter von Namwero und Nkwanzi
BWANA	Anredeform für einen Mann
DADA	Anredeform für die (ältere) Schwester
GWALEBA	Fachmann zur Bearbeitung von Fellen
JUMBE	Titel, Vorsteher eines Distrikts
KAGUFWA	Hausjunge auf dem Hof von Myombekere, Neffe Myombekeres, Bruder Bazarakis I
KAHWERERA	Vogeldoktor
KANWAKETA	nächster Nachbar
KASAKA	Enkelin Namweros, Nichte Bugonokas
KIBUGUMA	traditioneller Heiler und Wahrsager
LUBONA	Sohn des Jumben
LWEGANWA	Bruder Bugonokas, Schwager Myombekeres
MABIBI	Anredeform für mehrere Frauen
MABWANA	Anredeform für mehrere Männer
MAFWELE	Gehilfe des Jumben
MWANANGWA	ein Beisitzer am Gericht des Jumben
MYOMBEKERE	Hauptperson, Ehemann Bugonokas
NAKUTUGA	Helfer Myombekeres beim Biertransport
NAMWERO	Vater Bugonokas, Ehemann von Nkwanzi
NANZALA	Geburtshelferin, Mutter Kanwaketas
NKUBITIZI	Gehilfe des Königs der Männer
NKWANZI	Mutter Bugonokas, Ehefrau von Namwero
NKWESI	Freund und Blutsbruder Myombekeres
NTAMBA	Nachbar, Gegner im Rechtsstreit
OMUKAMA	Titel des Königs
WEROBA	Frau des Heilers Kibuguma

KAPITEL 1

Man nimmt Bwana Myombekere die Frau fort

Myombekere und Bugonoka führten alle Anweisungen aus, die Brauchtum und Gesetz bei einer Heirat vorschreiben. So wurden sie ein Paar. Beide standen noch im jugendlichen Alter. Nach der Hochzeit verging ein ganzes Jahr, und im zweiten Jahr ihrer Ehe wurde Bugonoka schwanger. Die Hoffnungen beider auf einen Sohn erfüllten sich jedoch nicht, denn im fünften Monat erlitt Bugonoka eine Fehlgeburt. Nur kurze Zeit darauf war sie schon wieder schwanger. Im siebten Monat der zweiten Schwangerschaft gebar sie ein Töchterchen, das nur einen Tag lebte. Seither waren Schwangerschaften bei Bugonoka ausgeblieben.

Das Paar hatte schon viele Jahre kinderlos verbracht. Myombekeres Sippe war darüber immer unruhiger geworden. Seine Verwandten machten ihm Vorhaltungen: „Wie kannst du, unser Sippenbruder, es nur zulassen, daß die Blüte deiner Mannesjahre umsonst dahinwelkt? Wozu sind deiner Meinung nach die Menschen wohl auf der Welt? Ist nicht der Fortbestand unserer Sippe allein dadurch gewährleistet, daß wir Nachkommen hervorbringen? Hätten dein Vater und deine Mutter dich nicht gezeugt, wie wärest du wohl auf die Welt gekommen? Wegen deiner eigenen Zeugungskraft mach dir nur keine Gedanken! Männer können immer Kinder zeugen und benötigen daher auch keinerlei Fruchtbarkeitsmedizin. Sie müssen sich nur ein Herz fassen und um die Hand eines gesunden Mädchens anhalten. Wenn du nochmals auf Brautschau gingest, könntest du bei deinem jugendlichen Alter sicherlich noch genügend Nachkommenschaft zeugen." Myombekere fragte seine Verwandten, was er ihrer Meinung nach tun solle. Worauf sie ihm vorschlugen, seine Frau zu verstoßen und eine andere zu heiraten.

Solche Reden häuften sich, bis schließlich auch die Schwiegereltern Myombekeres davon erfuhren. Sie waren darüber sehr erbost und beschlossen, ihre Tochter unverzüglich heimzuholen. Schon in der Dämmerung des nächsten Morgens machten sie sich auf den Weg zu ihrem Schwiegersohn. Sie hatten vor, noch im Laufe des Vormittags bei ihm einzutreffen und bereits am gleichen Abend wieder bei sich zu Hause zu sein.

Unterwegs fragte die Schwiegermutter, Bibi Nkwanzi, ihren Mann, Bwana Namwero: „Welche treffenden Gründe sollen wir im Gehöft unseres Schwiegersohns vorbringen, damit wir unsere Tochter auch wirklich ausgehändigt bekommen?" Bwana Namwero antwortete ihr: „Frauen haben doch eine merkwürdige Art zu denken! Einfache Worte beunruhigen dich so, als ob sie schwierig wären. Führ dir nur mal vor Augen, was sie unserer Tochter alles angetan haben! Sie werden sie sicherlich noch abwerfen wie eine schwere Last Brennholz. Lehnen sie unser Kind nicht ganz und gar ab? Ganz offensichtlich ist es so! Woher kommt das? Nur davon, daß das Kind, deine Tochter, strohdumm ist. Ach, ich kann nicht mal sagen, daß sie noch ein Kind ist! Wäre sie eins, hätte sie ja schließlich nicht geschwängert werden können. Und hätte sie nicht die beiden Schwangerschaften verdorben, könnte sie jetzt Mutter zweier Kinder sein! Nur aus Torheit schweigt sie zu allen Beschimpfungen. Wäre sie eine vernünftige Frau so wie du, hätte sie unseren Schwiegersohn schon verlassen, und wir hätten ihm längst den Brautpreis zurückerstattet und sie anderweitig verheiratet. Ihr Haus wäre dann jetzt voller Kinder. Meine Frau, beunruhige dich nur nicht! Wenn du in Zukunft etwas sagen willst, denke vorher darüber nach. Erst dann lasse es verlauten! Also, ich stelle mir vor, daß wir uns nach der Ankunft im Gehöft unseres Schwiegersohns erst einmal ausruhen werden. Der Sitte gemäß werde ich meine Waffen ablegen, und man wird uns Stühle zum Sitzen anbieten. Sie werden uns freundlich, ohne feindselige Gefühle begrüßen, und wir werden so tun, als ob wir arglos seien und von den Beschimpfungen gegen unsere Tochter nichts wüßten. Schließlich werden wir nicht gleich mit der Tür ins Haus fallen wie ein Angehöriger des Jita-Volkes! Irgendwann wird man dich in die Hütte der Tochter bitten. Dort kannst du sie über alles ausfragen und ihr unsere heimlichen Absichten offenbaren. Wenn du damit fertig bist, fragst du mich laut, warum wir noch nicht auf dem Heimweg seien, ob wir vielleicht im Gehöft unseres Schwiegersohns übernachten wollten. An diesem Punkt werde ich dann alle im Gehöft zusammenrufen und ihnen den wahren Grund unseres Kommens offenbaren. Danach brechen wir sofort auf. Ich werde sicherlich nicht lange reden, so wie es üblich wäre, wenn wir uns zu entschuldigen hätten oder sie um etwas bitten wollten."

Als die beiden in die Gegend kamen, wo sich das Gehöft ihres Schwiegersohns befand, schlugen sie sich erst einmal in ein Gebüsch am Wegesrand, um sich zu säubern. Sie waren schon vor Tagesanbruch von ihrem Gehöft aufgebrochen und hatten wegen der Regenzeit über taunasse Wege gehen müssen. Außerdem waren die Flußbetten, die sie durchquerten, randvoll mit Wasser gefüllt. Morgentau und Hochwasser hatten sie schmutzig gemacht.

Kurz vor Mittag konnten sie endlich das Gehöft des Schwiegersohns betreten. Sie durchschritten den beidseitig mit hohen Hecken eingefaßten Hauptweg. Vor dem Eingangstor trafen sie auf eine Nichte Myombekeres, die dort spielte und eilfertig ihre Ankunft meldete: „Halahala, Onkel, wir haben Besuch bekommen!" Myombekere schaute zum Hoftor und erkannte zunächst nur seinen Schwiegervater. Sofort stand er auf, um den Gast willkommen zu heißen. Dann erst bemerkte er, daß auch seine Schwiegermutter dabei war. Hastig trat er beiseite und wandte sich ab, um ihr nicht ins Angesicht sehen zu müssen. Die Schwiegermutter blieb vor dem Hoftor stehen. Myombekere rief seine Frau herbei, die gerade frisch geerntete Kartoffeln wusch: „Bugonoka! Bugonoka, bring Stühle und nimm die Waffen unserer Gäste entgegen!" Er selbst war seit dem frühen Morgen damit beschäftigt, das Fleisch eines fremden Kalbes, das unerwartet bei ihm verendet war, am Feuer durch Räuchern haltbar zu machen, um es später den Eigentümern übergeben zu können. Seine Hände waren daher mit Ruß und Fett beschmiert, so daß er sich nicht getraute, die Waffen seines Schwiegervaters anzufassen. Außerdem ist es bei den Kerewe Brauch, daß sich Schwiegersohn und Schwiegermutter nicht von Angesicht zu Angesicht anblicken. Dieses Verhalten ist Ausdruck der großen Ehrerbietung, mit der beide miteinander umgehen.

Bugonoka trat lächelnd aus dem Haus, um der Anweisung ihres Mannes entsprechend die Gäste zu empfangen. Wie groß war ihre Freude, als sie ihre eigenen Eltern erblickte! Sie nahm die Waffen von ihrem Vater entgegen und bat auch ihre Mutter ins Gehöft hinein, nachdem sich der Schwiegersohn wieder an seinen Arbeitsplatz zurückgezogen hatte. Sie hieß ihre Mutter in ihrer Hütte willkommen und trug dann geschwind einen Stuhl in den Schatten eines omutoma-Baums, wo ihr Vater sich niederließ. Dieser bat seine Tochter, ihm etwas Wasser zum Trinken zu bringen. Bugonoka eilte ins Haus zurück, nahm eine Schöpfkelle und wischte sorgfältig den Staub davon ab. Dann öffnete sie den bauchigen Tonkrug mit Trinkwasser, schöpfte etwas Wasser daraus und trug es behende zum Vater. Nachdem sie sich ihm genähert hatte, kniete sie mit großem Respekt vor ihm nieder und reichte ihm das Wassergefäß mit beiden Händen. Er nahm es entgegen und trank hastig einen Teil davon, den Rest goß er auf die Erde. Sofort kamen die Hühner herbei, um es zu trinken. Sie tauchten erst ihre Schnäbel hinein und reckten dann ihre Hälse hoch, wie es ihre Gewohnheit ist. Nachdem Bwana Namwero die Wasserreste ausgeschüttet hatte, stieß er kräftig auf: „Hmm!“ Worauf ihn seine Tochter fragte, warum er so hastig getrunken habe. Er antwortete ihr ausweichend: „Laß es nur gut sein, mein Kind! Bei uns zu Hause haben wir die ganze Nacht hindurch Bananenbier getrunken. Vielleicht hat uns auch die Nässe unterwegs etwas zugesetzt.“ Erst nach diesen Worten begrüßte Bugonoka ihren Vater mit der traditionellen Grußformel, die Kinder gegenüber älteren Personen zu benutzen pflegen: „Malama!“ Und er erwiderte: „Mangunu! – Friede sei mit dir!“ Danach begrüßte auch Myombekere seinen Schwiegervater in der Weise, wie es die Sitte vorschreibt: „Kampire sumalama! – Bitte, nehmt meinen Gruß entgegen!“ Und der Schwiegervater antwortete: „Mangunu, Lata! – Friede sei mit dir, Schwiegersohn!“ – Dieser Gruß wird nur gebraucht, wenn man einander länger als ein Jahr nicht gesehen hat.

Nach der vorschriftsmäßigen Begrüßung seines Schwiegervaters stand Bwana Myombekere eilig auf, um auch seine Schwiegermutter in der Hütte seiner Frau willkommen zu heißen. In der Nähe der Tür wandte er sich ehrerbietig mit dem Gesicht zur Wand, um die Schwiegermutter nicht ansehen zu müssen. Dann kniete er unter dem Vordach nieder, wobei er seine linke Körperhälfte von ihr abgewendet hielt. Er vermutete, daß sie im Dunkel der Hütte auf dem Bettgestell saß, denn nach Kerewe-Sitte räumt man einem Ehrengast dort einen Sitzplatz ein. Wenn der Gast nicht mehr sitzen will, kann er sich einfach ausstrecken. Mit Ehrfurcht in der Stimme fragte Myombekere die Schwiegermutter: „Wie habt Ihr geschlafen, Mutter?" Und sie erwiderte: „Es geht uns gut, mein Kind." Sodann sprachen sie über Gott und die Welt. Sie tauschten Neuigkeiten aus, jedoch ohne einander anzusehen. Nur über ihre Stimmen standen sie miteinander in Verbindung. Später ging Myombekere zum Schwiegervater zurück, wo er seine Beschäftigung vom Morgen, das Kalbfleisch zu räuchern, wieder aufnahm.

Bugonoka war währenddessen im Hause bemüht, die Mahlzeit für die Gäste zuzubereiten. Dabei unterhielt sie sich angeregt mit der Mutter. Manchmal sprachen die Frauen laut miteinander, dann wieder ganz leise. Ihre frohen Stimmen schwollen gelegentlich an, und man hörte Bugonoka laut lachen. Myombekere und sein Schwiegervater fragten sich draußen, was die Frauen wohl so zum Lachen gebracht haben mochte. Myombekere gingen dabei viele Gedanken durch den Kopf. Schließlich rief er Bugonoka und fragte, was es im Hause noch alles zu tun gebe. Sie antwortete: „Nichts mehr. Ich bin soeben mit der Arbeit fertig geworden." Myombekere wandte sich darauf wieder dem Gespräch mit seinem Schwiegervater zu, wobei er sich vorbeugte und die Augen weit aufriß, damit ihm keines der wohlgesetzten Worte Namweros entginge. Nun, unsere Vorväter pflegten zu sagen: ›Der Rücken hat keine Augen‹ oder ›Dem, der zwei Dinge auf einmal ergreifen will, rutscht eines aus der Hand.‹ Der alte Mann sprach so eindringlich auf Myombekere ein, daß dieser davon ganz gefesselt war und nicht mehr auf seine Umgebung achtgab. Auf einmal lief ein großer Hund mit einem Stück Brustfleisch zwischen den Zähnen vorbei.

Myombekere sprang blitzschnell auf und verfolgte ihn mit einem Holzscheit in der Hand. Am Hoftor konnte er ihn gerade noch stellen, indem er ihm das Holz gegen die Rippen schleuderte. „Wabi!" Es klang dumpf wie ein fernes Echo. Der Hund jaulte laut auf „Bwee!" und ließ sofort das Fleisch fallen. Vom Schmerz benommen, taumelte er umher, während Myombekere das Stück aufhob, es sorgfältig säuberte und zum Räuchern ans Feuer zurücktrug. Ganz außer Atem beschimpfte er den Hund: „Du Nichtsnutz, du Dieb!" – „Ach, der Hund stiehlt?", fragte der Schwiegervater. Myombekere berichtete ihm, daß sie täglich von dem Hund belästigt wurden: „Er schleicht sich unbemerkt in die Hütten und frißt dort alles, was er an Eßbarem vorfindet. Wir haben den Eigentümer schon mehrfach aufgefordert, seinen Hund zu töten. Der aber stellt sich völlig taub."

Nach diesem Vorfall forderte Bugonoka die beiden Männer auf, sich unter dem Schattenbaum zum Essen einzufinden. In einer Schöpfkelle brachte sie warmes Wasser zum Händewaschen. Myombekeres Nichte folgte ihr mit einem hölzernen Waschtrog in der Form eines Bootes. Bugonoka kniete zunächst zu Füßen ihres Vaters nieder, ergriff den Waschtrog, säuberte ihn mit etwas heißem Wasser, das sie anschließend auf den Boden schüttete, und füllte ihn dann randvoll zum Händewaschen. Anschließend reichte sie das Gefäß auf dieselbe Weise ihrem Mann. Ehrfürchtig wartete sie, bis sie den Waschtrog wegräumen konnte. Dann bot sie den Männern direkt aus der Schöpfkelle Wasser zum Mundausspülen an. In gemessenen Bewegungen setzte sie die Kelle auf einem Strohring ab. Sie benahm sich in allem wie eine Kerewe-Frau, die mit viel Anmut dafür sorgt, daß sich die Männer auf die Mahlzeit vorbereiten. Behende ging sie hernach ins Haus, um den Maisbrei und den tönernen Topf mit der Beilage zu holen. Der Maisbrei befand sich in einem kleinen ekibo-Korb, den sie oben auf den Topf mit der Beilage gesetzt hatte. Darüber war noch eine Korbschale umgekehrt gestülpt, um die frischen Speisen vor Fliegendreck zu schützen.

Als Bugonoka mit den Speisen kam, kniete sie abermals zu Füßen der Männer nieder. Da sie beide Hände beladen hatte, tat sie es mit großer Vorsicht. Sie nahm die Korbschale von dem Maisbrei und legte sie auf dem Boden ab. Dies geschah in gemessenen Bewegungen und mit Anmut. Dann hob sie den Korb mit Maisbrei in die Höhe und bot ihn an. Ebenso verfuhr sie mit dem Topf voll Beikost. Als Beikost hatte sie eine Speise zubereitet, die auf Kerewe ‚obusanzage' heißt und aus geräuchertem Fleisch bestand, das so fein zerhackt war, daß auch ein Zahnloser es mühelos hätte essen können; alles nach der Kerewe-Kochkunst aufs feinste mit lunzebe-Salz und soviel Butterschmalz gewürzt, daß man sein Spiegelbild im Topf hätte sehen können. Nachdem Bugonoka den Männern serviert hatte, kehrte sie ins Haus zurück, wo sie mit ihrer Mutter und der Nichte zusammen die Mahlzeit einnahm.

Nach dem Essen rief Myombekere seine Frau herbei. Sie sollte das Geschirr abräumen. Während Bugonoka sich damit beschäftigte, blieb die Mutter Nkwanzi in der Hütte ihrer Tochter und ruhte sich nach dem Essen noch ein wenig aus. Dann rief sie, der Anweisung ihres Mannes folgend: „Namwero, sind wir hergekommen, um hier zu übernachten?" Ihr Mann antwortete ihr: „Nein, wir kehren gleich nach Hause zurück!" Während er den Eßplatz verließ, sagte er zu seinem Schwiegersohn: „Rufe deine Frau herbei! Ich möchte euch beiden etwas sagen!" Myombekere befolgte seine Anweisung: „Bugonoka, komm nach draußen!" Bugonoka erschien sofort, gefolgt von der Mutter. Beide Frauen setzten sich in den Schatten des Getreidespeichers, das heißt, die Schwiegermutter setzte sich etwas abseits, um ihren Schwiegersohn nicht direkt anblicken zu müssen. Es war mittags halb eins, da richtete Namwero die folgenden Worte an Myombekere: „Schwiegersohn, ich bin heute gekommen, um deine Frau heimzuholen. Ich will sie auf keinen Fall länger hier lassen. Wir haben nämlich gehört, daß deine Geschwister und die übrigen Verwandten ständig in dein Gehöft kommen und deine Frau beschimpfen. Sie sagen ihr etwa: ›Mach dich schnellstens von hier fort, du Hündin, und geh deiner Wege! Was für eine Frau bist du doch, daß du keine Kinder hervorbringen kannst? Du hast es nicht verdient, mit einem so stattlichen Mann wie unserem Verwandten Myombekere verheiratet zu sein. Steck ihn bloß nicht mit deiner Unfruchtbarkeit an, du Nichtsnutz!‹ Dies ist also der eigentliche Grund unseres Kommens. Ein Kind zu bekommen, das hängt allein vom Willen Gottes ab. Bugonoka hätte sicherlich gern ein Kind zur Welt gebracht, jedoch Gott hat sie bei all seiner Großherzigkeit nicht dazu befähigt. Sie hätte es zu gern den anderen Frauen in der Welt gleichgetan. Nun, da unserer Tochter dieses Los zugestoßen ist, sind wir verpflichtet, sie zurückzunehmen, damit sie bei uns, ihren Eltern, trotz ihres Unglücks in Frieden leben kann." Die Schwiegermutter fiel ein: „So ist es! Sagten nicht die Vorväter im Kerewe-Land: ›Was sich nicht verkaufen läßt, soll beim Eigentümer bleiben‹ oder ›Wer den anderen schlecht erscheint, ist seiner Mutter immer noch gut genug‹?"

Myombekere gab sich alle Mühe, die Eltern seiner Frau umzustimmen: „Meine Schwiegereltern, ich bitte euch um Verzeihung! Vergebt mir meine Vergehen! Heute habt ihr mir alle meine Fehler deutlich vor Augen geführt. Ich will meiner Frau hinfort solch Böses nicht mehr antun! Auch will ich mich gegen meine Verwandten stellen, denn meine Frau und ich lieben einander von Herzen. Mögen alle Verwandten sie auch verachten, mir ist das völlig unwichtig!" Die Schwiegereltern antworteten ihm darauf: „Du sagst, es sei dir unwichtig, aber unserer Ansicht nach ist es außerordentlich wichtig. Eine Frau allein kann nicht eine ganze Sippe auseinanderbringen oder dich dazu bewegen, sich von ihnen zu lösen und sich gegen sie zu stellen."

Nach dieser Rede drängten sie Bugonoka zu Eile: „Geh schnell nach drinnen und hole deinen Korb zum Worfeln des Getreides und das Gefäß für die Ahnenopfer heraus, damit wir uns aufmachen und nicht in die Dunkelheit geraten!" Bugonoka erhob sich schnell, ging ins Haus und rief sogar nach Myombekere: „Bwana, komm und hilf mir, meine Sachen zusammenzusuchen!" Aus ihrem gesamten Hab und Gut nahm sie nur den Worfelkorb und das Gefäß für die Ahnenopfer mit. Mit diesen Gegenständen kam sie aus der Hütte und stellte sich neben ihre Eltern.

Myombekere holte die Waffen des Schwiegervaters aus dem Haus und begleitete seine Frau mit ihren Eltern ein Stück des Weges. Er war sehr, sehr traurig und, wenn er auch ein Mann war, kamen ihm doch beinahe die Tränen darüber, daß man ihm die geliebte Frau wegnehmen wollte. Schließlich übergab er dem Schwiegervater die Waffen und verabschiedete sich in großem Kummer von ihm: „Kampire buche sugu! – Ich bitte Euch, lebt wohl!" Auch der Schwiegervater nahm von ihm Abschied: „Buche tata lata! – Leb wohl, mein Kind!" Von der Schwiegermutter trennte sich Myombekere mit den Worten: „Mulaleyo, mayo! – Schlafe stets wohl, Schwiegermutter!" Worauf sie erwiderte: „Yee tata! – Ja, mein Kind!" Bugonoka sagte ihrem Mann zum Abschied: „Buche sugu, ikaraga aho kuzima! Leb wohl, bleib gesund!" Er antwortete traurig: „Yee, roko ohike kuzima! Ja, komme gesund an!" So gingen sie auseinander. Die Frau lief hinter ihren Eltern her, und er kehrte ins Gehöft zurück, das Herz schwer voll Gram, weil man ihm die Frau genommen hatte.

KAPITEL 2

Bugonoka bei ihren Eltern
Myombekere bittet seine Schwiegereltern um Verzeihung

Bugonoka richtete sich im Hause ihrer Eltern ein, während ihr Mann wie ein Witwer allein leben mußte. Myombekere machte sich alsbald auf und besuchte reihum die Gehöfte seiner Verwandten, um Ausschau zu halten nach einer Köchin und jemandem, der während seiner Abwesenheit nach den Rindern und den übrigen Haustieren sehen konnte. Er besaß in der Tat viele Tiere.

Mit der Zeit fehlte ihm seine Frau immer mehr. Oft hielt er sich bei seinen Verwandten auf, in der Hoffnung, von ihnen zum Essen eingeladen zu werden. Die Tatsache, daß er ein Mann war, versetzte ihn in eine schwierige Lage. Häufig blieb er den ganzen Tag über ohne Nahrung. Erst abends zündete er aus Kuhdung ein kleines Feuer an, um in der heißen Asche Kartoffeln und Maniokknollen zu rösten. Manchmal ging er aber auch hungrig zu Bett. Um die ganze Wahrheit zu sagen: Die Milch seiner Kühe ließ er solange stehen, bis sie verdarb. Und das alles nur, weil man ihm die Frau genommen hatte.

Im Kerewe-Land kümmern sich vor allem die Frauen um den Hof. Wenn sich jemand von seiner Frau trennt, sieht sein Gehöft bald traurig aus. Ja, so ist es! Es gilt für einen Mann als große Schande, Frauenarbeit zu verrichten. Dazu gehört zum Beispiel Getreide mahlen, klein geschnipselten Maniok im Mörser stampfen, Essen kochen, Gemüse ernten und Wasserholen. Selbst wenn das Mehl schon fertig ist, zieht ein Mann es immer noch vor, hungrig schlafen zu gehen, als einen kochenden Topf vor seinen Füßen stehen zu haben.

Irgendwann bekamen Myombekeres Verwandten Mitleid. Sie wiesen ihm aus der Sippe eine unverheiratete Frau als Köchin und einen Jungen zum Hüten der Tiere zu. Obwohl er nun eine Köchin und einen Hirten hatte, war er mit seiner Lage keinesfalls zufrieden. Wann immer er an seine Frau dachte, begann sein Herz heftig zu schlagen. Es stand wirklich schlimm um ihn! Schließlich erinnerte er sich daran, daß ihm seine Verwandten wiederholt und nachdrücklich gesagt hatten, er solle sich eine andere Frau zum Heiraten suchen.

Eines Nachts konnte er vor lauter Grübeln nicht einschlafen. Das geschah immer, wenn er vor dem Schlafengehen selbst mit einem Stock seine Schlafdecke schlug, um sie zu entstauben und zu lüften. Er dachte bei sich: „Was für eine Plage ist es doch, allein im Bett zu schlafen! Dir fehlt eine Frau zum Umarmen und zur Unterhaltung. Ich bin doch ein ganz gesunder Mann ohne irgendeinen Makel! Wozu lebe ich bloß in dieser Welt?"

Alle, die ihn in jenen Tagen besuchten, sprachen über nichts anderes als über Heiraten. Als er jedoch keine Anstalten dazu machte, fingen die Leute an, schlecht über ihn zu reden. Sie sagten, er sei wohl kein normaler Mann. „Wartet nur, was aus ihm wird! Falls er weiter so hartnäckig darauf beharrt, einsam und ohne Kinder zu bleiben, wird er eines Tages noch splitternackt umherlaufen." Und sie verspotteten ihn, indem sie ihn am Morgen grüßten: „Bist du im Haus?" anstatt, wie es üblich gewesen wäre: „Ist deine Frau im Haus?" Oder sie fragten ihn gar: „Wie geht es deiner Bettdecke?" Es schauderte ihn, wenn er diese Reden hörte, und er wurde sich dabei der Tatsache, daß er ein Mann war, immer stärker bewußt.

Bevor er aber an eine neue Verlobung dachte, wollte er zunächst seine Schwiegereltern Namwero und Nkwanzi nochmals um Verzeihung bitten. Als er sich zu ihnen begab, traf er in ihrem Hause nur auf Bugonoka, seine Frau. Sie half ihm, die Waffen abzulegen, trug Pfeile und Bogen ins Haus und brachte ihm einen Stuhl. Er setzte sich. Dann begrüßten sie einander nach der Sitte des Landes und tauschten Neuigkeiten aus. Schließlich fragte er sie: „Der Schwiegervater und die Schwiegermutter sind wohl nicht da?" – „Nein, mein Vater ist heute morgen zum See gegangen," berichtete Bugonoka, „um nach den Fischreusen zu sehen. Danach wollte er ins Gehölz, um dort einen Baum zuzuschneiden, den er gestern gefällt hat. Wahrscheinlich hat er vor, einen Einbaum zu schnitzen. Meine Mutter hat das Korn zum Dreschplatz gebracht. Ich denke, sie wird gleich wieder hier sein."

Während sie noch so miteinander redeten, rief die Schwiegermutter: „Bugonoka, Bugonoka hörst du?" – „Jawohl!" – „Bring mir den Besen! Ich habe ihn vergessen!" Da Bugonoka aber weiter mit ihrem Mann sprach, verstand sie nicht recht, was die Mutter von ihr wollte. Sie fragte daher zurück: „Was sagst du, Mama?" Die rief lauter: „Bring mir einen Besen, damit ich den Sand vom Dreschplatz fegen kann. Hörst du schlecht? Mit wem redest du da?" Bugonoka lief ins Haus, holte den Besen und rannte so schnell sie konnte, um ihn der Mutter zum Dreschplatz zu bringen. Die Mutter fragte sie sofort: „Mit wem unterhältst du dich eigentlich auf dem Hof und versäumst die Arbeit?" – „Ich unterhalte mich mit meinem Mann Myombekere. Er ist soeben zu uns gekommen." – „Woher kommt er?" – „Ich weiß es noch nicht. Er ist gerade erst eingetroffen." – „Dann hilf mir, diesen Sand wegzufegen. Welche Kinder haben ihn wohl dahin geworfen und unseren Dreschplatz so verunreinigt? Danach unterhalte dich wieder mit deinem Gast, damit er sich nicht verletzt fühlt. Er ist immer noch dein Ehemann. Ich wage nicht, etwas anderes zu sagen, denn bisher habe ich keinen anderen Schwiegersohn gesehen." Bugonoka mußte darüber lachen. Als sie alles gefegt hatte, kehrte sie zum Hof zurück, um sich weiter mit ihrem Mann zu unterhalten.

Myombekere war inzwischen in den Bananenhain gegangen, um zu urinieren. Als er damit fertig war, redeten sie weiter, während Bugonoka im Hause Hirse mahlte.

Kurz darauf kam auch Bugonokas Mutter Nkwanzi. Sie forderte ihren Schwiegersohn auf: „Zieh dich zurück, mein Schwiegersohn, damit ich eintreten kann." Er wandte sein Gesicht ab, wie es die Sitte erforderte, damit sie sich nicht unmittelbar in die Augen zu schauen brauchten. Die Schwiegermutter schritt vorbei ins Haus. Erst als sie außer Sicht war, begrüßten sie einander und tauschten Neuigkeiten aus. Sie fragte ihn: „Woher kommst du, mein Sohn, und wohin gehst du?" Der Schwiegersohn antwortete, daß er geradewegs von seinem Gehöft gekommen sei, um sie zu besuchen.

Nach einer Weile fragte Myombekere seine Frau: „Sagtest du nicht, daß der Schwiegervater im Gehölz einen Baum zuschneidet? In welche Richtung ist er gegangen?“ Die Frau unterbrach ihre Tätigkeit, um ihn vor das Gehöft zu führen und ihm den Weg zu zeigen. „Dahin ist er gegangen.“ – „Schon gut“, sagte er. „Ich werde ihn aufsuchen und begrüßen.“ Bugonoka kehrte indessen ins Haus zurück, um weiter Hirse zu mahlen und für ihren Mann zu kochen.

Als Myombekere zu seinem Schwiegervater kam, grüßte er ihn ehrerbietig. Er setzte sich erst gar nicht hin, sondern bat ihn sogleich um eine Axt, um ihm beim Zurichten des Baumes zu helfen. Dabei lockerte er seinen ledernen Umhang und band ihn um die Hüften. Als Bwana Namwero dies sah, sagte er: „Setz dich, mein Schwiegersohn, denn für einen Gast ziemt es sich nicht, eine solche Arbeit zu verrichten!“ Myombekere zögerte nicht mit der Antwort: „Ach, ich möchte dir helfen, mein Schwiegervater, denn eine solche Arbeit ist doch für Männer gedacht!“ Da gab ihm Namwero wortlos eine Axt, und Myombekere fing an, mit all der Kraft, die ihm Gott gegeben hatte, die Äste vom Baumstamm zu trennen und das Holz ganz nach den Anweisungen des Schwiegervaters zu bearbeiten. Als sie den Stamm glattgeschält hatten, kam ein Kind, um sie zum Essen zu rufen.

Im Hof fanden sie die Speisen schon fertig zubereitet. Bugonoka führte Myombekere in die Junggesellenhütte ihres jüngeren Bruders Lweganwa. Dieser war für mehrere Tage abwesend, um eine Gruppe von jungen Männern auf der Flußpferdjagd anzuführen. Myombekere begab sich in die angewiesene Hütte zusammen mit einem Knaben, der ebenfalls sein Schwager war. Bugonoka brachte ihnen Wasser zum Händewaschen und ebitutu-Blätter zum Abtrocknen. Danach legte sie ihnen die Speisen vor. Bevor sie ging, um auch ihrem Vater draußen im Schatten eines omurumba-Baums das Essen zu reichen, sagte sie noch zu ihrem Mann: „Paß nur auf, daß dieser Knabe nicht zuviel von der Beilage ißt! Es ist besser, ihm seine Portion in seiner olunanga-Schüssel zuzuteilen, dann wird er gesittet essen.“ Zu ihrem jüngeren Bruder gewandt sagte sie: „Nimm dem Gast nicht die ganze Beilage weg! Hörst du?“ Der

Knabe grunzte nur: „Na'am, ja doch!" An diesem Tage gab es den äußerst schmackhaften kambare-Fisch als Beilage. Erst am Morgen war er von Namwero in einer Reuse gefangen worden. Die Schwiegermutter Nkwanzi hatte ihn nach einem ausgeklügelten Rezept zubereitet, so wie es sich nach der Kerewe-Sitte für eine Schwiegermutter geziemt, wenn sie für den Mann kocht, der ihre Tochter geheiratet hat.

Es ist in der Tat so, daß die Kochkünste einer Frau immer vom Herd ihrer Mutter herrühren. So war es auch bei Bugonoka. Es spielte keine Rolle, welche Hirsekörner sie verarbeitete. Sie pflegte das Mehl auf jeden Fall vor dem Kochen einzuweichen. Auch hatte sie stets welches auf Vorrat, anders als die Frauen, die erst dann anfangen, Hirsemehl aufzubereiten, wenn der Besuch schon da ist. Wann wird ein solcher Gast wohl essen können? Aufgrund ihrer Vorsorge fiel es Bugonoka leicht, die Gäste, die ihren Hof besuchten, schnell zu bedienen und zu sättigen. Auch mit der Feldhacke wußte sie gut umzugehen. Sie verfügte deswegen immer über reichlich Getreide, und der Hunger blieb aus ihrem Hause verbannt. Mit anderen weiblichen Fertigkeiten war sie ebenfalls wohl vertraut. Sie konnte Körbe und Schalen flechten und sogar Milchkalebassen und Schöpflöffel ausbessern, wenn sie Risse bekommen hatten.

Als Bugonokas Mutter vom Dreschplatz zurückgekehrt war, fand sie, daß ihre Tochter den Hirsebrei schon aufgeteilt hatte, um eine Portion davon ihrem Mann zu bringen. Nach der damaligen Kerewe-Sitte sollte ein Mann möglichst nicht mit seinem Schwiegervater gemeinsam essen.

Nachdem Myombekere gegessen hatte, trug er dem Kind auf, seine Frau zu rufen, um das Eßgeschirr abzuräumen. Bugonoka befolgte die Anweisung und brachte sogleich Wasser zum Händewaschen. Danach reichte sie ihm Wasser mit dem Schöpflöffel, damit er seinen Mund ausspülen könne. Dabei fragte er sie: „Ist der Schwiegervater noch beim Essen?" Sie erwiderte: „Ja, aber auch er ist gleich fertig. Wieso fragst du, willst du ihn sprechen?" Er bestätigte dies, und als ihm gemeldet wurde, daß Namwero seine Mahlzeit beendet hätte, nahm er seinen Stuhl und ging nach draußen, um mit ihm zu sprechen.

Zunächst redeten die beiden um den heißen Brei herum. Dann aber nahm Myombekere seinen ganzen Mut zusammen und sprach mit Demut in der Stimme: „Der eigentliche Grund meines Kommens ist, daß ich dich um Verzeihung bitten möchte. Gib mir meine Frau zurück, damit wir weiter zusammenleben, wie es damals dein Herzenswunsch war, als du sie mir zur Frau gabst, verehrter Schwiegervater! Es ist schon zwei Monate her, seit ich von meiner Frau getrennt lebe. Voll Kummer sitze ich seither allein zu Hause wie jemand, der unverheiratet ist. Die Alten pflegten zu sagen, daß ein Fehler der Frau noch nicht die Ehe zerstört." Der Schwiegervater erwiderte: „Das ist deine Sache. Such dir doch eine andere Frau! Es gibt so viele davon im Kerewe-Land. Wenn du nur suchst, kannst du eine finden, die hübsch ist und von deinen Verwandten angenommen und geliebt wird. Sie wollen eine Frau, die lebende Kinder zur Welt bringt. Ich habe dir niemals etwas unterschieben wollen. Bist du mir nicht damals sogar vor die Füße gefallen und hast mich angefleht, dir meine Tochter zur Frau zu geben? Ich habe mich erweichen lassen, und du hast sie daraufhin geheiratet. Nicht aus Hochmut habe ich sie dir wieder weggenommen, sondern weil ich gesehen habe, wie ihr, das heißt du, deine Onkel, deine Brüder und Schwestern, euch an ihr versündigt habt. Das dumme Gerede gegen sie hat mich und meine Frau sehr verletzt. Jemand trug uns zu, was unsere Tochter bei dir zu leiden hatte, daß sich beispielsweise deine Verwandten weigerten, das Gehöft zu betreten, weil Bugonoka tote Kinder gebiert, als ob sie eine Hexe wäre. Nimmt nicht Gott selbst die Kinder weg, wenn er sie liebt? Viele Frauen haben doch Fehlgeburten. Wieso wird meine Tochter so behandelt, als ob dies zum ersten Mal geschehe? Krank kann jeder werden. Ausgerechnet bei meiner Tochter soll es schlimmer sein, wenn ihr Bauch gelähmt ist? Ich habe mich bisher noch nicht bei dir gemeldet, weil mein Sohn auf Flußpferdjagd ist. Sonst wäre ich mit ihm zu dir gekommen, um über die Rückgabe des Brautgutes zu verhandeln. Wenn er wohlbehalten zurückkehrt, werden wir unverzüglich bei dir auftauchen und alles mitbringen, was du uns als Brautgut gegeben hast. Ich werde nichts zurückbehalten."

Als die Schwiegermutter hörte, was ihr Mann zu Myombekere sagte, meldete auch sie sich zu Wort: „Wenn es nach mir ginge, wäre sie schon längst wieder verheiratet. Daß wir das Brautgut zurückzahlen müssen, macht uns nichts aus. Es steht alles zur Verfügung. Der Gedanke, daß meine Tochter zu dir zurückkehrt, gefällt mir nicht. Seit sie sich wieder in unserem Hause aufhält, sind zwei Monate verstrichen, ohne daß auch nur einer deiner Verwandten gekommen wäre, uns um Verzeihung zu bitten. Als Frau kannst du dich nur dann erfolgreich um die Liebe deines Mannes bemühen, wenn du Zeichen der Gegenliebe bei ihm und seinen Verwandten bemerkst. Sonst ist alles umsonst. Ich vermute, daß unser Schwiegersohn nicht hierhergekommen ist, weil er sich mit seiner Frau versöhnen möchte, sondern nur, um sich von irgendwelchen Schuldgefühlen zu befreien. Vielleicht ist er schon wieder verheiratet. Was wißt ihr schon über einen Ort, an dem ihr nicht seid?" Myombekere antwortete mit trauriger Stimme: „Schwiegervater und Schwiegermutter, ich bin zu euch gekommen, um euch in der Tat um Verzeihung zu bitten und um meine Frau wiederzubekommen. Gebt sie mir doch! Ich bin nicht gekommen, um mich von Schuldgefühlen zu befreien und um das Brautgut zurückzuverlangen. So etwas würde ich niemals tun. Ihr habt mir meine Frau weggenommen, obwohl wir einander liebten, nur weil sie mehrfach Fehlgeburten hatte. Vielleicht liegt es gar nicht an ihr, sondern ich bin schuld daran. Es könnte sein, daß Gott mich verflucht hat, indem er mir verhieß: ›Du wirst dein Leben lang keine Kinder bekommen.‹ Wenn Gott mir keine Kinder gewährt, würde alles nichts nützen, auch wenn ich noch so viele Frauen heiratete. Bin ich der einzige Mann in der Welt, der keine Nachkommen hat? Wir sind doch viele. Ich flehe euch an, meine Eltern, verzeiht mir und behandelt mich weiter wie euer Kind! Haltet meine Frau nicht zurück und laßt sie mit mir ziehen! Das ist alles, was ich zu sagen habe." Die Schwiegermutter erwiderte schnell: „Du bist aber wirklich redegewandt. Ich frage mich nur, was dich gehindert hat, schon früher nach deiner Frau zu sehen. Zumal du doch wußtest, daß ihr ihre Fehlgeburten großen Kummer bereiteten." – „Stimmt, Mama! Ich werde euch genau sagen, woran es liegt: Ich mußte mich auf meinem Hof bisher allein um die Tiere kümmern, auch um Tiere, die ich für andere Leute halte. Ich hätte sie nicht ohne Aufsicht zurücklassen können, ohne ins Gerede zu kommen. Erst nachdem mir meine Leute aus Mitleid einen Hirten zur Verfügung gestellt hatten, konnte ich mich hierher aufmachen."

Nach dieser Aussprache bat Myombekere um seine Waffen. Er beabsichtigte, nach Hause zu seiner Arbeit zurückzukehren. Bugonoka stand auf, ging ins Haus und zog sich schnell ein anderes Gewand an, um ihren Mann ein Stück des Wegs zu begleiten. Sie brachte ihm sodann seine Waffen. Myombekere verabschiedete sich in erstaunlicher Demut von seinen Schwiegereltern: „Auf Wiedersehen, meine alten Eltern. Lebt wohl!"

Bugonoka geleitete Myombekere aus dem Gehöft hinaus. Nach einer Weile sagte sie: „Ich übergebe dir jetzt deinen Bogen, da ich noch zum See gehen muß, um Wasser zu holen. Alle Wasserbehälter im Hause sind leer." Ihr Mann bedrängte sie jedoch: „Gehe noch bis zu jenem großen Baum dort mit, ehe du umkehrst." Bugonoka wollte eigentlich nicht, gab dann aber doch nach und ging mit ihm bis dorthin. Sie setzten sich unter einem großen omukombayaga-Baum nieder. Myombekere eröffnete das Gespräch: „Nun kehre ich traurig und ganz allein nach Hause zurück. Ich Armer, was soll ich tun? Warum ist die ganze Sache nur so schwierig geworden? Deine Eltern sind stur und verweigern dir ihre Zustimmung, mit mir zurückzukehren. Meine Frau, wir waren verheiratet, wohnten und handelten zusammen. Wir liebten einander doch! Du kennst meine guten und schlechten Seiten. Lehnst auch du mich ab?" Bugonoka starrte ihn verblüfft an: „Hast du etwa den Eindruck, daß ich dich ablehne? Willst du wirklich, daß ich dich bis zu deinem Hof begleite, um dir meine große Liebe zu beweisen?" – „Ja, was ist daran Schämenswertes? Du bist schließlich keine Fremde in meinem Hause, die sich unbemerkt von den anderen eingeschlichen hat. Ich habe dich weder im Schimpf davongejagt, noch dich gehindert, deine Eltern zu besuchen. Ihr Frauen seid doch zu merkwürdig! Ihr habt einfach keine Dankbarkeit im Herzen, um euch daran zu erinnern und euch einzugestehen, daß euer Mann stets seinen Pflichten nachgekommen ist. Sieh an, wie du jetzt bei deinen Eltern wohnst! Benimmst du dich mir gegenüber nicht wie eine Hure? Das Gespräch, das ich mit dir führe, kommt mir vergeblich vor. Du bist nicht mit dem Kopf dabei. Deine Gedanken sind ganz woanders." Bugonoka antwortete ihm: „Du denkst wohl, daß die Männer nur hinter solchen Ehefrauen herlaufen müssen, die sie selbst beschimpft oder geschlagen haben. Nun, haben deine Verwandten mich etwa nicht übel beschimpft? Ich bin dagegen ja unempfindlich, aber meine Eltern, die mich verheiratet haben, sind wegen der Beleidigungen deiner Sippenangehörigen erbost und verletzt. Wenn es nur nach ihrem Willen ginge, hätten sie mich schon längst anderweitig verheiratet. Ich selbst bin es, die sie daran hindert, indem ich ihnen zu bedenken gebe, ob man wohl an dem neuen Heiratsort sofort einen Heiler finden wird, der mich von meiner Krankheit heilen kann. Ich frage sie ständig, warum sie bisher noch keinen Heiler für mich gesucht haben. Eines Tages kam nämlich jemand und äußerte die Vermutung, daß meine Fehlgeburten eine Folge von Wurmbefall seien. Es gibt davon zwei Arten, eine tötet die Eizellen im Mutterleib ab, die andere befällt den Kopf des Fötus und zerstört sein Hirn. Ich halte den Eltern vor, daß sie damals sagten, sie wollten schnellstens einen Heiler suchen, der diese Krankheit heilen könne. Wahrscheinlich haben sie diese Reden daran gehindert, mich wieder zu verheiraten." Myombekere sagte darauf: „Seit deine Eltern dich mir wegnahmen, habe auch ich viele Erkundigungen über die Ursache deiner Fehlgeburten eingezogen. Jemand gab mir zu bedenken: ›Wie kann die Krankheit geheilt werden, wenn du ohne deine Frau kommst? Bringe deine Frau mit, dann werde ich versuchen, euch beide zu behandeln. Heilen kann allein Gott.‹" Mit diesen Worten verabschiedete sich Myombekere von seiner Frau und begab sich endgültig auf den Heimweg.

Unterwegs dachte er darüber nach, daß er als erwachsener Mann wie ein Junggeselle leben und sein Bett selbst machen müsse. Es sei doch wirklich ein Fluch, keine Kinder zur Erledigung kleinerer Arbeiten und für Botengänge zu haben.

Als er seinen Gedanken nachhing, begegnete ihm eine Frau. Sie begrüßten einander und tauschten Neuigkeiten aus. Bald wußte jeder über den anderen Bescheid: Wo er wohnte, woher er kam und welchen Familienstand er hatte. Am Ende machte Myombekere ihr gar einen Heiratsantrag: „Bibi, gleich als ich euch kommen sah, wurde mein Herz von Freude und warmer Liebe erfüllt. Während unseres Gesprächs sind diese Gefühle auch geblieben. Ich bin verwirrt, weil ich nicht weiß, wie ich es sagen soll. Trotzdem werde ich es versuchen. Wenn ihr meinen Antrag ablehnt, werde ich mich nicht verletzt fühlen. Auch meine Worte sollen euch nicht verletzen. Mein Herz drängt mich, es euch zu sagen. Ich habe keine andere Möglichkeit, dem Druck auszuweichen. Ich will versuchen, euch die Sache in der Sprache, die wir von unseren Vorvätern ererbt haben, näherzubringen. Sie sagten: ›Owiake, tahendwa mukono! – Dem rechtmäßigen Eigentümer pflegt man nicht die Hand zu brechen (Bestrafung eines Diebes).‹" Die Frau ermunterte ihn: „Redet nur nach Belieben weiter, Bwana! Vielleicht werdet ihr mich um etwas bitten, was ich nicht habe, oder mich etwas fragen, was ich nicht weiß." Myombekere sprach darauf ohne Umschweife, so wie es ihm gerade einfiel: „Ich befrage euch deswegen so ausführlich, Bibi, weil ich euch heiraten möchte, weil ich möchte, daß wir für immer zusammenbleiben. Einen Heiratsantrag zu machen, ist Sache der Männer, wie schon unsere Vorväter in dem Sprichwort sagten: ›Omukazi ebe mamba ehindwa omugera. – Eine Frau macht keinen Heiratsantrag.‹ Es ist die Pflicht des Mannes, dies zu tun." Die Frau hatte dem nicht viel hinzuzufügen. Sie fragte ihn daher: „Was hättet ihr wohl gesagt, wenn wir uns nicht begegnet wären?" Myombekere nahm seinen ganzen Mut zusammen und antwortete: „Pah, wir Männer suchen die Frauen überall, sei es in den Gehöften oder auf dem Weg so wie jetzt. Wer das Glück hat, unterwegs eine Frau zu finden, die bereit ist, sich mit ihm zu verloben, der kann sich auch mit ihr verloben entsprechend dem Rat unserer Alten: ›Aho osanga omukama atekire, niho olamukiza!‹" Die Frau schüttete sich aus vor Lachen, denn diese Kerewe-Worte bedeuten: ›Wo du auf den König triffst, sollst du ihn mit Anstand grüßen.‹ Myombekere fuhr jedoch mit seinem Geplapper unbeirrt fort: „Elilibata likuga, elikar'aho lizimb'enda!" Das heißt: ›Wer sucht, der findet. Dem Faulen jedoch wird die Beute entgehen.‹ Sie sagte: „Diesmal passen die Worte besser. Wir haben aber noch nie erlebt, daß jemand unterwegs aufgelesen wurde. Wer eine Frau heiratet, holt sie bei ihren Eltern oder Verwandten ab. Viele Leute treffen einander auf der Straße und lernen sich dabei irgendwie kennen. Wenn man eine unverheiratete Frau trifft, hindert einen nichts daran, zu ihrem Wohnort zu reisen und dort um ihre Hand anzuhalten. Sollte sie geschieden sein, erfährt man es nur, wenn es einem jemand sagt, denn eine geschiedene Frau trägt bei uns keine äußerlichen Kennzeichen. Heute sind wir uns hier auf dem Weg begegnet. Jeder von uns kann ja seine Leute davon unterrichten, was wir miteinander besprochen haben. Es wird zu unser beider Nutzen sein." Myombekere fragte sie darauf ganz direkt: „Bibi, seid ihr eine ungebundene, geschiedene Frau?" Sie bejahte dies und ergänzte: „Ich lebe seit über vier Monaten bei meinen Eltern, das heißt, mein Mann hat mich vor ungefähr fünf Monaten verstoßen." Myombekere wandte ein: „Sicherlich kann ein Mann eine Frau verstoßen. Aber warum sagt ihr nicht, daß ihr ihn verstoßen habt?" Die Frau fuhr unbeirrt fort: „Mein Mann hat sich noch nicht von mir scheiden lassen. Ich würde einen Kerewe-Mann wie euch niemals anlügen. Erst vor kurzem hörte ich, daß meine Eltern mit mir zu meinem Ehemann gehen wollen, um ihm das Brautgut zurückzuerstatten. Vielleicht wird das zu Beginn des kommenden Monats sein. Sollte mein Ehemann statt meiner das Brautgut zurücknehmen, werde ich frei sein und ungehindert eine neue Ehe eingehen können." Myombekere fragte noch weiter: „Hat jener Mann euch geheiratet, als ihr beide noch jung wart? Habt ihr ihm Kinder geboren? Welcher Sippe gehört euer Mann an?" Sie erklärte ihm darauf: „Er hat mich in der Tat geheiratet, als wir noch jung waren. Wir sind beide gleich alt. Ich habe ihm Kinder geboren, von denen zwei noch leben, ein Junge und ein Mädchen. Zuerst gebar ich ihm einen Jungen. Er ist inzwischen erwachsen. Wäre er der Sohn eines Reichen, hätte er in diesem Jahr schon heiraten können. Nach dem Sohn bekam ich eine Tochter. Diese zwei Kinder sind noch am Leben. Die danach Geborenen sind alle gestorben. Das Kind, das ich nach dem Mädchen empfing, wurde im achten Monat geboren. Es hatte schon eine menschliche Gestalt.

Wir haben es nach den Bräuchen des Landes in eine hölzerne Schöpfkelle gelegt. Aber leider starb das Kindchen. Kurz nach der Fehlgeburt wurde ich erneut schwanger. Im vierten Monat hatte ich wieder eine Fehlgeburt. Seither bin ich nicht mehr schwanger geworden. Da die Verwandten meines Mannes mir nachsagten, ich hätte meine Kinder durch Hexerei getötet, geriet ich mit ihm in Streit. Sie beriefen schließlich eine Versammlung aller Verwandten ein, um über die Sache zu beratschlagen. Als ich dies merkte, rief ich meinen Vater herbei, damit er der Verhandlung beiwohnen konnte. Mein Vater und mein Bruder begleiteten mich. Diese beiden und die Verwandten meines Mannes gingen mit mir zum Wahrsager. Sie nahmen ihre Kalebassen zum Wahrsagen mit, ich hatte meine eigene Kalebasse dabei. Der Wahrsager befragte das Orakel für uns. Nun, das Ergebnis warf unsere Gegner zu Boden. Sie schlugen vor Scham die Augen nieder. Meine eigenen Verwandten forderten mich danach auf, sofort die Sippe meines Mannes zu verlassen. Sie meinten, ich könne nicht bleiben, nachdem es erwiesen sei, daß jene meinen Leib verhext hätten. Am Ende würden sie mich noch töten. Ein altes Sprichwort sagt: ›Ekilya isoke, kilya n'obwongo. – Was die Haare frißt, wird auch dem Gehirn schaden.‹ Deshalb haben mich meine Eltern wieder zu sich genommen. Was hätte ich eurer Meinung nach anders tun sollen? Hätte ich bei meinem Mann ausharren müssen, bis sie mich getötet hätten?" Myombekere erwiderte: „Keinesfalls! Aber es wäre besser gewesen, wenn Dritte jene der Hexerei beschuldigt hätten. Nun, ihr seid zum Wahrsager gegangen, und der hat nach gründlicher Prüfung euren Widersachern die Schuld gegeben. Was die Frauen aus der Sippe eures Mannes euch angetan haben, geht einfach zu weit. Wer hat nicht Angst vor dem Tod? Ein Sprichwort sagt: ›Omwekenzi, akira omulagurwa! – Wer sich vor Schaden bewahrt, ist klüger als derjenige, der auf Heilung hofft.‹ Es ist allemal besser aufzupassen, damit einen nicht der Tod holt."

Schließlich kam die Frau auf Myombekeres Frage nach der Sippe ihres Mannes zurück: „Der Sippenname meines Mannes lautet..., das heißt... Ei, was ist mit mir heute los? Ich komme nicht auf den Namen! Helft mir, Bwana! Wie heißt doch die Sippe, die die

Schutzmedizin gegen Heuschrecken herstellt?“ Myombekere antwortete schnell: „Sie heißt Abayango!“ Die Frau stimmte ihm lachend zu: „Ja, so ist es! Sie heißt Abayango! Das ist die Sippe meines Mannes.“ Myombekere begann auf einmal, mit der Spitze seines Bogens im Sand herumzustochern. Er senkte den Kopf und sagte: „Ach, sooo heißen die Leute eures Mannes! Ja, dann gehören sie zu meiner Schwägerschaft!“ – „Ach ja!“, entfuhr es der Frau. Und dann versuchte sie, das Verhältnis der Schwägerschaft aufzuklären: „Die Abayango sind auch mit mir verschwägert. Also, der Vater meines Mannes und dein Schwiegervater stammen von demselben Vater ab. Nur ihre Mütter sind verschieden. Sie sind somit Halbbrüder, gehören aber trotzdem derselben Vatersippe an.“ Das Herz Myombekeres krampfte sich bei diesen Worten zusammen. Sein ganzer Körper schmerzte ihn auf einmal, als er seine Hoffnung, diese Frau zu heiraten, schwinden sah. Und erstaunt fuhr er fort: „Die Weisheiten der Alten treffen doch immer zu. Sie raten uns: ›Nimwetonde enganda mutaketene. – Teilt einander frühzeitig eure Herkunft mit, bevor ihr euch umbringt.‹“ Und weiter flüsterte er: „Das ist ein verbotener Heiratsgrad, denn wir sind mit der Sippe eures Mannes verschwägert. Sie hören es gar nicht gern, wenn Dritte über ihre Schutzmedizin gegen die Heuschrecken sprechen, weil dadurch angeblich ein Geheimnis verraten wird.“ Die Frau war äußerst verblüfft. „Es ist besser, von der olwihwa-Krankheit befallen zu werden als von der olugurwe-Krankheit. Erstere kann behandelt werden. Wenn man sich die Hände mit dem Saft bestimmter Heilpflanzen wäscht, verschwindet die olwihwa-Krankheit und man kann heiraten. Gegen die olugurwe-Krankheit ist kein Kraut gewachsen. Warum soll man ins Feuer springen, wenn man genau weiß, daß man darin verbrennt?“

Nachdem das Gespräch diesen Verlauf genommen hatte und sie erkannt hatten, daß zwischen ihnen ein Ehehindernis bestand, verabschiedeten sie sich voneinander, und ein jeder ging seiner eigenen Wege. Myombekere ging das alles durch den Kopf und er sprach den ganzen Heimweg über wie ein Besessener zu sich selbst. Der Frau erging es ähnlich, denn sie wußte, daß ihr jener Mann nicht nur aus Spaß einen Heiratsantrag gemacht hatte. Er hätte sie sicherlich geheiratet, wäre nicht plötzlich das Ehehindernis aufgetaucht.

KAPITEL 3

Bwana Myombekere soll haftbar gemacht werden, weil seine Rinder im Hirsefeld des Nachbarn Ntamba geweidet haben

Die Sonne war schon untergegangen, als Bwana Myombekere wieder in seinem Gehöft eintraf. Der Hütejunge verschloß gerade das Eingangstor. Als er Myombekere erblickte, lief er ihm entgegen, um seine Waffen in Empfang zu nehmen. Er trug sie ins Haus und hängte den Bogen verkehrt herum an einen Gabelstock, der sonst zum Aufhängen von Gegenständen wie Strohuntersätzen, Schöpflöffeln und Ziegenhäuten diente. Myombekere verschloß derweil selbst das Hoftor und trat danach ins Haus. „Wo hast du meinen Bogen hingelegt?“ fragte er den Jungen. „Und wo sind die Pfeile?“ – „Den Bogen habe ich an den Gabelstock gehängt“, erwiderte der Junge, „die Pfeile liegen oben auf der Zwischenwand.“ Als Myombekere im Dunkeln der Hütte nach dem Bogen tastete, merkte er, daß er falsch herum aufgehängt war. Eigentlich war ihm danach, den Jungen anzubrüllen, jedoch er mäßigte sich und fragte nur: „Hängt man so einen Bogen auf? Wer hat dir das nur beigebracht?“ Dann nahm er die Pfeile und stellte sie ebenfalls an ihren richtigen Platz.

Er ließ sich auf einem Stuhl nieder und tauschte mit der Köchin die Neuigkeiten des Tages aus. Sie erzählte ihm, daß fast der ganze Tag mit dem Weiden der Rinder hingegangen sei. „Dabei haben wir uns strafbar gemacht“, bemerkte sie. Myombekere fragte sofort nach: „In welcher Weise?“ Sie darauf: „Nun ja, mit den Pflanzungen anderer Leute ist etwas geschehen.“ – „Mit wessen Pflanzungen?“ fragte er kurz. Die Köchin erklärte: „Sie gehören einem gewissen... Ei, ich habe doch wahrhaftig seinen Namen vergessen. Warte, jetzt fällt er mir wieder ein. Er klingt so ähnlich wie... eee... wie Ntamba!“ Myombekere wollte Gewißheit: „Auf welcher Seite des Gehöftes habt ihr die Tiere geweidet?" – „Dort, wo die mazuzume-Bäume stehen." – „Habt ihr etwa zugelassen, daß die Tiere die Hirse Ntambas gefressen haben?" – „Ja, so heißt der Mann! Er ist deswegen gewalttätig gegen uns vorgegangen. Fast hätte er uns umgebracht. Aber laß es mich dir der Reihe nach erzählen:

Also, es war nach zwei Uhr. Wir hatten die Rinder schon zur Tränke geführt. Nachdem sie sich gelagert hatten, ging ich ins Gehöft zurück, um Wasser zu holen und zu sehen, ob dort alles in Ordnung wäre. Der Hütejunge blieb bei den Rindern. Im Gehöft pflockte ich die Kälber um und gab ihnen zu Trinken. Dann ging ich ins Haus und füllte eine Kalebasse mit Wasser für den Hütejungen. Danach machte ich mich wieder auf zur Weide. Als ich in das offene Gelände kam, hörte ich jemanden immer wieder schreien: ›Schlagt dieses Kind solange, bis sein Herr kommt und wir auf Leben und Tod miteinander kämpfen, denn es hat Böses getan!‹ Als ich nach rechts blickte, sah ich jenen Mann namens Ntamba hinter dem Hütejungen herlaufen. Er hatte einen großen Prügel in der Hand und schrie: ›Ich werde dich noch erwischen.‹ Das Kind flehte ihn an: ›Bwana Mkubwa, großer Herr, laßt ab von mir. Ich bin doch wehrlos. Bwana Mkubwa, verschont mich!‹ Der Junge lief als erster an mir vorbei. Ich fragte ihn: ›Wieso rennst du nach Hause? Wer paßt denn auf die Rinder auf?‹ Noch ehe er antworten konnte, kam jener Ntamba zu mir heran und hob seinen Knüppel, als ob er mich schlagen wollte. Ich fragte ihn: ›Mann, was ist los? Warum willst du das Kind anderer Leute töten?‹ Außer sich vor Wut schrie er mich an: ›Du Dummkopf, Schimpf und Schande deiner Mutter! Ich komme aus gutem Hause, Schimpf und Schande dir! Du Frauenmensch, wohnst du nicht bei Myombekere? Laß mich dich auf der Stelle verprügeln, damit Myombekere kommt und wir miteinander auf Leben und Tod kämpfen. Weib, komm und sieh, wie eure Rinder mein ganzes Hirsefeld verwüstet haben. Heute kannst du was erleben, du Bastard! Meine Hirse werdet ihr mir teuer bezahlen müssen!‹ Der Mann hatte nur drei Rinder in seinem Hirsefeld gesehen. Ohne sich weiter darum zu kümmern, ging er gleich auf das Kind los, das im Schatten eines Busches lag. An Ort und Stelle packte er es am Arm und schlug es windelweich. Das

Kind schrie und schrie. Als der Stock endlich zerbrach und Ntamba einen neuen aufnehmen wollte, befreite sich das Kind aus dem Griff des Mannes und lief davon. Ntamba setzte ihm nach. Unterwegs hob er einen schweren Prügel auf, um den Jungen damit zu erschlagen. Das war der Augenblick, als ich hinzukam. Der Mann ging mit mir zu seinem Feld zurück, während uns das Kind von Ferne nachfolgte. Dort sahen wir, daß sich inzwischen alle Rinder im Hirsefeld befanden. Der Junge und ich bemühten uns, sie herauszutreiben, während der Mann zum Dorfvorsteher ging, um uns dort zu verklagen. Am Abend trieben wir die Herde ins Gehöft zurück. So haben wir uns strafbar gemacht. Aber um die Wahrheit zu sagen, jener Mann muß verrückt sein. Vielleicht raucht er auch Haschisch. Anders ist sein unbeherrschtes Verhalten wohl nicht zu erklären. Er hat das Kind übel zugerichtet. Das Wasser, das du auf den Herdsteinen siehst, erhitze ich, um ihm wegen der Blutergüsse Umschläge zu machen. Die Leute sagen, wenn man viele Stockschläge abbekommen hat, fühlt man sich kurze Zeit danach noch verhältnismäßig wohl. Nach einigen Tagen kann man aber plötzlich starke Schmerzen bekommen und sogar sterben.“

Myombekere war über diese Geschichte äußerst beunruhigt. Trotzdem sagte er: „Macht nichts! Jener Ntamba wird was erleben. Nur weil ich nicht da war, hat er sich so aufgespielt. Wäre es nicht dunkel, würde ich in sein Gehöft gehen und ihn in geeigneter Weise fragen, warum er meinen Jungen so übel zugerichtet hat. Er hat doch nichts, worauf er stolz sein kann. Alle Rinder in seinem Gehöft gehören anderen Leuten. Nun ja, er wird was erleben. Sein Glück, daß ich nicht da war! Morgen werden wir sehen, was die anderen Leute davon halten.“

Nach dem Gespräch nahm die Köchin das Wasser, um dem Hütejungen Umschläge zu machen. Das übrige Wasser brachte sie zu Myombekere, damit er sich die Hände waschen konnte. Dann melkten sie die Kühe. Erst danach fand sie Zeit, das Abendessen zuzubereiten. Als sie den Hütejungen, der auf seinem Bett lag, aufforderte, zum Essen zu kommen, wollte dieser nicht. Myombekere fragte ihn: „Hast du starke Schmerzen? Bist du von den Schlägen so krank, daß du nicht wenigstens etwas essen kannst?“

Der Junge antwortete: „Ich habe einfach keinen Hunger.“ Nach dem Abendessen gingen sie schlafen.

Früh am Morgen stand Myombekere auf und rief den Jungen nach draußen, um bei Licht zu sehen, was Ntamba ihm zugefügt hatte. Kagufwa, so hieß der Junge, erhob sich und kam schlaftrunken nach draußen gewankt. Zunächst ging er hinter das Haus, um zu urinieren. Dann fand er sich auf dem Vorplatz neben der Hütte ein. Myombekere betrachtete aufmerksam seinen ganzen Körper und stellte dabei fest, daß Ntamba ihn in der Tat übel zugerichtet hatte. Dann fragte er Kagufwa: „Fühlst du dich noch irgendwo taub oder hast du starke Schmerzen?“ Kagufwa erwiderte: „Nein, die Taubheit verschwand schon in der Nacht. Sogar die Schmerzen sind weniger geworden. Eigentlich habe ich nur noch dort Schmerzen, wo er mich getreten hat. Wenn es so weitergeht, bin ich hoffentlich schon bald wieder gesund.“

Nachdem die Sonne etwas höher am Himmel stand, erhitzte die Köchin Wasser. Den Tontopf mit dem heißen Wasser trug sie hinter das Haus, breitete dort eine Matte aus, die sonst zum Verschließen der Tür benutzt wird, und rief Kagufwa, um ihn mit Maniokblättern abzureiben und zu massieren. Der Junge schrie dabei ständig: „Du tust mir weh!“ Sie aber ermutigte ihn: „Halte durch, mein Kind. Ich will dir ja helfen. Jenes Ungetüm wollte dich töten. Wie kann man nur das Kind anderer Leute so schlagen, als ob es ein Feind oder ein Hexer sei, der die eigene Familie umgebracht hat!“ Nachdem Kagufwa sich abgetrocknet hatte, ging er auf den Vorplatz, um sich in der Sonne aufzuwärmen, während die Köchin sich anschickte, nach der Sitte des Kerewe-Landes das Frühstück zu bereiten.

Noch ehe das Frühstück fertig war, näherte sich plötzlich ein Bote des Dorfvorstehers dem Gehöft. Am Hoftor rief er mit gewaltiger Stimme: „Laßt mich ein! Ist Myombekere da oder nicht?“ Myombekere erwiderte ihm: „Herein! Wir sind da! Wohin, glaubst du, sollten wir so früh am Morgen schon gegangen sein?“ Der Bote bemerkte: „Da du Junggeselle bist und keine Frau hast, hätte es ja sein können, daß du mit dem ersten Hahnenschrei weggegangen wärest, um eine Frau zu suchen. Jemand ohne Frau pflegt nicht einfach im Gehöft zu bleiben so wie ein Verheirateter." Dann setzte er sich auf dem angebotenen Stuhl nieder. Sie begrüßten einander. Auch Kagufwa begrüßte den Mann. Der Bote fragte: „Gibt es noch jemanden im Gehöft?" Als Myombekere dies bejahte, fragte er weiter: „Einen Mann oder eine Frau?" Man antwortete ihm: „Es ist eine Frau, kein Mann!" Da grüßte der Bote in Richtung auf die Hütte: „Wie geht es Euch, Bibi?" Und die Köchin in der Hütte antwortete: „Danke, gut, Bwana!" Zu Myombekere gewandt, sagte er: „Ich komme als Bote des Dorfvorstehers. Du sollst unbedingt mit Ntamba zu ihm kommen, um einen Streitfall schlichten zu lassen. Ntamba hat dich verklagt. Angeblich hast du gestern nachmittag deine Rinderherde in seinem Hirsefeld weiden lassen. Alle Hirse sei dabei gefressen worden und nicht ein einziger Stengel übriggeblieben. Ihr sollt bald zum Dorfvorsteher kommen, weil er später noch an einer Trauerfeier teilnehmen muß. Einer seiner Verwandten ist nämlich gestorben. Ich gehe schon mal voraus. Beeile dich, schnell nachzukommen, damit die Leute mir nicht vorwerfen, daß ich dich nicht gleich mitgenommen habe, wie es eigentlich meine Pflicht wäre." Als er aufstehen wollte, bat Myombekere ihn, ein wenig zu verweilen: „Warte noch ein bißchen. Da drinnen wird gerade das Frühstück bereitet. Schau dir inzwischen an, wie Ntamba den Hütejungen zugerichtet hat, als ich bei meinen Schwiegereltern war, um sie wegen meiner Frau um Verzeihung zu bitten. Du hast ja selbst festgestellt, daß ich keine Frau habe. Ich bin erst spät am Abend von den Schwiegereltern zurückgekehrt." Der Bote nahm also wieder Platz und rief Kagufwa herbei, um ihn näher zu betrachten. Er schaute sich das Kind aufmerksam an und murmelte: „Jener Ntamba ist wirklich ein schlimmer Mensch. Auch wenn jemand daran schuld ist, daß einem das Hirsefeld verdorben wurde, kann man ihn doch nicht so hart bestrafen. Selbst sein eigenes Kind würde man nicht so zurichten. Nun, komm auch du zum Dorfvorsteher, Kagufwa! Wir werden dann sehen, was die Schiedsversammlung dazu zu sagen hat."

Die Köchin brachte das Wasser zum Händewaschen und trug den Hirsekloß und einen Tontopf mit Fleischbeilagen auf. Nachdem sie gegessen hatten, rief Myombekere die Köchin, das Eßgeschirr abzuräumen. Als sie sah, daß vom Hirsekloß noch etwas übrig war, fragte sie erstaunt: „Warum habt ihr ihn nicht aufgegessen? War er etwa nicht gar?" Myombekere antwortete ihr im Scherz: „Sollte er nicht gar sein, koche einen neuen Hirsekloß!" Worauf alle lachten. Die Köchin erwiderte: „Ich habe eigentlich nur gefragt, weil Kagufwa schon gestern abend ohne Essen ins Bett gegangen ist. Vielleicht haben die Schläge seinen Bauch verletzt. Ich dachte, durch meine Massagen sei es etwas besser geworden, so daß er wenigstens heute morgen etwas hätte essen können."

Myombekere melkte zunächst seine Kühe, dann sagte er der Köchin, daß er sich nun mit dem Boten und Kagufwa zum Schiedsgericht des Dorfvorstehers begeben werde. Außerdem gab er ihr Anweisungen, wer die Rinder hüten sollte.

Als sie beim Dorfvorsteher eintrafen, war Ntamba schon da. Außer ihm waren noch viele angesehene Leute erschienen. Sie wollten dem Dorfvorsteher ihre Aufwartung machen und ihm selbstgebrautes Bier als Geschenk übergeben. Myombekere und Kagufwa setzten sich und begrüßten der Reihe nach die Anwesenden: den Dorfvorsteher, die Besucher und zuletzt auch den gewalttätigen Ntamba. Der Dorfvorsteher rief seinen Sohn: „Lubona!" Oh, der Sohn antwortete nicht. Da rief er ein zweites Mal: „Lubona!" – „Na'am", kam schließlich die Antwort. – Der Vater fuhr fort: „Komm her zu mir!" Als Lubona endlich kam, stand der Dorfvorsteher auf und flüsterte ihm abseits etwas ins Ohr. Der Sohn ging darauf eilfertig in die Hütte des Vaters. Kurz darauf hörte man: gluck gluck gluck, dazu das schabende Geräusch eines hölzernen Schöpflöffels. Alsbald kam der Sohn mit einem tönernen Bierkrug zurück. Als Lubona ihn gleich der dort sitzenden Gruppe reichen wollte, gab ihm der Vater mit der Hand ein Zeichen und sagte: „Bring den Topf erst mal in den Schatten da drüben! Hältst du uns für Eidechsen, daß du uns hier in der Sonne dörren lassen willst?" Die Anwesenden erhoben sich einer nach dem anderen und langsam begaben sie sich zu dem Platz, wohin das Bier gebracht worden war. Während sie sich dort niederließen, holte der junge Mann die hölzerne Kelle, mit der das Bier geschöpft werden sollte, und das Trinkgefäß, das ebenfalls aus Holz war. Dann hob er den Deckel des Bierkrugs hoch und rief seiner Mutter zu: „Bring schnell deine Trinkkalebasse her, damit ich dir eine Kostprobe eingießen kann!“ Sie brachte die Kalebasse. Man nahm sie ihr ab und übergab sie dem Sohn. Der füllte zwei kleine Schöpflöffel Bier ein. Die ihm am nächsten saßen, nahmen es in Empfang und reichten es der Mutter weiter. Sie schaute in die Trinkkalebasse und stellte fest, daß die Menge für sie und diejenigen, die sich bei ihr in der Hütte befanden, nicht ausreichen würde. Darum sagte sie zu ihrem Sohn: „Mein Kind, warum gibst du mir so wenig, wo doch der Krug so groß ist? Du hast mir gerade genug für mich allein gegeben. Deine eigene Frau trinkt aber doch genauso viel wie ich. Und meinst du etwa, die anderen im Haus trinken nichts? Komm, sei nicht so geizig!“ Lubona füllte darauf noch drei Löffel nach. Der Mann, der die Trinkkalebasse von ihm übernahm, um sie der Mutter weiterzureichen, wurde von den anderen geneckt: „Trink doch ein bißchen davon, dann gib es mir! Oder hast du etwa Angst, daß du daran sterben könntest?“ Die Anwesenden lachten und sagten: „In der Tat, wovor sollte er sonst Angst haben?“ Nachdem Lubona seiner Mutter der Sitte gemäß die erste Bierprobe gereicht hatte, begann er, das Bier an die übrigen auszuschenken. Er füllte das Trinkgefäß randvoll und übergab es seinem Vater, dem Dorfvorsteher. Darauf erhoben die anderen Männer sofort Widerspruch: „Nein, nein! Das ist nicht richtig! Gib es ihm nicht! Wo hat man sowas schon gesehen? Bei uns im Kerewe-Land trinken die Würdenträger doch nicht selbst das Bier an! Ei, was für Sitten sind das!“ Also gab man das Trinkgefäß zunächst einem alten Mann. Der trank es an. Als der Becher nur noch halbvoll war, sagte der neben ihm Sitzende: „Schenk es mir, mein Alter! Das Bier bringt dich sonst noch um!“ Der Alte setzte darauf das Trinkgefäß ab, atmete tief aus: „Puh, ah! Embwa, ezungire ekitoke kinu tiyo! – Der Hund, der dieses Bananenbier gebraut hat, verdient großes Lob!“ Die Leute lachten sich darüber halbtot. Auch derjenige, der dem Dorfvorsteher das Bier als Geschenk gebracht hatte, war über den Ausdruck ‚Hund‘ keinesfalls erbost, denn dieser Ausspruch entspricht einer uralten Sitte bei den Kerewe. Man gebraucht in der Tat dieses Wort, wenn man jemanden loben will, der besonders gutes Bier gebraut hat.

Nun, der Mann, der vom Alten das Trinkgefäß übernahm, leerte es sofort aus. Bei der zweiten Runde wurde es Lubona, dem Austeiler des Bieres, endlich gestattet, seinem Vater einzuschenken. Lubona goß das Trinkgefäß wieder voll und reichte es dem, der neben ihm saß. Der wiederum brachte es zum Dorfvorsteher. Zu dessen Füßen kniete er nieder und bot ihm mit respektvoller Geste das Gefäß an. Ehe der Dorfvorsteher jedoch das Bier entgegennahm, forderte er ihn auf: „Tigaraba ha munwa: iguraho! – Laß es nicht einfach an deinem Munde vorbeigehen! Trink zuerst selbst davon, dann gib es mir!" Jener trank einen langen Schluck und atmete kräftig aus. Dann nahm er noch einen Schluck. Schließlich übergab er dem Dorfvorsteher das Trinkgefäß. Auch der trank davon und reichte dann das Bier an jemanden weiter, der ihm besonders lieb war. Erst danach teilte Lubona an alle Anwesenden eine Runde Bier aus. Ganz am Ende trank, der Kerewe-Sitte gemäß, auch Lubona davon.

Nachdem der Austeiler getrunken hatte, unterbrach der Dorfvorsteher den weiteren Ausschank des Bieres.

KAPITEL 4

Der Streit zwischen Myombekere und Ntamba vor dem Schiedsgericht des Dorfvorstehers

Der Dorfvorsteher sprach zu den in seinem Gehöft Versammelten: „Mabwana, Männer, hört mir mal zu! Bei den Kerewe sagt man: ›Enzoga tesiga kigambo! – Wo Bier ist, gibt es keine Geheimnisse.‹ Als ich mich gestern nachmittag dort im Schatten mit meinen Frauen ausruhte, sah ich plötzlich Ntamba bei mir im Gehöft. Er war völlig außer Atem und verschwitzt, so als ob jemand hinter ihm her sei. Die Frauen boten ihm einen Stuhl an. Er aber sagte, er wolle sich nicht setzen. Er sei nur gekommen, mich zu bitten, ihn aufs Feld zu begleiten. Myombekere ließe dort seine Hirse abweiden. Ich fragte ihn, ob Myombekere etwa noch auf dem Feld sei. Ntamba erklärte mir darauf, daß es eigentlich um Myombekeres Hütejungen gehe. Dieser habe die ganze Rinderherde in sein Hirsefeld getrieben und dabei das Feld vollständig verwüstet. Er, Ntamba, sei so wütend geworden, daß er den Jungen geschlagen habe. Er habe gehofft, daß dessen Schreie Myombekere herbeirufen würden und er sich mit ihm auf Leben und Tod schlagen könnte. Als er vom Feld gelaufen sei, habe der Knabe mit Hilfe der Frau, die ebenfalls in Myombekeres Gehöft wohne, die Rinder aus dem Feld vertrieben. Nun Leute, es war mir klar, daß die Zeit bis zum Sonnenuntergang nicht reichen würde, um den Fall zu schlichten. Deswegen sagte ich zu Ntamba: ›Kehre zunächst in dein Gehöft zurück und komme morgen vormittag wieder. Ich werde inzwischen meinen Boten zu Myombekere schicken, um ihn herbeirufen zu lassen.‹ Wie ihr seht, sind beide hier. Ich lege euch den Streitfall vor, damit ihr ihn euch anhört und euer Urteil dazu abgebt. Jetzt kennt ihr den Grund, warum ich eure Einzelgespräche mit dem Spruch ›enzoga tesiga kigambo – wo Bier ist, gibt es keine Geheimnisse‹ unterbrochen habe."

Die Leute verstummten und überlegten, was sie dem Dorfvorsteher antworten sollten. Da sie sein Bier getrunken hatten, waren sie schließlich bereit, auf seinen Vorschlag einzugehen. Einer sagte: „Ja, Bwana Jumbe, ihr habt recht. Sollen die beiden ihre Sache vortragen. Wir werden zuhören, denn hierzulande wird ein Streitfall stets von vielen geschlichtet.“ Einer der Anwesenden, der Mwanangwa hieß, forderte Ntamba auf: „Fang du an, denn du klagst Myombekere an, daß er dein Hirsefeld verwüstet hat.“ Als Ntamba umständlich aufstehen wollte, hielten sie ihn mit Worten davon zurück: „Sprich wie ein gewöhnlicher Mann! Du kannst dabei sitzen bleiben.“ Ntamba räusperte sich und schilderte den Fall in allen Einzelheiten. Er schloß seine lange Schilderung: „Es ist für mich ein großer Schaden, daß meine Hirse gefressen wurde. Ich bin zu euch Schlichtern gekommen, damit ihr mir eine Entschädigung zusprecht. Myombekere und ich können allein keinen Ausgleich erzielen. Dorfvorsteher und ehrenwerte Anwesende, das ist alles, was ich zu sagen habe.“

Dann kam Myombekere an die Reihe. Er berichtete: „Ich habe schon früh am Morgen das Gehöft verlassen und bin zu meinen Schwiegereltern gegangen, um sie um Verzeihung wegen meiner Frau zu bitten. Erst spät am Abend bin ich zurückgekehrt und habe von dem Vorfall erfahren. Ntamba hat den Jungen mit stacheligen amageye-Stöcken geschlagen und ihm Fußtritte in den Bauch gegeben, so daß er am Abend nichts essen konnte. Er soll doch mal aufstehen und euch zeigen, welche Spuren er von den Schlägen davongetragen hat.“ Kagufwa stand auf, und alle schauten sich ihn an. Sogar die Frauen kamen aus den Hütten, um ihn zu betrachten. „Nur weil seine Hirse von den Kühen gefressen wurde, hat er sich erdreistet, ein fremdes Kind so übel zuzurichten“, sagten die Leute. „Er wollte es bestimmt umbringen.“

Myombekere fuhr fort: „Ich möchte mich von der Verantwortung für die Zerstörung des Hirsefeldes keinesfalls freisprechen. Selbst wenn die Tiere von Erwachsenen auf die Weide geführt werden, machen sich gelegentlich einige Tiere selbständig und beschädigen die Felder anderer Leute. Wir sind doch alle Bauern! Oft erwischen wir auch die Hirten dabei, daß sie absichtlich ihre

Rinder auf unsere Felder treiben. Entweder dulden wir es oder wir streiten uns mit ihnen. Dann bleibt es aber stets beim Austausch von Worten. Als Ntamba zwei oder drei meiner Rinder in seinem Hirsefeld fand, versuchte er nicht etwa, die Rinder aus seinem Feld zu vertreiben, sondern er verfolgte den Hirten, um ihn zu verprügeln und seinen Bauch mit Fußtritten zu bearbeiten. Will er für das, was er angerichtet hat, noch eine Entschädigung? Wäre es ihm wirklich um Schadensersatz gegangen, hätte er den Jungen nicht zusammengeschlagen. Er hat Glück gehabt, daß ich nicht zu Hause war, sonst hätten wir einander noch umgebracht! Das ist alles, was ich zu sagen habe. Dorfvorsteher, Männer und Frauen, die ihr hier versammelt seid, entscheidet zwischen uns! Von meiner Seite ist das alles. Es kommt unter den Menschen immer mal vor, daß man für einen Schaden verantwortlich gemacht wird."

Der Dorfvorsteher forderte die Anwesenden auf: „Männer, bringt den Fall schnell zu einem Ende, damit wir noch andere Angelegenheiten erledigen können!" Daraufhin stand einer der Anwesenden auf und meinte: „Da Myombekeres Kühe die Hirse von Ntamba gefressen haben, komme ich zu dem Schluß, daß Myombekere der Schuldige ist. Er hat das Recht verletzt und soll an Ntamba fünf Ziegen als Schadensersatz zahlen. Eigentlich müßte er nach althergebrachtem Recht der Kerewe sechs Ziegen zahlen. Da aber Ntamba, indem er den Jungen über alle Maßen verprügelte, seinerseits das Recht gebrochen hat, soll ihm die sechste Ziege als Entschädigung abgezogen werden. Das ist meine Meinung, ihr Männer und Frauen!"

Danach erhob sich eine Frau und trat in den Kreis der Männer: „Nach unserem Recht sind für das Abweiden eines fremden Hirsefeldes in der Tat sechs Stück Vieh als Schadensersatz zu leisten. Aber in der Klage Ntambas gegen Myombekere liegt der Fall anders: Erstens hat er Klage nur erhoben, weil er einen für sich günstigen Ausgang des Falles erhofft. Er soll daher zunächst dem Dorfvorsteher und euch, verehrte Anwesende, die für die Verhandlung üblichen Gebühren zahlen. Zweitens ist er der schweren Körperverletzung schuldig. Myombekere soll ihm daher die fünf Ziegen, die der Herr Vorredner gefordert hat, nicht zahlen müssen. Ich bin wirklich der Ansicht, daß sich die beiden Vergehen aufwiegen. Es sollen keinerlei Zahlungen geleistet werden, und beide Parteien mit leeren Händen davongehen. Schließlich hat Ntamba einen Mordversuch begangen, als er so heftig auf das Kind einschlug und es mit Fußtritten bearbeitete. Ehe er hier vor den Schiedsrichtern erschien, wollte er den Fall offenbar auf eigene Faust erledigen. Es ist doch ganz offensichtlich, daß das Kind nur durch die Schnelligkeit seiner Füße gerettet wurde, anderenfalls wäre es auf der Stelle umgebracht worden. Seht nur, sein Körper ist wie bei einer Leiche angeschwollen! Und dafür soll Ntamba noch fünf Ziegen bekommen? Auf welcher Seite liegt eigentlich die wirkliche Schuld? Dies ist meine Meinung, Dorfvorsteher, Mabwana na Mabibi, meine Mitversammelten. Nun ist es an euch, eure Meinung zu äußern!"

Danach ergriff ein alter Mann im Sitzen das Wort: „Es ist lange her, daß ich geboren wurde, und ich habe viel erlebt. Ich sah, wie manche ihre Rinder im Wald und am Feldrain weiden ließen. Ich erlebte auch, daß sie sie die Feldfrüchte anderer auffressen ließen. Ich weiß von Leuten, die für ihre zerstörten Felder eine Entschädigung forderten und von solchen, die nichts dafür verlangten. Alles das kenne ich. Den Fall von Ntamba habe ich genau geprüft und bin dabei zu der Überzeugung gekommen, daß ihm vor allem daran liegt, von Myombekere etwas gezahlt zu bekommen. Darüber hinaus erkenne ich, daß er ein Mensch ist, den die Kerewe ‚masirugetegwire', ein Schlitzohr, nennen. Wäre er es nicht, hätte er die Rinder schnell aus dem Feld vertrieben, ohne viel Wind zu machen. Denn das hätte er zuerst tun und dann den Hirten zur Rechenschaft ziehen müssen. Er hätte Augenzeugen herbeirufen sollen, als es noch hell war. Stattdessen hat Ntamba das Recht selbst in die Hand genommen und das Kind zusammengeschlagen. Er hat dadurch ganz ohne Zweifel unser Recht verletzt. Darum muß er die Kosten der Verhandlung an den Jumben zahlen, damit der Streit beendet wird. Die Schuld, einen Menschen zu töten, ist größer, als Hirse abweiden zu lassen. Jumbe und alle, die ihr hier versammelt seid, so sehe ich die Sache."

Die anderen stimmten ihm zu: „Was der Alte gesagt hat, ist richtig. Hätte Ntamba Schadensersatz gewollt, hätte er das Kind nicht geschlagen. Also, da er das Kind zusammenschlug und beinahe sogar getötet hätte, muß er zur Verantwortung gezogen werden. Ein Tötungsversuch wiegt schwerer als der Schaden eines abgefressenen Hirsefeldes."

Ntamba senkte vor Scham seinen Kopf. Ihm fehlten die Worte, sich zu rechtfertigen. Der Dorfvorsteher fragte ihn: „Ntamba, wärest du mit deiner Klage hierhergekommen, wenn du das Kind vorher gesehen hättest?" Ntamba antwortete: „Jumbe, diese Frage kann ich aus Kummer über mein zerstörtes Hirsefeld nicht beantworten. Ich habe nichts weiter hinzuzufügen als das Sprichwort: ›Asingwa bukindo tibamuseka – Wer vor Gericht unterliegt, dem bleibt nur die Strafe.‹ Wenn ihr den Fall in dieser Weise entscheiden wollt, dann tut es nur!"

Der Dorfvorsteher pfiff, um die Leute zum Schweigen zu bringen. Dann sagte er: „Ich habe die Ansichten der ehrenwerten Anwesenden wohl vernommen. Mein Spruch in dem Streitfall lautet wie folgt: Ntamba, du hast den Prozeß nach der Meinung der Mehrheit verloren, weil du den Hütejungen Myombekeres übel zusammengeschlagen hast. Hätte sich dieses Kind nicht durch seine schnellen Beine retten können, wäre es umgekommen. Für die Schlichtung des Streits zahlst du sofort einen Ziegenbock. Wir werden auf diese Zahlung nicht bis morgen oder übermorgen warten. Nein, wir wollen, daß du die Ziege augenblicklich herbeiholst. Du, Myombekere, gib in Zukunft besser acht auf deine Tiere, wenn du sie am Rande der Felder anderer weiden läßt, damit du dir keine unnötigen Scherereien bereitest! Ntamba, schaffe den Ziegenbock herbei, noch ehe die Leute von hier weggehen!"

Ntamba erhob sich und sagte zu Lubona, dem Verteiler des Bieres: „Gib mir noch einen Schluck Bier für den Fall, daß bei meiner Rückkehr schon alles ausgetrunken sein sollte!" Der Bierverteiler gab ihm eine kleine Schöpfkelle voll. Ntamba trank und machte sich schnell auf den Weg, um die geforderte Ziege herbeizuschaffen.

Die Zurückbleibenden balgten sich um das Bier und schrien durcheinander: „Nteramo! Nteramo! – Gib auch mir davon!" Als sie noch dabei waren, sahen sie, wie Ntamba schon zurückkehrte.

Schweißgebadet brachte er seinen Sohn und einen großen Ziegenbock mit. Er stellte sich vor dem Dorfvorsteher auf. Während sein Sohn den Ziegenbock festhielt, sagte er: „Jumbe, nimm diesen Ziegenbock entgegen. Er ist der einzige, den ich bei mir fand. Ich habe keinen anderen." – „Es ist schon gut", antwortete ihm der Dorfvorsteher, „binde ihn erstmal dort am Baum fest." Später fragte er die Anwesenden, ob sie mit dem Ziegenbock zufrieden seien. Die Leute bejahten dies einstimmig und fügten hinzu: „Als wir den Ziegenbock sahen, haben wir unter uns gleich gesagt, daß der Streitfall nun beigelegt ist. Für den Fall, daß du den Bock mit uns teilen willst, gib ihn uns zum Schlachten."

Der Dorfvorsteher trug seinem Sohn auf, das restliche Bier zu verteilen. Als dies geschehen war, sagte er: „Nun, ihr jungen Leute, führt die Ziege hinter das Haus, schlachtet sie und häutet sie ab!" Die Jungen taten wie ihnen geheißen. Sie stürzten sich auf den Ziegenbock, drückten ihm die Gurgel zusammen und hielten Schnauze und Nüstern zu. Dann drehten sie den Hals nach hinten und traten ihm mit aller Kraft in den Bauch, um ihn schnell zu töten. Da sie das zuletzt verteilte Bier schon getrunken hatten, ging es wirklich rasch. Der Bock war schon tot, als sie an dem ihnen zugewiesenen Schlachtplatz ankamen.

Eilends häuteten sie den Ziegenbock ab. Es herrschte ein so reges Treiben, daß der Staub aufgewirbelt wurde. Diejenigen, die rohes Fleisch, sogenanntes obubisi, liebten, drängten begierig näher, um ein Stück zu erlangen. Die jugendlichen Abhäuter hielten sie aber zurück: „Wieso wollt ihr schon obubisi-Fleisch essen, noch ehe wir die Vorder- und Hinterläufe des Tieres abgetrennt haben?" Die Esser ließen sich dadurch jedoch nicht abweisen und erwiderten: „Schnell, schneidet den Bauch auf, damit wir unser obubisi-Fleisch zu essen bekommen!" Kaum hatten die Häuter den Bauch des Ziegenbocks mit einem Buschmesser aufgeschnitten, stürzten sich die Esser auch schon darauf, um ein Stück rohes obubisi-Fleisch zu ergattern, bevor die Läufe des Tieres abgetrennt worden waren. Die jungen Häuter machten die alten Männer darauf aufmerksam, daß man rohes obubisi-Fleisch erst essen dürfe, wenn das Tier vollständig ausgeweidet sei. Sie wurden daraufhin von den Alten unter

Berufung auf das Kerewe-Sprichwort ›Obubisi bwita abaseza – Rohes Fleisch tötet Männer‹ zu noch mehr Eile gedrängt, zu groß war deren Gier. Ein alter Mann gab zu bedenken: „Es gibt in der Tat ein Speisetabu, demzufolge rohes Fleisch erst nach dem Entfernen der Läufe und dem Ausweiden des Tieres gegessen werden darf. Ich warne euch alle davor. Sollte einer unter euch sein, der dieses Tabu nicht kennt, mag er sich in aller Ruhe bei den Kennern im Lande kundig machen. Man wird es ihm erklären, und er wird es dann bestimmt begreifen!"

Nachdem die Häuter alle Läufe des Ziegenbocks abgetrennt hatten, schnitten sie den Bauch vollends auf, so daß die Innereien offenlagen. Die obubisi-Esser sahen es, und das Wasser lief ihnen im Munde zusammen. Oh, Gott! Die Begierigen stürzten sich auf Leber und Pansen. Sie verletzten sich fast mit ihren Messern und nahmen sich gegenseitig die Stücke ab, um sie hastig in den Mund zu stecken und hinunterzuschlucken. Einige schnitten sich Stücke von Leber und Pansen klein und übergossen das Kleingeschnittene mit Galle.

Man zündete ein Feuer an und legte zunächst die Rippen darauf, um sie zu rösten. Hätte der Dorfvorsteher nicht Einhalt geboten, hätten die Leute das ganze Fleisch geröstet und aufgegessen. Er hatte aber im Sinn, einen Teil des Fleisches kochen und mit Hirseklößen auftischen zu lassen. Daher forderte er seine Hauptfrau auf, die Kochtöpfe zu bringen. Die Zweitfrau brachte Wasser zum Säubern solcher Innereien, die im Kerewe-Gebiet nicht roh gegessen werden. Die Kocharbeit verrichteten alle Frauen im Gehöft gemeinsam. Die einen stellten die Herdsteine zusammen, die anderen schnitten das Fleisch in kleine Stücke oder spalteten Brennholz. Der Vorsteher teilte ihnen das Fleisch zum Kochen zu: einen Hinterlauf, den Kopf, den Rücken und die Nieren. Für sich selbst hatte er einen Hinterlauf, das Bruststück und die Zunge auf die Seite legen lassen. Aber, um den Biergeschmack in ihrem Munde zu tilgen, wollten die Leute die ganze Ziege gekocht haben.

Die Köchinnen gaben sich alle Mühe, das Feuer unter den Fleischtöpfen zu schüren, denn Männer, für die man kocht, warten nicht lange, bis das Fleisch gar ist. Jeder prahlt mit seinen Zähnen.

Außerdem lieben es die Männer, durch längeres Kauen den Geschmack des Fleisches im Munde zu bewahren. Sie feuerten die Frauen zu größerer Eile an: „Setzt endlich die Töpfe mit den Hirseklößen aufs Feuer. Das Fleisch ist längst gar." Als einige unter ihnen meinten, das Fleisch sei noch nicht gar, rief ein anderer: „Macht nur zu, ihr Frauen! Sie wollen das Fleisch so weich gekocht haben, als ob wir zahnlos wären. Wer keine guten Zähne mehr hat, soll sich gefälligst mit der Soße begnügen! Es ist überhaupt nicht gut, wenn das Fleisch für die Männer zu weich gekocht wird!"

Nachdem die Hirseklöße endlich fertig waren, forderten die Frauen die Männer auf, wie es üblich ist, im Schatten der Bäume Platz zu nehmen. Die Männer setzten sich, und man brachte ihnen Wasser zum Händewaschen und Trinken. Danach wurden die ebihuro-Körbe voll mit Hirseklößen gereicht, ebenso die enanga-Gefäße, die zum Servieren des Fleisches und Trinken der Soße dienten. Ntamba und sein Sohn waren im Gehöft geblieben und ließen sich mit den anderen zum Essen nieder.

Die Frau, die das Fleisch austeilte, wählte ein paar gute Stücke für den Dorfvorsteher aus und reichte sie ihm in einem untadelig sauberen Gefäß. Den anderen Leuten gab sie die Portionen auf die Hand. Wer ein Stück Knochen erwischte, grunzte mißmutig; wer das Glück hatte, ein Stück Fleisch ohne Knochen zu erhalten, wurde von den anderen mit neidischen Augen angesehen. Nachdem die Austeilerin allen etwas Fleisch gereicht hatte, aß sie selbst von dem, was noch im Topf übriggeblieben war. Danach teilte sie die Fleischbrühe in besonderen Gefäßen zum Trinken aus. Nachdem alle gespeist hatten, wurden die Frauen aufgefordert, das Eßgeschirr abzuräumen.

Während die Männer sich die Hände wuschen, tauchten zwischen ihren Füßen plötzlich große Hunde auf. Sie balgten miteinander um die Knochen. Die Männer versuchten, sie mit lauten Rufen zu vertreiben: „Ita, ita! Malema! – Haut ab, haut ab, ihr Krüppel!" Einige von ihnen rannten hastig nach Stöcken. Dadurch mußten andere zur Seite weichen und wurden am Händewaschen gehindert. Schließlich beruhigte sich die Gesellschaft wieder, und das Händewaschen konnte fortgesetzt werden.

Nach dem Essen bat Ntamba den Dorfvorsteher um das Fell des Ziegenbocks. Dieser lehnte seine Bitte jedoch ab und übergab das Fell dem alten Mann, der den Schiedsspruch in ihrem Streitfall gefunden hatte. So hatte Ntamba alles verloren.

Seit jener Zeit redeten Ntamba und seine Sippengenossen schlecht von Myombekere: „Dieser gemeine Hund! Er hat seine Rinder absichtlich in unser Hirsefeld getrieben und nicht einmal etwas dafür bezahlen müssen. Ntamba mußte zusätzlich zu allem Schaden noch einen Ziegenbock opfern, Myombekere aber blieb unbehelligt. Bei ihm stimmt wohl etwas nicht. Vielleicht ist hier sogar Hexerei mit im Spiele!"

Nach dem Essen verabschiedeten sich die Leute vom Dorfvorsteher und gingen ihrer Wege. Als Myombekere in sein Gehöft zurückkehrte, empfing ihn die Köchin mit den Worten: „Meine Anteilnahme wegen des Streitfalls!" Myombekere bedankte sich dafür und erzählte ihr: „Ich habe Ntamba besiegt. Ihm fiel nichts ein, das mich in die Knie hätte zwingen können. Alle, sogar die Frauen, haben seine Ansprüche abgelehnt. Er unterlag schließlich, weil er dieses Kind so übel zugerichtet hat. Die Leute beim Schiedsgericht kamen zu dem Ergebnis, daß er es absichtlich umbringen wollte." Die Frau erwiderte: „Also deswegen hat dich der Bote des Dorfvorstehers so gedrängt, das Kind mitzunehmen! Hätte die Gerichtsversammlung es nicht gesehen, wäre Ntamba bestimmt als Sieger aus dem Streitfall hervorgegangen."

KAPITEL 5

Myombekere geht ein zweites Mal zu seinen Schwiegereltern und bittet sie um Verzeihung

Nachdem Myombekere ein paar Tage in seinem Gehöft verbracht hatte, wurde sein Herz abermals unruhig und gab ihm den Rat ein, noch einmal zu den Schwiegereltern zu gehen, um sie um Verzeihung zu bitten. In der Nacht, bevor er dorthin aufzubrechen gedachte, fand er keinen Schlaf. Er stand daher schon vor dem ersten Hahnenschrei auf und machte sich auf den Weg.

Es war Regenzeit. Unterwegs, noch weit von der Wohngegend seiner Schwiegereltern entfernt, zogen plötzlich schwere Wolken auf, und ein Gewitter brach los. Er beschleunigte seine Schritte, um dem Unwetter zu entkommen. Und als er sah, daß sich in der bewaldeten Gegend weit und breit kein Gehöft befand, wo er hätte Schutz finden können, begann er sogar zu rennen. Es herrschte noch finstere Nacht, so daß er durch die Dunkelheit sehr behindert wurde und Angst hatte, in eins der Löcher zu geraten, die die Erdferkel mitten auf dem Weg zu graben pflegen, oder in einen Graben zu fallen. Nachdem er ohne anzuhalten eine Weile schnell gelaufen war, fing es in Strömen an zu regnen. Es ging ein Gewitter nieder, das selbst einem ausgewachsenen Mann gefährlich werden konnte. Er rannte noch eine Weile weiter. Dann hielt er jedoch inne und schritt ganz ruhig einher, wobei er bis auf die Haut durchnäßt wurde. Er überlegte kurz, ob er angesichts der langen Strecke, die noch vor ihm lag, einfach umkehren sollte, entschloß sich dann aber, doch weiterzugehen. Komme was da wolle. Er, der Arme, dem soviel Widerwärtiges zugestoßen war, gab nicht auf. Er schritt einfach vorwärts.

Schließlich erreichte er ein Gehöft, das bewohnt erschien. Es regnete immer noch so stark, als ob man Wasser aus einem Kürbisgefäß gösse. Der Regen ließ nicht nach, und so ging Myombekere hinein, um dort Schutz zu suchen. Seine Augen waren blutunterlaufen, und sein Kopf schmerzte ihn sehr.

Einige der Hausbewohner wärmten sich am Feuer, andere schliefen noch. Da das Dach des Hauses undicht war, hatten sie sich mit wasserdichten Fellen zugedeckt. Myombekere trat ans Feuer, um sich und sein Gewand zu trocknen. Erst nach einiger Zeit grüßte er. Einige erwiderten seinen Gruß, einige nicht. Er wußte, daß es Menschen gibt, die beim Regen nicht sprechen wollen, und ganz besonders dann nicht, wenn wie jetzt Donner und Sturm den Regen begleiten.

Erst später stellte es sich heraus, daß das Gehöft, in dem Myombekere Schutz gesucht hatte, einem Regenmacher gehörte. Als er um sich blickte, nahm er im Hintergrund jemanden wahr, der sich an ebegemero-Töpfen zu schaffen machte. Es handelt sich dabei um Tongefäße zum Aufbewahren von Medizin, von weißen Kieselsteinen und Kräutern aller Art, nur für Eingeweihte bestimmt. Myombekere heftete den Blick auf den Regenmacher in seinem Umhang aus vielen Fellfetzen. Mit lauter Stimme rühmte er sich selbst und stieß abwechselnd Verwünschungen aus. Myombekere blieb stumm und starrte ihn unverwandt an. Offenbar hatte jener keine Angst, sich während eines starken Gewitters so in die Brust zu werfen. Plötzlich kam es ihm in den Sinn, daß er wohl zum ersten Mal in seinem Leben einem Menschen mit übermenschlichen Kräften begegnet war, der sogar dem Himmel Befehle erteilen konnte.

Nach einiger Zeit ließen Regen und Sturm etwas nach. Doch plötzlich! Ei, ein Blitz tauchte alles in grelles Licht, gefolgt von einem fürchterlichen Donnerschlag – wagingirii! Die Leute wurden zu Boden geworfen und fielen durcheinander – waligitii! Selbst der Regenmacher wurde von seinen Gefäßen weggerissen, hin in den Mittelraum der Hütte, der 'omukugiro' heißt. Als die Leute wieder zu sich kamen, lagen sie alle im Sand. Myombekere warf einen Blick auf jenen Mann, der sich vorher so gebrüstet und mit dem Himmel geredet hatte. Er sah, daß er sich genauso wie die anderen den Sand abwischte. Da dachte Myombekere bei sich: Dieser, der dem Himmel Befehle gibt, ist doch eigentlich nicht anders als wir gewöhnlichen Menschen, die vom Regenmachen nichts verstehen und auch keine Talismane oder Medizinen gegen Blitz und Regen besitzen.

Als der Regen aufhörte, ging jener Mann als erster nach draußen, warf einen Blick in den Rinderpferch und sah, daß der Blitz drei seiner Tiere erschlagen hatte. Über alle Maßen verwundert rief er aus: „Ahnherr, wie konnte das geschehen? So etwas ist doch noch nie vorgekommen! Seit den vielen Jahren, die ich schon hier lebe, hat sich so etwas noch nie ereignet. Das ist etwas völlig Neues. Leute! Kommt schnell heraus und seht!" Die Leute stürzten aus dem Haus und fanden zu ihrem großen Erstaunen die toten Rinder im Pferch schon ganz starr und steif vor.

Myombekere zog sich eilig zurück und ging seiner Wege, denn er war kein Mensch, der auf Speisen wartet, die der Himmel als Almosen reicht. Außerdem kannte man ihn in dem Gehöft nicht. Tatsächlich redeten die Bewohner hinter ihm her: „Der Unhold, der hier vor dem Regen Schutz suchte, ist gewiß ein großer Dieb! Statt unsere Rinder zu töten, wäre er besser selbst vom Blitz erschlagen worden! Solche Unholde gehen in fremde Gehöfte, um zu stehlen, und tun dabei so, als wollten sie sich vor dem Regen schützen. In Wirklichkeit sind sie Diebe! Wir haben noch großes Glück gehabt, denn dieses Gehöft besitzt einen Talisman gegen den Blitz. Sonst wäre das fremde Ungeheuer selbst auch umgekommen, ebenso die übrigen Rinder." Einer von ihnen bemerkte dazu: „Man könnte eher sagen, daß der Blitz ihn auf dem Wege erschlagen hätte, wenn er noch länger unterwegs gewesen wäre."

Die Sonne blieb von den Wolken verdeckt, so daß Myombekere glaubte, sie befinde sich noch unterhalb des Horizonts. Ohne daß er die Sonne an diesem Tage schon gesehen hatte, gelangte er zum Gehöft der Schwiegereltern. Er begrüßte seinen Schwiegervater, seine Schwiegermutter und Bugonoka, seine Frau. Da erblickte er auch seinen Schwager Lweganwa, der aus der Junggesellenhütte kam, ihn willkommen zu heißen und seine Waffen entgegenzunehmen. Man bot Myombekere einen Stuhl an, und er setzte sich nieder.

Dann fragten sie ihn: „Welchen Weg bist du gegangen, daß du

dem Regen ausweichen konntest?“ Er berichtete: „Es hat unterwegs die ganze Zeit heftig geregnet. Ich hatte aber Glück und fand einen Ort, wo ich mich unterstellen konnte. Allerdings wären wir dort beinahe alle zusammen umgekommen.“ – „Wieso sprichst du dann von Glück?“ wollten darauf seine Zuhörer von ihm wissen, und er erzählte ihnen, wie er im Gehöft eines Regenmachers Schutz suchte und welcher Vorfall sich dort ereignete. Am Ende ergriff sein Schwager seine Hand und sagte erfreut: „Ihuka, Mulamu! – Mein Glückwunsch, Schwager! Du kannst wirklich von Glück sagen, daß du noch lebst!“ Myombekeres Frau und seine Schwiegereltern staunten: „Aa; yee, onu yakira, sanga ali wo kufwa sotokoto! – Oh ja, er hatte großes Glück. Beinahe wäre er umgekommen. In diesem Jahr regnet es viel heftiger als sonst um diese Zeit.“

Myombekere setzte das Gespräch fort, indem er erklärte: „Nachdem, was ich heute erlebt habe, glaube ich nicht mehr an Regenmacher. Wie kann man uns nur so belügen und behaupten, es gebe Regenmacher, die dem Himmel befehlen können! Das stimmt nicht! Früher kannte ich Regenmacher nur vom Hörensagen. Heute habe ich erstmals einem bei der Arbeit zugesehen. Wir alle wurden so vom Gewitter überrascht, daß wir plötzlich im Sand lagen, auch der Regenmacher. Seine Tiere wurden vom Blitz erschlagen. Das war nicht anders als auf unseren Gehöften, wo wir vom Umgang mit dem Regen keine Ahnung haben, noch Talismane oder Medizinen dagegen besitzen. Ab heute weiß ich: Es gibt keinen Menschen, der dem Himmel Anweisungen geben kann, nein!“ Seine Schwiegereltern antworteten ihm: „Nun, sag so etwas nicht! Regenmacher gibt es schon. Manche können es auch sacht regnen lassen. Einige verhexen sogar ihre Kollegen, damit deren Kunst versagt. Das mag auch auf jenen zutreffen, Schwiegersohn, bei dem du Schutz gesucht hast. Wenn er auch mit Regenmedizin umzugehen weiß, könnte ein anderer Regenmacher ihn verhext haben. Du kennst doch das Sprichwort ›Twingene etura mu kanwa, akukira nakukira!‹ – Daß wir alle gleich sind, ist nur ein Gerede, denn im Wissen unterscheiden wir uns.“ – „Vielleicht stimmt das, Schwiegervater, aber nun ziehe ich das in Zweifel. Ich kann nicht einmal mehr glauben, daß sich Regenmacher nur von changu-Fisch ernähren. Ach nein, das wäre doch zu sonderbar!"

„Erscheint es dir erst seit heute fragwürdig?" wollte Lweganwa wissen. Myombekere erwiderte: „Ja, so ist es in der Tat, Schwager!" Lweganwa gab sich aber mit dieser Auskunft noch nicht zufrieden und fuhr fort: „Du nimmst die Angelegenheit offenbar sehr ernst. Hast du denn zu anderen Naturkundigen noch Vertrauen, zum Beispiel zu denen, die Amulette oder Arzneien herstellen?" Myombekere beeilte sich zu versichern: „Ihnen schenke ich durchaus Glauben. Ich sehe ja, daß sie Kranke gesund machen. Wenn sie die Leute vor Schaden bewahren oder gar Schäden beseitigen helfen, vertraue ich ihnen. Aber jenen Regenmacher, den ich heute kennengelernt habe, halte ich nicht für glaubwürdig!" Damit beendeten sie das Thema.

Plötzlich brach die Sonne wieder durch die Wolken. Ihr Stand zeigte an, daß es bereits später Nachmittag war. Myombekere begann, Lweganwa über seine Reise zu befragen: „Wann bist du zurückgekommen, Schwager?" – „Vor fünf Tagen." – „Mayanza si Mulamu! – Meine Anteilnahme, Schwager, wegen der Beschwerlichkeiten der Flußpferdjagd!" – „Danke, wir sind alle heil heimgekehrt. Ja, wir haben die Tiere getötet, die wir töten wollten und sind selbst unversehrt geblieben. Wie sang doch einst einer vom Jita-Volk? ›Kutunda, ntatunda chimaka (misire) olusambo ika. – Auch wenn ich nichts erjagen konnte, so komme ich doch mit einem fröhlichen Lied nach Hause zurück.‹" Darüber mußten beide herzlich lachen. Während sie sich noch unterhielten, rief Bugonoka ihrem Bruder zu: „Führe deinen Schwager in deine Hütte!" Die Männer standen deshalb auf. Als Myombekere den Stuhl, auf dem er gesessen hatte, mitnehmen wollte, hinderte ihn Lweganwa daran: „Nein, Schwager, laß mich ihn tragen. Es soll nicht so zugehen, als habest du niemanden hier angetroffen oder nur deine Schwiegermutter. Ich, dein Schwager, bin ja da. Mein Freund, du sollst meiner Schwester, wenn ihr über Liebe, Hilfsbereitschaft und Zuneigung unter den Menschen sprecht, nicht sagen können: warum aber muß ich bei euch meinen Stuhl selbst in das Haus deines Bruders tragen?"

Nachdem sie die Hütte Lweganwas betreten hatten, brachte Bugonoka warmes Wasser herbei. Sie goß ein bißchen davon in das Waschgefäß und bat ihren Bruder zu prüfen, ob es nicht zu heiß sei und mit kaltem Wasser vermischt werden müsse. Sie wuschen sich die Hände. Dann reichte Bugonoka ihrem Mann einige Blätter zum Abtrocknen und holte eilig das Essen herbei. Sie brachte einen Korb mit einem Hirsekloß, den ein zweiter Korb zudeckte. Ihr folgte ein Mädchen nach, das einen großen Tontopf mit Flußpferdfleisch trug. Schnell kehrte das Mädchen um und holte noch eine hölzerne Eßschale, die sie vor die Füße Lweganwas stellte, dem die Aufgabe zukam, das Essen auszuteilen. Anschließend brachte Bugonoka auch ihrem Vater, der draußen unter einem Baum saß, seine Mahlzeit.

Inzwischen war die Sonne ganz aus den Wolken hervorgetreten und hüllte alles in gleißendes Licht. Du Leser weißt ja, wie stark die Sonne während der Regenzeit blendet und wie sie brennt, wenn sie aus den Wolken hervorbricht. Ich erzähle dies schließlich keinem Unerfahrenen.

Lweganwa legte Myombekere also das Essen vor und sagte: „Koste einmal! Leider ist dies nichts Besonderes." Myombekere erwiderte: „So ist es überall, Schwager. Ihr seid allemal noch besser dran, weil ihr für die Männer etwas zum Essen habt." Lweganwa bemerkte darauf: „Wäre ich nicht zur Jagd gegangen, könnten wir nichts Schmackhaftes anbieten. Ja, es wäre uns nicht einmal möglich, überhaupt einen Gast zu bewirten." Sie teilten sich den Hirsekloß und sprachen weiter über die Flußpferdjagd. Myombekere wollte von seinem Schwager wissen, wie man Flußpferde jagt und erlegt.

Lweganwa benutzte die Zeit während des Essens, um seinem Schwager alles der Reihe nach zu schildern: „Also, zu Beginn der Jagdreise wurde ich zum Anführer der Jäger gewählt. Im Jagdgebiet angekommen, wurde mir die Aufgabe übertragen, an der Spitze der Mannschaft zu rudern, weil alle mein Geschick im Umgang mit den Gefahren des Sees kannten. Aber keiner von uns Fünfen machte einen Fehler. Was es im Jagdrevier alles zu essen gibt, ist wirklich erstaunlich, Schwager. Oft hört man ja die Leute sagen: ›Si okwenda kulya kinyaga? – Willst du etwa soviel essen wie ein Flußpferdjäger?‹ Jetzt kenne ich die Bedeutung dieser Redensart aus eigener Anschauung. Das Fleisch, das man uns beiden soeben gereicht hat, würde nämlich nicht einmal einen einzigen Flußpferdjäger satt machen. Er müßte danach noch eine Menge Tran trinken. Wahrlich, diese Leute wissen, wie man sich ernährt! Sie sind außergewöhnlich tapfer und haben kein bißchen Angst. Das erkennt man, wenn einer von ihnen seinen endobo-Speer in ein Flußpferd stößt und das Tier um sein Leben kämpft. Ei, Schwager, wenn du kein Herz aus Eisen hast, springst du vor Angst ins Wasser und verzichtest auf den Verzehr von Flußpferdfleisch. Vielleicht würdest du die Jagd nicht wagen. Für sie ist es jedoch ein Kinderspiel. Schon nach kurzer Zeit wirst du hören, wie sie singen. So tun sie kund, daß ein Flußpferd erlegt wurde. Es gibt dort stets viele, die Flußpferdfleisch aufkaufen wollen. Sie kommen mit Armreifen aus Eisen, Perlenschnüren oder Hacken. Von den Eßwaren ganz zu schweigen! Einige tragen große Körbe voll Mehl nach Art der Sukuma-Leute mit sich. Andere bringen Körbe mit Kartoffeln und Maniok. Ei, ich sage dir: Ein Jäger, der lieber seinen Anteil am Fleisch trocknen oder räuchern möchte, kann dies nach Belieben tun. Falls er ihn jedoch verkaufen möchte, kann er in kürzester Zeit alles absetzen. Ich spreche die Wahrheit und übertreibe nicht. Dort findet man einen, der allein ein ganzes Vorder- oder Hinterbein kaufen möchte, hier jemanden, der Träger mitgebracht hat und sein Fleisch vor dem Kauf sorgfältig auswählt, es dann in Stücke schneidet und in Gefäße verlädt. Andere wiederum binden das Fleisch an einer langen Holzstange fest und tragen es zu zweit zwischen sich davon. Jedermann ißt dort Flußpferdfleisch, sogar die Frauen, anders als unsere Frauen im Kerewe-Gebiet, die es nur dann tun, wenn sie einen triftigen Grund dazu haben. Das Flußpferdfleisch geht so schnell zu Ende, daß man denkt, jedermann habe nun genug. Und man glaubt, wenn morgen oder übermorgen wieder ein Tier erlegt werden sollte, dann wird sein Fleisch wohl übrigbleiben. Das ist jedoch keineswegs der Fall, Bwana! Auch am nächsten Tag drängeln sich wieder dieselben Leute, die man schon am Vortag gesehen hat, um Fleisch zu kaufen. Mein Schwager, ich will dir nichts verheimlichen und dir aufzählen, was ich alles gegen mein Fleisch eingetauscht habe: einen großen Korb voll Hirse und das Eisen für zehn Armreifen sowie zehn Hacken. Da ich noch nicht verheiratet bin, denke ich, daß mir die Hacken als Brautgut dienen werden. Außerdem habe ich zwei Körbe mit getrocknetem Flußpferdfleisch und zwei große Tontöpfe voll Flußpferd-Tran mitgebracht. Das sind meine Einnahmen. Ach ja, außerdem gehören auch noch zwei Rinderhäute und fünf Ziegenhäute dazu." Myombekere sagte nur: „Erstaunlich, du hast wirklich einen großen Gewinn erzielt. Das ist wohl gemeint, wenn unsere Altvorderen sagten: ›Seht, aus der Wildnis kommt immer etwas heraus.‹ Wärest du nicht von hier fortgegangen, wie hättest du so viele Güter erwerben können?"

Nun sprach Myombekere gegenüber seinem Schwager endlich den eigentlichen Grund seines Kommens an: „Schwager, ich lebe zwar in meinem eigenen Gehöft, aber es bereitet mir großen Kummer, daß ich allein dort wohne. Unsere althergebrachte Überlieferung besagt, daß auf einem Gehöft wenigstens zwei Personen wohnen sollen. Für einen allein ist es nicht bestimmt. Ich bin hierhergekommen, um meine Schwiegereltern wegen meiner Frau um Verzeihung zu bitten, denn ich fühle, daß wir einander immer noch sehr lieben. Es liegt nur an den Schwiegereltern, daß meine Frau nicht bei mir lebt. Als ich das letzte Mal hier vorsprach, haben wir uns über die Angelegenheit schon heftig gestritten. Nur dank deiner Abwesenheit hielten sie sich etwas zurück. Wärest du hier gewesen, hätten sie die Gelegenheit längst wahrgenommen, um mir meine Frau endgültig fortzunehmen."

Lweganwa erwiderte ihm darauf: „Als ich bei meiner Rückkehr meine Schwester hier vorfand, habe ich die Eltern gefragt, warum sie noch nicht zu ihrem Mann zurückgekehrt sei, ob sie vielleicht gerade gestern erst angekommen sei. Sie fragten mich: ›Hast du etwa deinen Schwager gern?‹ Ich bejahte dies. Da sagten sie mir: ›Ach ja, nun ist es uns klar, warum du wünschst, daß Bugonoka zu ihrem Mann zurückgeht. Wir sind eigentlich dagegen, weil er sich weigert, für sie einen Heiler zu suchen. Was sollen wir tun? Sein Verhalten zeigt doch deutlich, daß er deine Schwester nicht liebt.

Bugonoka kann man in ihrem Alter noch nicht eindeutig zu den unfruchtbaren Frauen zählen.‹ Ich fragte, ob sie nicht wüßten, welcher Heiler geeignet wäre. Sie seien doch schließlich ihre Eltern. Danach hörte ich Bugonoka sagen: ›Du hast recht, mein Bruder. Sie sind meine Eltern und überlassen diese schwierige Frage allein meinem Mann!‹ Und zu den Eltern gewandt, fügte sie noch hinzu: ›Ihr selbst habt es ja nicht geschafft. Wie soll es ihm gelingen, und warum soll er sich so um mich kümmern, als ob er mein Vater wäre?‹ Darauf meinten die Eltern: ›Wahrlich, Bugonoka muß ihren Mann wohl sehr lieben! Deswegen stoßen alle unsere Vorhaltungen auf taube Ohren.‹ Sie fragten sie geradeheraus: ›Wenn dein Mann heute käme, würdest du mit ihm gehen?‹ Bei aller Ehrfurcht vor ihnen antwortete sie: ›Ja, das würde ich gern, denn ihr habt mich mit ihm verheiratet. Ich habe ihn ja nicht ohne eure Einwilligung genommen. Wenn er kommt, mich zurückzuholen, könnte ich doch ohne weiteres mit ihm gehen. Also, ich halte mich schon seit geraumer Zeit hier auf. Wieso habe ich noch nichts von euren Bemühungen, mich zu einem Heiler zu bringen, bemerkt?‹ Ich als ihr Bruder erklärte den Eltern, daß mir Bugonokas Rede einleuchtend erschiene. ›Warum wollt ihr sie ihrem Ehemann noch weiter vorenthalten, wo beide einander doch so sehr lieben?‹ Dagegen wandten die Eltern ein: ›Aber die Verwandten Myombekeres haben sie nicht gern und verbreiten allenthalben, sie sei unfruchtbar.‹ Ich fragte, ob Bugonoka mit den Verwandten oder mit Myombekere verheiratet sei. Worauf sie erwiderten: ›Nein, sie ist nur mit unserem Schwiegersohn verheiratet. Wir mögen ihn und haben sie ihm deswegen ja auch zur Frau gegeben.‹ Ich fuhr fort: ›Ihr wollt also ungerechterweise eurem Schwiegersohn die Schuld geben? Wieso sagt ihr dann immer, daß man nur demjenigen Schuld zusprechen kann, der sie auch tatsächlich hat? Soll dieser Grundsatz diesmal nicht gelten?‹ Sie saßen eine Weile stillschweigend da, während sie über meine Worte nachdachten. Dann schlug mein Vater vor: ›Laß uns solange warten, bis unser Schwiegersohn kommt. Wir wollen dann prüfen, ob er seine Frau noch liebt.‹ Seither habe ich sie nicht mehr davon reden hören. Das alles verhält sich so, wie ich es dir erzählt habe. Ich halte nichts von Lügen. Jetzt, wo du gekommen bist, können wir vielleicht mit ihnen über die Angelegenheit reden."

Als Myombekere gesättigt war, fragte ihn Lweganwa: „Warum ißt du nicht weiter, Schwager? Was ist mit dir los?" Myombekere antwortete: „Ich bin satt, Schwager. Der Magen ist doch ein rechter Bastard. Manchmal verleitet er uns, eine Kuh zu stehlen, ohne uns auch mit dem Hunger zu versehen, der nötig wäre, sie hinunterzuschlucken." Beide lachten. Lweganwa rief Bugonoka, das Eßgeschirr abzuräumen. Wie gewöhnlich kam sie mit einem Topf warmen Wassers, wobei sie feststellte, daß Lweganwa das Geschirr schon zur Seite geschoben hatte. Sie kniete nieder und goß das Wasser in das Waschgeschirr. Als beide Männer ihre Finger gesäubert hatten, füllte sie ein hölzernes Schöpfgefäß mit Trinkwasser und reichte es ihrem Mann. Nachdem dieser getrunken und seinen Mund gespült hatte, gab er das Gefäß an den Schwager weiter, der auch trank und den Mund ausspülte. Dann reichte er das Gefäß an seine Schwester zurück. Bugonoka und das Mädchen räumten das Eßgeschirr ab und trugen es ins Haupthaus zurück.

Myombekere und Lweganwa warteten noch ein wenig, bis auch Namwero seine Mahlzeit beendet hatte. Ihm war die Speise ja erst nach ihnen serviert worden. Schließlich meinte Myombekere: „Bitte, Schwager, laß uns nach draußen gehen, damit ich mich in der Sonne ein wenig aufwärmen kann. Ich bin unterwegs sehr naß geworden, und leichte Kopfschmerzen habe ich auch."

Draußen gingen sie sofort zu Namwero, damit ihm Myombekere sein Anliegen vortragen konnte. Zunächst räusperte sich Myombekere – koho, koho! Er wollte seinen Schwiegervater mit reiner Stimme um Verzeihung bitten. Dann redete er ihn respektvoll an: „Schwiegervater, ich komme zu dir und flehe dich an. Habe Mitleid mit mir und vergib mir die Taten, die dich veranlaßt haben, mir meine Frau fortzunehmen! Bei meinem letzten Besuch habe ich erfahren, daß du mir zürnst, weil meine Verwandten ungerechtfertigt Böses geredet haben. Sie glauben, alles besser zu wissen. Aber in Wirklichkeit wissen sie nichts. Sie haben Unfrieden zwischen mir und meinem Schwiegervater gesät, so daß er schließlich meine Frau zu sich zurückgenommen hat, obwohl ich mit ihr stets in Eintracht lebte. Das ganze Ungemach kommt nur daher, daß es meinen Verwandten an nichts fehlt und sie deswegen keinen Sinn für die Schwierigkeiten anderer haben. Ich Armer habe die Folgen ihres Geredes zu spüren bekommen. Nachdem sie mich in meine schwierige Lage gebracht hatten, kam keiner von ihnen und erkundigte sich nach mir. Sie hielten es nicht einmal für nötig, mir wenigstens einen Korb Mehl, Kartoffeln, Maniok oder Bananen zu bringen. Seitdem meine Frau bei euch weilt, Schwiegervater, ist noch keiner von meinen Verwandten in meinem Gehöft erschienen, um mir Trost zuzusprechen. Ich komme zu dir in der Hoffnung, daß du meine inständigen Bitten erhörst und mir meine Frau zurückgibst, so daß wir weiter genauso zusammenleben können wie nach unserer Heirat. Die Altvorderen pflegten zu sagen: ›Eltern erbrechen die einmal gegessene Speise nicht, sie grämen sich nur darüber.‹ Das heißt doch, daß Eltern ihre Kinder nicht wegwerfen, auch wenn sie sich noch so sehr über sie ärgern."

Während Myombekere seinen Schwiegervater bat, ihm die Frau zurückzugeben, hatte sich die Schwiegermutter hinter die Tür ihrer Hütte gestellt, um mitzuhören, was Myombekere ihrem Mann zu sagen hatte. Auch Bugonoka stand dort. Myombekere sprach weiter: „Zieht auch in Betracht, daß keiner meiner Verwandten mir beistand, als ich neulich auf meinem Gehöft in ernste Schwierigkeiten geriet." Die Schiegermutter erkundigte sich sofort: „Was für ein Unglück hat dich denn betroffen?" Myombekere antwortete: „Die Unannehmlichkeiten sind dadurch entstanden, daß anderer Leute Hirse aufgefressen wurde." Bugonoka wollte von ihm wissen, wer das zugelassen hatte. Myombekere erwiderte ihr: „Ich bin allein dafür verantwortlich." – „Und wessen Hirse wurde aufgefressen?" Da erzählte ihr Myombekere die ganze Geschichte. Am Ende fügte er noch hinzu: „Wenn Ntamba und ich einander unterwegs begegnen, grüßen wir uns nicht mehr. Jeder geht an dem anderen vorbei und setzt seinen Weg fort. Mir macht es nichts aus, denn nur er trägt noch Groll in seinem Herzen. Sollte er sich entschließen, mich in Zukunft wieder zu grüßen, werde ich sofort darauf eingehen. Da der Junge, den er zusammengeschlagen hat, inzwischen wieder genesen ist, habe ich nichts mehr gegen ihn. Am schlimmsten sind allerdings seine Verwandten gegen mich aufgebracht, denn ich habe ihm keine Entschädigung gezahlt. Aber wann habt ihr schon mal erlebt, daß man dem Verlierer im Schiedsverfahren eine Entschädigung zubilligt? Wegen dieser Sache komme ich übrigens später hierher als ich wollte. Vorher mußte ich den verletzten Hütejungen pflegen. Jeden Morgen habe ich ihn zum Fluß getragen und ihn im kalten Wasser gebadet und ihn abends mit Sand massiert. Er hat dabei jedesmal laut geschrien, aber ich habe nicht nachgelassen. Jetzt ist er so weit wiederhergestellt, daß ich ihm das Weiden der Tiere überlassen kann. Ach, unterwegs bin ich sehr naß geworden. Vielleicht kommen davon meine Kopfschmerzen. Jetzt fange ich auch noch an zu frösteln!"

Als sie einen Blick zum Himmel warfen, sahen sie, daß es kurz vor Sonnenuntergang war. Sie staunten: „Wenn sich die Sonne hinter den Wolken verbirgt, vergeht die Zeit irgendwie schneller. Schließlich wird man einfach davon überrascht, daß die Sonne schon untergegangen ist."

Ein wenig später sagte Namwero zu Myombekere: „Ich will dir nun meine Entscheidung verkünden: Also, der Vergehen deiner Verwandten wegen sollst du mir sechs Tontöpfe voll Bier zahlen. An dem Tag, an dem du das Bier überbringst, kannst du deine Frau wieder mit zu dir nach Hause nehmen. Auch wir haben schließlich Töchter anderer Leute geheiratet und sind damit Verpflichtungen eingegangen." Myombekere dankte seinem Schwiegervater und senkte seinen Kopf, als ob er betete. Dabei sprach er: „Omuzere kalilira kulya tabiha! – Es ist keine Schande, wenn die Eltern ein Geschenk verlangen."

Nach dieser Unterredung kehrten Lweganwa und Myombekere ins Junggesellenhaus zurück. Bugonoka folgte ihnen erfreut. Voller Liebe streichelte sie Myombekere mit ihren sanften Händen.

KAPITEL 6

Nach seiner Abbitte verbringt Myombekere die Nacht im Haus der Schwiegereltern

Später ging Lweganwa zum See, um sich zu baden und gleichzeitig nach den Reusen zu sehen. Er nahm den Fischspeer in die Hand und stieg zur ersten Reuse in den Fluß. Sie war leer. In der zweiten Reuse fand er einen ensendera-Fisch, den er mit dem Kescher herausholte, tötete und ans Ufer warf. Dann ging er zur dritten Reuse. Dort fand er einen engonongono-Fisch, der ebenfalls getötet und ans Ufer geworfen wurde. Dann nahm er ein ausgiebiges Bad.

Nach dem Bade ging er daran, die Fische zu säubern, sie zu entschuppen und die Innereien herauszunehmen. So vorbereitet, band er sie zu einem Bündel zusammen und hängte sie an den Fischspeer, den er für den Nachhauseweg schulterte.

Unterwegs traf er am Seeufer auf eine Gruppe von Fischern, die er kannte. Sie luden gerade ihre Fische aus dem Einbaum. Großzügig schenkten sie ihm einen embete-Fisch. Lweganwa bereitete auch diesen Fisch zu, indem er die Innereien entfernte und ihn in Stücke schnitt. Danach packte er ihn getrennt ein. Denn diese Fischart wird nur von Männern gegessen. Es schickt sich daher nicht, einen embete-Fisch zusammen mit den Fischen aufzubewahren, die auch von Frauen gegessen werden.

Als Lweganwa voll Freude über die reiche Fischausbeute nach Hause zurückkehrte, war die Sonne bereits untergegangen. Er legte die Fische in das Hüttchen für die Ahnengeister, wo sie eine Weile verblieben, bis die Frauen sie herausholten und kochten. Dann nahm er die Rinder seiner Familie in Empfang, die der Hirte von der Weide hergetrieben hatte, und sperrte sie im Gehege ein. Die Milchkühe band er an Pflöcken im Hinterhof fest.

Anschließend ging er zu seiner Hütte, um nach dem Schwager zu schauen. Er fand, daß sich Myombekere von Kopf bis Fuß in eine Decke eingehüllt hatte. Mit dem Ruf „Schwager!" wollte er ihn wecken. – Nichts. Er rief lauter: „Schwager!" Endlich eine Antwort: „Jaa!" Lweganwa näherte sich ihm mit der besorgten Frage: „Hast du immer noch Kopfschmerzen?" Aber Myombekere beruhigte ihn: „Es geht mir etwas besser, Schwager." – „Und wie steht es mit dem Schüttelfrost?" – „Auch der ist weg. Vielleicht, weil ich geschwitzt habe. Faß mich einmal an, Schwager, dann wirst du es merken." Lweganwa nahm ihm die Decke vom Kopf und fand, daß Myombekere schweißgebadet war. Als er ihn befühlte, stellte er fest, daß das Fieber tatsächlich zurückgegangen war.

Kurz darauf kam auch schon Bugonoka mit einem Tongefäß voll heißen Wassers. Sie setzte es neben Lweganwas Hütte ab und trat hinein zu ihrem Mann, während Lweganwa hinausging, um das Nachtfeuer im Hof zu entfachen. Bugonoka tastete Kopf, Hals und Brustkorb ihres Mannes ab, um zu prüfen, ob er Fieber hätte. „Hast du noch Kopfschmerzen?" fragte sie ihn mit sanfter Stimme. Myombekere entgegnete ihr: „Die Schmerzen lassen allmählich nach. Wenn es so weitergeht, werde ich bald wieder gesund sein. Ich fröstele auch nicht mehr." Bugonoka forschte weiter: „Hast du geschwitzt?" Myombekere bejahte es: „Der Schwager hat mich gerade geweckt und festgestellt, daß das Fieber sinkt. Ich selbst merke, daß ich heftig geschwitzt habe." Bugonoka verließ die Hütte und trug den Tontopf mit dem heißen Wasser hinter das Haus. Sie holte die Türmatte, die auch als Badeunterlage diente, und forderte ihren Mann auf, ein Bad zu nehmen. Myombekere stand auf, begab sich hinter das Haus auf die Türmatte und setzte sich. Seine Frau übergoß ihn mit heißem Wasser aus dem Tongefäß, während er sich wusch. Dann holte sie Blätter und rieb ihn kräftig damit ab. Nach dem Baden zog er sich an und stellte sich im Hof an das Nachtfeuer. Seine Frau brachte ihm einen Stuhl, und er setzte sich. Sein Schwiegervater und sein Schwager hatten bereits Platz genommen. Bugonoka räumte hinter dem Haus die Badesachen fort und gesellte sich dann zu ihrer Mutter.

Als Lweganwa merkte, daß sich die kleinen Kuhfliegen, die im Kerewe ‚embara' genannt werden, zur Ruhe begeben hatten, rief er seine Schwester: „Bugonoka, bringe Wasser, damit wir die Kühe melken können!“ Bugonoka stand sofort auf und schöpfte Wasser in ein hölzernes Waschgefäß. Lweganwa erhob sich, um seine Hände vor dem Melken zu waschen. Währenddessen band Bugonoka ein Kalb los und holte das Melkgefäß herbei. Lweganwa nahm einen Strick und fesselte damit die Hinterbeine der ersten Kuh. Dann ließ er das Kalb ansaugen. Als er spürte, daß die Kuh zum Melken bereit war, gab er seiner Schwester ein Zeichen, ihm den Melknapf zu reichen. Das Kalb zog er am Vorderbein vom Euter der Kuh weg und schob es vor ihr Maul, damit sie es mit ihrer Zunge in aller Ruhe sauberlecken konnte. Während er melkte, pfiff er vor sich hin, um die Kuh zu beruhigen. Nach dem Melken wies er Bugonoka an, das Kalb wieder trinken zu lassen. Bugonoka führte das Kalb an das Euter der Kuh zurück und nahm das Melkgefäß entgegen. Sie trug die Milch ins Haupthaus und goß sie in einen Behälter, der auf Kerewe ‚olwabya‘ heißt. Das Melkgefäß brachte sie zu Lweganwa zurück.

Als nächste war eine völlig schwarze Kuh an der Reihe. Sie gab jeden Tag vier Melknäpfe voll Milch, je zwei am Morgen und am Abend. Lweganwa füllte das Melkgefäß jedesmal randvoll. Aus Erfahrung wußte er, daß dabei für das Kalb noch genügend Milch übrigblieb. Bugonoka trug auch die Milch der schwarzen Kuh ins Haus. Dabei erinnerte sie ihre Mutter daran, den Hirsebrei für das Abendessen aufs Feuer zu setzen. Da sie etwas länger im Hause verweilte, rief Lweganwa voller Ungeduld: „Wo bleibst du? Binde sofort das Kalb von Mayenze (Name der dritten Kuh) los!“ Mit tiefem Brummen lockte Mayenze bereits ihr Kalb. Lweganwa versuchte, sie durch Pfeifen abzulenken. Da Bugonoka nicht schnell genug kam, um sich um das Kalb zu kümmern, fuhr er sie an: „Wenn du das Kalb nicht losbinden willst, verschwinde ich. Dann kannst du die Kühe alleine melken!“ Bugonoka erschien augenblicklich und band das Kalb von Mayenze los, das sofort zur Mutterkuh lief, um zu trinken. Ärgerlich wegen Bugonokas Trödelei schimpfte Lweganwa vor sich hin: „Die Milch könnt ihr wohl trinken, aber um das Melken kümmert ihr euch nicht. Ihr habt ja keine Ahnung, wie schwierig Melken ist und welche Anstrengung es erfordert, sich dabei unter das Euter der Kuh zu hocken. Bugonoka, gib mir sofort das Melkgefäß dort, damit ich weitermelken kann. Später könnt ihr euch Zeit nehmen.“ Bugonoka reichte ihm das Gefäß und schob das Kalb der Kuh vor das Maul. Da Mayenze ihr Kalb schon vor einiger Zeit geworfen hatte, floß ihre Milch nicht mehr so reichlich. Der Melker hielt sich daher auch nicht lange an ihrem Euter auf und reichte Bugonoka alsbald das Melkgefäß zurück, obwohl es nur halbvoll war. Bugonoka band nun schnell das Kalb der braunen, das heißt der vierten Kuh, los. Sie wollte nicht noch einmal von ihrem Bruder gescholten werden. Erst danach brachte sie die Milch von Mayenze ins Haus.

Wenige Augenblicke später, als sie Lweganwa das Melkgefäß zurückgeben wollte, ließ dieser sie erst eine Weile damit stehen, ehe er es ihr abnahm. Bugonoka drängte wieder das Kalb zum Maul der Kuh. Während sie es dort festhielt, krempelte sie ihr Gewand bis zu den Oberschenkeln auf. Die braune Kuh hatte ein pralles Euter mit Zitzen, die sich ganz steif anfühlten. Beim Melken bildete sich erstaunlich viel Schaum, und der Strahl brauste so stark, daß man ihn noch in einiger Entfernung hören konnte. Diese Kuh gab soviel Milch, daß man das Melkgefäß damit anderthalbmal hätte füllen können. Lweganwa aber melkte ihr nur einen Teil der Milch ab, um für das Kalb, das noch zu jung war für pflanzliche Nahrung, genügend übrigzulassen. Eilig trug Bugonoka die Milch zum Haus. Auf dem Weg dahin schüttete sie den Katzen ein wenig in eine Tonscherbe. Sie schleckten sofort alles auf, so daß Bugonoka ihnen die Scherbe noch ein zweites Mal füllte. Den Rest aus dem Melkgefäß goß sie in den Milchkrug. Dann nahm sie die Kälber von den Kühen fort und pflockte sie wieder an. Sie sollten nicht zuviel Milch trinken, um keinen Durchfall zu bekommen.

Im Haus kochte schon das Wasser für den Hirsebrei. Bugonoka gab Hirsemehl in den Tontopf und rührte den Brei an. Dann nahm sie den Topf vom Feuer und teilte den fertigen Kloß in mehrere Portionen auf. Die Portion für die Frauen legte sie in einen kleinen Korb. Auch der Vater bekam eine eigene Portion, denn es ist bei den Kerewe nicht üblich, daß man zusammen mit seinem Schwiegersohn ißt. Die letzte Portion war für ihren Mann und Lweganwa bestimmt. Sie glättete die Breiklöße und schichtete sie kegelförmig auf. Danach säuberte sie sorgfältig Kochtopf und Rührlöffel. Das Wasser, das die Mutter inzwischen erhitzt hatte, brachte sie den Männern zum Händewaschen nach draußen.

Der Hirsekloß war serviert, als Lweganwa Flußpferdfleisch verteilte. Er legte ein großes, schieres Stück davon auf einen Teller. Dann begannen sie zu essen. Etwas später tischte Lweganwa auch den embete-Fisch auf. Er stellte die Schüssel seinem Schwager zu Füßen und ermunterte ihn: „Schwager, nimm und koste!" – „Was für ein Fisch ist das?", fragte Myombekere. – „Ein embete-Fisch. Ein Fischer vom See schenkte ihn mir, als ich nach meinen Reusen sah." Myombekere sagte: „Ich bin immer noch satt vom Mittagessen. Mein Bauch ist aufgebläht. Es soll nicht dazu kommen, daß ich am Ende platze und sterbe." Lweganwa erwiderte: „Ach, eure Bäuche sind doch zu schlapp. Ihr tätet besser daran, nur Fisch zu essen."

Myombekere blieb am Eßplatz sitzen, bis auch der Schwiegervater und der Schwager die Mahlzeit beendet hatten, dann erst wusch er sich die Hände. Es ziemt sich auch für einen Gast nicht, sich die Hände zu waschen oder gar den Eßplatz zu verlassen, ehe die Mitessenden fertig sind. Wer so etwas tut, dem wirft man Respektlosigkeit gegenüber seinen Mitmenschen vor.

Nachdem auch Schwiegervater Namwero gesättigt war, stellte Lweganwa das Eßgeschirr zusammen und rief zum Abräumen seine Schwester. Namwero wies sie an: „Stelle das Geschirr schnell an seinen Platz. Dann zünde in Lweganwas Hütte ein Feuer an, damit ihr schlafen gehen könnt. Der Schwiegersohn braucht heute nacht einen trockenen und warmen Ort."

Sie redeten noch über dies und das und sahen Bugonoka zu, wie sie glühende Kohlen auf etwas trockenem Gras und Feuerholz vorübertrug, um in Lweganwas Hütte ein Feuer zu entfachen. Als sie sich dem Haus näherte, setzten die Kohlen das Gras in ihrer Hand plötzlich in Brand. Sie warf alles zu Boden und trat das Feuer aus. Dann sammelte sie die noch glühenden Kohlen wieder ein und trug sie schnell mit dem Brennholz in die Hütte, wo sie das Feuer pustend zur Flamme entfachte. Als es richtig brannte, bereitete sie den Schlafplatz vor. Sie schüttelte die Schlafdecke auf und legte sie auf Lweganwas Bett. Dann ging sie nach draußen und rief ihren Mann: „Steh auf und komm in die Hütte!"

Myombekebere erhob sich und wünschte Schwiegereltern und Schwager eine gute Nacht. Bugonoka trug ihm den Stuhl voran. An einer Stelle, an der ein dicker Stein im Wege lag, warnte Bugonoka ihren Mann wegen der Dunkelheit: „Achtung, ein Stein! Nicht, daß du darüber stolperst und deine Zehen verletzt!" Myombekere erwiderte: „Aber ich kann ihn doch sehen!" Worauf Bugonoka ausrief: „Tatsächlich! Also wenn man achtlos darüber hinwegeilt, kann man sich ganz schön die Füße daran verletzen. Ei, er liegt wirklich mitten im Weg." Im Haus fachte sie das Feuer noch einmal zu heller Flamme an, damit sie Licht beim Zubettgehen hatten. Er fragte sie: „Wo schläft der Schwager?" Bugonoka antwortete: „Er ist noch jung. Manchmal geht er zu seinen Altersgenossen in der Nachbarschaft und übernachtet bei ihnen in der Junggesellenhütte. Außerdem ist für heute abend ein Fest im Gehöft von Kabigo (Eigenname) angekündigt worden. Er wird wohl schon dorthin gegangen sein. Brauchst du ihn oder willst du ihn sprechen?" Myombekere entgegnete schnell: „Ach nein, ich frage nur so aus Neugier. Aber eigentlich hätte ich ihm doch gerne noch etwas gesagt." Bugonoka fragte weiter: „Was willst du ihm denn sagen?" Er erwiderte: „Er sollte mich eigentlich nach draußen begleiten, damit ich austreten kann. In meinem Bauch wühlen heftig die Würmer. Wenn ich so zu Bett gehe, kann ich nicht ruhig einschlafen." Bugonoka schlug vor: „Laß mich eine Hacke holen. Da das Hoftor schon geschlossen ist, können wir nicht nach draußen zur Latrine gehen. Meinem Vater gefällt es gar nicht, wenn sich jemand noch einmal nach draußen begibt, nachdem das Hoftor schon geschlossen wurde. Ich werde dir hinter der Hütte ein Loch graben, damit du dort deine Notdurft verrichten kannst."

Auf dem Weg zur Hütte ihrer Eltern dachte sich Bugonoka eine Ausrede aus, um an die Hacke zu kommen, denn ihre Eltern hatten die Tür schon geschlossen. Vor der Hütte der Eltern rief sie laut: „Darf man nähertreten?" Da die Eltern sich laut unterhielten, hörten sie ihre Frage nicht. Darum rief sie ihre Cousine Barongo.

Die fragte erstaunt: „Wer ruft mich?“ Sie darauf: „Ich bin es. Gib mir eine Hacke. Die Würmer stören mich. Ich muß mal austreten.“ Sie schämte sich zuzugeben, daß eigentlich ihr Mann aufs Klo mußte. Da mehrere Hacken aufeinandergestapelt waren, brach der ganze Stapel krachend zusammen, als Barongo eine herausnahm und ihr gab. Die Mutter, die es bemerkte, sagte dazu: „Behalte die Hacke über Nacht bei dir! Du mußt sie nicht wieder zurückbringen. Wir wollen jetzt schlafen. Außerdem hast du sie vielleicht noch einmal nötig, wenn die Würmer dir weiter zu schaffen machen.“ – „Ja, Mama!“, antwortete die Tochter.

An der Tür zur Junggesellenhütte rief Bugonoka mit Anstand und Respekt ihren Mann: „Komm und begleite mich nach hinten, damit ich austreten kann. Die Würmer plagen mich, und ich habe Angst, in der Dunkelheit allein aufs Klo zu gehen!“ Myombekere kam sofort heraus, um seiner Frau hinter das Haus zu folgen. Dort grub sie mit der Hacke ein kleines Loch als notdürftige Latrine. Er hockte sich darüber, um sich zu erleichtern, während Bugonoka zur nahen Hecke ging, um weiche Blätter abzupflücken, mit denen er sich abputzen konnte. Nachdem ihr Mann fertig war, scharrte sie mit der Hacke das Loch schnell wieder zu. Dann kehrten sie zusammen ins Haus zurück.

Das Feuer in der Hütte brannte noch. Sie hielten ihre Füße dagegen, damit der feuchte Lehm daran trocknen und später abgewischt werden konnte. Schließlich zog Myombekere sein Gewand aus, übergab es seiner Frau, stieg auf das Bett und legte sich hin. Bugonoka hängte sein Gewand an die Trennwand im Innern der Hütte. Dann deckte sie ihn mit ihrem eigenen Festtagsgewand aus weichem Leder zu. An den Bändern, die sie um ihre Fußknöchel trug, klebte immer noch feuchter Lehm. Sie ging deshalb nochmals zum Feuer, um ihre Füße richtig zu trocknen. Sie tat alles, um sauber zu werden. So verhinderte sie, daß sich der Sand später im Bett verteilte und sie dort störte. Nach dem Trocknen ordnete sie die Bänder an den Fußknöcheln und löschte das offene Feuer, indem sie das Feuerholz herausnahm und die brennenden Enden in den Sand steckte. Nun konnte die Hütte während der Nacht kein Feuer fangen. Die noch glühenden Holzkohlen scharrte sie zusammen. Dann zog auch sie ihr Gewand aus und hängte es an der Innenwand auf. Sie streifte ihre Fußsohlen mit einem Holzscheit ab, um sie von Erde zu befreien. Schließlich stieg sie auf das Bett und rutschte zu der Seite hin, auf der die Frauen schlafen. Sie schlüpfte unter die Zudecke ihres Mannes und streckte sich neben ihm aus. Nach einer Weile sagte sie zu ihm: „Rück ein wenig zur Seite! Ich liege nicht richtig. Oder möchtest du, daß wir uns hier drängeln?" Er antwortete: „Es könnte ja sein, daß es gar nicht anders geht. Das Bett ist schließlich nur für eine Person gedacht, die noch nicht verheiratet ist." Bugonoka wandte ein: „Auch wenn Lweganwa noch nicht verheiratet ist, sollte er sich deswegen mit einem schmalen Bett begnügen? Wenn er mal eine Geliebte mitbringt, müssen sie dann nicht auch zu zweit in dem Bett schlafen?" – „Wenn es so ist", gab er zu, „hast du ja recht." – Sie fuhr fort: „Aber davon einmal abgesehen, bringt er auch oft nachts junge Männer von einer Feier mit nach Hause. Sind die etwa keine Menschen?" Myombekere stimmte ihr zu: „Sicherlich, auch sie sind Menschen. Meinst du, daß sich diese Männer in einem Bett zusammendrängen?" Bugonoka blieb immer noch bei dem Thema: „Und wir Frauen, warum sollten wir auf engem Raum zusammenrücken?" – „Dafür gibt es viele Gründe", gab er zur Antwort. – „Und die wären zum Beispiel?" wollte sie wissen. – Myombekere zählte auf: „Es könnte an eurer Fettleibigkeit liegen oder an dem Schmuck, den ihr tragt, so zum Beispiel an der dicken Perlenschnur um die Hüfte, den Bändern an Armen und Beinen, an den Kupferringen um Arme und Hals und an ähnlichem mehr. Das alles führt dazu, daß euch der Platz im Bett eng wird." – „Und was tragen die Männer alles?" Bugonoka lachte. Dann redeten sie über alle möglichen Dinge, die ihnen in den Sinn kamen.

Erst sehr viel später kam Myombekere auch auf seine Unannehmlichkeiten zu sprechen. Er erzählte ihr, in welche Lage er geraten war, seit sie ihn verlassen hatte. Seinen Kummer, daß er allein schlafen mußte, vertraute er ihr an: „Ich habe die Erfahrung gemacht, daß ein Haus, das man allein bewohnt, wie ein einsamer Wald ist. Ein Haus ist wirklich nur dann vollständig, wenn man zu zweit darin wohnt. Geht einer von beiden für längere Zeit woanders hin, wird es dem anderen vor allem nachts zum einsamen Wald. Es ist sehr quälend, wenn man allein zu Bett geht, wenn man niemanden hat, mit dem man sich unterhalten kann. Man wird nachdenklich und traurig und kann nicht einschlafen. Rauchen hilft da auch nicht. Deswegen, Frau, verweigere dich mir nicht länger! Wir Männer haben viele Schwierigkeiten zu bewältigen. Wenn man verheiratet ist, kann man die Trennung von der Frau nur schlecht ertragen. Das ist wirklich das Schlimmste. Der Schwiegervater hat zur Wiedergutmachung meiner und meiner Verwandten Fehler Bananenbier verlangt. Vielleicht meint er es gar nicht ernst. Es kann ja sein, daß ich das Bier herbringe und er dich unter dem Vorwand, ich hätte mir noch mehr zuschulden kommen lassen, weiter hier festhält." Bugonoka fragte: „Was denn noch? Er hat doch selbst alle Gründe angeführt. Ist er nicht ein erwachsener Mensch? So ein Verhalten traue ich ihm nicht zu." Myombekere erwiderte: „Frau, vielleicht hast du recht. Aber was ist, wenn er die Vereinbarung doch nicht einhält?" Sie beruhigte ihn: „Das wird auf keinen Fall eintreten. Seit Lweganwa von der Jagdreise zurückkehrte und die Eltern fragte, warum ich hier und nicht bei meinem Mann sei, hat er davon gesprochen, Bier als Wiedergutmachung einzufordern. Wie könnte er jetzt andere Gründe als damals anführen, mich hier zu behalten?" Myombekere sagte: „Nun, wir werden es ja erleben. Ich besitze zwar keine einzige Bananenstaude, aber das macht nichts. Ich werde zu denen gehen, die welche haben, und sie anbetteln, indem ich ihnen meine Einsamkeit und mein Leid klage. Sie sollen mir wenigstens ein Bananenbüschel geben. So werde ich wohl genug Bananen zusammenbringen, um die verlangte Anzahl von Krügen mit Bananenbier brauen zu können. Wenn ich nichts unternehme und die Dinge so laufen lasse, werden die Leute mich bald verspotten und mir nachsagen, ich sei kein vollwertiger Mann, sondern noch ein Jüngling." Gegen Ende ihres Gesprächs kam der Gefährte des Todes, der Schlaf, und verschloß ihnen Augen und Mund. Sie wurden still, denn den Schlaf kann letztlich keiner aufhalten!

Beim ersten Hahnenschrei erwachte Myombekere schon wieder. Er weckte seine Frau und sagte ihr: „Ich möchte jetzt nach Hause aufbrechen. Die Hähne haben schon gekräht." Bugonoka hielt ihn zurück: „Warte doch, bis es Tag wird. Es könnte ja sein, daß es wie gestern wieder regnet. Außerdem sind die Bewohner dieser Gegend feindselig." Myombekere ließ sich von ihr überreden. Er zog die Lederdecke über sein Gesicht und schlief weiter.

Bei Anbruch der Morgendämmerung stand Bugonoka auf und ging zur Hütte der Eltern, wo sie um Einlaß bat. Sie kniete neben der Tür nieder und begrüßte Vater und Mutter. Dann ergriff sie ein Tongefäß und ging mit ihrer Cousine Barongo zum See, um Wasser zu schöpfen. Als die Vögel zu singen begannen, waren die Frauen schon längst am See. Zunächst badeten sie und rieben ihre Zähne mit feinem Ufersand ab, um dem Mundgeruch vorzubeugen. Dann stiegen sie aus dem Wasser und kleideten sich in ihre Ledergewänder. Schließlich füllten sie die mitgebrachten Tonkrüge voll Wasser und trugen sie auf dem Kopf zum Gehöft zurück.

Zu Hause gossen sie das Wasser in ein großes Tongefäß. Bugonoka suchte zwischen den Kochsteinen nach glühenden Kohlen, um daraus ein neues Feuer zu entfachen, aber sie fand keine. „Was suchst du?" fragte die Mutter. Als Bugonoka ihr antwortete, daß das Feuer im Herd völlig erloschen sei, erhielt sie den Rat: „Schau doch beim Feuer im Hof nach. Oder ist dort auch keine Glut mehr?" Bugonoka erwiderte, sie sei noch nicht dort gewesen. Namwero, ihr Vater, erkundigte sich: „Sieht es heute nach Regen aus?" Worauf ihm Bugonoka erwiderte: „Am See war der Himmel noch voller Wolken, die aber allmählich verschwinden. Ich glaube, heute wird es nicht regnen." Bugonoka sammelte am Hirsespeicher etwas Gras, um glühende Kohlen darauf tragen zu können. Dann ging sie zum Hoffeuer, wo sie tatsächlich noch Glut fand. Sie nahm davon ein wenig mit, raffte Brennholz zusammen und entfachte zwischen den Herdsteinen ein neues Feuer. Dann langte sie über sich in das Vorratsnetz, das zum Schutz gegen Insekten wie eine Hängematte aus dicken Seilen zwischen zwei Holzpfählen gespannt war, und ergriff einen Tontopf. Aufmerksam prüfte sie seine Sauberkeit und füllte, bevor sie ihn auf das Feuer setzte, mit einem Schöpflöffel etwas Wasser hinein. An ihre jüngere Cousine richtete sie die Worte: „Komm her, Barongo, und paß auf das Feuer auf. Ich will meinem Mann in der Zwischenzeit Wasser zum Zähneputzen bringen. Dann möchte ich gleich mit dem Kochen anfangen, damit er bald nach Hause aufbrechen kann. Eigentlich wollte er schon beim ersten Hahnenschrei losgehen, aber ich habe ihn daran gehindert, weil ich nicht wollte, daß er wieder vom Regen durchnäßt wird und erneut erkrankt." Der Vater unterbrach sie: „Sag mal, haben die Kopfschmerzen deines Mannes nachgelassen? Wie steht es mit dem Schüttelfrost?" – „Beides ist verschwunden", berichtete ihm die Tochter. Dann erhob sie sich eilig und brachte ihrem Mann Wasser, damit er sich das Gesicht waschen und die Zähne putzen konnte. Als Bugonoka fortgegangen war, stand auch die Mutter aus dem Bett auf und ergriff als erstes eine Kalebasse, um die gesäuerte Milch durchzuschütteln.

Bugonoka weckte ihren Mann. Der legte sein Fellkleid an und ging hinter das Haus, um auszutreten. Von dort machte er sich auf, die Leute im Gehöft des Schwiegervaters zu begrüßen. Zuerst wünschte er dem Gehöftherrn einen guten Morgen. Er blieb voll Ehrerbietung in der Nähe seiner Hüttentür stehen und sagte: „Kampire bwachasugu mineka tatazara, mwanagiramo? Wie geht es Euch, Vater? Habt Ihr die Nacht gut verbracht?" Worauf der Schwiegervater antwortete: „Bawana tata, twanagira; omutwe ogwo gwasikiramo n'embeho egyo? – Uns geht es gut, mein Sohn! Was machen deine Kopfschmerzen? Hat das Frösteln nachgelassen?" Myombekere antwortet ihm: „Mir geht es wieder besser. Ich habe kein Fieber mehr." Dann begrüßte er auch seine Schwiegermutter: „Mwanagiramo, mayo? Wie habt Ihr die Nacht verbracht, Mutter?" Sie antwortete: „Twanagira tata, iwe wayehulira amagingo ago? Uns geht es gut, mein Sohn. Wie fühlst du dich?" Myombekere antwortete: „Nayehulira, mayo! Mir geht es besser, Mutter!" Zum Schluß begrüßte er auch Barongo, die Cousine seiner Frau: „Nkusura, mulamu? Wie geht es dir, Schwägerin?" Barongo erwiderte: „Nkusura! Es geht mir gut!" Er fragte noch einmal: „Nkusura chombeka? Wie geht es dir, Erbauerin?" Sie erwiderte abermals: „Mir geht es gut!" Er fuhr fort: „Nkusura wetu? Wie geht es dir, Herrin?" Und abermals erwiderte sie: „Mir geht es gut, Schwager!" Trotzdem fuhr er fort: „Nkusura machwanta garunga omugobe?

Wie geht es dir, mit deren Speichel das Gemüse gewürzt wird?" Sie beendete die Begrüßung, indem sie sagte: „Nkusura wabo! Mir geht es wirklich gut!" Darauf brach sie in lautes Gelächter aus.

Myombekere kehrte in die Junggesellenhütte zu seiner Frau zurück. Sie stellte ihm einen Stuhl hin, auf den er sich setzte. Dann brachte sie ihm das hölzerne Waschgefäß, und er begann sich zu waschen. Knieend reichte sie ihm ein Holzstäbchen, mit dem er sich den Schmutz unter den Nägeln entfernen konnte. Dann goß sie langsam Wasser in seine rechte Handfläche. Er wusch sich damit das Gesicht und entfernte mit dem kleinen Finger den Schlaf aus seinen Augen. Danach wusch er sich die Füße. Seine Frau schüttete das schmutzige Wasser fort, stellte das leere Waschgefäß zum Trocknen auf den Kopf und ging in die Küche, um das Frühstück anzurichten. Auf dem Wege dorthin begegnete sie Lweganwa, der gerade heimkam. Er hatte die Nacht in der Nachbarschaft verbracht.

Lweganwa begrüßte seinen Schwager. Nachdem sie sich ein wenig unterhalten hatten, sagte er: „Warte einen Augenblick. Ich möchte eben meinen Eltern einen guten Morgen wünschen. Gleich komme ich wieder zu dir, so daß wir weiter reden können." Er begrüßte seine Eltern und auch seine Schwester, die ihn aufforderte: „Geh in deine Hütte und leiste deinem Schwager beim Essen fröhliche Gesellschaft!" Lweganwa gesellte sich zu Myombekere, und Bugonoka brachte sogleich das Frühstück. Mit dem gebotenen Respekt servierte sie Hirseklöße und Flußpferdfleisch. Lweganwa bat: „Bring mir auch etwas embete-Fisch! Oder hast du ihn etwa nicht aufgewärmt?" Bugonoka erwiderte: „Es wird gerade gemacht." Während sie das Frühstück einnahmen, fragte Myombekere seinen Schwager: „Warum überläßt du mir das ganze Fleisch? Ich habe dich nichts davon nehmen sehen." Lweganwa antwortete: „Ach, ich habe darauf keinen Hunger mehr, weil ich während der Jagd soviel davon gegessen habe. Ich esse es zwar gelegentlich noch, aber wenn es eine andere Beilage gibt wie zum Beispiel Fisch, dann rühre ich das Fleisch nicht an. Komm, Schwager, koste mal von dem Fisch. Gestern abend hast du nichts davon gegessen, weil du schon satt warst." Myombekere streckte seine Hand aus und steckte ein Stück ohne Gräten in seinen Mund. Ei, in der Tat, der Fisch schmeckte ausgezeichnet.

Als die Männer gesättigt waren, räumte Bugonoka das Eßgeschirr beiseite und brachte ihnen warmes Wasser zum Händewaschen. Dann kam sie mit einer Kalebasse voll gesäuerter Milch. Sie kniete nieder und bot zuerst ihrem Mann davon an. Er setzte sie an den Mund und trank daraus. Als er das Gefäß seinem Schwager weiterreichen wollte, widersprach Bugonoka: „Nein! Trink noch mehr, damit du Kraft für den langen Heimweg bekommst!" Lweganwa pflichtete seiner Schwester bei: „Ja, Schwager, trink weiter! Oder schmeckt dir die gesäuerte Milch nicht, hat man sie etwa nicht gehörig durchgeschüttelt?" Myombekere trank hastig weiter, aber er schaffte es nicht, den großen Napf zu leeren. So gab er ihn doch seinem Schwager weiter: „Ich habe genug getrunken. Ist es vielleicht gut, soviel zu sich zu nehmen, daß die Würmer schließlich keinen Platz mehr im Magen haben, sich zu bewegen?" Nachdem auch Lweganwa sich satt getrunken hatte, stellte er fest: „Wahrhaftig, Schwager, so ein reichliches Essen eignet sich mehr für Flußpferdjäger. Man kann sich kaum vorstellen, welche Mengen ein Flußpferdjäger bewältigen kann. Was das Essen anbelangt, so übertrifft sie im Kerewe-Land niemand." Myombekere wartete ein wenig, bis seine Hände trocken waren, dann nahm er seinen Tabak hervor und begann zu rauchen. Nach einer Weile bat er seinen Schwager, ihm die Waffen zu holen.

Lweganwa ging in das Haus der Eltern, die ihn fragten: „Was willst du?" Er antwortete: „Euer Schwiegersohn möchte aufbrechen." Da sagte der Vater: „Pack ihm als Abschiedsgeschenk sechs Stücke Flußpferdfleisch ohne Knochen in einen Korb. Die soll er sich zu Hause kochen lassen." Die Mutter stimmte zu und meinte, er solle den Korb zurückbringen, wenn er demnächst wieder vorbeikäme. Lweganwa trennte darauf ein Blatt von einer Bananenstaude ab und gab es Bugonoka, die damit den Korb auslegte, bevor sie das Fleisch hineinpackte. Sie fügte sogar ein siebtes Stück hinzu, nahm noch ein weiteres Blatt und deckte den Korb damit zu. Lweganwa brachte einen Tragestock für den Korb. Dann traten sie alle aus der Hütte.

Myombekere verabschiedete sich von Schwiegervater und Schwiegermutter. Sie antworteten wie aus einem Munde: „Komm gut heim! Grüße alle, die in deinem Gehöft sind!“ Er bedankte sich und brach auf, begleitet von Lweganwa, seiner Frau und deren Cousine Barongo. Lweganwa ging voran und trug die Waffen seines Schwagers. Ihm folgte Barongo, die den Korb mit dem Fleisch trug. Nach einer Weile übergab Lweganwa den Speer seiner Schwester und sagte: „Trag du ihn, falls ihr noch weiter mitgehen wollt.“ Und zu seinem Schwager sprach er: „Ich muß jetzt umkehren! Komm gut heim und grüße alle in deinem Gehöft!“ Myombekere erwiderte: „Auf Wiedersehen, Schwager! Gehab dich wohl!“

Nachdem Lweganwa sich schon eine Weile auf dem Rückweg befand, fiel ihm ein, daß er vergessen hatte, seinem Schwager zu sagen, er sollte den Korb bald wieder zurückbringen. Also wandte er sich um und lief hinter ihm her mit den Rufen: „He Schwager, he Schwager!“ Als erste hörte ihn Bugonoka, die ihren Mann darauf aufmerksam machte: „Dein Schwager ruft dich.“ Myombekere blieb stehen und rief ihm zu: „Was ist los?“ Lweganwa rief zurück: „Vergiß nicht, den Korb bald zurückzubringen!“ Myombekere gab ein Zeichen, daß er verstanden hatte und setzte seinen Weg fort, wobei er seine Frau fragte: „Warum soll ich seinen Korb so schnell zurückbringen? Will er etwa wieder auf Flußpferdjagd gehen oder was ist los?“ Bugonoka entgegnete ihm: „Vielleicht möchte er den Korb schnell zurückhaben, weil er ihn oft zum Fischfangen verwendet. Nein, an die Jagd denkt er im Augenblick nicht. Schließlich soll ja bald seine Verlobung stattfinden. Die Eltern haben den Sippenältesten seiner zukünftigen Verlobten schon einen Antrag gemacht und nur darauf gewartet, daß Lweganwa von seiner Jagdpartie zurückkehrte. Ich denke, mein Vater wird noch heute zu ihnen gehen und sie bitten, ihm mitzuteilen, ob sie ihre Tochter Lweganwa geben wollen.“ Nach diesen Worten nahmen sie voneinander Abschied. Bugonoka sagte: „Leb wohl, komm gut heim. Iß stets nur die Hälfte und bewahre die andere Hälfte für mich auf.“ Er erwiderte: „Jawohl! Lebe auch du wohl! Iß stets nur die Hälfte und bewahre die andere Hälfte für mich auf!“ Worauf beide in fröhliches Gelächter ausbrachen.

Auch Barongo verabschiedete sich von ihm, wobei sie scherzte: „Nimm deine Sachen, Schwager, komm gut heim und grüß mir deine Bettdecke!“ „Du beleidigst mich, Schwägerin“, erwiderte Myombekere, worauf sie zurückfragte: „Wieso beleidige ich dich? Vielleicht hast du nochmal geheiratet, und ich versäumte nur, dir aufzutragen, daß du deine neue Frau grüßen sollst?“ Myombekere rief aus: „Geheiratet? Werden denn die Frauen hierzulande wie Fische in einem Korb gefangen?“ Sie darauf: „Bist du etwa kein Kerewe-Mann“ – „Ja, natürlich bin ich ein Kerewe-Mann! Warum fragst du?“ – „Nun, ihr Kerewe habt doch eine Redensart, wonach Frauen wie Fische sind, die man in einem Korb fängt, oder?“ Darauf begannen sie alle drei ausgelassen zu lachen. Barongo fügte erklärend hinzu: „Dies sind Scherze unter Schwägern. Komm bald mit dem Bier zurück, damit wir uns damit begießen und alle unsere Sorgen vergessen!“ Myombekere erkundigte sich: „Wann gedenkst du, zu deinem Mann zurückzukehren?“ – Sie erwiderte ihm: „Ich warte nur noch darauf, etwas Näheres über Lweganwas Verlobung zu erfahren, um die Neuigkeit daheim erzählen zu können. Wenn die Hochzeit stattfindet, hoffe ich, wieder hier zu sein.“ Myombekere trug ihr viele Grüße an ihren Mann auf. Endlich trennten sie sich. Die beiden Frauen kehrten in das Gehöft zurück, während Myombekere sich auf den Heimweg machte.

KAPITEL 7

Myombekere bereitet Bananenbier zu, um seine Frau auszulösen

Am Nachmittag traf Myombekere in seinem Gehöft ein. Seine Nichte war gerade damit beschäftigt, den Kälbern Wasser zu geben. Als sie ihren Onkel erblickte, legte sie augenblicklich die Kalebassen nieder, mit denen sie die Tiere getränkt hatte. Sie ging ihm entgegen, nahm seine Waffen in Empfang und geleitete ihn so ins Gehöft. Der Knabe Kagufwa holte einen Stuhl und stellte ihn unter einen Baum. Myombekere ließ sich darauf nieder. Dann begrüßten sie einander. Die Nichte kniete respektvoll nieder und sagte: „Shikamoo, mjomba! Ich ergreife Eure Füße, Onkel. Wie habt Ihr die Nacht verbracht? Was macht Bugonoka und wie geht es den Schwiegereltern? Ist Euer Schwager schon von seiner Jagdunternehmung zurück?“ Myombekere antwortete ihr: „Marahaba, mwanangu! Vielen Dank, mein Kind. Wir haben eine angenehme Nacht verbracht. Bugonoka geht es gut. Sie läßt alle grüßen. Auch die Schwiegereltern haben mir Grüße für euch aufgetragen. Ach ja, Lweganwa ist zurück, aber erst seit kurzem. Und was gibt es hier Neues?“ Seine Nichte antwortete kurz: „Nur Gutes!“ Dann fragte sie weiter: „Warum hast du Bugonoka nicht mitgebracht? Wird sie immer noch von ihren Eltern zurückgehalten?“ Myombekere bestätigte es und fügte hinzu: „Aber sie haben mir diesmal Hoffnung gemacht. Der Schwiegervater hat mir sechs Tonkrüge voll Bananenbier als Buße für mein falsches Verhalten und die Fehler meiner Verwandten auferlegt. Ich stehe jetzt vor der Schwierigkeit, wie ich genügend Bananen finden soll. Die Besitzer von Bananenhainen werden mir ohne Gegenleistung nichts geben. Ich müßte ihnen wohl diesen Ziegenbock hier im Austausch anbieten. Was soll ich Armer sonst tun?“ – „Ja, es stimmt,“ pflichtete ihm traurig die Nichte bei. „Hierzulande hilft einem immer nur das, was man selbst zu eigen hat. Nur Besitz vermag einen aus einer schwierigen Lage zu retten, nicht wahr? So sagt es auch das Sprichwort: ›Enkoba z'embogo, nizo zigiha mu buhya – Dein Besitz ist es, der dich aus einer Gefahr errettet.‹ Außerdem sagten unsere Vorväter: ›Die Frauen veranlassen die Männer, ihr Hab und Gut zu verschleudern.‹ Aber wenn du keine Frau hast, was nützt dir dann all dein Hab und Gut? Wer wird dir allein deswegen Anerkennung zollen? Dein Reichtum bleibt sinnlos. Darum ist es besser, Hab und Gut wegzugeben, wenn man dafür eine Frau bekommt, mit der man eine Familie gründen kann. Das ist die Tugend aller Männer. Auch wenn Gott dich nicht wie die anderen mit einem Kind segnet, muß deine Ehe nicht von kurzer Dauer sein. Ihr könnt doch zusammen ein langes, friedliches Leben genießen. Und wenn Verwandte euch besuchen, könnt ihr sie bewirten, sei es auch nur mit einem Schöpflöffel voll Wasser gegen den Durst. Es gilt als sehr unehrenhaft, wenn ein erwachsener Mann ohne Frau bleibt."

Am nächsten Morgen band Myombekere seinem Ziegenbock einen Strick um den Hals und führte ihn aus dem Gehöft, um ihn gegen Bananen einzutauschen. Im ersten Gehöft, das an seinem Wege lag, traf er nur die Frau des Hofherrn an. Sie begrüßten einander und sie bot ihm einen Stuhl an, den er aber ablehnte: „Ich möchte nicht lange bleiben, weil ich unterwegs bin, den Ziegenbock gegen Bananen einzutauschen. Ist der Hofherr anwesend?" Sie antwortete: „Er hat sich auf das Festland begeben, weil seine Schwester schwer erkrankt ist. Er ist schon drei Tage fort, und wir machen uns große Sorgen. Stell dir nur vor, wir Frauen sind ganz allein im Gehöft! Wir wissen nicht, ob er seine Schwester noch lebend angetroffen hat. Vielleicht leidet sie noch. Aber auch wenn er hier wäre, hätte er nicht genug Bananen, die er gegen den Ziegenbock tauschen könnte. Erst kürzlich hat er die meisten Stauden geerntet. Wahrscheinlich wirst du woanders erfolgreicher sein. Versuch es in anderen Gehöften!" Myombekere verließ also den Hof. Dabei mußte er den Ziegenbock heftig am Seil hinter sich herziehen. Als sich das Tier vollends sperrte, hob er ihn einfach auf die Schultern. So konnte er schneller voranschreiten. Beim Tragen kam ihm der Gedanke, was er wohl tun sollte, wenn er keine

Bananen auftreiben könnte. Er steckte voll böser Ahnungen, daß ihm etwas Schlimmes zustoßen würde.

Schließlich gelangte er an ein Gehöft, in dem alle Bewohner, auch der Hofherr, anwesend waren. Man bot ihm einen Stuhl an. Er setzte sich und sagte: „Ich möchte diesen Ziegenbock gegen Bananen eintauschen." Die Anwesenden betrachteten den Ziegenbock lange von allen Seiten, dann bedrängten sie den Hofherrn: „Kauf die Ziege! Du hast genug Bananen. Sie ist dick und gesund. Und ihr Fell hat eine schöne Zeichnung. Wenn deine Frau das Fell trägt, wird sie in den Augen der Leute sehr anziehend erscheinen." Der Hofherr erwiderte: „Vielleicht hält uns Myombekere nur zum Narren und will die Ziege in Wirklichkeit seinem Freunde Nkwesi bringen." Myombekere versicherte: „Nein, ich bringe sie nicht zu Nkwesi. Ich möchte sie wirklich bei euch gegen Bananen eintauschen." Da ging der Hofherr schnell in sein Haus und holte ein Buschmesser heraus. Sodann forderte er den Eigentümer der Ziege und alle Anwesenden auf, ihm zum Bananenhain zu folgen.

Dort zählten sie zunächst die Fruchtstände, die noch an den Stauden hingen. Es waren mehr als sechzig, die sich für die Herstellung von Bier eigneten. Dann begannen sie über den Gegenwert für den Ziegenbock zu feilschen. Die Anwesenden meinten, daß Myombekeres Ziege in Anbetracht ihrer Schönheit und Gesundheit wohl zwanzig Fruchtstände wert sei. Der Hofherr sagte zu Myombekere: „Ja, ich bin damit einverstanden. Ich füge sogar noch fünf Fruchtstände hinzu, denn ich möchte den Ziegenbock zur Verlobung meines jüngsten Bruders, des letzten Kindes meiner Mutter, verwenden. Unser Vater starb, als der Bruder noch nicht geboren war. Daher richte ich die Verlobung für ihn aus. Der Ziegenbock soll ein Teil des Brautgutes sein." Myombekere stimmte dem Handel zu. Man reichte ihm das Buschmesser, und er schnitt sich die Fruchtstände von den Bananenstauden selbst ab, bis die ausgehandelte Zahl erreicht war. Dann nahmen die Leute den Ziegenbock an sich, der nun ihnen gehörte.

Myombekere legte anschließend die Fruchtstände zu einem Stapel zusammen und ging eilends zu seinem Freund Nkwesi, der in derselben Gegend wohnte.

Die Freunde begrüßten einander. Myombekere erzählte Nkwesi von seinem Bittgang zu den Schwiegereltern und von der Auflage des Schwiegervaters, sechs Krüge mit Bananenbier als Buße beizubringen. Er berichtete seinem Freund auch, daß er im Gehöft des Nachbarn Bituro seinen Ziegenbock bereits gegen fünfundzwanzig Fruchtstände eingetauscht hatte. Er bat Nkwesi, ihm mit weiteren Bananen zu helfen, da er nicht glaubte, daß die eingetauschten Früchte bereits ausreichten, um daraus sechs Krüge Bier zu brauen. Nkwesi beruhigte ihn: „Mach dir nur keine Sorgen. Wenn dein Schwiegervater nicht mehr als sechs Krüge Bier verlangt hat, werden wir es schon auftreiben, mein Bruder. Wir haben hier reichlich Bananenstauden.“ Als Myombekere das hörte, fiel ihm ein Stein vom Herzen. Sein ganzer Körper entspannte sich vor Freude, und er lächelte.

Nkwesi führte ihn zu den Bananenstauden. Sie zählten zunächst fünfundzwanzig Fruchtstände, die so reif waren, daß sie geschnitten werden konnten. Als sie um den frisch gejäteten Bananenhain herumgingen, fanden sie jedoch noch weitere drei Fruchtstände. Nkwesi sagte zu Myombekere: „Auch wenn ich einmal nicht da sein sollte, kannst du jederzeit die besichtigten Fruchtstände abschneiden und zum Nachreifen eingraben.“ Myombekere bedankte sich mit übergroßer Freude: „Danke sehr, mein Freund. Du hast mir einen großen Gefallen getan. Welcher Feind sollte unsere Freundschaft jemals zerstören können?“ Nkwesi lachte über diese Worte so sehr, daß ihm beinahe die Rippen barsten. Myombekere vergewisserte sich noch einmal: „Ich kann also jederzeit kommen? Heute würde es mir eigentlich am besten passen, denn ich habe die Fruchtstände, die ich als Gegenwert für meinen Ziegenbock erhielt, auch schon abgeschnitten. Die zum Bierbrauen bestimmten Bananen sollten alle am selben Tag geschnitten werden, damit sie nicht unterschiedlich reifen. Auch möchte ich sie alle zusammen zum Nachreifen eingraben. Laß mich schnell ein Buschmesser aus dem Haus holen.“ Nkwesi hinderte ihn daran und sagte: „Bleib hier und laß mich das Messer holen! Eigentlich hätte ich die Frauen aufgefordert, es uns zu bringen. Aber im Augenblick sind sie alle mit Kochen beschäftigt. Wir wollen sie dabei nicht stören.“

Nkwesi holte das Buschmesser selbst. Dann begannen sie, die Fruchtstände von den Bananenstauden abzuschneiden. Sie trugen sie zu einer Grube, die eigens zum Nachreifen von Bananen bestimmt war. Myombekere wollte schon jetzt alles für das Nachreifen am nächsten Tag vorbereiten; darum sammelte er Bananenblätter und trug sie dorthin. Kaum war er damit fertig, riefen die Frauen die beiden Männer zum Essen ins Gehöft.

Nach dem Essen bat Myombekere die vier Frauen Nkwesis und die drei jungen Männer auf dem Hof, ihm zu helfen, die Bananen, die er gegen den Ziegenbock eingetauscht hatte, vom Nachbarn herzuholen. Sie erklärten sich gern dazu bereit: „Du brauchst uns nicht zu bitten. Schwager, wer lehnt schon etwas ab, von dem er doch selbst einen Nutzen hat? Also gehen wir! Sind es viele Bananen?“ Myombekere beruhigte sie: „Nur fünfundzwanzig Fruchtstände.“ Nkwesis Frauen wunderten sich: „Mehr nicht? Werdet ihr Männer und unsere drei Söhne nicht alle Bananen aufessen und wir gehen leer aus?“ Myombekere drängte sie: „Steht doch auf, Mabibi! Ihr Frauen, helft mir aus meiner Notlage! Vielleicht werde ich euch eines Tages auch einen kleinen Gefallen erweisen können.“ Darauf erhoben sich alle. Nkwesi suchte die Tragestangen zusammen, die von je zwei Leuten auf die Schulter genommen werden, während die Last in der Mitte dazwischen hängt. Er fand zwei Stangen. Eine gab er seinen beiden älteren Söhnen, die andere nahm er selbst zusammen mit Myombekere. So machten sie sich auf den Weg.

Die Fruchtstände der Bananen waren sehr schwer. Für den Jüngsten der Söhne, einen kleinen Knaben, und die Frauen wurden leichtere Fruchtstände ausgesucht. Sie setzten sich die Lasten auf den Kopf. Zwischen Last und Kopf legten sie einen ringförmigen Untersatz aus trockenem Gras. Die beiden jungen Männer hängten sechs Fruchtstände an ihren Tragestock. Als sie damit bei der Grube zum Nachreifen ankamen, schwitzten sie stark und waren völlig erschöpft. Mykombekere und Nkwesi trugen noch mehr Lasten. Als man die Fruchtstände nach dem ersten Gang zählte, waren es fünfzehn. Beim zweiten Gang blieben also noch zehn zu tragen. Die jungen Männer nahmen diesmal nur zwei Fruchtstände an ihre Tragestange. Myombekere und Nkwesi trugen drei, und der

Rest wurde auf den kleinen Jungen und die vier Frauen verteilt.

Nach der Arbeit neckten ihn die Frauen: „Schwager, es sind noch einige Fruchtstände zurückgeblieben, nicht wahr? Laß uns hingehen, sie zu holen." Myombekere fragte sie: „Woher sollten sie wohl kommen?" Insgesamt hatte er nun dreiundfünfzig Fruchtstände. Er stieg in die Grube hinab und bat um eine kleine Hacke und einen Waschzuber, um die Grube zu säubern. Er sagte ihnen: „Über Nacht soll die Grube austrocknen. Morgen früh will ich darin ein Feuer anzünden, damit sie ganz trocken wird, so daß ich am Nachmittag die Bananen zum Nachreifen darin eingraben kann." Die jungen Männer brachten ihm das gewünschte Werkzeug. Er machte die Grube sauber und ging dann nach Hause. Seine Freunde begleiteten ihn noch ein Stück auf dem Weg.

Am nächsten Tag aß Myombekere etwas in seinem Gehöft, dann machte er sich mit seinem Wanderstab auf den Weg zu Nkwesi. Um die Mittagszeit traf er bei ihm ein. Als sein Freund ihn von weitem erblickte, ging er ihm entgegen, um ihm nach Sitte des Landes den Wanderstab tragen zu helfen. Im Gehöft hieß er ihn willkommen und bot ihm einen Stuhl zum Sitzen an.

Als der Gast sich niedergelassen hatte, fragte Nkwesi seine Frauen: „Wie empfangt ihr diesen Gast? Gibt es nicht einige übriggebliebene Kartoffeln, die ihr ihm schnell zubereiten könnt?" „Wir bedenken es gerade gemeinsam", sagten die Frauen. Myombekere wehrte ab: „Ich komme von Zuhause, wo ich schon gegessen habe." Nkwesi wandte jedoch ein: „Ein Gast gilt solange nicht als gesättigt, als man ihn nicht in seinem Gehöft bewirtet hat." Die Lieblingsfrau des Hofherrn war die erste, die Myombekere Wasser zum Händewaschen brachte. Darauf reichte ihm die Schwägerin, so nannte er die Frauen seines Freundes, einen Schöpflöffel voll Wasser, damit er auch seinen Mund ausspülen konnte. Anschließend brachte sie ihm einige Kartoffeln und eine Kalebasse mit gesäuerter Milch. Auch die anderen Frauen brachten Kartoffeln, so daß ein großer Berg davon zusammenkam. Myombekere aß davon, bis er übersatt war. Vieles von dem Essen blieb jedoch übrig.

Nach der Mahlzeit bat Myombekere seinen Freund Nkwesi um flüssigen Schnupftabak. Es handelt sich um eine Mischung aus feingemahlenem Tabak und Soda, die man in eine kleine Kalebasse mit Wasser gibt und darin ziehen läßt. Der Benutzer steckt die Nase in den Sud und zieht davon etwas hoch. Nach einer Weile schneuzt er sich und bringt die Flüssigkeit, vermischt mit Nasenschleim, wieder hervor.

Man reichte Myomkebere also eine Kalebasse mit flüssigem Schnupftabak. Als er die Flüssigkeit in die Nase einzog, vergingen ihm fast die Sinne. Der Tabak war sehr stark, so daß er ganz benommen wurde. Er bat um Wasser, um wieder zu sich zu kommen. Erst nach einer Weile war er wieder Herr seiner Sinne.

Als Myombekere den Sonnenstand prüfte, sah er, daß es Zeit war, sich den Bananen zu widmen. Er fragte seinen Freund Nkwesi: „Ist es nicht Zeit, die Bananen zum Nachreifen einzugraben?" „Ja, es ist Zeit", bestätigte dieser. Die beiden Männer gingen darum schnell ins Haus, holten Buschmesser und glühende Kohlen sowie eine Hacke heraus und machten sich auf zum Bananenhain.

Dort sammelten sie zunächst trockene Blätter und warfen sie in die Grube zum Nachreifen der Bananen. Mit Hilfe der mitgebrachten Glut entfachten sie alsdann darin ein Feuer. Seine Flammen schlugen hoch über den Grubenrand hinaus. Dabei entstand ein Brausen, als wenn die Bienen schwärmten. Jedesmal wenn das Feuer in sich zusammenfiel, gab Myombekere neue Blätter hinzu, bis sein Freund ihm sagte: „Das genügt. Das Feuer ist nun stark genug!" Myombekere wandte ein: „Laß mich, die Grube muß ganz trocken werden, damit die Bananen reifen können." Nkwesi sagte darauf: „Falls du mit dem Nachreifen von Bananen nicht genügend Erfahrung hast, laß mich meinen Sohn rufen, daß er es für dich tut. Er kann Bananen selbst dann zum Reifen bringen, wenn sie am selben Tag abgeschnitten wurden. Wenn es ihm nicht gelingt, dann ist überhaupt nichts zu machen." Nkwesi holte also seinen Sohn herbei und beauftragte ihn, für Myombekere die Bananen zum Nachreifen einzugraben. Myombekere blieb indessen an der Grube und löschte das Feuer. Dann richtete er einige Bananenschäfte zu, die als Träger über die Grube gelegt werden konnten, und schnitt Bananenblätter zum Abdecken.

Noch ehe er fertig war, kam Nkwesis Sohn. Er kleidete die

Grube rundum mit Bananenblättern aus. Der junge Mann, nur mit einem Schamtuch bekleidet, arbeitete in der Grube, während Myombekere ihm von oben die Blätter anreichte. Nachdem die Grube in dieser Weise hergerichtet war, reichte Myombekere die Bananen-Fruchtstände hinunter, und der junge Mann schichtete sie fachmännisch darin auf. Er riet Myombekere, vor dem Anreichen die Vogelnester daraus zu entfernen. „Wenn man sie dort beläßt, sehen die reifen Bananen später nicht sehr einladend aus", fügte er als Erklärung hinzu. Nachdem sie alle Fruchtstände in der Grube aufgeschichtet hatten, deckten sie diese mit Bananenstauden und grünen Bananenblättern zu. Darüber häuften sie trockene Bananenblätter, die der junge Fachmann alsbald anzündete. Mit einem großen Bananenblatt fachte er unermüdlich das Feuer an, bis er schweißgebadet war. Erst als er sah, daß genügend Rauch in die Höhlung unter die Abdeckschicht gedrungen war, hörte er damit auf. Er ergriff eine Hacke und schüttete die Grube mit Erde zu, damit der Rauch nicht entweichen konnte. Das ist notwendig, um die Nachreifung in Gang zu setzen. Am Ende reichte ihm Myombekere einen Bananenschößling. Der Bierbrauer knickte ihn mehrfach, führte ihn zwischen den Beinen durch und setzte ihn auf die Grube. Dann sammelten sie ihr Werkzeug ein und kehrten zum Gehöft zurück.

Wer wissen möchte, weshalb Nkwesis Sohn einen Bananenschößling auf die Grube pflanzte, kann ruhig danach fragen. Die einfache Antwort lautet: „Es handelt sich um ein Ahnenopfer, damit die Bananen besser reifen können."

Im Gehöft bat Myombekere um seinen Wanderstab. Er verabschiedete sich von den Frauen, die er Schwägerinnen nannte, und machte sich auf den Weg. Nkwesi begleitete ihn ein Stück, wobei er ihm den Wanderstab trug. Schließlich sagte er ihm: „Nimm deinen Stab und beeil dich, daß du nicht in die Dunkelheit gerätst!" Da nahm Myombekere von ihm Abschied und ging seiner Wege.

Die Bananen blieben zwei Tage in der Grube. Am dritten Tag ging Nkwesi hin und deckte die Grube ab, damit Luft und Sonne an die Bananen gelangen konnten. Am vierten Tag fand sich auch Myombekere an der Grube ein. Er rupfte eine Menge Gras zum

Keltern der Bananen aus. Früh am Morgen des fünften Tages stand er schon mit dem ersten Hahnenschrei auf und sammelte sein Werkzeug, insbesondere die Tontöpfe, die er bei den Nachbarn zusammengeborgt hatte. Es war der Tag, an dem die Bananen gekeltert werden sollten. Er nahm auch genügend Hirsemehl mit, denn dieses muß unter den Bananensaft gemischt werden.

Als diejenigen, die ihm beim Keltern helfen sollten, an der Grube eintrafen, hatte Myombekere bereits alle Bananen herausgenommen und damit begonnen, sie in einem Einbaum, der als Bottich zum Keltern diente, zu stampfen. Sie halfen ihm, die Bananenblätter, die er über die Früchte gebreitet hatte, zu wenden, dann stampfte er noch eine Weile alleine weiter. Schließlich stieg er aus dem Bottich. Gemeinsam errichteten sie in dem Einbaum ein Gestell aus mattenartig verknüpften Blattrippen, auf das sich die sechs Kelterer stellten. Myombekere teilte jedem von ihnen je eine Portion der auszupressenden Früchte zu, die er zu Kugeln geformt hatte. Während sie diese mit den Füßen auspreßten, bereitete Myombekere weitere Portionen für sie vor. Sie kamen mit der Arbeit gut voran. Myombekere ließ nicht alle Bananen keltern. Einen Fruchtstand behielt er zurück. Dieser war ausschließlich für die Kelterer bestimmt, damit sie nicht von dem Bier für den Schwiegervater naschten.

Mitten in der Arbeit griff sie ein Bienenschwarm an. Die Männer wurden in die Füße gestochen. Oh, je! Myombekere rannte schnell in Nkwesis Gehöft und holte Feuerglut. Damit entfachten sie rings um den Einbaum ein Feuer. Myombekere gab Zweige und Blätter hinein, so daß der Rauch die Bienen vertrieb. Den Arbeitern trieften davon Augen und Nasen.

Irgendwann brachten Nkwesis Frauen etwas zu essen: Kartoffeln, Maniok und gesäuerte Milch. Zum Essen stiegen die Kelterer vom Mattengeflecht, auf dem sie gestampft hatten, herunter. Sie baten Myombekere: „Gib uns etwas Bananensaft. Gesäuerte Milch schmeckt zwar sehr gut zu Kartoffeln, aber Bananensaft schmeckt noch besser.“ Myombekere dachte bei sich: „Wenn ich ihnen das verweigere, werden sie mich schelten. Und wer weiß, ob ich nicht morgen oder übermorgen wieder in Not gerate und auf ihre Hilfe angewiesen bin. Also, was macht es schon, ich gebe ihnen, was sie verlangen. Außerdem sagt ein Sprichwort: ›Wer arbeitet, soll auch essen!‹“ Er nahm ein Schöpfgefäß und schöpfte ihnen damit reichlich Bananensaft. Er füllte sogar noch ein weiteres Schöpfgefäß und gab es dem Sohn Nkwesis für die Frauen des Gehöfts.

Nach der Mahlzeit schlugen die Kelterer Myombekere vor, den bereits ausgepreßten Bananensaft aus dem Bottich in Tongefäße umzufüllen. Es wurden sechs Tongefäße damit voll. Währenddessen verschnauften die Kelterer noch etwas. Einige traten aus, um dem Völlegefühl entgegenzuwirken. Andere rauchten oder schnupften Tabak. Danach stiegen sie wieder in den Einbaum auf die Kelterermatte und setzten ihre Tätigkeit fort, während Myombekere ihnen die Bananen, die sie auspressen sollten, in Portionen vorlegte. Am späten Nachmittag hatten sie ihre Arbeit beendet. Der Bananensaft füllte nun dreizehn Tongefäße und eine Kalebasse. Myombekere war außer sich vor Freude. Jetzt mußte der Saft nur noch in Gärung übergehen.

Die Kelterer meinten: „Wenn man viel Bier gewinnen will, sollte man nicht zuviele reife Bananen oder Bananensaft weggeben. Alles, was man weggibt, verringert die Biermenge. Heute haben wir selbst gesehen, daß es so ist.“ Im Haus der liebenswürdigen Hauptfrau Nkwesis füllten sie den Bananensaft aus den Tongefäßen in einen Gärbottich und mischten etwa die gleiche Menge Hirse und Hefe bei. Danach traten sie den Heimweg an.

Myombekere blieb noch im Haus zurück. Er deckte den Gärbottich, der aus dem Holz des muzungule-Baums in Form eines Einbaums geschnitzt war, mit Bananenblättern zu und trug die leeren kugelförmigen Tongefäße zum Austrocknen hinter das Haus, damit sie keinen üblen Geruch annähmen.

Die Maische begann sehr schnell zu gären. Plötzlich bildete sich Schaum, der sich überall im Bottich ausbreitete. Als Myombekere sah, wie schnell der Gärprozeß ablief, entschloß er sich, bei Nkwesi zu übernachten. Er wollte seinem Freund nicht allein die Arbeit des Bierschöpfens überlassen. Wenn er nun nach Hause ginge, müßte er schon am nächsten Tag wiederkommen, um das Bier zu schöpfen. Außerdem bedachte er, wenn er bis zum Abschluß des Gärprozesses bliebe, könnte er seine Schwiegereltern am schnellsten davon benachrichtigen, daß das Bier gebraut sei.

Sofort nach dem Abendessen legte sich jedermann schlafen. In der Nacht breitete sich ein herrlicher Biergeruch im ganzen Gehöft aus. Am nächsten Morgen weckte Nkwesi seinen Freund, indem er ihn dreimal beim Namen rief: „Myombekere, Myombekere, Myombekere!“ Dieser antwortete: „Na'am, ja!“ „Steh auf, laß uns nach dem Bier sehen! Es muß schon vergoren sein. Wie könnte sich sonst ein solcher Duft im Gehöft verbreiten?“ Sie standen auf und machten ein Feuer. Obwohl sie vor kurzem erst noch das unfertige Gebräu umgerührt hatten, nahm Nkwesi einen Trinkhalm, steckte ihn in den Gärbottich und kostete das Bier. Darauf sagte er: „Es kann noch etwas weitergären!“ Also legten sie sich wieder zum Schlafen hin.

Schon vor dem ersten Hahnenschrei standen sie abermals auf. Der Biergeruch war jetzt noch stärker geworden. Sie fachten das Feuer an, und Nkwesi schöpfte in einer kleinen Kalebasse etwas Bier. Er kostete und sagte: „Donnerwetter! Dieses Bier ist so gut, daß man es zum Kauf eines Rindes verwenden könnte.“ Er übergab Myombekere die Schöpfkelle zum Probieren. Er meinte: „Ja, du hast recht. Das Bier ist fertiggegoren.“

Myombekere ging nun zur Junggesellenhütte und weckte Nkwesis Söhne. Sie sollten ihm bei der Arbeit helfen.

Auf dem Rückweg zum Gärbottich holte er hinter der Hütte die Tongefäße hervor und sammelte hartes Gras. Man steckt dies in die ausgehöhlte Frucht eines Affenbrotbaums und läßt das Bier, wenn man es aus dem Gärbottich umfüllt, hindurchlaufen, um so Verunreinigungen herauszufiltern. Sonst könnte das Bier in den Tongefäßen später verderben oder unansehnlich werden.

Noch schläfrig kamen Nkwesis Söhne aus ihrer Hütte und setzten sich zunächst einmal zum Aufwärmen ans Feuer. Ihr Vater schimpfte sie deswegen aus: „Ihr seid wohl verrückt geworden! Meint ihr, wir hätten euch rausgerufen, damit ihr euch am Feuer wärmt? Holt sofort die Tonkrüge herbei, damit wir das Bier schöpfen können!“ Die Jungen gingen folgsam nach draußen und holten das Verlangte herein. Dann warteten sie, bis die Krüge gefüllt waren, und trugen sie in den Mittelraum der Hütte, wo sie sie ordentlich aufstellten. Einer der Söhne hatte die Aufgabe, die Gefäße mit omusaga-Kraut abzudecken, um zu verhindern, daß das Bier überschäumte. Myombekere selbst hielt eine Fackel in der Hand und leuchtete den anderen bei der Arbeit. Von Zeit zu Zeit reichte er Nkwesi, der mit dem Bierschöpfen befaßt war, weiteres Gras, um den Filter zu erneuern.

Nachdem Nkwesi schon zehn Tonkrüge mit Bier gefüllt hatte, lud Myombekere seine sogenannten Schwägerinnen, die Frauen seines Freundes, ein, von der ungefilterten Maische zu trinken. Nkwesi goß etwas Maische in die Kalebassen, aus denen normalerweise Bier getrunken wird, und reichte es ihnen. Sie alle tranken. Nach einer Weile bat Myombekere: „Laßt mich auch einmal kosten. Ich möchte gerne prüfen, wie das Holz des Gärbottichs den Geschmack des Bieres angereichert hat, denn wenn man gutes Bier braut, ist es nur recht, daß man auch etwas davon zu sich nimmt." Die Schwägerinnen waren einverstanden und meinten: „Es kann ja sein, daß sie dir deine Frau trotz des Bieres nicht zurückgeben. In diesem Fall hast du wenigstens selbst etwas davon gehabt. Also sag Nkwesi, er soll dir etwas einschenken!" Nkwesi beeilte sich hinzuzufügen: „Das findet meinen Beifall. Wer dieses starke Bier morgen trinkt, wird dich mit den Worten rühmen: ›Der Hund, der dieses Bier gebraut hat, ist ein verdammt guter Bierbrauer!‹" Myombekere war mit seinem Freund darüber ganz einer Meinung.

Nkwesi goß auch das restliche Bier in Tonkrüge. Er konnte noch zwei weitere Krüge bis zum Rande füllen, dann war alles Bier umgefüllt. Insgesamt besaßen sie jetzt zwölf Krüge und ein großes Kürbisgefäß mit Bier, dazu einen dreizehnten Tonkrug mit Maische. Nkwesi sagte: „Wie gut, daß du beim Schöpfen des Bieres dabei warst. Sonst hättest du dich vielleicht gefragt, ob wir ein Biergefäß verstecken, wo doch der Bananensaft noch dreizehn Krüge ergab." Myombekere mußte ihm beipflichten. Da krähte der Hahn zum ersten Mal, und sie sagten: „Prahle nicht so, denn du hast erst gekräht, nachdem wir mit der Arbeit schon fertig waren!"

Die Schwägerinnen fragten Myombekere: „Es tagt schon, wie

soll es weitergehen?" „Ihr kennt euch ja gut in den Zeitabschnitten der Nacht aus", antwortete er. Dann bat er sie um ein Kürbisgefäß, damit er seiner Nichte und dem Jungen auf seinem Hof etwas Maische mitbringen könne. Während Nkwesi das Gefäß füllte, klagten sie: „Nimm uns nicht das ganze Bier weg und laß uns nicht mit den Resten der ausgepreßten Bananen zurück, als ob wir Eidechsen wären, die sich davon ernähren! Haben wir dir nicht tragen geholfen, ohne daß sich deine Nichte daran beteiligt hätte? Sind wir etwa keine Menschen?" Als Myombekere diese Rede hörte, forderte er Nkwesi auf: „Gieße den Inhalt des Kürbisgefäßes wieder in den Gärbottich zurück und verrühre alles gut mit den Resten der Maische. Es ist besser, wenn die Frauen schöpfen. Oh, wir haben wirklich einen Fehler gemacht, denn im Kerewe-Land war es stets eine Aufgabe der Frauen, die Maische zu verteilen." Während Nkwesi zur Seite trat, nahm seine Lieblingsfrau den Schöpflöffel in die Hand, denn sie war stets die Schnellste in allen Arbeiten. Sie ergriff das Kürbisgefäß, das ihr Myombekere reichte, und füllte es mit Maische. Unmittelbar danach verabschiedete sich Myombekere von ihnen: „Laßt mich diese Maische meinen Leuten im Gehöft vorbeibringen! Anschließend will ich gleich meine Schwiegereltern aufsuchen und sie benachrichtigen, daß das Bier fertig ist. Wenn ich nicht meinen Leuten diese Maische vorbeibringen und noch den Korb meines Schwagers von zu Hause holen müßte, dann ginge ich geradewegs zu meinen Schwiegereltern." Die Schwägerinnen erwiderten ihm: „Es ist doch klar, daß du nochmal zu Hause vorbeigehen mußt, schon allein um dort nach dem Rechten zu sehen. Es könnte ja sein, daß einer deiner Leute inzwischen krank geworden ist. Nun, unser Schwager hat es wohl nur deswegen so eilig, weil er Sehnsucht nach seiner Frau hat, die schon solange bei ihren Eltern festgehalten wird!"

Als Myombekere zu seinem Gehöft kam, schliefen seine Leute noch. Er weckte sie. Kagufwa öffnete ihm das Hoftor. Im Haus gab er ihnen das Kürbisgefäß mit Maische. Dann suchte er nach dem Korb seines Schwagers und nach einem Regenumhang. Bevor er sich auf den Weg machte, wies er Kagufwa an: „Geh zu diesem und jenem und sag ihnen, sie sollen am Nachmittag hierherkommen.

Treffen sie vor meiner Rückkehr ein, biete ihnen Stühle an und bitte sie, auf mich zu warten. Ich werde nicht lange wegbleiben, sondern meinen Schwiegereltern nur mitteilen, daß ich ihnen morgen das verlangte Bier bringe. Falls sie mich zum Mittagessen einladen, werde ich die Einladung ablehnen und mich sofort auf den Rückweg begeben. Also sag meinen Besuchern, sie sollen auf mich warten!" Seiner Nichte trug Myombekere auf: „Fülle aus dem Speicher einen Korb mit Hirsekörnern, reinige sie von Spreu und Sand. Dann trage sie zu den Frauen von nebenan und bitte sie, die Körner zu stampfen. Und stampfe du selbst soviel wie möglich!" Nachdem Myombekere diese Anweisungen gegeben hatte, schulterte er seinen Speer, legte den Regenumhang über den Kopf, nahm den Korb an die Hand und machte sich auf den Weg zu seinen Schwiegereltern.

Als die Hähne zum zweiten Mal krähten, war er schon in der Gegend, wo er sich auf seiner letzten Reise vor dem Regen untergestellt hatte. Und bei Sonnenaufgang stand er vor dem Gehöft der Schwiegereltern. Das Hoftor war noch verschlossen. Seine Frau war jedoch schon aufgestanden und damit beschäftigt, gesäuerte Milch zu schütteln. Am Hoftor bat er um Einlaß: „Hodi, macht mir auf!" Bugonoka erkannte die Stimme ihres Mannes und kam schnell, ihm zu öffnen. Er trat ein, und sie nahm seine Waffen in Empfang. Sie lachte, als sie ihn genauer betrachtete, und sagte: „Heute hast du ja einen Regenumhang dabei!" Er erwiderte: „Ja, die Wolken haben mir Angst gemacht. Ich fürchtete, es könnte wie beim letzten Mal regnen." Bugonoka führte ihn sofort zur Hütte ihrer Eltern, wo er sich auf einen angebotenen Stuhl setzte.

Bei genauerem Umhersehen gewahrte er viele Frauen, die dort schliefen. Auch bemerkte er, daß der ganze Boden des Hauses mit Blättern ausgelegt war wie für eine Hochzeit. Erstaunt fragte er sich, ob tatsächlich eine Hochzeitsfeier stattfinden sollte. Zunächst aber grüßte er in Richtung auf den Raum des Schwiegervaters: „Guten Morgen, wie geht es Euch, Vater!" Der Schwiegervater erwiderte den Gruß: „Uns geht es gut, mein Kind!" Dann begrüßte Myombekere seine Schwiegermutter: „Wie habt Ihr geschlafen, Mutter?" Auch sie antwortete: „Uns geht es gut, mein Kind!"

Damit war der Austausch von Begrüßungsworten schon zu Ende. Erst jetzt begrüßte Bugonoka ihren Mann richtig und fragte ihn: „Wann bist du von zu Hause aufgebrochen, da du schon so früh hier eintriffst?“ Myombekere antwortete ihr: „Gleich nach dem ersten Hahnenschrei.“ Manche der Schläferinnen im Hause hatten die Decke vom Gesicht gezogen, um einen Blick auf Bugonokas Mann zu werfen, den sie noch nicht persönlich kannten. Bugonoka erklärte ihrem Mann: „Da hinten im Zimmer schlafen noch drei Tanten von mir. Willst du ihnen nicht auch einen guten Morgen wünschen?“ Er grüßte sie, und sie erwiderten gemeinsam seinen Gruß. Im Hinterzimmer sprang Barongo, seine angeheiratete Cousine, temperamentvoll auf die Beine und fragte kichernd: „Ist dort nicht jemand im Vorraum, dessen Stimme der meines Schwagers, das heißt dem Mann von Bugonoka, ähnelt? Laßt mich schnell aufstehen, damit sich nicht vor mir jemand an seine Brust wirft.“ Alle lachten und sagten: „Barongo ist doch ein rechter Spaßvogel!“ Tatsächlich schritt Barongo graziös auf ihren Schwager zu, stellte sich zwischen seine Beine, streckte ihre wohlgeformten Hände nach ihm aus und umarmte ihn, wobei sie ihn freudig und liebevoll begrüßte: „Guten Morgen, Schwager! Sei viel gegrüßt, du Liebling der ganzen Welt!“ Myombekere erwiderte ihren Gruß: „Mir geht es sehr gut, Schwägerin! Mir geht es sehr gut, Erbauerin! Mir geht es sehr gut, Dachdeckerin!“ Danach kamen alle seine Schwägerinnen, die Bugonoka Großmutter, Tante und anderes mehr nannte, um ihn zu begrüßen. Bugonoka sagte: „Es sind auch noch fünf Tanten väterlicherseits hier, begrüße auch sie!“ Myombekere entbot ihnen respektvoll seinen Gruß, und sie grüßten zurück.

Nun gestand Myombekere seiner Frau: „Ich bin verwirrt.“ Auf ihre Frage nach dem Grund fuhr er fort: „Weil ich hier so viele Personen sehe. Ist jemand erkrankt oder was ist sonst los?“ Sie erklärte ihm: „Dein Schwager Lweganwa hat geheiratet. Heute werden wir mit all unseren Verwandten und den jungen Leuten das Hochzeitspaar auf dem Weg zu den Eltern der Braut begleiten. Morgen werden wir die üblichen Hochzeitsgaben überreichen.“ – „Ach, so ist das also. Das beruhigt mich“, sagte Myombekere. Dann erhob er sich, seinen Schwager zu suchen. Er traf ihn draußen, als er gerade die Runde machte, um seinen Eltern und all deren Gästen guten Morgen zu sagen. Lweganwa führte seinen Schwager sofort in seine Hütte und bot ihm einen Stuhl an. Sie begrüßten einander und erzählten einander, was es seit ihrem letzten Zusammentreffen Neues gab. Lweganwa fragte seinen Schwager: „Wo hast du die Nacht verbracht, daß du schon so früh hierhergekommen bist." – „Ich komme von zu Hause. Dort bin ich vor dem zweiten Hahnenschrei aufgebrochen," versicherte Myombekere. Lweganwa meinte dazu: „Die Hähne müssen vom Mondlicht verleitet worden sein, besonders früh zu krähen." – „Kann sein," erwiderte Myombekere, „aber zu diesem Zeitpunkt bin ich wirklich von daheim losgegangen."

Die Schwägerinnen gingen nach der Begrüßung Myombekeres mit Tongefäßen und Kalebassen zum See, um Wasser zu holen. Bugonoka blieb zu Hause und bereitete das Essen für die Brautleute und ihren Mann vor. Myombekere unterhielt sich mit Lweganwa über die verschiedensten Dinge und wartete darauf, daß sein Schwiegervater aus der Hütte kommen würde, um sich in der Sonne aufzuwärmen. Er wollte ihm dann mitteilen, weshalb er erneut gekommen war.

Schon bald kehrten die Frauen vom See zurück. Sie trugen die Wasserkrüge freihändig auf dem Kopf. Die einen hatten die Schöpfgefäße oben auf die Wasserkrüge gestellt, die anderen trugen sie unter dem Arm.

Als der Schwiegervater Namwero endlich mit seinem Stuhl die Hütte verließ, um sich in der Sonne aufzuwärmen, ging Myombekere gleich zu ihm hin. Er setzte sich neben ihn, sagte aber der Sitte gemäß zunächst kein Wort, um so seinem Schwiegervater Respekt zu erweisen. Erst nach einer Weile erzählte er ihm, was ihn hergebracht hatte: „Hier bin ich nun, mein Schwiegervater, um dir, dem Herrn der Herren, mitzuteilen, daß ich die Dinge, die du mich geschickt hattest zu suchen, gefunden habe. Heute ist es noch Jungbier. Morgen wird es Starkbier sein. Ich teile dir dieses mit, damit du dich nicht über unerwarteten Besuch fremder Leute wunderst und fragst, warum sie hergekommen seien, ohne dich vorher zu benachrichtigen." – „Es ist sehr gut, daß du die Sachen gefunden hast", erwiderte Namwero. „Bring sie morgen hierher! Wenn du am frühen Morgen eintriffst, wirst du uns auf jeden Fall zu Hause vorfinden. Wie du sehen kannst, habe ich hier einige Trinker versammelt." In diesem Augenblick hörten sie, wie Bugonoka ihren Bruder Lweganwa aufforderte, seinen Schwager zum Essen in die Hütte zu holen.

Der Braut, den Schwägerinnen der Brautmutter und dem kleinen Mädchen, das Brautjungfer war, wurde die Mahlzeit in derselben Hütte, allerdings im Hinterzimmer, aufgetischt. Im Vorraum bekamen Lweganwa und Myombekere ihren Anteil vom Hirsekloß zusammen mit leicht geräuchertem endembwe-Fisch und ein wenig Fleisch von dem Hochzeitsrind serviert. Während des Essens fragte Myombekere seinen Schwager: „Du hast diese Hochzeit wirklich sehr gut vorbereitet. Wo hast du in so kurzer Zeit nur so große Fische aufgetrieben?" Lweganwa erwiderte: „Für uns arme Leute ist der letzte Zufluchtsort immer der See. Falls dir der Geist des Sees, Mugasa, wohlgesonnen ist, wird er dich mit Erfolg segnen. Um die Wahrheit zu sagen, ich habe die Fische selbst im See gefangen. Mugasa war mir gnädig, so daß ich für den Fang nur zwei Tage brauchte. Diese Fische eignen sich vorzüglich als Beilage für ein Hochzeitsessen." Nach dem Mahl fragte Lweganwa Myombekere, ob er seinen Korb zurückgebracht habe. Myombekere antwortete ihm: „Ja, als deine Schwester mir das Hoftor öffnete, hat sie ihn zusammen mit meinen Waffen entgegengenommen."

Nach dem Essen ruhte sich Myombekere ein wenig aus, dann äußerte er, daß er nach Hause zurückgehen wolle. Man brachte ihm seine Waffen und geleitete ihn noch ein Stück auf dem Heimweg.

Zu Hause fand er die Leute, nach denen er geschickt hatte, schon versammelt. Sie begrüßten einander. Dann bat Myombekere sie, das Versöhnungs-Bier mit ihm zusammen von Nkwesi zu seinen Schwiegereltern zu tragen. Sie erklärten sich alle dazu bereit: „Wir helfen dir gerne dabei, deine Frau auf dein Gehöft zurückzuholen. Wann gehen wir los?" Myombekere antwortete: „Sehr bald! Wir wollen das Bier in mein Gehöft bringen, hier übernachten und mit dem ersten Hahnenschrei aufbrechen. Mein Schwiegervater hat mir ufgetragen, es am frühen Morgen bei ihm abzuliefern." Als seine Nichte ihm etwas zu essen bringen wollte, lehnte er ab: „Ich habe jetzt keine Lust, denn wo ich zu Besuch war, hatten sie schon gekocht. Ich habe mit meinem Schwager gegessen. Es fand dort gerade eine Hochzeitsfeier statt. Lweganwa hat vor kurzem geheiratet. Man hatte einen großen Stier geschlachtet, und so gab es Essen in Hülle und Fülle: Fisch oder Fleisch, wonach dich auch immer gelüstete. Ich glaube, ich habe soviel gegessen, daß ich jetzt keinen Hunger mehr habe." Seine Nichte staunte: „Ja, kann denn zuviel Essen die Eingeweidewürmer völlig verdrängen? Vielleicht solltest du ruhig zugeben, daß dir mein Essen nicht schmeckt!"

Bald darauf erhoben sich Myombekere und seine sieben Helfer zusammen mit Kagufwa. Sie machten sich auf den Weg zu Nkwesi, um dort die Tonkrüge mit Bier abzuholen. Bevor sie aber aufbrachen, gab Myombekere seiner Nichte noch einige Anweisungen: „Vielleicht bleiben wir etwas länger fort. Paß daher gut auf die Rinder auf, wenn der Hirte sie von der Weide zurückbringt. Wenn er kommt, übernimm sie sofort, damit sie nicht ohne Aufsicht umherlaufen und die Feldfrüchte der Nachbarn fressen. Ich möchte nicht, daß man uns deswegen wieder zur Verantwortung zieht. Kagufwa geht diesmal mit uns. Er soll tragen helfen." Die Nichte antwortete nur: „Ndiyo, mjomba! – Jawohl, Onkel!"

Da Leuten, die zusammen unterwegs sind, immer etwas zum Schwätzen einfällt, unterhielten sich die Helfer auf dem Wege zu Nkwesis Gehöft damit, Myombekere wegen seiner Einsamkeit zu trösten. Sie sprachen darüber, wie häufig es vorkommt, daß Eltern ihre Töchter verheiraten, die Mitgift von den Schwiegersöhnen entgegennehmen und die Töchter dennoch bei sich behalten. „Du hörst die Leute erzählen, daß dieser oder jener geheiratet hat. Und nach einem Jahr reden sie darüber, daß die Braut wieder zu ihren Eltern gegangen ist. Manchmal geht sie für immer zu ihren Eltern zurück, ohne daß ein Grund für die Trennung erkennbar wäre. Begibt sich der junge Mann dann zu den Schwiegereltern, um seine Frau zurückzuholen, muß er feststellen, daß sie in der Zwischenzeit viele Lügengeschichten über ihn verbreitet hat, alles nur mit dem Ziel, ihn loszuwerden. Den Eltern kommt es dabei gar nicht in den

Sinn, daß sie ihren Mann verleumden könnte. Im Gegenteil, sie schenken nur den Redereien ihrer Tochter Glauben. Sie werden ihn für einen Bösewicht halten und ihm vorwerfen, er habe ihre Tochter schlecht behandelt. Falls sie ihm ihre Tochter überhaupt wiedergeben wollen, gelingt es ihnen meist, ihm eine Schuld einzureden, die er nur durch Zahlung von Bier oder einer Ziege wiedergutmachen kann." Sie sprachen ferner davon, daß es Schwiegersöhne gibt, die sich nur mit ihren Schwiegervätern, nicht aber mit den Schwiegermüttern oder Schwägerinnen gut verstehen. Das sei hierzulande in der Mehrheit aller Fälle so. Deswegen gebe es soviele Ehestreitigkeiten. Als sie sich Nkwesis Gehöft kurz vor Sonnenuntergang näherten, hörten sie endlich auf zu schwätzen.

Sie betraten das Gehöft, und Myombekere rief nach Nkwesi. Dieser trat alsbald vor sein Haus, um die Gäste zu empfangen. Er befahl seinen Frauen, ihnen Stühle zu bringen. Die Gäste setzten sich, und Nkwesi begrüßte sie und tauschte Neuigkeiten mit ihnen aus.

Danach gingen Myombekere und Nkwesi in die Hütte, in der sich das Bier befand. Die draußen geblieben waren, hörten leises Gerede, konnten aber nicht verstehen, um was es ging. Da man auch das Bier, das sie tragen sollten, nicht herausbrachte, wurden sie ungeduldig und riefen: „Myombekere, wir haben es eilig, wieder nach Hause zu kommen. Es wird bald dunkel." Er rief zurück: „Wir sind gleich fertig. Aber kommt doch selbst hinein und schaut, was es hier gibt!"

In der Vorhalle schlug ihnen ein starker Biergeruch entgegen. Sie bemerkten, daß sich Myombekere und Nkwesi besprachen, wieviele Krüge Bier im Hause verbleiben und wieviele an andere Leute verteilt werden sollten, beispielsweise an die Kelterer oder an den Dorfvorsteher. Auch Nkwesis Frauen sollten einen Krug Bier bekommen. Die Kelterer wählten sich einen Krug aus und trugen ihn in das hintere Gemach der Hütte. Auch für Nkwesi suchten sie ein besonders großes Gefäß aus. Bei dem Gefäß für den Dorfvorsteher zögerten sie etwas. Myombekere meinte zu Nkwesi: „Mein Freund, denkst du nicht, daß für den Jumben ein Viertelmaß Bier genügen könnte und er damit zufrieden wäre?" Als jenes Viertelmaß gebracht wurde, waren alle der Meinung, daß es ausreichend sei: „Ein vernünftiger Jumbe wird es nicht zurückweisen und stattdessen einen ganzen Krug verlangen. Schließlich stammt das Bier ja nicht vom Eigentümer des Bananenhains, sondern nur vom Käufer der Bananen." Sie gossen das Viertelmaß aus einem großen Tonkrug voll. Und siehe, der Tonkrug blieb mehr als halbvoll. Dann brachte man Myombekere einen kleinen Waschzuber. Er füllte ihn mit Bier und reichte ihn seinen Gefährten, die mit ihm gekommen waren. Sie tranken und fanden, daß das Bier sehr gut schmeckte und kein Aufstoßen verursachte.

Während sie noch tranken, ei, da hörten sie plötzlich den Dorfvorsteher mit einem Mitglied der Königsfamilie vor dem Hoftor, die mit dröhnender Stimme riefen: „Muka munu, mutuhe amarwa raba gahire, itwe tunwe! – Laßt uns ein und gebt uns schnell von dem Bier, falls es schon gut ist, damit wir es trinken!" Myombekere kratzte sich verlegen am Kopf. Er fürchtete, nun müsse er dem Begleiter des Dorfvorstehers noch einen weiteren Krug Bier abgeben. Der Ausweg, einfach etwas Bier in ein kleineres Gefäß zu gießen und es dem Begleiter des Jumben anzubieten, fiel ihm nicht ein. Deswegen sagte er zu Nkwesi: „Geleite die Gäste in den Hof. Wir werden ihnen dort Bier reichen."

Draußen sahen sie, daß eine ganze Reihe von Männern mit dem Dorfvorsteher gekommen waren. Sie überreichten dem Jumben das Viertelmaß, das man für ihn zur Seite gestellt hatte. Dem Mitglied der Königsfamilie aber gaben sie einen ganzen Krug voll Bier. Während die Gäste in Nkwesis Gehöft das ihnen angebotene Bier tranken, nahmen Myombekere und seine Begleiter die noch übrigen acht Tonkrüge und eine Kalebasse mit Bier, setzten sie auf ihre Köpfe und trugen sie zum Gehöft Myombekeres.

Sie trafen dort ein, als die Rinder sich schon zum Schlafen niedergelegt hatten. Im Gehöft setzten sie ihre Lasten ab, und Myombekere ging in den Vorratsraum, um alles zur Lagerung der Krüge vorzubereiten. Dann bat er die Helfer, die Behälter hineinzutragen, während seine Nichte ihnen leuchtete.

Sie waren gerade damit fertig, da traf noch eine Besucherin ein, eine alte Frau, die Myombekere seine Großmutter nannte. Sie war eigentlich die Schwester der leiblichen Mutter seines Vaters. Er begrüßte sie freundlich und ließ sich von ihr erzählen, was sich seit ihrer letzten Begegnung so alles ereignet hatte.

Nachdem die Leute zu Abend gegessen hatten, zeigte ihnen Myombekere ihre Schlafplätze. Wegen der für den nächsten Tag geplanten Reise gingen sie alsbald zur Ruhe.

KAPITEL 8

Myombekere überbringt seinen Schwiegereltern das als Buße auferlegte Bananenbier

Beim ersten Hahnenschrei standen Myombekere und seine Helfer auf. Myombekere ging sogleich zu seinem Nachbarn Kanwaketa und bat ihn, seiner unverheirateten Tochter zu gestatten, ihn und seine Nichte auf dem Weg zu den Schwiegereltern zu begleiten, denn nach alter Sitte benötigte er zum Überbringen des Buß-Bieres zwei Frauen.

Als er mit Kanwaketas Tochter zu seinem Gehöft zurückkehrte, wies er die Nichte sogleich an, einen Krug mit Bier nach draußen auf den Hof zu bringen, um ihn dort in eine Engunda, ein kleine Kalebasse, umzufüllen. „So ist es leichter zu tragen, denn der Weg ist lang“, sagte er. Die Nichte trug das Bier herbei, und sie füllten es gemeinsam in die kleinere Engunda um. Als diese randvoll war, befand sich in dem großen Gefäß immer noch eine beachtliche Menge Bier. Myombekere füllte darum noch einen Flaschenkürbis damit. Die Kalebassen hatte seine Frau Bugonoka vor einiger Zeit angebaut und dazu gesagt: „Wir wollen sie aufbewahren. Ein Armer schlachtet nicht selbst; er lebt von dem, was andere fortwerfen. Vielleicht bekommt jemand von uns einmal Bier angeboten, dann kann er es daraus trinken. Sagten doch unsere Vorväter: ›omutere guli aho, tigubura mumamizi – Wenn ein Fell zum Schlafen vorhanden ist, dann gibt es bestimmt auch jemanden, der darauf schläft.‹“

Nach dem Umfüllen rief Myombekere die Bierträger herbei. Sie kamen nach draußen und tranken ein wenig von dem Bier. Es war der Ihara-Tag, das heißt der zweite Tag nach dem Bierbrauen, an welchem Bananenbier sehr stark zu werden pflegt. Und in der Tat, als sie es tranken, spürten sie alsbald, wie stark es war! Danach holten sie die sieben Tonkrüge und eine achte Kalebasse mit Bier aus dem Haus. Den größten Tonkrug mit Bier ließ Myombekere im Gehöft zurück, um den Helfern bei der Rückkehr von den Schwiegereltern etwas anbieten zu können. Sie setzten sich die Biergefäße auf den Kopf. Jeder Mann nahm einen Krug. Die beiden Frauen sollten abwechselnd den Flaschenkürbis tragen. Er wird ‚engunda y'obukanza bwa ninazara' genannt, das bedeutet: ‚Flaschenkürbis mit dem Anteil für die Schwiegermutter'.

Noch vor dem Morgengrauen brachen sie vom Gehöft Myombekeres auf. Er selbst ging voran. Das Gehen bereitete ihnen allen große Mühe, da sie noch schlaftrunken waren. Außerdem herrschte schwarze Finsternis. So taumelten sie daher. Manchmal gerieten sie vom Weg ab oder stolperten über Löcher und Steine. Nach einiger Zeit, es kam ihnen unendlich lange vor, erschien der Mond, und sie hätten eigentlich besser voranschreiten können. Jetzt machte ihnen jedoch das Bier, das sie vorher zu Hause getrunken hatten, schwer zu schaffen.

Unter den Männern, die die Bierkrüge trugen, befand sich jemand namens Nakutuga. Dieser hinkte, weil eins seiner Beine infolge einer Geschwulst am Hüftknochen verkrüppelt war. Nakutuga kam nur mühsam voran. Als er seine Gefährten daherschwanken sah, sagte er: „Lo, wenn ihr Gesunden schon Schwierigkeiten beim Laufen habt, wie soll ich Lahmer erst vorankommen, ohne daß mein Bein zwischen Stock und Stein verlorengeht?" Lautes Gelächter folgte seinen Worten, worauf er nachsetzte: „Ihr könnt mir ruhig widersprechen, aber ich meine, wir sollten dankbar sein, wenn wir heil ankommen."

Nach einer ganzen Weile krähten wieder die Hähne. Es dämmerte allmählich, und die Vögel ließen ihren Morgengesang hören. Schließlich war es so hell, daß die Wanderer ihre eigenen Beine und Füße richtig sehen konnten. Sie trafen nun auch auf andere Wanderer. Manche waren unterwegs, um eine Frau zu suchen, manche gingen zum Fischfang oder einer anderen Beschäftigung nach.

Als sie in die Gegend kamen, wo Myombekeres Schwiegereltern wohnten, schlugen einige von ihnen vor, erst einmal auszuruhen. Myombekere war jedoch dagegen: „Haltet noch ein wenig aus, bis wir an den Fluß kommen. Dort können wir eine Rast einlegen und uns waschen!" Alle waren mit dem Vorschlag einverstanden: „Ja, das Bad wird uns wieder munter machen." Als sie den Fluß erreichten, setzten sie ihre Krüge ab. Obenauf legten sie die Grasuntersätze, die man als Polster benutzt, wenn man Lasten auf dem Kopf trägt. Einige Träger hatten Strohhalme durch die Abdeckung der Tongefäße gesteckt. Nachdem sie ihre Lasten abgesetzt hatten, knieten sie sich davor nieder und begannen, damit Bier zu saugen. Als Myombekere dies sah, verbot er es ihnen auf der Stelle: „Laßt das, Genossen! Leert nicht die Krüge halb aus. Sonst werden wir von den Leuten, denen wir das Bier bringen wollen, noch abgewiesen, und alles war umsonst!" Die Gefährten gehorchten sofort seinen Anweisungen, zogen die Strohhalme aus den Gefäßen und warfen sie weit weg ins Gebüsch.

Beim Baden im Fluß trennten sich die Männer von den beiden Frauen. Die Männer badeten an einer seichten Stelle flußaufwärts, die Frauen an einer ähnlichen Stelle flußabwärts. Als die Männer mit dem Baden fertig waren und sich langsam abtrockneten, ihre Kleider also noch nicht wieder angelegt hatten, hörten sie auf einmal die Frauen schreien: „Wo, mutuzune! Ensato yatumara! – He, Hilfe! Eine Pythonschlange will uns töten!" Die Männer rafften ihre Kleider auf und rannten schnell zu der Stelle. Erst als sie bei den Frauen waren, zogen sie sich an. „Was ist denn los? Warum habt ihr so laut geschrien?" – „Schaut auf das Wasser! Da, die Python dort! Wie groß sie ist!" Keiner der Männer hatte je eine größere Schlange gesehen. Sie bezweifelten daher, daß es eine Python wäre: „Es ist eine andere Schlange, vieleicht sogar eine omugoye-Schlange, die ganze Rinder verschlingen kann!" Als sich die Nichte Myombekeres beruhigt und zu zittern aufgehört hatte, erzählte sie den Männern: „Gleich nachdem wir hierher kamen, sind wir ins Wasser gegangen und haben gebadet. Meine Gefährtin ist als erste aus dem Wasser gestiegen, während ich noch alleine darin blieb. Plötzlich bemerkte ich, wie das Schilf vor mir heftig schwankte. Ich sah, wie sich etwas darin bewegte. Und als ich genauer hinblickte, erkannte ich, daß es eine Pythonschlange war, die mich verschlingen wollte. Da sagte mir mein Gefühl, ich müßte um Hilfe schreien. Um ehrlich zu sein, ich war völlig durcheinander. Irgendwie bin ich dann doch ans Ufer gekommen, und meine Gefährtin hat mir die Kleider angezogen. Ich habe nur gezittert. Wie ich aus dem Wasser gekommen bin, weiß ich nicht mehr!" Myombekere und seine Gehilfen sahen, daß der Fluß an dieser Stelle mit Gräsern und Buschwerk zugewachsen war. Das konnte nur Gefahr bedeuten. Gegen die Schlange vermochten sie nichts auszurichten, denn es ist ein strenges Tabu, eine Python zu töten. Sie kehrten daher zu den Tongefäßen mit Bier zurück. Zu diesem Zeitpunkt war die Sonne bereits durch den Morgendunst gedrungen und strahlte warm vom Himmel.

Ehe sie sich wieder auf den Weg zu den Schwiegereltern machten, fragten die Männer Myombekere: „In welches Gehöft tragen wir eigentlich dieses Geschenk? Müssen wir noch weit laufen?" Myombekere beruhigte sie: „Es ist nicht mehr weit. Wenn wir den Hügel dort hinter uns gebracht haben, werden wir am Horizont eine Gruppe von Wolfsmilch-Bäumen erkennen. Genau dort liegt das Gehöft meiner Schwiegereltern." Sie hoben also die Lasten wieder auf und zogen weiter. Die einen trugen die Tongefäße auf der Schulter, die anderen auf dem Kopf. Die beiden Frauen schleppten abwechselnd die Kalebasse. Myombekere ging an die Spitze, um die Gruppe zu führen. Dabei bemerkte Nakutuga: „Habe ich es euch nicht vorhergesagt, daß diese Reise gefährlich ist? Männer, wir sollten dankbar sein, wenn wir heil ankommen. Ihr habt meine Worte auf die leichte Schulter genommen. Wäre die Nichte Myombekeres eben nicht beinahe umgekommen? Hätte die große Pythonschlange sie gefaßt, welche Rettung hätte es dann noch gegeben?" Die Gefährten waren ganz seiner Meinung: „Du hast recht, Nakutuga; wäre sie gefaßt worden, hätte es keine Rettung für sie gegeben und sie hätte bestimmt den Tod gefunden."

Nahe dem Gehöft der Schwiegereltern wurden sie von einem kleinen Kind erkannt. Es lief zum Schwiegervater Namwero und berichtete ihm, es habe viele Menschen mit Biergefäßen gesehen, die sich auf das Gehöft zubewegten. Allmählich bemerkten auch die übrigen Bewohner des Gehöfts, daß sich Gäste näherten. Die Männer gingen hinaus, diese Gäste willkommen zu heißen und ihre Waffen und Lasten entgegenzunehmen. Die Frauen beeilten sich,

Stühle für die Ankömmlinge zusammenzutragen. Da es im Gehöft Namweros nicht genügend Sitzgelegenheiten für alle gab, gingen sie in die Nachbarschaft, um dort noch welche zu borgen.

Nach der ersten Begrüßung forderte Myombekere seine Weggefährten auf, mit ihm zum Schwiegervater zu gehen, um ihm einen guten Morgen zu wünschen. Sie fanden ihn im Schatten eines Getreidespeichers mit einigen anderen Männern beim Brettspiel sitzen. Danach begrüßten sie auch die Schwiegermutter, die sich mit einigen ihrer Kinder im Hause aufhielt. Erst nach der Begrüßung ließen sie sich im Schatten auf den bereitgestellten Stühlen nieder. Sie unterhielten sich leise zu zweit oder zu dritt. Schließlich fragte einer von ihnen Myombekere: „Wieso bleiben wir unter uns allein? Wo ist unsere Frau Bugonoka?“ Myombekere antwortete: „Vielleicht ist sie über Nacht bei den zukünftigen Schwiegereltern ihres Bruders geblieben, wohin sie gestern mit anderen gegangen ist. Heute soll dort die Hochzeit gefeiert werden. Vielleicht ist sie aber auch von den Geistern verschleppt worden, wer weiß?“ Darüber mußten seine Gefährten herzlich lachen. Sie boten einander Tabak an, den sie aber nur schnupften oder kauten. Ihn im Gehöft eines anderen zu rauchen, wäre als ein Verstoß gegen die guten Sitten angesehen worden.

Nach einer Weile hörte man Namwero seine Frau fragen: „Ist Bugonoka noch nicht zurückgekommen?“ – „Nein, nein!“ – „Und ihre Cousine Barongo?“ – „Sie ist mit Bugonoka dort, wo du sie hingeschickt hast.“ Namwero verwunderte sich: „Bis jetzt sind sie noch nicht wieder hier, obwohl es doch ganz nahe ist?! Kasaka, mach dich auf den Weg und laufe schnell zu ihnen! Ich spucke jetzt hier auf den Boden. Wenn du nicht zurück bist, ehe die Spucke getrocknet ist, bekommst du noch mehr Prügel als die beiden anderen, nach denen ich dich schicke.“ Das Mädchen Kasaka lief geschwind davon. Da sie noch keine Schmuckbänder um die Knöchel trug, rannte sie so schnell, daß man schon dabei gewesen sein muß, um dies ermessen zu können. Schon kurz darauf kam sie mit Bugonoka und Barongo zurück. Namwero schimpfte sie aus: „Was habt ihr getrieben? Wieso habt ihr solange gebraucht?“ Bugonoka antwortete ihm: „Zunächst haben wir beim Nachbarn niemanden angetroffen. Der Hausherr war schon zum See gegangen, um mit der olubigo-Falle Fische zu fangen."

Die olubigo-Falle besteht aus einem Zaun, verfertigt aus Schilf, das nahe am Ufer wächst. Für die Fische, die sich darin verirren, gibt es kein Entrinnen.

„Erst als der Nachbar zurückkam, konnte ich ihm deine Botschaft ausrichten. Er nahm sofort einen Stock, öffnete damit den Vorratsspeicher und holte mir lunzebe-Salz heraus. Als er es gerade in Bananenblätter einwickelte, kam Kasaka und sagte uns, der Großvater fordere uns auf, schnellstens nach Hause zurückzukehren, weil Gäste gekommen seien. Der Hausherr schnitt noch dieses Stück kambare-Fisch für dich ab. Danach sind wir sofort zurückgekehrt." Der Vater beruhigte sich schnell: „Ich bin sehr dankbar dafür, daß er so freigiebig ist und mir diesen fetten Fisch zukommen läßt, der nur von den Männern geschätzt wird. Wenn es sonst keine Beilage gibt, mahlen die Frauen Hirse und bereiten das Essen mit dem Fisch, essen selbst aber nur von dem Hirsekloß, wobei sie sich über die fehlende Beilage beklagen." Auf diese Rede hin brachen alle in Gelächter aus, besonders die Frauen.

Bugonoka trug Fisch und Salz zu ihrer Mutter, dann begab sie sich zu ihrem Mann und seinen Gefährten, um ihnen einen guten Morgen zu wünschen. Danach ging sie hinüber zur Nichte ihres Mannes und der Tochter des Nachbarn, die mit ihr war, begrüßte sie und geleitete sie in das Haus ihrer Mutter. Ihre Stühle nahmen sie dorthin mit.

Namwero erhob sich vom Brettspiel und rief seine Frau und seine Tochter hinter das Haus, um mit ihnen zu beraten, wie sie die Gäste bewirten sollten. Zunächst fragte er seine Frau, wieviele Krüge Bier der Schwiegersohn mitgebracht habe. Sie fragte zurück: „Ei, kennst du nicht die Menge? Wieviele Tongefäße mit Bier sollte er denn bringen?" Er darauf: „Ich habe sechs von ihm verlangt." – Worauf sie antwortete: „Wenn ich mich nicht irre, habe ich sieben Tongefäße und einen Flaschenkürbis gesehen." Bugonoka ergänzte: „Ich habe die Leute gezählt. Es sind sechs Männer, und mein Mann ist der siebte. Außerdem sind zwei Frauen dabei, sie haben wahrscheinlich abwechselnd die Kalebasse getragen, von der die Mutter berichtet hat." Namwero sagte ihnen: „Ich habe euch hinter das Haus gerufen, um mit euch über die Beilage zu beraten, die wir für den Schwiegersohn und seine Gesellschaft kochen wollen. Die Beilage zu unserem Essen ist ja wohl fertig. Aber sie eignet sich nicht dazu, unserem Schwiegersohn und seinen Helfern vorgesetzt zu werden. Sie ist zu ärmlich, und das würde gegen die Sitte verstoßen. Frau, ist es nicht besser, daß wir ihnen jenen fetten Ziegenbock dort zum Geschenk machen?" Nkwanzi stimmte ihm zu. Namwero fuhr darauf fort: „Beeilt euch mit dem Kochen, damit die Gäste bald etwas zu Essen bekommen! Und du Bugonoka, bereite dich darauf vor, daß du heute noch zu deinem Mann zurückkehrst. Er wird dich hier nicht zurücklassen, sondern mitnehmen wollen. Selbst wenn dein Bruder Lweganwa noch nicht von seinen Schwiegereltern zurück sein sollte, mußt du gehen. Du kannst hier nicht auf ihn warten. Schließlich ist seine Heirat ja nun vollzogen. Es gibt also keine weiteren Schwierigkeiten mehr. Das ist alles, was ich euch zu sagen habe." Nkwanzi erwiderte ihm: „Was bleibt uns denn jetzt noch zu tun? Ist das Mehl nicht fertig, und das Rindfleisch nicht ordentlich gekocht? Sogar das Mehl, das Bugonoka mitnehmen soll, steht bereit. Eigentlich warten wir nur auf dich, daß du dich beeilst und den Ziegenbock, von dem du gesprochen hast, schlachtest und abhäutest. Allein darauf warten wir." Nach diesem Gespräch begaben sie sich wieder auf den Vorplatz des Gehöftes.

Unmittelbar darauf rief Namwero seinen Gefährten vom Brettspiel mit fröhlicher Stimme zu: „Ich brauche drei oder vier Mann." Als sie zu ihm eilten, schickte er sie, den Ziegenbock loszubinden. Sie sollten ihn seinem Schwiegersohn und dessen Gefährten als Geschenk vorführen, um ihn anschließend zu schlachten. Ein kräftiger junger Mann trat hervor, holte den Ziegenbock und brachte ihn zu den Gästen. Dort sprach er: „Muboneke bakwelima, omukubi gwanu ngugu, mwagutonwa isozara – Nehmt ihn hin, ihr Schwiegerleute, dies ist zu eurer Mahlzeit eine Beilage, die euch euer Schwiegervater schenkt." Myombekere und seine Gefährten erwiderten darauf: „Ach, wir sind allein schon wegen der Rückgabe unserer Frau sehr glücklich. Der Schwiegervater behandelt uns sehr großzügig. Herzlichen Dank!" Der junge Mann übergab den Schwiegerleuten den Ziegenbock, der keinen Laut von sich gab. Der junge Mann hatte ihm die Kehle zugedrückt und den Kopf nach hinten gedreht, so daß das Maul, das er mit den Fingern zupreßte, auf den Rücken zeigte. Mit der ganzen Kraft, die er aufzubringen vermochte, versetzte der Jungmann dem Ziegenbock einen Fußtritt in den Bauch und schleppte ihn zum Schlachtplatz. Der Bock war bereits tot und sein Körper erstarrt wie ein Stück Brennholz, als sie den Schlachtplatz erreichten. Die Gefährten des jungen Mannes kamen eilig herbei, um den Bock zu schächten. Das heißt, sie schlitzten das Tier mit einem scharfen Messer von der Kehle über die Brust bis zum Unterbauch auf, während es auf dem Rücken lag. Dann häuteten sie es ab, schnitten ihm den Bauch auf und entfernten die Innereien. Als sie einen Teil des Fleisches roh essen wollten, hinderte sie Namwero daran: „Ihr sollt die Leber und den Magen nicht als obubisi-Fleisch aufessen, denn wir haben unserem Schwiegersohn und seinen Gefährten den ganzen Ziegenbock als Beilage zur Mahlzeit geschenkt. Auch sollt ihr das Tier sorgfältig abhäuten genau nach der Sitte der Kerewe. Unser Schwiegersohn wird nämlich die Haut mitnehmen. Sie soll der Beleg für die Zahlung seiner Buße sein. Er könnte damit vor den Leuten etwa folgendermaßen prahlen: ›Anläßlich der Bußzahlung für meine Frau Bugonoka schenkte mir mein Schwiegervater eine Ziege. Dies ist ihr Fell.‹" Die Häuter erklärten sich einverstanden: „Hier sind Magen und Leber des Tieres. Wir haben nichts davon gegessen. Und hier ist auch das Fell. Es ist ohne jeden Makel. Wir haben es auf Kerewe-Art abgezogen." Namwero nahm die Ziegenhaut in die Hand, prüfte sie sorgfältig und fand, daß sie so abgezogen war, wie es die Kerewe schätzen.

Auf Felle, insbesondere auf solche, die dazu bestimmt waren, von Frauen getragen zu werden, legte man früher großen Wert. Die Ecken des Fells wurden noch im feuchten Zustand verziert, und diese Verzierung nannte man ‚ebilebwe'.

Erst als Namwero geprüft hatte, daß alles seine Ordnung hatte, setzte er sich wieder hin. Er gestattete den Männern, vom Magen und von der Leber kleine Stückchen abzuschneiden und diese roh zu verzehren, denn bei den Kerewe sagt man: ›obubisi bwita abaseza – Rohes Fleisch tötet den Mann.‹ Der Sinn ist, daß es bei Männern wie bei einem Raubtier eine große Gier weckt, die sie alle Selbstkontrolle vergessen läßt. Mit großem Vergnügen verzehrten sie das rohe Fleisch, auf das sie zur Anregung des Appetits noch etwas Galle träufelten. Danach forderte Namwero sie auf, das Rippenfleisch zu rösten und mit lunzebe-Salz zu bestreuen. Dies sollte Myombekere und den Männern, die mit ihm gekommen waren, angeboten werden, damit sie es noch vor dem Hirsekloß und den Kartoffeln als Appetitanreger essen konnten. Derjenige, welcher die Aufgabe übernommen hatte, das Rippenfleisch zu rösten, rief Bugonoka zu, sie solle ihm einen olunanga-Teller – das ist ein großer Holzteller – zusammen mit lunzebe-Salz zum Würzen des Fleisches bringen. Bugonoka brachte die verlangten Dinge augenblicklich herbei. Als das Fleisch gar war, legte es der Mann, der es geröstet hatte, auf den olunanga-Teller, ohne selbst auch nur ein bißchen davon zu kosten. Oben hinein steckte er ein Messer. So servierte er den Gästen das Rippenfleisch. Er war bereits wieder auf dem Weg zu den Fleischtöpfen, als ihm die Gäste nachriefen: „He Bwana, komm noch mal zurück!" Er kam, und sie schnitten ihm ein Stück von dem vorgelegten Fleisch ab. Danach ging er wieder an seinen Arbeitsplatz und machte sich daran, das übrige Fleisch von den Knochen abzulösen.

Nachdem die Gesellschaft des Schwiegersohns die Mahlzeit beendet hatte, räumten die Köchinnen das Geschirr weg. Namwero erteilte nun denen, die die Ziege geschlachtet hatten, die Anweisung, das übrige Fleisch außer einem Hinterlauf in Stücke zu schneiden. Auf sein Geheiß wurde der Lauf in das Ziegenfell eingewickelt, das sein Schwiegersohn später mitnehmen sollte. Man wusch das übrige Fleisch einschließlich der Innereien und legte alles in einen großen Tonkessel. Als das Fleisch einmal vollständig gewendet und mit dem lunzebe-Salz, das Bugonoka vom Nachbarn geholt hatte, gewürzt worden war, wies man die Frauen an, die Tontöpfe zum Kochen der Hirse aufs Feuer zu setzen. Die Frauen machten sich sofort an ihre herkömmliche Beschäftigung, wobei manche mit ihren Töpfen zu den Nachbarn auswichen, damit es schneller ging.

Namwero schickte indessen seine Enkelin Kasaka zu dem Nachbarn, der ihm den Kambare-Fisch geschenkt hatte, um ihn einzuladen. Das Mädchen machte sich eilig auf den Weg. Dem Nachbarn richtete sie aus: „Höre, mein Großvater schickt mich zu dir. Höre, steh auf und komm sofort mit mir!" Erstaunt fragte der Nachbar: „Haben die Gäste etwa ein Biergeschenk mitgebracht?" Das kleine Mädchen lachte nur, senkte den Kopf und drehte sein Gesicht verschämt zur Hauswand, wie es alle Frauen im Kereweland tun. Dann drängte sie ihn: „Steh auf und laß uns gehen, damit sie uns nicht ausschimpfen und mich fragen, wieso ich mich verspätet habe. Der Großvater wird schon wissen, warum er dich rufen läßt. Ich selbst habe keine Ahnung!" Nun gut, der Nachbar stand auf, und beide gingen zusammen los.

Als sie eintrafen, war der erste Topf mit Hirsebrei fast gar. Kurz darauf nahmen die Köchinnen ihn vom Feuer. Auch die Frauen, die bei den Nachbarn gekocht hatten, kamen alsbald mit ihren Töpfen zurück. Sie beeilten sich, das Essen für die Gästen auszuteilen. Sie nahmen geflochtene masonzo-Gefäße, füllten sie randvoll mit Hirseklößen und setzten sie mitten in die Runde der Gäste. Dann wurden aus dem Haus der Schwiegermutter zwei Töpfe mit Beilagen gebracht. Einer davon war nur für den Schwiegersohn bestimmt. Man setzte ihn darum in seiner Nähe ab. Darin befand sich ein Stück kambare-Fisch, nach Art der Kerewe gut gewürzt und in flüssiger Butter schwimmend. Der zweite Topf enthielt weich gestampftes Fleisch. Es war so zart, daß sogar jemand ohne vollständiges Gebiß es mühelos beißen konnte. Zum Schluß brachten die Köchinnen einen großen Tontopf mit Ziegenfleisch, den sie zusammen mit einigen Holzschalen, ‚enanga' genannt, ebenfalls mitten unter die Gäste stellten.

Eine aus der Reihe derer, die die Gäste bedienten, sagte: „Iitwe niho twabonera Bakwelima! – Ihr Schwiegerleute, nehmt diese unsere Gabe entgegen!" Worauf die Gäste antworteten: „Ach Schwiegervater, wir sind allein schon wegen der Rückgabe unserer Frau sehr glücklich!"

Es gab wahrhaftig Essen in Hülle und Fülle. Und wer die vollen Schüsseln gesehen hat, wundert sich noch heute.

Als die Gäste unter sich waren, forderten sie Nakutuga auf, das Essen zu verteilen. Er erhob sich und verteilte zunächst das viele Ziegenfleisch in ihre ausgestreckten Hände. Dann füllte er den Inhalt der beiden Töpfe, die aus dem Hause der Schwiegermutter gebracht worden waren, in die Holzschalen. Davon konnte sich jeder nach Belieben selbst nehmen. Die Männer aßen vor allem das Fleisch, so daß der meiste Hirsebrei in den masonzo-Schalen übrigblieb. Aber selbst das Ziegenfleisch konnten sie nicht vollständig aufessen. Auch davon war am Ende noch reichlich vorhanden. Allein die Beilage, die die Schwiegermutter für Myombekere zubereitet hatte, wurde ganz und gar verspeist. Sogar die Fettsoße tranken sie auf. Dabei sprachen sie: „Also der Magen ist doch ein rechter Bastard. Als wir hungrig waren, haben wir da nicht gedacht, wir würden das Essen, sobald man es uns vorlegte, auf einmal verschlingen? Aber wie schnell sind wir doch satt geworden! Deswegen haben die Altvorderen auch gesagt: ›Der Bauch ist nur dazu geeignet, Kinder zu zeugen, die man zu allerlei Diensten gebrauchen kann. Im übrigen ist der Bauch undankbar.‹ Das bedeutet ja wohl: Du kannst den Bauch jetzt sättigen, aber nach kurzer Zeit schon drängt er dich, eine große Sache wie eine Ziege oder ein Rind zu stehlen. Und wenn du ein solches Tier stiehlst, kannst du nicht einmal soviel davon essen, daß es vollständig in deinen Bauch kommt. Wahrlich der Bauch kann die Leute nur belästigen. Er ist durch und durch undankbar."

Nachdem die Gäste fertig gegessen hatten, ging der Schwiegervater Namwero ins Haus und forderte Bugonoka auf, die Stühle für die beiden Frauen, die mit den Schwiegerleuten gekommen waren, nach draußen zu bringen, damit sie bei den anderen sitzen konnten. Bugonoka tat, wie ihr geheißen, und trug die Stühle dorthin, wo ihr Mann mit seinen Gefährten saß. Dann rief Namwero zwei seiner eigenen Leute ins Haus und gab ihnen zwei von den Tontöpfen mit Bier: „Du, nimm dieses Gefäß und trage es zu den Schwiegerleuten! Und du, nimm das andere Gefäß und trage es zu unseren Leuten, damit die Männer Bier trinken können." Und zu den Frauen im

Haus sagte er: „Nehmt jenen Flaschenkürbis mit Bier und trinkt ihn aus. Das soll euch zunächst genügen! Mit dem übrigen Bier warten wir, bis die anderen, die zur Hochzeit des Sohnes gegangen sind, wiedergekommen sind. Es macht nichts, wenn es darüber Abend wird. Im Augenblick kommt es nur darauf an, die Gäste zufriedenzustellen." Die Frauen im Haus waren damit einverstanden: „So wie du es machst, ist es gut. Auf diese Weise können die Gäste, die von weither gekommen sind, noch bei Tageslicht zu ihren Gehöften zurückkehren."

Nakutuga teilte auch das Bier an Myombekeres Leute aus. Obwohl er hinkte, war er dabei recht flink und geschickt. Er öffnete zunächst den Verschluß des Tontopfes. Dann schöpfte er gemäß einem alten Brauch der Kerewe mit einem Löffel etwas Bier und überreichte es Bugonoka, damit sie es ihrer Mutter brächte. Diese Handlung bedeutet, das Bier ‚vom Zauber zu befreien'. Früher haben böse Menschen häufig das Bier vergiftet, um andere heimlich zu töten. Daher kommt es, daß du Bier, das du einem Kerewe-Mann anbietest, bis auf den heutigen Tag zuvor selbst vorkosten mußt. Bugonoka nahm den Schöpflöffel mit Bier ehrfürchtig entgegen, indem sie dabei niederkniete. Auch vor der Mutter kniete sie nieder, als sie ihr das Bier mit weit ausgestrecktem Arm reichte. Die Mutter wies es zunächst zurück und befahl ihr: „Trink du zuerst davon, dann gib es mir!" Bugonoka gehorchte, nahm einen Schluck und reichte es dann der Mutter weiter, wobei sie sagte: „Nimm das ‚Entzauberungsbier' entgegen, das die Schwiegerleute für dich bestimmt haben!" Die Mutter trank ein wenig und gab den Rest an die übrigen Frauen im Haus weiter. Als der Schöpflöffel geleert war, gab man ihn Bugonoka. Sie trug ihn zu ihrem Mann und seinen Gefährten zurück. Man hatte ihr befohlen, mit jenen Männern zusammen Bier zu trinken.

Nakutuga nahm das Schöpfgefäß von ihr entgegen und schenkte zuerst dem Schwiegersohn des Gehöfts, Myombekere, Bier ein. Dazu füllte er das Schöpfgefäß randvoll, hob es hoch und überreichte es ihm mit beiden Händen. Um kein Bier darauf zu verschütten, schlug Myombekere seinen Fellumhang beiseite. Dann nahm er das Gefäß entgegen und trank, wobei er die Augen starr auf das Bier richtete. Nachdem er das Gefäß halb geleert hatte, reichte er es an seine Frau weiter. Sie nahm es freudig entgegen und trank ebenfalls, wobei sie laut in das Gefäß ausatmete. Danach reichte sie das Gefäß an die Frauen in der Runde weiter.

Als die Gefährten Myombekeres sahen, daß er das Bier zuerst seiner Frau weiterreichte, sagten sie: „Ei, sie ist ihm also mehr wert als wir. Warum hätte er sonst seiner Frau das Bier zuerst gereicht, obwohl sie viel weiter von ihm wegsitzt als wir. Also, Bugonoka, merke dir ab heute gut, daß dein Mann dich sehr lieb hat. Du kannst seine Liebe nur zerstören, wenn du darauf beharrst, jetzt noch weiter bei deinen Eltern zu bleiben. Dein Mann liebt dich wirklich sehr." Nach dieser Rede brachen alle in lautes Gelächter aus, und Bugonoka fragte sie: „Nun, ihr Männer hier, seid ihr etwa nicht verheiratet und liebt eure Frauen nicht ebenso sehr? Wenn ihr sie nicht liebtet, warum hättet ihr sie dann geheiratet?" Die Männer beeilten sich zu versichern: „Wir sind in der Tat verheiratet und lieben unsere Frauen auch über alle Maßen dafür, daß sie für uns kochen und wir mit ihnen essen. Aber wenn sie uns verlassen, um so lange wie du bei ihren eigenen Leuten zu verweilen, nimmt unsere Liebe ab. Ein Mann heiratet nun mal, damit er mit seiner Frau zusammen sein kann, um ihre körperliche Nähe zu spüren. So sind wir eben geschaffen." Bugonoka erwiderte: „Wenn eure Frauen aus einem triftigen Grund zu ihren Eltern gehen, werdet ihr sie dann verstoßen? Erst heute habe ich richtig verstanden, wie ihr seid." – „Dann werden wir sie natürlich nicht verstoßen", entgegneten die Männer. „Aber wie sagten doch die Vorväter? Meinten sie nicht: ›Wenn ein zuverlässiger Jagdhund sich von seinem Herrn trennt, wird er nutzlos?‹" Bugonoka bestätigte: „Das stimmt! Aber was macht man, wenn man keinen Frieden im Gehöft des Mannes findet?" Die Männer antworteten ihr: „Auch wenn du dort keinen Frieden hast, mußt du doch bei deinem Mann bleiben. Welchen Frieden kannst du schon finden, wenn du zu deinen Eltern zurückkehrst? Selbst wenn du krank bist, mußt du bei deinem Mann bleiben. Es ist dann seine Pflicht, dich zu einem Wahrsager zu bringen, um die Ursache deiner Krankheit herausfinden zu lassen. Du wirst schließlich gesund werden, aber es ist wichtig, daß ihr, dein Mann und du, zusammenbleibt." Danach wechselten sie das Thema und redeten über Dinge, die man gewöhnlich beim Biertrinken bespricht. Nakutuga teilte weiterhin das Bier aus. Ausnahmslos bekam jeder davon, auch die drei Frauen. Wer am Gehöft vorbeiging, wurde von dem Stimmengewirr der Biertrinker angelockt und setzte sich dazu, um auch etwas abzubekommen. Auf diese Weise wurden die zwei Tongefäße schnell bis auf den Grund leer. Die zuletzt Gekommenen waren so gierig, daß sie den schon länger Anwesenden das Trinkgefäß vom Munde rissen, ohne lange darauf zu warten, bis sie an die Reihe kamen. Es trafen noch viele ein, als die Biertöpfe schon längst leer waren.

Bugonoka ging ins Haus zu ihrer Mutter, um ihre Sachen für die Reise zu packen. Als sie näherkam, bemerkte die Mutter: „Oh, heute hat Bugonoka aber einen schweren Schritt, wie man hören kann! Vielleicht hat das Bier ihr zugesetzt? Ich habe sie noch nie so fröhlich gesehen. Wahrhaftig, das Bier des Schwiegersohns ist sehr gut. Man spürt es im ganzen Körper!" Die übrigen Frauen beim Haus bestätigten dies: „Ja, das Bier ist ausgezeichnet. Man könnte ein Rind dafür kaufen." Bugonoka ging in den Schlafraum und rief von dort nach ihrer Mutter. Als sie kam und nach dem Grund fragte, sagte Bugonoka ihr: „Ich würde gerne Fleisch und Mehl von hier mitnehmen. Wo sollte ich heute, wenn ich zu mir nach Hause komme, noch Gemüse ernten können?" Die Mutter rief den Vater herbei und schlug ihm vor: „Gib deiner Tochter Fleisch mit auf die Reise. Die Sonne steht schon hoch am Himmel. Es ist Zeit, daß sie mit den anderen aufbricht, damit sie noch im Hellen heimkommt." Namwero war einverstanden. Er tastete in dem dunklen Raum umher und fragte schließlich seine Frau, ob sie nicht sein Buschmesser gesehen habe. Diese meinte nach einigem Nachdenken, daß es zuletzt auf der Kleidertruhe gelegen habe. „Laß mich danach suchen", bat sie. Und nach einigem Umhertasten konnte sie es ihm tatsächlich geben. Er ging zum Rauchfang. Dort fragte er nach Bugonoka, obwohl sie unmittelbar in seiner Nähe stand. Seine Frau antwortete ihm im Spaß: „Ei, Namwero, hast du etwa zuviel getrunken?" Er ging darauf ein: „Es kann Wasser oder auch Bier gewesen sein." Darauf mußten Frau und Tochter lachen, und die

Frau sagte: „Dazu fällt mir nichts mehr ein. Als du mich nach deinem Buschmesser fragtest, stand unsere Tochter doch gleich neben mir. Hast du sie denn nicht bemerkt?“ Namwero erwiderte: „Schon gut, sag ihr, sie soll mir einen flachen Korb bringen, den man sonst zum Worfeln von Getreide benutzt.“ Bugonoka brachte ihm geschwind einen solchen Korb zum Rauchfang. Der Vater schnitt reichlich vom geräucherten Schinken ab und warf es mit dumpfem Geräusch auf den Worfelkorb. Auch fügte er Rippenfleisch und Innereien hinzu. Dann ging er nach draußen. Nkwanzi rief sofort Barongo herbei und beauftragte sie: „Bring mir grüne Bananenblätter, um das Mehl zuzudecken, und trockene Blätter, um das Fleisch einzuwickeln.“ Barongo brauchte nicht lange, die Bananenblätter zu holen. Sie trocknete die grünen Blätter ganz schnell am Feuer und gab sie ihrer Tante Nkwanzi, die sehr geschickt im Verpacken war. Bald hatte sie soviel Mehl zu einer einzigen Last verschnürt, daß Bugonoka diese nicht mehr alleine vom Boden heben konnte. Das Fleisch wurde in einem länglichen Korb aus Rietgras verstaut. Danach wies die Mutter Barongo an: „Bring mir eine Schöpfkelle für Öl und einen Tontopf, damit ich Bugonoka Fett zum Würzen des Fleisches mitgeben kann.“ Barongo konnte der Tante alles sofort anreichen, da es dicht daneben lag. Das Ölgefäß war so groß, daß der gesamte Vorrat der Mutter hineinpaßte und noch Platz darin übrigblieb. Nkwanzi erinnerte Bugonoka daran, ihre neuen Kleider aus Rinderhaut und Ziegenfell mitzunehmen: „Habe ich sie dir nicht gestern erst zurecht gemacht und mit frischem Parfüm versehen?“ Bugonka holte die Kleidertruhe aus Baumrinde herbei und nahm ihre zwei Gewänder heraus. Eins davon legte sie an. Sofort verbreitete sich der Duft des Parfüms im ganzen Hause. Die Mutter brachte ihr noch Öl, damit sie ihre Haut damit einreiben konnte. Wärend sie so beschäftigt waren, hörten sie draußen Namwero fragen, was sie noch solange im Hause zu tun hätten. Sie antworteten ihm, daß sie fertig seien und forderten ihn auf: „Hole die Waffen für den Schwiegersohn und seine Leute, damit sie beizeiten auf den Weg kommen.“ Die Mutter lud Bugonoka ein, noch schnell mit dem Strohhalm etwas Bier aus den Tontöpfen zu saugen, um sich so für den Heimweg zu stärken.

Diese aber lehnte ab: „Ach, laß nur Mutter, lieber nicht. Wenn ich Bier trinke, kann ich vielleicht nicht so gut laufen. Ihr könnt später mit Lwegana davon trinken. Wenn er kommt, wird er sehr durstig sein. Bekanntlich trinkt er gern Bier. Ich glaube, er wird großen Durst mitbringen."

Man brachte die Waffen der Gäste heraus. Namwero vertrieb inzwischen alle, die sich wegen des Bieres auf den Hof geschlichen hatten: „Ihr alle, die ihr nur zum Biertrinken hergekommen seid, verlaßt sofort das Gehöft! Das Bier ist ausgetrunken! Mein Schwiegersohn hat mir zwei Tonkrüge und eine Kalebasse voll Bier mitgebracht, um meine Verzeihung zu erbitten. Ich geleite jetzt meinen Schwiegersohn ein Stück auf seinem Rückweg. Wenn ich zurückkomme und jemanden antreffe, der sich so aufführt, als habe er selbst dieses Gehöft erbaut, kann er was erleben!" Da wurden die Leute, die bisher alle durcheinander gesprochen hatten, ganz still. Keiner getraute sich, noch länger im Gehöft zu bleiben. Namwero folgte der Reisegesellschaft seines Schwiegersohns und trug die Ziegenhaut, in die Fleisch eingewickelt war. An einer Wegekreuzung sagte er: „Nehmt jetzt eure Waffen in Empfang. Ich will umkehren, damit ich vor Sonnenuntergang noch baden kann. Deine Frau gebe ich dir hiermit zurück. Gehabt euch wohl und macht keine Schwierigkeiten mehr! Wohnt zusammen in Frieden auf eurem Gehöft, und Gott bewahre euch vor allem Übel! Auch unfruchtbare Frauen können verheiratet sein. Wenn Gott deiner Frau die Gabe, Kinder zu gebären, versagt hat, kannst du doch in Würde mit ihr leben." Myombekere verabschiedete sich vom Schwiegervater, und jener wünschte ihm eine gute Reise. Auch die Gefährten nahmen nacheinander Abschied. Ihnen allen gab er seine guten Wünsche mit auf den Weg: „Gehabt euch alle wohl und kommt gesund an!" Myombekere und seine Leute gingen langsam voran, denn Bugonoka war noch weit hinter ihnen zusammen mit ihrer Mutter und einigen anderen Frauen, die sie ein Stück Wegs begleiteten.

Nkwanzi ermahnte ihre Tochter, nicht nachlässig zu sein und sich im Hause ihres Mannes richtig zu verhalten: „Also du kehrst nun in dein eigenes Heim zurück. Betätige nach Kräften die Hacke auf dem Felde! Und wenn du deine Schwägerinnen, die dich wegen deiner Unfruchtbarkeit gescholten haben, kommen siehst und du gerade etwas Beikost oder Gemüse im Hause hast, koche ihnen schnell einen Hirsebrei dazu, denn schon unsere Vorväter pflegten zu sagen: ›embwa tiziba ibili! – Vergelte Böses mit Gutem!‹"

Kurz darauf kam ihnen der Vater entgegen. Bugonoka kniete vor ihm nieder und sagte: „Gehabt Euch wohl, Vater. Bleibt gesund!" Und er antwortete ihr: „Gehab dich wohl und komm gesund an!" Auch die beiden Frauen, die zu Myombekeres Reisegesellschaft gehörten, verabschiedeten sich in dieser Weise von Namwero. Die Frauen gingen noch ein Stück weiter, und als sie in Sichtweite von Myombekere kamen, blieb die Mutter stehen und verabschiedete sich von Bugonoka und den beiden anderen Frauen. Myombekere rief von ferne: „Lebt wohl, Mutter!" Seine Gefährten taten es ihm gleich. Und sie rief ihnen allen mit lauter Stimme zu: „Ja, meine Kinder, geht nun und kommt wohlbehalten bei euch an!"

Die Cousinen, unter ihnen Barongo, gingen noch ein Stück weiter, bis sie auf die Gruppe der Männer trafen. Dann verabschiedeten auch sie sich: „Nehmt nun eure Sachen. Wir haben euch jetzt lange genug begleitet. Wir wollen euch nicht aufhalten, damit ihr nicht in die Dunkelheit kommt. Die Sonne steht schon hoch am Himmel. Und wenn ihr zu Hause ankommt, wird sie bereits untergegangen sein." Myombekere meinte darauf: „Bei diesem Sonnenstand könnten wir ohne die Begleitung von Frauen noch rechtzeitig vor der Dunkelheit zu Hause eintreffen. So aber weiß ich nicht, ob es uns gelingt. Vielleicht kommen wir erst an, wenn sich die Rinder schon zum Schlafen niedergelegt haben, meine Schwägerinnen." Barongo, welche bisher die Last mit dem Mehl getragen hatte, trat nahe an Myombekeres Nichte heran und sagte: „Nehmt nun eure Sachen und entscheidet selbst, wer was trägt!" Da nahm die Nichte das Bündel und ließ es sich von den anderen auf den Kopf setzen. Während sie noch den Tragring aus Stroh auf ihrem Kopf zurechtrückte und mit dem Hals ins Gleichgewicht zu bringen versuchte, ging plötzlich Nakutuga auf sie zu und riß ihr das Bündel vom Kopf. Er setzte es sich selbst auf und befahl ihr, ihm den Tragring unterzulegen: „Beeilt euch, denn die Last drückt schwer auf meine Glatze! Ich werde schon mal vorangehen, während ihr euch noch unterhaltet.“ Barongo und ihre Begleiterinnen mußten darüber lachen. Er schaute sich aber nicht weiter nach ihnen um und verabschiedete sich auch nicht von ihnen, sondern humpelte eilig hinter den anderen Männern her. Nachdem Nakutuga ein Stück entfernt war, fragte Barongo: „Leute, ist dieser Mann nur böse oder verrückt? Was könnte ihn wohl geärgert haben?“ Myombekere erklärte ihnen: „Nein, er ist weder böse noch verrückt. Auch hat ihn nichts geärgert, wie ihr vermutet. Es ist nur seine Art, sich schnell an eine Arbeit zu machen. In Wahrheit will er nicht, daß wir durch diese Last daran gehindert werden, schnell vorwärts zu gehen und deswegen erst nach Sonnenuntergang ankommen. Das ist alles.“

Nachdem sich Barongo von Bugonoka verabschiedet hatte, ging sie zu Myombekere. Sie faßte ihn an die Schultern: „Was sagst du nun, Schwager? Habe ich dir nicht das letzte Mal gesagt, du solltest uns das Bier schnell bringen, damit wir uns erfrischen und unseren Kummer vergessen könnten? Außerdem sagte ich dir vorher, du werdest mit deiner Frau noch am selben Tage, an dem du das Bier gebracht hättest, zu dir zurückkehren können. Habe ich nun recht behalten?“ Myombekere bestätigte ihr: „Ja, in der Tat, du hast recht gehabt. Unsere Vorväter sagten: ›Wenn ein Kind wahr spricht und verrät, was am Abend im Hause heimlich gegessen wurde, dann geben es auch die Erwachsenen zu und reden nur noch die lautere Wahrheit.‹“ Barongo wollte aber noch nicht von ihrem Schwager ablassen und sprach daher weiter: „Sieh dir diejenige an, die du heute mitnimmst. Sieh, wie sie ihre Haut mit Öl eingerieben hat und wie wohlgenährt sie ist. Siehst du, wie schön ihr das Gewand aus Rinderhaut steht? Da ihr Männer alle verrückt seid, weh dir, wenn du meine Cousine zu Hause in einer üblen Laune schlägst oder sie einsperrst wie eine Diebin! Wenn ich euch besuche und feststelle, daß du sie wie einen Hund behandelst, dann, Schwager, werde ich sie dir endgültig wegnehmen und hierher zurückbringen, damit sie von einem anderen geheiratet werden kann.“ Myombekere erwiderte: „Nein, Schwägerin, so nicht! Aber kann es denn nicht vorkommen, daß diejenigen, die zusammenleben, mal miteinander in Streit geraten? Deswegen kannst du mir doch nicht die Frau wegnehmen wollen, als ob ich der einzige im Lande wäre, der so etwas tut. Alle machen es so. Zankst du dich etwa niemals mit deinem Mann?" – „Doch, wir streiten uns schon. Deswegen habe ich ja auch vorhin gesagt, daß fast alle Männer verrückt sind. Und wenn ihr nicht verrückt wäret, wie könntet ihr dann die Töchter anderer grundlos verletzen und mit Stöcken schlagen, als ob sie ein lebloser Gegenstand wären! Irgendwie verrückt sind wir alle, Schwager. Das trifft nicht nur auf einzelne zu. Es gibt aber zwei Sorten von Verrückten: Die einen erkennt man nicht, weil sie ordentliche Kleider tragen. Ihre Worte und Taten verraten jedoch ihren Wahnsinn. Sie bilden die Mehrheit. Die zweite Sorte von Verrückten wirft die Kleider von sich, geht splitternackt umher und redet Blödsinn. Deswegen erkennt man sie leicht, obschon sie eine Minderheit darstellen. In diesem Sinne, Schwager, gehab dich wohl!" Sie verabschiedeten sich alle voneinander, und Myombekeres Leute übernahmen die Lasten. Dann trennten sie sich endlich: Die einen machten sich auf den Weg in ihre Heimat, die anderen kehrten ins Gehöft zurück.

Da die Gefährten Mymbekeres viel Bier getrunken hatten, gerieten sie bald in die Stimmung, nach Art der Hochzeiter ein Lied anzustimmen:

Yahoo! Hooyee!

Wir bringen die Braut mit.
Wir haben sie nicht zurückgelassen, yee!

Yahoo! Hooyee! (Refrain, von allen gesungen)

Das ist die Braut,
Sie ist ganz mit Fett eingesalbt, yee!

Yahoo! Hooyee!

Die Frauen trillerten dazu mit der Zunge. Jedesmal wenn sie sich einem Gehöft näherten, fingen sie wieder an, dieses Lied zu singen. Auch die Frauen machten mit. Als letzter wurde Myombekere von der guten Laune angesteckt. Sie lachten die ganze Zeit.

Seit Nakutuga die Last mit dem Mehl auf sich genommen hatte, war er ihren Augen entschwunden. Jedes Mal, wenn sie jemanden vor sich hergehen sahen, dachten sie, es sei Nakutuga. Aber wenn sie näher herankamen, erkannten sie, daß sie sich geirrt hatten. Sie strengten sich an, ihn durch schnellere Schritte einzuholen. Er aber war nirgends mehr zu sehen.

Unterwegs trafen sie Lweganwa, den Bruder Bugonokas, auf dem Rückweg von seiner Hochzeit. Er wurde nur von seiner Frau und einer Brautjungfer begleitet. Sie begrüßten einander, und Bugonoka lupfte zum Spaß den Schleier vor dem Gesicht ihrer neuen Schwägerin, so als ob sie ihn ihr entreißen wollte. Da sahen sie alle das Gesicht der jungen Frau Lweganwas und sagten bewundernd: „Lweganwa hat wahrlich eine Schönheit zur Frau genommen!" Als Myombekeres Leute Lweganwa fragten, ob er ihren Gefährten mit der großen Last auf dem Kopf getroffen habe, bestätigte er dies: „Ja, wir haben ihn im Fluß baden sehen. Es ist jemand, der hinkt, nicht wahr?"

Myombekeres Gruppe ging daraufhin noch schneller. Die Leute wollten sich mit eigenen Augen davon überzeugen, daß sie sich keine Sorgen um ihren Gefährten zu machen brauchten. Schließlich hatten sie am Morgen an eben diesem Fluß die gefährliche Situation mit der Pythonschlange erlebt. Am Fluß trafen sie tatsächlich auf Nakutuga, der sich im Schatten eines omugege-Baums ausruhte. „Du hast uns Sorgen gemacht, Nakutuga. Bis hierher bist du also gegangen!" – „Wieso habe ich euch Sorgen gemacht?" Und sie erklärten ihm: „Wir dachten schon, du seist unterwegs irgendwo in ein Gebüsch gegangen, um deine Notdurft zu verrichten und wir wären an dir vorbeigelaufen." Nakutuga erwiderte: „Habe ich euch nicht gesagt, gebt mir das Bündel und laß mich vorausgehen, falls ihr euch unterwegs noch unterhalten wolltet? Wäret ihr mit mir gekommen, wären wir dann nicht schon weiter? Ich bin schon lange hier. Hört mal zu, ich habe gebadet, meine Notdurft verrichtet und sogar noch etwas geschlafen. Als ich euer Lied hörte, bin ich aufgewacht. Eigentlich wollte ich mich sofort wieder auf den Weg machen, aber mein Gewissen hat mir geraten, auf euch zu warten, damit wir gemeinsam weiterwandern können." Die Gefährten fragten ihn tadelnd: „Nakutunga, hast du denn keine Angst? Erst heute ist uns hier bei Sonnenaufgang eine ungewöhnlich große Python begegnet. Wie konntest du nur allein in diesem Fluß baden? Du bist sehr mutig, deswegen kann dich keiner verachten." Nakutuga erwiderte: „Glaubt ihr, daß seit heute morgen keiner außer uns im Fluß gebadet hat? Meiner Meinung nach ist es sinnlos, sich zu fürchten. Wenn Gott will, daß du stirbst, wird dir all deine Vorsicht nichts nützen. Du wirst augenblicklich sterben und kannst, auch wenn du vorsichtig bist, nicht eine Sekunde länger leben." – „Wir müssen zugeben, daß du recht hast. Deine Worte sind äußerst klug. Aber es gibt ein Sprichwort unserer Vorväter, das besagt: ›Der Herrgott schützt dich, und du beschützt dich selbst.‹ Wozu trägst du denn das Amulett, Nakutunga?" – „Wenn ihr es wissen wollt, sage ich es euch gern. Ein Heiler hat es mir gegeben, um mich in Zukunft vor der Krankheit zu schützen, die mir damals das Hinken eingebracht hat." Und die Gefährten fragten weiter: „Ja und? Ist das etwa kein Selbstschutz? Wenn nicht, wo fängt dann der Selbstschutz an?" Worauf alle in Gelächter ausbrachen.

Sie schickten die Frauen voraus und entledigten sich ihrer Kleider, um nackt ins Wasser zu springen. „Laßt uns erst baden. Das wird das Völlegefühl beseitigen! Danach können wir um so leichter weiterwandern!" Einer von ihnen meinte: „Diese Völle hat mir stechende Schmerzen im Bauch verursacht. Ich habe zwar mit euch gemeinsam gesungen, aber eigentlich war ich erschöpft. Nun, da ich ins Wasser gesprungen bin, sind die Schmerzen wie weggeblasen. Wenn man sich so überhastet mit Essen vollstopft, wie wir es getan haben, verursacht es einem hinterher Beschwerden und man ärgert sich nur noch. Jetzt habe ich schon wieder Hunger und könnte so richtig viel essen." Ein anderer aus der Gruppe fragte ihn: „Soll ich dir den Grund nennen, warum sich die Leute nicht überessen, wenn sie zu Besuch sind?" – „Ja, sage ihn mir, mein Freund!" – „Es ist ihre Scham!" – „Wieso soll man sich beim Essen schämen können?" – „Ei, du verstehst nicht, was ich mit Scham beim Essen sagen will?" Er lachte aus vollem Halse. „Tu nicht so wie ein Kind! Wenn du irgendwo zu Besuch bist, kannst du dann schicklicherweise unmittelbar nach dem Essen sagen, daß du jetzt aufs Klo gehen möchtest? Oder willst du lieber in Anwesenheit der anderen furzen müssen? – puuup! Da müßte man sich doch schämen oder nicht?" Die anderen lachten und bestätigten ihm: „Das ist in der Tat der Grund, warum wir uns mit dem Essen zurückhalten, wenn wir zu Besuch sind, und dort weniger essen als zu Hause."

Nach dem Baden nahmen sie ihre Kleider und Waffen in die Hand und rannten nackt hinter den Frauen her, bis das Wasser an ihren Körpern getrocknet war. Noch ehe sie die Frauen erreichten, kleideten sie sich wieder an. Dann halfen sie den Frauen, die Lasten zu tragen, die ihnen von Myombekeres Schwiegereltern mitgegeben worden waren. Dabei schritten sie kräftig aus. Unterwegs zeigte Myombekere seiner Frau das Gehöft, in dem er sich bei seiner ersten Reise vor dem großen Regen untergestellt hatte. Bugonoka wollte es ganz genau ansehen und fragte nochmal nach, welches Gehöft es sei. Myombekere zeigte mit dem Finger darauf und erläuterte ihr: „Es war dort drüben, wo die vielen Wolfsmilchgewächse stehen. Folge doch der Richtung meines Fingers! Siehst du, dort wohnt ein großer Regenmacher." Nachdem Bugonoka die Bäume gesehen hatte, sagte sie nur: „Dort also war es!" Die Gefährten wollten aber Näheres wissen. Myombekere erzählte ihnen daher: „Dort drüben wohnt ein Regenmacher. Ich habe ihn vor einiger Zeit selbst beobachtet, als ich mich dort vor dem Regen unterstellte. Es fällt mir schwer zu erzählen, was ich gesehen habe, und ich möchte nicht als Lügner bezeichnet werden. Aber bis an mein Lebensende werde ich das Erlebnis nicht vergessen. Laßt uns lieber über etwas anderes reden! Lauft schneller, Männer! Bald sind wir am Ziel! Da wir bei diesem Sonnenstand das Wäldchen hier erreicht haben, werden wir noch vor Einbruch der Dunkelheit zu Hause eintreffen." Der Vorsänger stimmte wieder sein Lied an, und die anderen antworteten wie zuvor mit dem Refrain.

Kurz vor Sonnenuntergang trafen sie singend im Gehöft Myombekeres ein. Es war die Zeit, wo die Rinder von der Weide getrieben werden, wo die Frauen die gesäuerte Milch schütteln, ebibabi-Zweige zum Säubern der Melkgefäße schneiden und die Kälber zum Säugen losbinden. Da zogen sie mit ihrem Hochzeitslied in das Gehöft ein.

KAPITEL 9

Bugonoka kehrt zu Myombekere zurück

Als die Männer und Frauen der Nachbarschaft das Singen in Myombekeres Gehöft hörten, stürzten sie alle herbei, um zu sehen, ob Myombekere seine Schwierigkeiten überwunden hatte. Sie staunten nicht schlecht: „Ei, ist das nicht Bugonoka?" Sie fragten sich untereinander: „Ist das nun Bugonoka oder vielleicht eine andere Frau? Wenn es Bugonoka ist, seit wann ist sie so dick?" Die Weggefährten klärten sie auf: „Es ist tatsächlich Bugonoka, denn wir haben sie hergebracht." Nachdem die Leute genug gestaunt hatten, gingen sie in ihre Gehöfte zurück, und es blieben nur diejenigen zurück, die Myombekere geholfen hatten, das Bier zu seinen Schwiegereltern zu tragen.

Myombekere machte sich daran, das im Ziegenfell mitgebrachte Fleisch in kleine Stücke zu schneiden. Anschließend gab er es zum Kochen der alten Frau, die während seiner Abwesenheit zum Einhüten auf dem Gehöft zurückgeblieben war.

Der Junge Kagufwa holte inzwischen die Rinder ins Gehege. Nachdem die Stechfliegen, die Rinder und Menschen abends beim Melken belästigen, ruhiger geworden waren, forderte er das Mädchen auf, ihm Wasser zu bringen. Er wollte sich vor dem Melken die Hände waschen. Dann melkte er alle Kühe.

Als die alte Frau bemerkte, daß das Wasser im Topf kochte, wies sie Myombekeres Nichte an, den Hirsebrei zuzubereiten. Nachdem das Essen gar war, wurde es sogleich aufgetischt. Da viele Männer daran teilnahmen, war es auch schnell aufgegessen. Der Junge rief schon bald die Frauen aus dem Haus herbei, sie sollten das Geschirr abräumen. Bugonoka aß an diesem Abend nichts, so brachte sie selbst den Männern warmes Wasser zum Händewaschen und räumte das Geschirr weg.

Seit urdenklichen Zeiten befolgen alle Frauen die Sitte, nichts zu essen, wenn sie von ihren Eltern oder Verwandten ins eheliche Gehöft zurückkehren. Vielleicht kommt dieser Brauch daher, daß sie meistens erst am Abend bei sich zu Hause eintreffen. Genau weiß ich es aber nicht.

Nach dem Essen holte Myombekere seinen Nachbarn Kanwaketa und dessen Frau samt der beiden großen Söhne auf sein Gehöft. Jener hatte ihm bekanntlich seine Tochter als Begleitung zu den Schwiegereltern mitgegeben. Auf Kanwaketas Gehöft blieben nur die kleinen Kinder mit einer Großmutter, die schon alt und gebrechlich war, zurück. Myombekere warf trockenes Schilfgras und einige Holzscheite in das Feuer auf dem Vorplatz. Vorher war es dunkel gewesen, dadurch wurde es nun auf einmal ganz hell.

Nachdem die Holzscheite richtig angebrannt waren, schickte Myombekere zwei Männer ins Haus und ließ sie einen großen Tontopf mit Bier heraustragen. Als die Leute am Feuer das sahen, klatschen sie voller Freude in die Hände und bedankten sich auf Kerewe mit den Worten: „Kampire, kampire, kampire!" Es wurde viel gelacht, und alle waren ausgelassen und fröhlich. Jemand machte mit der Ferse seines rechten Fußes eine kleine Vertiefung in den Sandboden und rief: „Stellt das Tongefäß nur hierhin, ihr Männer!" Myombekere beauftragte den Knaben Kagufwa, das Bier an die Leute auszuteilen. Kagufwa deckte darauf den Tonkrug ab und nahm die Schöpfkelle und eine hölzerne Trinkkalebasse, die Myombekere von Kanwaketas Gehöft mitgebracht hatte, in die Hand.

Bugonoka schickte die Nichte Myombekeres ins Haus: „Ich glaube, es gibt dort eine Kalebasse, in welche wir unseren oburogo-Anteil am Bier – ursprünglich die Probe der Frauen, um zu verhindern, daß das Getränk die Männer verzaubern oder vergiften könnte – abfüllen lassen." Das Mädchen fand das Gefäß, säuberte es und brachte es dem Verteiler des Bieres. Dieser goß es voll und übergab es den Frauen als ihr Entzauberungsbier. Zuerst wurde es der alten Frau gereicht, die während Myombekeres Abwesenheit als Aufseherin auf dem Gehöft zurückgeblieben war. Sie kostete ein wenig und gab es dann an die anderen Frauen weiter. Alle tranken nacheinander davon.

Erst danach schöpfte der Austeiler des Bieres jedem erwachsenen Mann, einem nach dem anderen, das Trinkgefäß randvoll. Ein jeder trank es bis auf den Grund aus. Bei der zweiten Runde wurden auch die jungen Männer bedacht. Erst am Ende gönnte sich der Austeiler selbst eine Portion Bier. Sie war nicht allzu groß bemessen, weil er Angst, hatte betrunken zu werden und sich dann unziemlich vor den Erwachsenen aufzuführen. Nachdem alle getrunken hatten, machten sie erst einmal eine Pause.

Nach einer Weile ließen sich die Frauen vernehmen: „Wieso teilt ihr uns bloß eine kleine Bierprobe zu, um den Zauber zu lösen? Kann nicht jede von uns einen echten Anteil bekommen?" Erst da dachten die Männer auch an sie: „Die Frauen haben ja recht! Gebt jeder ihren Teil in die Trinkkalebasse! Auch sie sollen richtig trinken! Laßt sie nicht nur mit der Nase genießen und dabei den Mund vergessen!" Der Austeiler folgte diesen Worten, und jede Frau bekam ihren Anteil.

„Mein Kind, schenk den Leuten reichlich ein", forderte Myombekere den Austeiler auf, „damit sie viel trinken. Sie sollen nicht nur so vor sich hinsüffeln, als ob sie keinen Anteil an der Arbeit hätten, die hinter uns liegt. Hätten diese Leute sich geweigert, mir zu helfen, wer hätte mir dann geholfen? Da wir keinen Mangel leiden, haben sie es verdient, an unserem Überfluß teilzuhaben. Genau das meinten unsere Vorväter, wenn sie sagten: ›Du mußt das Kind des anderen, das du beauftragst, dir Hirse aus dem Speicher zu holen, angemessen belohnen.‹ Einem Menschen gegenüber, der dir auf deine Bitten hin selbstlose Hilfe gewährt, mußt du dich sehr dankbar erweisen." Der Austeiler fuhr eifrig fort, jedem sein Bier einzuschenken. Auch den Frauen goß er immer wieder ein.

Als sie alle noch nüchtern waren, führten sie eine vernünftige Unterhaltung. Sie konnten einander gut verstehen, weil immer nur einer redete, während die anderen ihm zuhörten. So sprachen sie über viele Dinge: über die toten und die noch lebenden Herrscher, über ihr eigenes Wohngebiet und das der anderen, über Kriege und wie man jagdbare Tiere mit Pfeil und Bogen am besten erlegen kann, wie man besonders wilde Tiere meidet oder tötet, über das Heiraten und die Liebe, über Schwangerschaft, Geburt und Unfruchtbarkeit, über den Reichtum mancher Leute an Haustieren und anderen Sachen, über die Laster und Sitten der anderen undsoweiter. Man kann gar nicht alles aufzählen, was die Leute so beim Bier besprechen. Nachdem jedoch das Bier seine Wirkung in ihren Köpfen zu entfalten begann, fingen sie an zu lärmen und Blödsinn zu reden. Sie teilten sich in kleine Gesprächsgruppen auf. Die Jungen sonderten sich ab, und so auch die Frauen. Am Ende redeten alle durcheinander. Keiner hörte mehr auf den anderen. Hinzu kam, daß einige unter ihnen ständig austreten mußten. Der Abend schritt immer mehr voran, und es kam die Zeit, in der Hyänen, Stachelschweine und andere Nachttiere herumstreunen. Da erhob Myombekere seine Stimme: „Hört mal alle zu! Bier haben wir in Hülle und Fülle, aber es fehlt uns der Begleiter des Bieres." – „Wer ist das?" fragten die Leute. – „Enanga, eine Laute!" sagte er schnell. – „Das haben wir uns im Stillen auch schon gedacht, aber wir wollten es nicht äußern, weil wir nicht wußten, ob es dir heute angenehm wäre." – „Warum nicht", erwiderte Myombekere, „schließlich haben wir ja keinen Trauerfall. Aber selbst dann wäre heute ein Tag, an dem man die Trauer unterdrückt. Wie ihr wißt, vermag Bier Kinder, Erwachsene und selbst Alte zum Umherspringen und Tanzen zu verleiten!" – „Ja, das ist richtig", stimmten alle zu. „Bringt eine Laute, damit wir uns von ihrer Musik anregen lassen!" Kanwaketas Söhne machten sich eilig auf, ein solches Instrument aus ihrem Gehöft zu holen. Myombekere ließ inzwischen durch seine Nichte einen neuen, noch unberußten Tontopf aufstellen. Er sollte der Laute als Resonanzkörper dienen. Die Söhne Kanwaketas brachten eine vollständig bespannte Laute und gaben sie Myombekere, weil er sich mit dem Spielen der alten Saiteninstrumente auskannte. Auch galt er als ein begabter Textdichter von Lautenliedern. Er kannte alle Lautenmelodien und hatte eine sehr angenehme Singstimme, welche die Leute gerne hörten. Wenn er sang, war seine Stimme stets im Einklang mit der Melodie der Laute, die er geschickt zu zupfen wußte.

Myombekere begann seinen Vortrag mit dem Klagelied einer Frau von einst über den Tod ihres Mannes. Diese Frau, die kinderlos geblieben war, hatte ihren Mann sehr geliebt und verehrt. Als

Myombekere ihre Trauer über den Verlust des Mannes mit seiner Stimme nachahmte, wurden die Leute auf einmal nüchtern, stellten ihr Lärmen ein und hörten ihm andächtig zu. Myombekere selbst bereitete es Freude, die Laute zu spielen und dazu zu singen. Zwischen den einzelnen Strophen summte er laut die Melodie, die er mit den Fingern zupfte. Dann unterbrach er das Klagelied und trug ein Lied über die Untaten des Königs Lukonge vor:

Salala ni izoba
Lukwasilwandalira,
ninkugambira nti:
Okuleta esalala.

Das bedeutet:

Verdorben ist die Sonne.
Vor dem Fluch des Herrschers Lukonge
habe ich dich gewarnt:
du wirst Verderben bringen!

Da begannen die Frauen zu trillern: ililililili. Als Myombekere das hörte, fuhr er wieder mit seinem ersten Lied fort. Er trug nun vor, wie die arme kinderlose Frau die ganze Nacht allein bei der Leiche ihres Mannes die Totenwache hielt und bei ihm klagte und seine Taten rühmte, bis er am folgenden Tage zu Grabe getragen wurde. Er sang davon, wie sie vier Tag lang nach der Beerdigung die Totenklage hielt. Kopf und Leib hatte sie zum Zeichen der Trauer mit schwarzen Schnüren aus Bananenbast umschlungen. Tag und Nacht weinte und klagte sie einsam im Gedenken an ihren verstorbenen Mann. Myombekere sang davon, wie jene Frau am fünften Tag der Trauer nach Sitte der Kerewe zum Fluß ging, um sich zu reinigen und den Todesfluch von sich zu waschen, wie sie ziellos mit ihren Armen im Fluß ruderte und sich immer wieder in großem Leid an den Kopf faßte. Vielleicht, daß ihr Mann doch noch irgendwo zu finden sei. Dann erzählte er, wie die Teilnehmer an der Totenklage, die von der übergroßen Trauer dieser Witwe berührt waren, sie mit Worten zu trösten versuchten: ›Beruhige dich, Mama, von solcher Pein bleibt keiner auf Erden verschont, auch du nicht!‹ Und Myombekere berichtete, daß die Frau wiederum in lautes Weinen ausbrach und zu den Verwandten ihres Mannes sagte: ›Kommt und zählt euer Erbe, das euch der Verstorbene hinterlassen hat! Nicht, daß ihr später sagt, ich hätte etwas vor euch verborgen. Ich bin nur eine unfruchtbare Kuh, die für die Gäste geschlachtet wird. Wie werde ich dereinst sterben? Ich, die ich keine Sippe und keine Familie habe! Bei wem soll ich Zuflucht suchen und wer wird mich in sein Gehöft aufnehmen? Es ist besser, daß ich im Wald umkomme. Dort gibt es keine Menschen, die mich verlachen!‹

Als die Zuhörer noch ihren traurigen Gedanken über das Schicksal jener kinderlosen Witwe nachgingen, rief Myombekere laut nach seiner Frau: „Bugonoka yee!" Und sie antwortete: „Be! Tuishi pamoja, mume wangu – Laß uns zusammenbleiben, mein Gatte!" Sie erhob sich freudig und ergriff die Hand ihres Mannes, während sie über das ganze Gesicht strahlte und mit der Zunge trillerte – ililililil! „Bleib stets gesund, mein Mann!" – Worauf er erwiderte: „Gott schenke uns ein angenehmes und langes Leben, mein Liebling!"

Danach begann er auf der Laute ein anderes Lied zu spielen, wozu er wieder seine angenehme Stimme erklingen ließ. Man nannte das Lied Amalende. Es handelte vom Lob der schönen Frauen; von solchen, die noch lebten, und anderen, die schon gestorben waren. Bei den Leuten war es äußerst beliebt, weswegen die Zuhörer in die Hände klatschten, als er es anstimmte. Myombekere besang bis zum Ende des Liedes alle anwesenden Frauen. Dann schien es so, als wollte er aufhören zu spielen. Die Leute bedrängten ihn und riefen: „Gebt ihm Bier, damit er weiter die Laute für uns spielt. Und wenn er Schnupftabak haben möchte, so gebt ihm welchen. Ehe wir diese Festgabe nicht bis zur Neige ausgekostet haben, können wir nicht nach Hause gehen." Der Austeiler des Bieres gab daraufhin Myombekere einen vollen Becher. Dieser trank ein wenig davon und reichte ihn dann an seine Frau Bugonoka weiter. Danach gab er ihn der Tochter Kanwaketas und zum Schluß der alten Frau, die während seiner Abwesenheit bei ihm auf dem Hof die Aufsicht geführt hatte. Sie alle tranken aus dem Becher und leerten ihn.

Da bemerkte die Frau Kanwaketas: „Einige unter uns haben es doch wirklich gut! Sie haben Männer, die ihnen Bier ausschenken. Aber, meine Gefährtinnen, wo finde ich einen solchen Mann?" Nach diesen Worten stand sie auf, um auszutreten. Als sie in die Runde zurückkehrte, lachten die Frauen. Worauf sie sagte: „Lacht ihr über mich, so als ob ich mich vollgepinkelt hätte? Treibt nicht solche Scherze mit mir!" Die Frauen beruhigten sie: „Keinesfalls, wir lachen nur über deine Worte, die du sprachst, bevor du dich erleichtern gingst, weil du gesagt hast, du habest keinen Mann. Nun, ist Kanwaketa nicht hier? Bitte ihn doch, daß er dir zu trinken gebe!" Darauf schwiegen sie still.

Nachdem wieder Ruhe eingekehrt war, schöpfte der Bierausteiler eine weitere Runde. Zunächst bot er das Trinkgefäß Myombekere an, das nächste aber gab er Kanwaketa. Dieser trank einen Schluck und atmete kräftig aus. Dann füllte er eine Trinkkalebasse mit Bier und reichte sie seiner Frau mit den Worten: „Nimm sie hin, meine Frau, denn du bist die Erbauerin des Gehöfts und die Bedekkerin seines Daches." Alle Anwesenden lachten darauf.

Er nannte seine Frau eine ‚Erbauerin des Gehöfts', weil sie ihm zwei Knaben geschenkt hatte, die bereits unter ihnen saßen und Bier tranken. Und die Bezeichnung ‚Bedeckerin des Daches' gab er ihr wegen der Geburt der Tochter, die Myombekere zu den Schwiegereltern begleitet hatte.

Kanwaketas Frau dankte, als sie das Bier entgegennahm: „Danke sehr, mein Mann, jetzt bin ich glücklich!" Die übrigen Frauen bemerkten dazu: „Kanwaketa wollte wie ein kinderloser Mann alleine trinken. Loo! Er wollte dir das Getränk vorenthalten, als wenn du nicht hier wärst!"

Weil sie häufig Bier trank, kannte Kanwaketas Frau alle Bezeichnungen für die Trinkgefäße im Lande. Darum fragten ihre Gefährtinnen sie danach. Die Frau Kanwaketas wich jedoch aus: „Ja, es stimmt, jedes Biergefäß hat seinen eigenen Namen auf dieser Insel." Die anderen Frauen drangen in sie: „Und wie lauten sie?" Worauf sie unmißverständlich antwortete: „Krüge, die niemals ohne Bier sind, heißen ‚nantagalala' – d.h. ‚ich möchte meine Ruhe haben'." Sie mußten alle lachen, und als sie sich wieder beruhigten, gab der Bierausteiler jeder Frau eine weitere Portion. Da waren sie endlich alle zufrieden.

Myombekere fragte in die Runde, welches Lied sie nun von ihm hören wollten. Einige wollten nur irgendeine Melodie hören, die Myombekere in den Sinn käme, zu der man gehörig tanzen und mit den Schultern rucken könne. Andere meinten: „Spiel für uns doch Nakasense, das gefällt uns besonders!" Er aber dachte lange nach, welches Lied ihm in den Sinn käme. Zunächst einmal stimmte er die Saiten, die durch die Nachtfeuchtigkeit ihre Spannung verloren hatten. Dazu mußte er sie vorher am Feuer trocknen.

Nachdem er die Laute sorgfältig gestimmt hatte, steckte er ein Ende davon des besseren Klangs wegen in den Tontopf und forderte die Leute auf zu schweigen. Als es ruhig geworden war, fing er an, auf der Laute zu klimpern und nach einer Melodie zu suchen. Schließlich kam ihm eine in den Sinn. Er griff stärker in die Saiten und summte dazu, bis ihm das Lied wieder ganz ins Gedächtnis zurückkehrte. Es hieß Nakulinga und handelte von den Taten eines Menschen dieses Namens, der einst großes Unheil über die Insel Kerewe gebracht hatte. Myombekere bat die Leute nochmals um Ruhe, dann fing er an zu singen:

Ole wake Nakulinga, jama!
Das Schicksal von Nakulinga, Leute!

Ole wake Nakulinga, jama!
Das Schicksal von Nakulinga, Leute!

Jitu la Bururi, jama!
Der Riese von Bururi, Leute!

Jitu la Bururi, jama!
Der Riese von Bururi, Leute!

Kaleta na Mazungu, jama!
Er wurde von Weißen gebracht, Leute!

Mazungu ya Ulaya, jama!
Von Weißen aus Europa, Leute!

Mazungu hayana Rafiki!
Die Europäer haben keine Freunde!

Urafiki wao ni Fimbo!
Ihre Freundschaft ist der Stock!

An dieser Stelle fingen die Frauen an zu trillern: keye, keye, keye. Auch die Männer wurden von der Melodie und dem Vortrag Myombekeres ergriffen. Einige standen auf, banden ihre Gewänder um die Taillen fest zusammen und begannen, jeweils zu zweit, zu tanzen. Diejenigen, die sitzen geblieben waren, feuerten sie mit den Worten an: „Klatscht in eure Hände aus Freude über unsere Nähe und guckt vom Schilfrohr ab, wie man die Schultern richtig zum Tanze bewegt." Da zerriß lautes Klatschen die Luft im Takt mit der Laute und dem Sänger. Die Tänzer bewegten kraftvoll ihre Schultern und bogen ihre Körper, als wenn sie ohne Eingeweide wären. Dazu jubilierten die Frauen: keye, keye, keye! Als die Frauen sahen, wie die Tänzer ihre Schultern und Körper bewegten, als ob sie keine Knochen hätten, trillerten und jubilierten sie noch lauter. Und verstohlen entfernten sie den Schmuck von ihren Armen und Beinen, um einen Tänzer ihrer Wahl umtanzen zu können. Eine nach der anderen stand auf, ging zur Tanzfläche und ahmte die Bewegungen der Tänzer nach, wobei sie sich tanzend auf den Mann ihrer Wahl zubewegte. Wenn sie ihn erreichte, fing sie an zu trillern und um ihn herumzutanzen, so oft es ihr beliebte.

Die ersten beiden Tänzer, die müde wurden, gingen zum Bierverteiler und baten ihn: „Junger Mann, gib uns Bier zu trinken. Wir haben so viel getanzt, daß von dem früheren Bier nichts mehr im Bauch ist." Der Junge goß ihnen darauf ein Trinkgefäß randvoll und forderte sie auf, zu zweit daraus zu trinken. Als die anderen Tänzer das sahen, wollten sie alle etwas zu trinken haben. Der Bierverteiler schöpfte darauf allen eine neue Runde und gab auch den Frauen und Myombekere etwas.

Die Tänzer hatten zu tanzen aufgehört, weil sie selbst müde

waren und weil sie auch Myombekere Gelegenheit geben wollten, seine Finger auszuruhen. Bevor es jedoch dazu kam und Myombekere seine Melodie beendet hatte, bedrängten die Frauen die drei Knaben auf dem Gehöft, nämlich den Bierverteiler und die beiden Söhne von Kanwaketa: „Kommt, erhebt euch und zeigt uns, wie ihr tanzt!" Die Jungen standen tatsächlich auf und gingen zum Tanzplatz, wo die Männer saßen. Dabei schwankten sie, als ob sie jeden Augenblick umfallen würden. Als dies die erwachsenen Männer sahen, spotteten sie: „Ei, die Jungen sind ja völlig betrunken. Das wird ein schöner Tanz werden!" Die Knaben baten Myombekere, für sie noch einmal die Nakasense-Melodie auf der Laute zu spielen. Dazu wollten sie tanzen. Als es wieder ruhig geworden war, begann Myombekere diese Melodie auf der Laute zu zupfen.

Leser, du fragst, was Nakasense bedeutet? Warte, ich will es dir erklären: Nakasense ist der Name einer Frau, die vor langer Zeit lebte. Sie hatte eine überaus schöne Figur, und ihr Gesicht war noch schöner. Dazu besaß sie einen guten Charakter. Sie kleidete sich in hübsche Gewänder aus Leder und war im ganzen Kerewe-Land bekannt. Um sie zu preisen, schlug man überall auf der Insel die Saiteninstrumente.

Zunächst spielte Myombekere nur die Melodie und summte leise dazu, ohne die Worte deutlich auszusprechen. Dann aber wurde er lauter und sang alles, was er zum Ruhme Nakasenses wußte:

Du meine Nakasense!
Oh, berühmte Nakasense!

Dein Gang ist wunderschön!
Oh, berühmte Nakasense!

Wenn du badest, ist das wunderschön!
Oh berühmte Nakasense!

Du meine Nakasense!
Wenn du Gäste empfängst, ist das wunderschön!

Sie beschreitet den Weg des Meeres!
Oh, berühmte Nakasense!

Sie ist mein Gast!
Welches Gastgeschenk soll ich ihr geben?

Sie kommt gutgekleidet!
Oh, berühmte Nakasense!

Wenn wir zu zweit baden, ist das wunderschön!
Hochgepriesene Nakasense!

Als Myombekere seine Stimme senkte und nur noch „Du Sense, Sense, Sense, Sense, Sense" sang, sah man die drei jungen Männer so aufeinander abgestimmte Bewegungen machen, als ob nur eine einzige Person tanzte. Ihre Körper bogen sich so geschmeidig, als seien sie ohne Knochen. Die Leute klatschten laut Beifall: pua pua pua, kabatu pua! Die Jungen hatten einander ihre Körper zugewandt. Wenn man sie so sah, konnte man denken, sie zerfielen gleich in zwei Teile. Sie bogen sich wie Wespen, und unter den anderen war keiner, der sie durch anmutigere Bewegungen hätte überbieten können. Die Zuschauer hatten ihre Freude an dem Tanz und forderten sie auf, auch ihre Rücken zu zeigen. Da drehten sich die Jungen blitzschnell um und zeigten, wie kunstvoll sie mit den Schultern rucken konnten. Die Leute klatschten noch lauter Beifall, während Myombekere seine Stimme gewaltig erklingen ließ und die Frauen ihre Jubelrufe ausstießen. Schließlich waren die Knaben erschöpft und kehrten zu ihrem Sitzplatz zurück. Sie bekamen reichlich Bier eingeschenkt, und ein jeder von ihnen leerte das Trinkgefäß bis auf den Grund.

Myombekere bekam am Ende auch Lust zu tanzen. Er hörte auf, Laute zu spielen und gab das Instrument an Kanwaketa weiter. Als Bugonoka sah, daß ihr Mann Anstalten machte zu tanzen, ging sie ins Haus und wechselte schnell ihr Gewand aus schwerem Rindsleder gegen ein Kleid aus leichterem Ziegenleder aus. Bei ihrer Rückkehr auf den Tanzplatz wartete ihr Mann noch, daß Kanwaketa anfangen würde, die Laute zu zupfen. Auch er war im Lautenspiel erfahren und wußte, die Melodien nach Art der Altvorderen vorzutragen. Nach einem kleinen Vorspiel wählte er ein altes Tanzlied, das Ekikuri hieß. Es handelte sich dabei um ein Preislied auf die unverheirateten Frauen, die früher auf ihren Wegen über Land Amasahunga, d.h. Bambusflöten, mit sich führten, auf denen sie alle möglichen Melodien spielten, die ihnen gerade in den Sinn kamen. In der Trockenzeit pflegten sie früher vor allem kiburi-Melodien zu spielen. Kanwaketa fing recht leise zu spielen an, so daß die Leute murrten: „Warum müssen wir ohne Musik klatschen? Sing lauter, damit die Leute tanzen können, wenn ihnen danach ist!“ Es schien so, daß sie ihr Ziel erreicht hätten, denn Kanwaketa sang mit lauter Stimme:

Der selbstsüchtige Mann, oh Mutter,
hat mir meine Kinder genommen!

Der verrückte Mann, oh Mutter,
hat mir Fußtritte gegeben!

Hätte ich das vorher gewußt, oh Mutter,
hätte ich mich von ihm nicht heiraten lassen!

Es ist besser, daß ich die Kinder zurücklasse
und zu meinen Eltern heimkehre!

Der Geruch alter Leute, oh Mutter,
er ist ranzig!

Und die Leiber alter Leute, oh Mutter,
sie gleichen den Echsen.

Mit einem Alten zu schlafen, oh Mutter,
gleicht dem Schlaf mit einem Krokodil!

Der Geruch aus der Achselhöhle eines Alten, oh Mutter,
brennt wie Feuer in der Nase!

Nach diesem Lied erhielt Kanwaketa viel Beifall: pwa, pwa, pwa! Myombekere straffte seinen Bauch, als ob er keine Därme darin hätte, und bewegte seinen Oberkörper unabhängig von den Bewegungen der Taille. So eröffnete er seinen Tanz. Und als er die

Melodie der Laute richtig im Kopf hatte, bewegte er auch seine Schultern mit kraftvollen, rollenden Bewegungen, während die Frauen ihre gellenden Jubelrufe ausstießen. Bugonoka hatte ihren eigenen Tanzstil. Sehr elegant bewegte sie ihre Füße in Kreuz- und Querschritten. Sie war überaus gelenkig und übertraf Myombekere noch bei den Schüttelbewegungen der Schultern. Die Leute feuerten sie an: „Heute wetteifern eine Frau und ein Mann miteinander. Wir wollen sehen, wer von beiden Sieger wird." Im Gehöft des ehrenwerten Bwana Myombekere traten schließlich alle Anwesenden mit Ausnahme der alten Frau, die körperlich dazu nicht mehr in der Lage war, auf die Tanzfläche und begannen zu tanzen. Aber auch die Alte klatschte in die Hände und stieß den Freudentriller aus, während sie von ihrem Platz aus den Tanzenden zusah. Ich würde sogar sagen, daß sie Kopf und Schultern genauso wie die anderen im Rhythmus bewegte.

Nach dem Tanz tranken die Leute wieder Bier und sagten zu Myombekere: „Also Bwana, wir haben großen Hunger. Sag Bugonoka, sie soll uns etwas kochen. Wenn das jetzt nicht geht, sag ihr, sie soll uns das Fleisch bringen, das wir von den Schwiegereltern hierhergetragen haben. Wir können es gut hier am Feuer rösten." Myombekere fragte seine Frau: „Hast du gehört, was die Männer gesagt haben?" – Und als sie es bejahte, trug er ihr auf, das Fleisch zu bringen: „Ich habe die Leute hier so gern wie meine eigenen Verwandten. Sie sollen zu essen bekommen. Hole etwas! Morgen können wir ein weiteres Tier für sie schlachten. Wozu halten wir kinderlose Menschen sonst unsere Tiere?" Bugonoka eilte ins Haus und kehrte alsbald mit einem Rippenstück und mit knochenlosem Fleisch zurück. Die Leute warfen es ins Feuer, um es in der Asche zu rösten. Auf diese Weise erhofften sie schneller ihren Hunger zu stillen. Es blieb nur ganz kurz im Feuer, dann zogen sie es schon wieder heraus und verteilten es unter sich. Nach dem Essen dankten sie dem Hofherrn: „Myombekere, du hast es wahrlich verdient verheiratet zu sein. Heute haben wir uns bei dir rundum sattessen können. Sieh, von deinen Schwiegereltern sind wir schon mit vollen Bäuchen weggegangen. Und nun haben wir bei dir schon wieder gegessen. Dazu trinkt jeder so viel Bier, wie er nur mag. Was könntest du noch für uns tun? Wenn du uns hochheben wolltest, wären wir inzwischen zu schwer für dich geworden. Also, wir alle bedanken uns ganz herzlich bei dir. Unserer Meinung nach könnte nur ein Hexer noch undankbar sein.“ Kurz bevor sie ihre Dankesrede beendet hatten, da, – kokoleke – schrie der Hahn bereits zum ersten Mal. „Misch dich nicht ein, ehe wir fertig sind“, sagten die Gäste, und die Männer bedrängten den Austeiler des Bieres: „Gib uns Bier, wir haben immer noch nicht genug getrunken!“ Mittlerweile bekam so mancher Schwierigkeiten mit dem Magen. Er setze das Trinkgefäß ab und ging hinter das Haus, als ob er mal austreten wollte. Dort erbrach er sich und kehrte dann an seinen Platz zurück. Dabei sang der eine oder andere ein Säuferlied wie etwa das folgende:

Leute, oh Leute, wir haben getrunken!
Zuerst haben wir es euch Erdgeistern vorenthalten!

Du König, du geliebte Biene, Zeitvertreib!
(Preisnamen des Königs)

Der du für viel Unterhaltung sorgst, gib uns Regen!

Du König, du großer Stier!
Der du drohtest, daß mancher sich fürchtete!

Du König, du Herr über die Fruchtbarkeit der Bananen!
Der du sie reifen ließt, sei gepriesen!

Einige Gäste legten sich einfach auf die Erde. Sie hatten zuviel Bier getrunken, und es war ihnen in den Kopf gestiegen. Zuerst konnten sie deswegen nicht schlafen und lärmten herum, wobei sie pausenlos rauchten. Schließlich fielen sie hilflos um und schliefen endlich ein.

Der Austeiler hob das Biergefäß in die Höhe und goß den Rest in ein Trinkgefäß um. Das setzte er zu Füßen der alten Männer ab, damit die Schwebestoffe im Bier auf den Grund sinken konnten. Darauf brachte er das leere Biergefäß hinter das Haus und begab sich gleich anschließend ins Haus, um sich dort im großen Empfangsraum schlafen zu legen.

Als die alten Männer sahen, daß sich die Verunreinigungen im Bier abgesetzt hatten, hoben sie das Trinkgefäß und ließen es zum letzten Mal kreisen. Sie versuchten sogar, die Schlafenden zu wekken. Was ihnen aber nicht gelang. Einige der Schläfer schnarchten laut. Manchmal hielten sie dabei den Atem an, als wollten sie erstikken.

Kanwaketas Frau forderte ihren Mann auf, nach Hause mitzukommen: „Steh auf! Laß uns nach Hause gehen!" Sie versuchten, auch ihre Söhne zu wecken, die bereits auf dem Boden eingeschlafen waren. Einer rollte sich auf seinem Erbrochenen hin und her und war nicht wach zu bekommen. Da sagte Kanwaketa zu seiner Frau: „Laß ihn liegen, es ist nicht ungewöhnlich, daß ein Stier die Nacht außerhalb des Geheges verbringt!" Mit dem anderen Sohn wankten sie in ihr Gehöft zurück. Ein paar Mal kamen sie vom Weg ab und gerieten in die Büsche. Auch fielen sie mehrfach hin und mußten sich wieder hochrappeln, bis sie endlich zu Hause ankamen.

Sofern sie überhaupt in der Lage waren, noch ins Bett zu steigen, hätten sie mich benachrichtigen sollen, damit ich ihnen mein Beileid für den beschwerlichen Heimweg hätte ausdrücken können. Nicht wahr, meine Leser? Wo die unverheiratete Tochter Kanwaketas schlief, ist übrigens unbekannt geblieben.

In dieser Nacht mußte Myombekere das Hoftor unverschlossen lassen. Er torkelte so, daß er sich nicht mehr auf den Beinen halten konnte. Und Bugonoka ging es nicht viel besser. Sie legten sich im Haus nieder und schliefen sofort ein, ohne zu merken, daß sie sich nicht einmal zugedeckt hatten.

Am nächsten Morgen stand die alte Frau als erste auf, um draußen ihre Notdurft zu verrichten. Sie sah, daß die Tür offenstand und ging nach draußen. Dort erblickte sie überall Erbrochenes und Unrat, den die Betrunkenen hinterlassen hatten. Sie war erschrocken und erstaunt zugleich. Auf dem Vorplatz, wo die Leute am Feuer getrunken hatten, sah sie niemanden mehr. Die Schläfer hatten sich davon gemacht. Und als sie in Richtung des Hoftores schaute, kam gerade die Nichte Myombekeres zusammen mit Kanwaketas Tochter hereingeschlichen. Die alte Frau wollte sie als

Gäste begrüßen, aber die beiden unterbrachen sie mit den Worten: „Du willst uns so begrüßen, als ob wir außerhalb des Gehöfts übernachtet hätten. Dem ist nicht so. Wir waren nur draußen auf der Toilette." – „So verhält sich das also", erwiderte die Alte und ging zurück ins Haus, um Bugonoka zu wecken.

Bugonoka stand auf und nahm eine Kalebasse, um am See Wasser zu schöpfen. Mit ihr gingen Kanwaketas Tochter und Myombekeres Nichte.

Während ihrer Abwesenheit stand auch Myombekere auf. Als er nach draußen kam und das Erbrochene sah, war er ärgerlich über die Verschmutzung seines Gehöfts. Unverzüglich ging er ins Haus, um eine Hacke zu holen. Als er damit wieder nach draußen trat, kamen Bugonoka und ihre Gefährtinnen gerade vom Wasserholen zurück. „Warum willst du so früh am Morgen schon aufs Feld", fragte sie ihn, „warst du heute Nacht nicht völlig betrunken?" Myombekere erklärte ihr: „Ich will nur das Erbrochene und den Unrat untergraben, den uns die Säufer hinterlassen haben. Hier stinkt es ja so wie auf der Latrine zur Regenzeit!" Bugonoka erwiderte: „Unsere Gäste haben zu viel getrunken und geröstetes Fleisch im Übermaß gegessen. Wie kann man nur in einen Magen so viel hineinstopfen, als ob er ein Abfalleimer wäre. Muß er sich am Ende nicht dagegen wehren? Ihr Hunger gleicht der Freßlust des Mukingira, jenes Vielfraßes von einst, von dem es im Liedchen heißt:

Vielfraß Mukingira, Kind des Lyamonde-Sees!
Mukingira aus Lyegoba, Kind des Lyamonde-Sees!
Der alles Honigbier am See trinkt, Vielfraß Mukingira!
Mbete-Fisch und Mbozu-Fisch, Vielfraß Mukingira!
Verschlinger von Fleisch und Nfuru-Fisch,
Vielfraß Mukingira!
Vielfraß Mukingira, Kind des Lyamonde-Sees!"

Nach dem Lied brachen Myombekere und die anderen Frauen in fröhliches Gelächter aus. Als sie sich beruhigt hatten, meinte die alte Frau: „Ihr denkt wohl, daß es sich nur um eine erdachte Geschichte ohne wahren Kern handelt, daß es einen solchen Menschen nie gegeben hat. In unserer Kindheit hat man noch nicht davon gesprochen. Erst zu der Zeit, als unsere Brüste zu wachsen begannen, erfuhren wir, daß es auf den Irugwa-Inseln tatsächlich einen solchen Mann gab. Eigentlich lebte er auf der Insel Lyegoba. Er war ein erstaunlicher Vielfraß. Wieviel er auch immer aß, er wurde niemals satt. Die Leute kochten für ihn viele Töpfe voll mit verschiedenen Fisch- und Fleischarten, dazu Hirseklöße in Mengen. Wenn sie ihm die Speisen vorgelegt hatten, dauerte es gar nicht lange, bis er alles aufgegessen hatte. Der Ruf von seiner Freßlust verbreitete sich durch das Lied, das uns Bugonoka gerade gesungen hat, bald im ganzen Kerewe-Land. Also denkt keinesfalls, daß das Lied nicht einen wahren Hintergrund hätte! Mukingira hat tatsächlich gelebt. Er war ein Mensch wie wir. Erst nach seinem Tod glaubte man, daß er ein Fabelwesen sei. Das stimmt aber nicht!" Bugonoka erwiderte darauf: „Nun, die Berichte unserer Vorväter widersprechen sich aber zum Teil. Als ich noch unverheiratet, aber schon erwachsen war, kam eines Tages ein alter Mann, gestützt auf seinen Stock, zu uns ins Gehöft. Er wurde Namugambage genannt, was soviel bedeutet wie ›Jemand, der nur Unsinn erzählt‹. Die Leute verwendeten diese Bezeichnung, als ob es sein richtiger Name sei. Er kannte sich jedoch in vielen Dingen aus und gab den Leuten viele vernünftige Ratschläge und Auskünfte. Ihn befragten die Frauen nach Mukingira, und er erzählte ebenfalls, daß es ihn tatsächlich gegeben habe. Er soll auch nach diesem Bericht in Irugwa gewohnt haben. Allerdings ging es bei ihm nicht nur um Gefräßigkeit oder Trunksucht, wie das Lied besagt. In Wirklichkeit beging er Taten, die man lieber vor den anderen nicht erwähnt. Wenn er nämlich Bier getrunken hatte, rannte er jeder Frau hinterher, ob sie nun hellhäutig oder dunkelhäutig war, und nahm sie mit Gewalt. Er verging sich sogar an seinen eigenen Töchtern und Schwestern. Manchmal verlor er völlig den Verstand und trieb es mit den Tieren. Das war der eigentliche Grund, warum er im ganzen Kerewe-Land bekannt wurde und warum man Spottlieder auf ihn sang." Myombekere zeigte sich über den Bericht erschrocken: „Nein, sowas! Er muß total verrückt gewesen sein. Biertrinken allein genügte ihm wohl nicht. Wie kann ein vernünftiger Mensch nur so etwas tun! Es wäre dann ja noch besser, er würde Haschisch rauchen!"

Nachdem Myombekere das Gehöft vom Unrat der Trinker gereinigt hatte, legte er sich wieder ins Bett um auszuruhen. Er litt an diesem Tag unter einem ständigen Hungergefühl. Jemand, der schon mal die ganze Nacht hinurch Alkohol getrunken hat, kennt dies ja.

Bugonoka ging indessen erneut zum See, um Wasser zu holen. Zuvor füllte sie jedoch einen Topf mit Fleisch und ließ ihn der alten Frau und der Nichte zum Kochen zurück. Danach säuberte sie erst einmal das ganze Haus. Sie legte auf Sauberkeit großen Wert. Schmutz konntc sie gar nicht leiden. Das Haus war völlig verdreckt und keinesfalls in dem Zustand, in dem sie es verlassen hatte, als sie zu ihren Eltern ging. Jede verheiratete Frau, die viele Tage abwesend war, kennt dies. Bei der Rückkehr findet sie ihr Haus gewöhnlich in einem schlimmen Zustand vor. Auf Bugonoka traf dies besonders zu, weil sie so lange bei ihren Eltern verweilt hatte.

KAPITEL 10

Bugonoka richtet sich wieder zu Hause ein

Als Myombekere auf dem Bette lag, faßte er den Plan, jemanden zu suchen, der das ihm vom Schwiegervater geschenkte Ziegenfell fachgerecht bearbeiten könne. Nachdem er einen Einfall hatte, rief er nach dem Knaben Kagufwa und trug ihm auf, Bwana Gwaleba zu holen: „Sag ihm, Myombekere lasse ihn rufen! Wenn du ihn antriffst, bring ihn gleich mit!“ Kagufwa war inzwischen wieder nüchtern geworden. Nur seine Augen waren blutunterlaufen. Der Junge freute sich über den Auftrag, denn er hatte selbst schon daran gedacht, zum See, wo auch Gwaleba wohnte, zu gehen, um dort ein Bad zu nehmen. Er eilte los und fand Gwaleba tatsächlich daheim an, worauf er ihm Myombekeres Botschaft übermittelte. Gwaleba war einverstanden, zu Myombekere zu gehen und wollte sofort aufbrechen. Kagufwa bat ihn aber, noch ein wenig zu warten, bis er im See gebadet habe. Er werde sogleich ins Wasser springen und sich nicht lange dort aufhalten. Gwaleba sagte: „Geh nur und komm schnell wieder, damit wir bald losgehen können. Ich werde inzwischen im Pferch die Pflöcke zum Anbinden der Rinder wieder herrichten. Die Tiere haben sie in der Nacht umgeworfen, als sie miteinander kämpften.“

Unterdessen kehrte Bugonoka den Schmutz in ihrem Hause zusammen und schaffte ihn hinaus auf den Abfallhaufen. Dann setzte sie das Korbsieb auf den Mahlstein, um Hirsemehl zu mahlen. In diesem Augenblik wurde sie von der Alten zum Feuer gerufen: „Schau mal in den Topf. Ich glaube, er enthält zu wenig Wasser.“ Bugonoka schaute hinein, indem sie den Topf ein wenig neigte, und stellte fest: „Großmutter, erschreck mich nicht! Warum sollte das Wasser für die Zubereitung der Soße nicht reichen? Laß uns jetzt den Topf für die Hirse aufs Feuer setzen, damit wir noch etwas anderes tun können.“

Die Nichte Myombekeres war derweil damit beschäftigt, die gesäuerte Milch zu schütteln und sie in Trinkkalebassen umzufüllen. Zuvor hatte sie diese mit einem aromatisch duftenden Rauch ausgeräuchert.

Myombekere lag noch immer auf dem Bett, als Kagufwa mit Gwaleba eintraf. Die Männer begrüßten einander, dann fragte Gwaleba: „Myombekere, fühlst du dich etwa nicht wohl, daß du mich an deinem Bett empfängst?" Myombekere lachte schallend: „Mir geht es eigentlich ganz gut. Ich ruhe mich nur ein wenig aus." – Gwaleba darauf: „Warst du etwa auch auf der Feier, auf der die Frauen so weithin hörbar getrillert und gejubelt haben? Auf welchem Gehöft fand sie eigentlich statt?" – „Bei uns", erwiderte Myombekere. „Nach Zahlung einer Buße in Form von Bier habe ich gestern meine Frau bei den Schwiegereltern ausgelöst und auf meinen Hof zurückgeführt. Ich habe mir gedacht, daß meine Freunde, die mir geholfen haben, das Bier zu brauen und zu den Schwiegereltern zu tragen, wohl wußten, daß ein ganzer Tontopf mit Bier in meinem Hause zurückgeblieben war und daß ich dieses mit meiner Frau unmöglich allein trinken konnte. Deshalb habe ich sie nach der Rückkehr zum Trinken eingeladen. Später haben sich noch andere zu uns gesellt. Dabei ist es sehr laut hergegangen." – „Nun ja, wir haben in der Nachbarschaft lautes Klatschen und Jubeln gehört und uns gedacht, irgendwer muß wohlschmeckendes Bier anzubieten haben. Die Leute sind so fröhlich und unbeschwert. Also hier war das! So, du hast Bugonoka zurückgeholt!" Myombekere erwiderte: „Ja, sie ist im Schlafraum. Hast du die Stimmen nicht erkannt, die dich bei deiner Ankunft aus dem Inneren des Hauses begrüßt haben? Kannst du dich an Bugonokas Stimme nicht mehr erinnern?" Gwaleba mußte zugeben: „Tatsächlich habe ich nur die Stimme deiner Nichte erkannt. Bei den anderen Stimmen dachte ich, daß es sich um Gäste handelte." Myombekere kam nun auf sein eigentliches Anliegen zu sprechen: „Ich habe dich gerufen, damit du ein Ziegenfell für mich fachgerecht bearbeitest. Der Schwiegervater hat für uns einen Ziegenbock geschlachtet und mir dessen Fell geschenkt. Ich habe dich hergebeten in der Hoffnung, daß ich deine Dienste in Anspruch nehmen kann. Wir verstehen nicht viel von der Bearbeitung eines Fells. Du aber bist ein Meister darin. Ich will mich ganz auf dich und deine Handfertigkeit verlassen."

Gwaleba war in der Tat ein sehr erfahrener Bearbeiter von Fellen. Er hatte schon für die Frauen des Königs Leoparden- und Löwenfelle bearbeitet und war darum im ganzen Land bekannt. Zum Abschaben der Haare auf den Rinder- und Ziegenfellen benutzte er ganz zartes Leder, das man aus dem Fell auf der Stirn und an den Hinterbeinen von Rindern gewinnt. Es wird ‚ensyomoro' bzw. ‚ebikoba' genannt. Die Bewohner der umliegenden Gehöfte bewahrten diese Fellstücke für ihn eigens auf. Unsere Altvorderen pflegten in diesem Zusammenhang zu sagen: ›Das Kind des Abschürfers von Fellen pflegt als Beilage zur Mahlzeit ensyomoro- und ebikoba-Leder zu essen, während sein Vater noch lebt.‹

Während sie sich so miteinander unterhielten, brachte Bugonoka warmes Wasser zum Händewaschen, und Kagufwa trug das Waschfäßchen herbei. Als er es zu den Füßen der beiden Männer absetzen wollte, sagte Myombekere zu Gwaleba: „Nein, mein Freund, steh auf und laß uns draußen essen. Wir wollen nicht wie die Geizhälse im Hause speisen." Sie gingen nach draußen und setzten sich unter einen Baum. Dorthin brachte ihnen Bugonoka das Essen. Gwaleba betrachtete sie und bemerkte zu ihr: „Wahrscheinlich liebt dich Myombekere deswegen so sehr, weil du ihm immer ein Frühstück bereitest. Ei, was siehst du gut aus. Du bist dicker geworden. Womit haben dich deine Eltern nur gefüttert, daß du jetzt einem Flußpferd gleichst?" – Bugonoka lächelte geschmeichelt und erwiderte: „Womit sollen sie mich schon gefüttert haben? Es gab nur Spinat und emituli-Würmer, die man sonst als Fischköder benutzt! Aber vielleicht hat mein Körper sie besonders gern gemocht." – „Führ mich bloß nicht hinters Licht", scherzte Gwaleba. „Denk an die alte Volksweisheit: ›Wird der Busch nur deswegen dichter, weil es regnet?‹" – Bugonoka antwortete: „Ja, das haben die Altvorderen in der Tat so gesagt. Aber wenn der Körper nicht darauf anspricht, dann ist es gleichgültig, welche Leckerbissen man ihm anbietet."

Als sie gerade mit dem Essen beginnen wollten, hörten sie die

Stimme eines Fremden vom Hoftor her rufen: „Darf ich in dieses Gehöft eintreten?“ Myombekere gestattete dies: „Na'am – ja!“ Und der Fremde fragte weiter: „Seid ihr zu Hause?“ Myombekere bejahte auch dies. Da kam der fremde Gast in gebückter Haltung näher, indem er seine Waffen mit beiden Händen vor sich hielt. Myombekere bat die Frauen im Haus, einen weiteren Stuhl herauszubringen. Dann hieß er den Besucher willkommen: „Tritt ein, Fremder! Wir sind gerade im Begriff, einen Krieg gegen das Essen zu führen. Mach mit!“ Der Fremde zierte sich nicht lange und setzte sich zu ihnen. Seine Waffen reichte er derjenigen, die ihm den Stuhl brachte. Und sie trug sie ins Haus.

Zu jener Zeit war es bei den Kerewe Sitte, während des Essens keine Grußformeln auszutauschen. Gastgeber und Gast warteten darum damit, bis sie das Essen beendet hatten.

In ihrer Vorwitzigkeit schauten die Frauen aus dem Haus, um zu sehen, wer gekommen sei. „Vielleicht ist es dein Verlobter“, neckten sie die Nichte. Diese stritt es sofort ab: „Ich habe ihn noch nie zuvor gesehen. Falls er auf Brautschau ist, sehe ich ihn heute zum ersten Mal.“

Erst nachdem die Männer mit dem Essen fertig waren und ihre Hände gewaschen hatten, begrüßten sie einander. Da der Fremde von weither kam, gebrauchten sie dabei folgende Begrüßungsformeln: „Habari ya siku nyingi, Mabwana! – Was hat sich in den vielen Tagen, in denen wir uns nicht gesehen haben, ereignet, Mabwana?“ Darauf erwiderten Myombekere und Gwaleba gemeinsam: „Hatujambo! – Uns geht es gut!“ Kagufwa begrüßte den Gast mit den Worten: „Kampire sumalama! – Bitte, nimm meinen Gruß entgegen!“ Worauf dieser erwiderte: „Tangunu! – Danke, mein Kind!“ Darauf fragte Myombekere den Unbekannten: „Woher stammst du?“ – „Von den Bweni-Inseln.“ – „Und von wo genau?“ – „Jetzt wohne ich auf der Insel Songe.“ – „Und wie heißt du?“, fragte Myombekere weiter. – „Nun, hm, ich heiße Mpazi, d.h. Ameise!“ Als die Frauen diesen Namen hörten, begannen sie zu lachen und sagten untereinander: „Offenbar fehlt es den Bewohnern jener Inseln an Namen, so daß sie auf die Bezeichnungen von Insekten ausweichen müssen.“ Bugonoka antwortete der Frau, die diese Bemerkung gemacht hatte: „Ei du Kind, hast du noch nie gehört, daß einige Leute bei uns im Lande Insektennamen tragen?" – „Ja", sagte die andere, „ich habe das schon einmal gehört. Na und?"

Nachdem der Gast nach Herkunft und Namen befragt worden war, gab man ihm Gelegenheit, den Grund seines Kommens zu erklären. Er sagte darauf: „Fragen kann niemals ein Zeichen von Dummheit sein, Mabwana! Nun, ich bin auf Brautschau. Zunächst habe ich in Bweni nach einer Frau gesucht. Von dort hat man mich hierher geschickt zu einem Herrn, der angeblich erst vor kurzem hierhergezogen ist. Er soll Nawanchuma heißen. Wißt ihr, wo er wohnt?" Myombekere bejahte dies: „Er wohnt dort hinten. Steh auf! Ich will dir den Weg zeigen." Die Frauen forderte er auf, die Waffen des Gastes zu bringen, dann begleitete er ihn ein Stück zum Tor hinaus bis zu einer Wegekreuzung. Dort überreichte er ihm seine Waffen und sagte: „Folge diesem Weg, bis du zu einem Gatter kommst, das die Rinder daran hindern soll, auf die Äcker zu gehen und die Ernte zu zerstören. Wenn du über dieses Gatter kletterst, wirst du alsbald das Gehöft von Nawanchuma vor dir sehen."

Nachdem Myombekere nach Hause zurückgekehrt war, beauftragte er Kagufwa, das Ziegenfell zu bringen. Er holte währenddessen oluguzyo-Gras, das man zum Bedecken von Getreidespeichern verwendet. Er hatte es zum Trocknen auf einem Busch ausgebreitet. Von Kanwaketas Gehöft wurde ein großes Bündel mit Holzpflökken gebracht, genug um selbst ein großes Ziegenfell zu spannen.

Gwaleba begann nun damit, das Fell auf dem Boden auszuspannen. Man gab ihm eine Aale aus Eisen, um damit am Fellrand Löcher anzubringen, durch die Pflöcke zum Spannen des Fells getrieben wurden. Bis zum Schluß verrichtete Gwaleba seine Arbeit mit Umsicht und Erfahrung.

Danach sandte Myombekere den Knaben Kagufwa hinüber zu Kanwaketa: „Lauf und sag ihm, er möge schnell mal mit seiner Axt herkommen!" Kagufwa lief los und kurz darauf traf Kanwaketa mit geschulterter Axt auf dem Hof von Myombekere ein. Dieser empfing ihn mit den Worten: „Heute habe ich Hunger auf Beikost. Das Bier der vergangenen Nacht macht uns zu schaffen, indem wir jetzt einen richtigen Heißhunger haben. Die Münder sind trocken. Ich nehme an, daß ich nicht allein dieses Gefühl habe.“ Gwaleba und Kanwaketa waren Gott für diese Worte dankbar und fühlten sich vom Glück bevorzugt.

Mittlerweise war Bugonoka ins Haus zur ekitwaro-Truhe gegangen, wo sie ihren Schmuck aufbewahrte. Sie nahm Perlenschnüre, die um die Hüfte getragen wurden, daraus hervor. Während ihrer langen Abwesenheit waren diese völlig verkrustet, und das Öl, mit dem sie eingerieben waren, strömte einen ranzigen Geruch aus. Offenbar war die Truhe seit langer Zeit nicht mehr geöffnet worden. Bugonoka besaß zwölf solcher Perlenschnüre, von denen sie abwechselnd sechs gleichzeitig trug. Wenn sich die Läuse darin eingenistet hatten und sie allzu sehr quälten, wechselte sie die Perlengürtel einfach aus. Die sechs Schnüre in der Truhe waren säuberlich mit einem Lianenseil zusammengebunden, wie es seit urdenklichen Zeiten bei den Kerewe benutzt wird. Bugonoka hatte sie an dem Tage, als sie von ihren Eltern abgeholt wurde, hineingelegt und gegen sechs frische Schnüre ausgewechselt, die sie zu den Eltern mitnahm.

Bugonokas zwölf Perlengürtel waren von unterschiedlicher Farbe: je vier waren rot und weiß, vier hatten die Farbe junger Blätter. Wenn man sie zusammenzählt, macht das zwölf – oder? Ja richtig, zwölf!

Bugonoka nahm die Schnüre aus der Truhe, um sie mit dem ersten morgendlichen Urin der Rinder zu säubern. Nach der Reinigung wollte sie sie gegen die Schnüre eintauschen, die sie seit ihrem Weggang zu den Eltern um die Hüften getragen hatte. Die anderen Frauen im Hause halfen ihr dabei, die Gürtel zu reinigen, Baumwollfäden zu zwirnen und die Perlen neu aufzufädeln.

Nach dieser Arbeit ging Bugonoka daran, das Bettgestell auseinanderzunehmen, weil sich in den Fugen Ungeziefer angesammelt hatte. Um es genauer zu sagen: es saßen Wanzen darin. Dann machte sie sich auf, am See Wasser zu holen zum Säubern der ledernen Schlafdecke und Wasser für das Bad ihres Mannes. Sie mußte zweimal gehen.

Als sie das erste Mal wieder am Gehöft anlangte, hatte Kagufwa die Rinder schon auf die Weide getrieben. Im Gehege muhte jedoch einsam ein junger Stier. Er war mayenze-farbig, d.h. er hatte ein braunes Fell, mit weißen Stellen durchsetzt. Bugonoka nahm den Wasserkrug vom Kopf und neckte ihren Mann, indem sie ihn etwas fragte, das in seine Zuständigkeit fiel: „Ei, wie kommt es, daß dieser Stier noch im Rinderpferch muht? Sollte er nicht mit den anderen Tieren auf der Weide sein?“ Myombekere antwortete ihr im Scherz: „Wir haben ihn heute eingesperrt. Laß ihn nur muhen, denn gestern hat er zuviel Gras gefressen, das dem Buschgeist Karungu gehört.“ Bugonoka erwiderte darauf: „Aber wir Menschen trinken doch jeden Tag das Wasser des Seegeistes Mugasa. Niemand würde uns daran hindern, heute dieses Wasser zu trinken mit der Begründung, daß wir gestern zuviel davon getrunken haben.“ Myombekere machte sich weiter lustig über sie: „Ach, meine Frau, du bist doch noch ein Kind! Hast du noch nie erlebt, daß man uns an einem bestimmten Tag gehindert hat zu essen oder zu trinken?“ Bugonoka lachte aus vollem Halse: „Das habe ich noch nie erlebt. Dieses Rind wird grundlos gequält, indem es nicht mit den anderen Rindern auf die Weide gehen darf. Es kann nicht mit euch reden und euch sagen, was es fühlt. Sonst würdet ihr es nicht quälen.“ Myombekere fragte sie: „Nun, wem gehört eigentlich das Rind, das da im Gehege muht?“ Bugonoka beeilte sich mit der Antwort: „Es ist ausschließlich die Frucht deiner Arbeit und kommt nur dir zu!“ Er sprach weiter: „Es ist erstaunlich, daß du das weißt, meine Frau. Ich möchte aber noch von dir wissen, wem wir in diesem Gehöft gehören.“ Bugonoka zögerte nicht mit einer Antwort: „Wir sind die Geschöpfe Gottes und gehören ihm allein.“ Myombekere fuhr fort: „Ja, meine Frau, das hast du richtig begriffen. Es stimmt! Nun, wie soll ich es dir weiter erklären? Siehe, an einem bestimmten Tag wirst du erleben, daß Gott mich hindert zu essen und zu trinken, weil ich sein Eigentum bin. Wirst du dann nicht alleine zurückbleiben?“ Sie antwortete: „So verhält es sich also. Nun, so etwas habe ich in der Tat schon erlebt und erlebe es eigentlich jeden Tag.“ Als Bugonoka sich den Wasserkrug auf den Kopf setzte, um erneut zum See zu gehen, bat Myombekere sie: „Gib uns zuvor einen Topf, in dem wir Rinderblut zum Färben deiner Flechtarbeiten aufbewahren können. Oder brauchst du es gar nicht mehr?" Bugonoka antwortete: „Es ist gut, daß du mich daran erinnerst. Ich bin sehr darauf erpicht. Warum sollte ich es nicht mehr brauchen? Habe ich etwa inzwischen aufgehört, Schalen zu flechten?" Myombekere erwiderte: „Die Frage ist mir nur in den Sinn gekommen, weil ich ja nicht wissen kann, wie du jetzt darüber denkst." Bugonoka nahm den Wasserkrug wieder vom Kopf und holte aus dem Haus ein Tongefäß, das sie neben die Tür setzte. Dabei sagte sie: „Fülle das Rinderblut, das du mir versprochen hast, da hinein!" Dann verließ sie das Gehöft, um Wasser zu holen.

Vor dem Tor traf sie auf Kagufwa, der zusammen mit einem Sohn Kanwaketas die Rinder dem Hirten auf der Weide übergeben hatte. Die jungen Männer kamen ihr entgegen, während sie in umgekehrter Richtung zum See ging.

Im Gehöft trafen die Jungen Myombekere mit einem Strick in der Hand an. Damit wollte er gerade die Hinterbeine des Stieres zusammenbinden. Gwaleba und Kanwaketa standen am Gatter des Rindergeheges und hatten etwas Angst. Nachdem es Myombekere gelungen war, das Seil um die Hinterbeine des Tieres zu schlingen, forderte er die Männer auf, eine Stange aus dem Gatter zu ziehen und schnell beiseite zu springen, damit der Stier an ihnen vorbeilaufen könne. Dann zog Myombekere die Schlinge um die Hinterbeine fest zu. Der Stier war stark und stets bereit, die Leute auf seine Hörner zu nehmen. Jetzt kämpfte er mit aller Kraft, um sich von der Fessel zu befreien.

Ich werde dir, Leser, aber nicht alle Einzelheiten darüber berichten, weil ich mir vorstelle, daß du selbst schon ein Rind auf diese Weise aus dem Pferch geholt hast und weißt, wie mühsam es ist, das Tier an dem Dornengestrüpp, mit dem das Rindergehege umgeben ist, vorbeizuführen. Der Stier zog Myombekere, der den Strick mit beiden Händen festhielt, hinter sich her. Myombekere fiel schließlich nieder auf den Dung. Auch wenn das Seil in seine Finger schnitt, hielt er es weiter eisern fest. Wäre ihm Kanwaketa nicht gleich beigesprungen, um ihm beim Aufstehen zu helfen, hätte das Tier ihn auf dem Dung umhergeschleift, und er hätte sich an den Pflöcken im Gehege böse verletzen können. An diesem Tage war der Stier glücklicherweise nicht besonders angriffslustig. Als er sich ein wenig erholt hatte, zog er die beiden Männer, die weiter den Strick gefaßt hielten, hinter sich her. Am Tor bemerkte er Gwaleba, der dort mit der Axt in der Hand auf ihn lauerte. Er visierte den Mann an und senkte den Kopf, um ihn auf die Hörner zu nehmen. Gwaleba aber war schneller und schlug ihm in diesem Augenblick mit aller Gewalt die Axt in den Kopf – pah! Der Stier fiel zu Boden und brüllte laut – booo! Nun begann Gwaleba sofort, sich selbst zu loben: „Ich kleiner Mann, so klein wie ein Hammer, habe dich zu Boden gestreckt! Frag mich nicht, wie!" Die Frauen, die von der Haustür aus zuschauten und das Rind mit der Axt im Kopf zu Boden fallen sahen, drückten laut ihre Freude aus: „Ei, er hat ihn getötet! Der Stier ist mit der Axt im Kopf umgefallen, als ob sie an ihm festgewachsen sei!" Es stellte sich aber heraus, daß Gwaleba das Tier nur aus Angst mit der Axt geschlagen hatte. Als er so prahlte, dachte er noch, die Axt sei dem Stier geradewegs ins Gehirn gedrungen. In Wirklichkeit hatte der Schlag aber nur ein Horn gespalten und ein Ohr verletzt. Plötzlich stand der Stier wieder auf und schüttelte seinen Kopf, so daß die Axt weit wegflog. Die Männer hielten immer noch den Strick an seinen Hinterbeinen gefaßt. Gwaleba, so klein wie ein Hammer, rannte zu der Axt und nahm sie schnell wieder auf. Als er sah, daß sie unbeschädigt war, wollte er weiter mit dem Tier kämpfen. Mittlerweile waren Myombekere und Kanwaketa weiter im Pferch herumgeschleppt worden. Um das Seil an einem Pflock befestigen zu können, riefen sie keuchend die beiden Jungen zu Hilfe. Gwaleba lief in diesem Augenblick hinter dem Stier her, wobei er die Axt mit beiden Händen hochhielt. Die anderen riefen: „Heute werden wir Zeugen eines Kampfes zwischen zwei Männern sein." Gwaleba lief ohne Zögern auf den Stier zu. Als dieser den Mann, klein wie ein Hammer, bemerkte, wandte er sich ihm wütend zu, um ihn auf das verbliebene Horn zu spießen. Gwaleba mit seiner kampfbereiten Axt gab ihm aber keine Gelegenheit mehr dazu. Er schlug kräftig zu und traf ihn diesmal besser am Kopf – pah! Schnell sprang Gwaleba zur Seite, während das Tier mit einem dumpfen Geräusch umfiel. Er hatte genau das Gehirn getroffen. Der Stier wurde plötzlich starr wie ein Stück Brennholz und rührte sich nicht mehr. Die Männer schleppten ihn auf die Grasfläche und enthäuteten ihn behende.

Als Bugonoka vom Wasserholen zurückkam, sah sie die Spuren des Kampfes mit dem Stier. Sie benutzte deshalb nicht das Haupttor, sondern ging durch einen Hintereingang ins Haus.

Die Männer trennten nach dem Abhäuten die Beine des Tiers ab und schnitten aus jedem etwas Fleisch heraus, das unter alle Helfer als Entgelt für ihre Mitarbeit verteilt wurde. Danach ergriff Myombekere ein Vorderbein und forderte sie auf, alles Fleisch vom Knochen abzutrennen. Hiervon gab er jedem der beiden Abhäuter, Gwaleba und Kagufwa, ein großes Stück. Zusätzlich erhielten sie Rippenfleisch. Der Rest des Rippenfleisches wurde vollständig unter die Nachbarn aufgeteilt. Myombekere bat seine Gefährten, ihm zu helfen, das übrige Fleisch ins Haus zu tragen, dorthin, wo er es lagern wollte. Danach wollten die Helfer weggehen, aber Myombekere forderte sie auf: „Bleibt doch noch hier, bis das Fleisch geröstet ist und wir zusammen davon gegessen haben! Warum habt ihr es so eilig?“ Sie antworteten ihm: „Wir wollen unseren Anteil rechtzeitig zu unseren Frauen bringen, damit sie es noch vor Sonnenuntergang zubereiten können. Wir wollen es nicht roh essen müssen, so als ob wir erst am Abend geschlachtet hätten.“ Als aber Myombekere seine Einladung wiederholte, blieben sie doch. Er erhob sich sofort und steckte Fleischstücke auf einen Spieß. Nachdem er das Fleisch auch noch gehörig mit lunzebe-Salz gewürzt hatte, gab er den Spieß zum Rösten am offenen Feuer an Kagufwa weiter.

Schon nach kurzer Zeit riefen die Männer dem Jungen zu: „Bring uns endlich das Fleisch oder willst du es so weich rösten, als ob es von Frauen gegessen werden sollte? Das Fleisch ist für die Männer bestimmt! Wo hast du je gesehen, daß man Fleisch solange grillt, bis es vom Spieß in die Asche fällt? Wir Männer essen doch gerne halbgares Fleisch. Das schmeckt gut. Loo, willst du das Fleisch verderben, so daß wir Bauchschmerzen davon bekommen?“ Als der Junge die Männer so reden hörte, nahm er das Fleisch eilig vom Feuer, legte es auf einen großen Holzteller und brachte es ihnen zum Essen.

Nachdem sie das geröstete Fleisch verzehrt hatten, erhoben sich die Helfer und nahmen Abschied: „Noch steht die Sonne hoch am Himmel, also auf Wiedersehen! Oder werden wir uns nicht wiedersehen?" Die Frauen grüßten zurück: „Gewiß werden wir das, Mabwana! Grüßt eure Frauen zu Hause!" Auch Myombekere verabschiedete sie: „Ihr Männer, auf Wiedersehen! Ich werde euch heute nicht ein Stück heimbegleiten können, denn auch ich habe noch viel zu tun." Sie antworteten: „Ja, bleibe bei deiner Arbeit, denn wenn man wie wir ein Rind schlachten konnte, muß man sich hinterher Gedanken machen, mit wem man das Fleisch teilen will. Als wir noch mit dem angriffslustigen Tier kämpften, war es so schwer wie ein Flußpferd. Nach dem Abhäuten und Zerlegen ist es schon deutlich kleiner geworden. Diejenigen, mit denen du später das Fleisch teilen wirst, werden uns Abhäuter schelten und sagen, wir hätten die besten und fettesten Stücke bekommen." Myombekere erwiderte darauf: „Das stimmt gewiß!"

Nachdem die Männer gegangen waren, bereitete er die Stangen vor, auf denen er einen Teil des Fleisches zu räuchern gedachte. Einen anderen Teil legte er beiseite, um es am nächsten Morgen seinem besten Freund Nkwesi zu bringen, der ihm mit den Bananen für das Bußbier ausgeholfen hatte.

Am nächsten Morgen stand Myombekere schon ganz früh auf und überbrachte Nkwesi das Fleisch. Dieser fragte ihn: „Hast du Bugonoka wieder zurückgeholt?" Seine Antwort nahmen Nkwesis Frauen, die er Schwägerinnen nannte, zum Anlaß, um mit ihm zu scherzen: „Ei sieh, deswegen kam es uns am Tage, als ihr das Bier bei uns gebraut habt, so vor, als wenn du auf Wolken gingest." Er antwortete ihnen: „Ihr habt sicher schon mal die Geschichte von dem schlauen Hasen gehört, der sein Bündel aus lauter Wunschdenken verlor." Worauf sie alle lachen mußten.

Nach kurzer Unterhaltung bat Myombekere seinen Freund Nkwesi, ihm seinen Wanderstab und den Korb, in dem er das Fleisch gebracht hatte, wieder zu reichen: „Laß mich nach Hause gehen, denn dort wartet viel Arbeit auf mich!" Die Frauen wollten ihn noch zum Mittagessen dabehalten. Er aber lehnte ab. Nkwesi brachte ihm darauf Stock und Korb und begleitete ihn noch ein Stück auf dem Weg.

Zu Hause wurde er von Bugonoka begrüßt: „Poleni na safari, mume wangu! – Mein Mitleid wegen der Reise, mein Gatte! Hast du alle wohlauf angetroffen?" Myombekere bejahte dies und fuhr fort: „Sie alle haben mir Grüße an dich aufgetragen."

Danach machte sich Myombekere daran, für diejenigen, die ihm beim Tragen des Bieres geholfen hatten, Fleisch auszusuchen. Er legte die einzelnen Portionen in einen großen Korb und trug Kagufwa auf, sie zu den Gehöften der Gefährten zu bringen.

Bei seiner Rückkehr sagte Kagufwa zu Myombekere: „Die Leute, zu denen du mich geschickt hast, haben mir Grüße an dich aufgetragen. Sie haben sich alle über das Geschenk, das du ihnen zugedacht hast, riesig gefreut und mich beauftragt, dir in ihrem Namen für das Fleisch zu danken."

KAPITEL 11

Bugonoka baut Kartoffeln an, Myombekere pflanzt Bananen

Bugonoka hatte den Rat, den ihr ihre Mutter beim Abschied gegeben hatte, nicht vergessen. Als sie eines Tages über dem Ausbessern von Perlenschnüren saß und mit ihrem Mann über dies und das sprach, bat sie ihn: „Fertige mir eine Hacke zum Anbauen von Kartoffeln an! Dieses Jahr ist nicht dazu geeignet, Hirse zu ziehen. Da das ohnehin nur Verluste bringt, werde ich mich gar nicht erst damit abrackern. Hingegen ist matembele, d.h. Kartoffelsaatgut, ausreichend vorhanden." Myombekere antwortete ihr: „Ein Blatt für die Hacke und einen Stiel dazu habe ich im Hause. Ich werde sie dir zusammenfügen. Was allerdings fehlt, ist ein gutes Buschmesser. Ich habe nur eins mit einem gespaltenen Griff. Ich muß es erst noch ausbessern." Myombekere ging kurz darauf ins Haus und holte ein Stück Hartholz aus dem Rauchfang neben dem Herd. Dann nahm er aus dem Werkzeugkasten einige Geräte zum Brennen von Löchern und forderte seine Frau auf, diese Dinge zusammen mit etwas glühender Holzkohle nach draußen auf den Vorplatz zu tragen. Bugonoka brachte ihm alles, wie verlangt, und kehrte dann an ihre Arbeit zurück, während Myombekere sich anschickte, ein Feuer zu entfachen. Als sich genügend Glut gebildet hatte, steckte er das Werkzeug zum Löcherbrennen hinein. Er fächelte das Feuer mit einer alten eketo-Sandale aus Stroh, wie man sie früher trug. Und als er sah, daß die Geräte glühend rot waren, nahm er sie nacheinander aus der Glut und brannte damit ein Loch in den Hackenstiel. Die schon benutzten Brenneisen steckte er mit der heißen Seite in den Sand, so daß nur noch das Griffende herausragte. Danach legte er auch das Blatt der Hacke ins Feuer, das er mit der enketo-Sandale wieder heftig anfachte. Als das Eisen rot glühte, nahm er es heraus und steckte es mit seinem schmalen Ende schnell, bevor es sich wieder abkühlen konnte, in das vorbereitete Loch im Hackenstiel. Und es brannte sich tief darin ein. Myombekere half nach, indem er das Blatt mit einem Holzkeil im Boden befestigte und mit einem hölzernen Hammer auf das andere Ende des Stiels schlug: tutututu-tu! Dabei stieg viel Rauch auf. Als das Eisen sich etwas abgekühlt hatte, sagte er sich, daß es besser sei, mit dem Hämmern aufzuhören und das Hackenblatt aus dem Stiel herauszunehmen, um diesen nicht zu spalten. Das spitze Ende des Blattes hatte den Stiel bereits ein wenig durchdrungen. Er entschied sich aber, das Eisen wieder im Feuer zu erhitzen und das Verfahren noch einmal zu wiederholen, wobei er das weißglühende Hackenblatt mit Hilfe eines Stücks Leder anfaßte. Danach prüfte er den Sitz des Hackenblatts im Stil und wiederholte den Arbeitsvorgang noch ein drittes Mal. Schließlich ragte das spitze Ende des Hackenblatts soweit durch den Stil, daß das breite Ende fast das Holz berührte. Er stand auf und versuchte, damit den Boden zu bearbeiten. Dreimal schlug er die Hacke mit der ganzen Kraft, die ihm Gott gegeben hatte, in den Boden ein. Dann rief er Bugonoka zu: „Bring mir schnell Wasser und das Olusabuzyo, d.h. den hölzernen Waschtrog!" Sie brachte beides und übergab es ihm in knieender Haltung. Mit einer Schöpfkelle goß nun Myombekere Wasser über die Verbindung zwischen Stiel und Hackenblatt, wobei er das Wasser mit dem Olusabuzyo wieder einfing. Bei diesem Arbeitsgang entstand viel Dampf und ein Geräusch, das so klang wie: tokotoko und fuofuofuo! Nun nahm er das Blatt wieder aus dem Stiel, bog das spitze Ende mit dem Hammer etwas um und steckte das Eisen in den Sand, damit es vollständig abkühlen konnte. Den Stiel übergoß er zum Abkühlen nochmals mit Wasser. Danach steckte er beide Teile wieder zusammen und versuchte erneut den Boden mit der Hacke zu bearbeiten. Diesmal befand er, daß sich das Werkzeug für die Landarbeit gut eignete. Er sagte daher zu Bugonoka: „Frau, ich bin mit der Arbeit fertig. Die Hacke fühlt sich so an, als ob das Blatt schon lange Zeit mit dem Stiel vereinigt sei. Komm und wirf einen Blick darauf!" Und als Bugonoka sie begutachtet hatte, sprach er weiter: „Nimm sie mal in die Hand und überzeug dich selbst, damit du hinterher nicht sagen kannst, du hättest deshalb keine Kartoffeln angebaut, weil dein Mann sich weigerte, dir eine Hacke für die Feldarbeit zu geben. So verleumden doch die Frauen ihre Männer, nicht wahr?" Bugonoka fühlte sich durch seine Worte verletzt und sagte: „Ei, Myombekere, was bist du doch für ein merkwürdiger Mensch! Auch wenn wir Frauen so sind, wie wir sind, warum sollte ich dich eines Fehlers beschuldigen, den du nicht begangen hast? Es ist undenkbar, daß eine Frau so ihren Mann verleumdet!" Myombekere erwiderte darauf: „Was heißt hier undenkbar? Du wirst doch nicht leugnen können, daß es faule Frauen gibt, die ziellos durch die Gegend streunen und Unsinn über ihre Männer erzählen. So behaupten sie etwa, daß sie keine Felder bestellen können, weil ihre Männer ihnen keine Ackergeräte zur Verfügung stellen. Dabei ist ihre Faulheit der alleinige Grund ihrer Untätigkeit." Als Bugonoka dem widersprach, nannte Myombekere ihr handfeste Beispiele: „Kann man etwa sagen, daß Nkaranis Frau, die Nakyenga heißt und von der Ababogo-Sippe abstammt, von ihrem Mann kein Ackergerät bekommt? Oder was ist mit Bandihos Frau, die Netoga heißt und von der Bahimba-Sippe abstammt? Und wie verhält es sich schließlich mit Mpongano, der Witwe von Kayobyo? Sind beide nicht verrückt, wenn sie behaupten, sie können kein Feld bestellen, weil ihre Männer ihnen keine Kleidung oder keine Hakken geben? Die Frau des verstorbenen Kayobyo erzählt so schlimme Dinge über ihren Mann, daß ich mich schäme, sie beim Namen zu nennen." Bugonoka schwieg zu dieser Rede und versuchte währenddessen, mit der Hacke den Boden zu bearbeiten. Als sie sah, wie gut es ging, lobte sie Myombekere: „Mein Mann, du hast eine sehr gute Arbeit geleistet, mir diese Hacke anzufertigen. Ein altes Sprichwort sagt: ›Die Hacke ist wichtiger als der Bauer.‹"

Noch am selben Tag ging Myombekere in den Busch, um Holz zu schneiden und daraus einen neuen Griff für das Buschmesser zu verfertigen. Er kam mit einem Stück omukonyo-Holz zurück, das er zu Hause noch weiter bearbeitete. Dann holte er die Klinge des Buschmessers, erwärmte sie im Feuer und brannte sie in den Griff ein. Er schärfte sie anschließend dermaßen, daß eine Fliege Angst haben mußte, sich darauf niederzulassen. Als alles fertig war, trug er das Buschmesser ins Haus und steckte es in die Schilfrohrwand. Für den nächsten Tag nahm er sich vor, ein Stück Land zu roden.

Bei Anbruch des neuen Tages stand er auf. Und als der Tau etwas abgetrocknet war, schulterte er sein Buschmesser zusammen mit einem enkokobyo-Korb, der zum Einsammeln von Blättern bestimmt war. Huyoo! Er ging geradewegs zu seinem Acker am See, um ihn vom Unkraut zu befreien.

Es kostete ihn einige Anstrengung, der vielen Pflanzen und Sträucher auf dem Acker Herr zu werden, ohne zu verzagen. Wenn das Messer stumpf wurde, schärfte er es wieder. Er schwitzte und arbeitete unermüdlich bis zum Mittag. Da unterbrach er die Arbeit, um ein wenig zu essen. Danach schärfte er das Messer und fuhr mit viel Freude an der Arbeit fort, den Acker zu roden. Kurz vor Sonnenuntergang hörte er auf, indem er bei sich dachte, daß es nicht gut sei, in der Dunkelheit zu arbeiten. Sonst würden die Leute ihm noch nachsagen, er arbeite mit den Geistern zusammen. Er nahm sein Werkzeug und verließ das Feld. Unterwegs kam er an einer Viehtränke vorbei. Kurz entschlossen zog er sich aus und badete erst einmal. Dann setzte er seinen Heimweg fort. Unmittelbar nach dem Abendessen fiel er todmüde ins Bett.

Am nächsten Morgen, als die Vögel gerade zu singen anfingen, hörte man vom Hoftor her eine Stimme um Einlaß bitten: „Hodi, hodi, hodi!" Bugonoka, die schon aufgestanden war und im Hauptraum des Hauses gesäuerte Milch schüttelte, hörte als erste die Stimme und machte Myombekere darauf aufmerksam. Er fragte laut: „Wer ruft da?" Worauf die Stimme antwortete: „Ich bin es, macht mir auf!" Myombekere öffnete das Hoftor, und der Rufer trat ein. Myombekere erkannte den Bräutigam seiner Nichte. Er nahm seinen Bogen entgegen und hieß ihn willkommen. Danach lud er ihn ins Haus ein. Der zukünftige Schwiegersohn zögerte, weil er sich an die Sitten der Kerewe halten und der zukünftigen Schwiegermutter seine Ehrerbietung erweisen wollte. Darum sagte er: „Mein Schwiegervater, es ist vielleicht besser, daß ich hier draußen bleibe." Myombekere forderte seine Nichte auf, dem Gast einen Stuhl herauszubringen. Nachdem er Platz genommen und eine Weile verschnauft hatte, fragte er Myombekere: „Sag mir, ist die Schwiegermutter schon auf den Hof zurückgekehrt?“ Myombekere bestätigte dies und sagte: „Sie befindet sich im Haus und gießt gerade Milch in die ebizanda-Schalen.“ Der Gast erhob sich darauf und ging gemessenen Schrittes auf das Haus zu, um Bugonoka zu begrüßen. An der Tür stellte er sich seitlich zur Wand auf und erhob seine Stimme zum Gruß: „Guten Morgen, Mama!“ Da Bugonoka nicht gehört hatte, machte die Nichte sie darauf aufmerksam: „Dein Schwiegersohn, das heißt derjenige, der um meine Hand anhält, steht verdeckt neben der Tür und will dich begrüßen.“ Da rief der Bräutigam auch schon zum zweiten Mal: „Guten Morgen, Mama!“ Nun erwiderte Bugonoka den Gruß des zukünftigen Schwiegersohns mit den Worten: „Mir geht es gut, mein Kind!“ Sie tauschten die Neuigkeiten der letzten Zeit aus. Dann ging der Bräutigam zurück zu Myombekere, um ihm seinen Heiratswunsch mitzuteilen. Die Nichte hatte ihm nämlich nahegelegt, bei allen Verwandten väterlicher- und mütterlicherseits um ihre Hand anzuhalten. Er war schon einmal zu diesem Zweck zu Myombekere gekommen, hatte ihn aber nicht angetroffen, weil er wegen der Schwierigkeiten mit seiner Frau häufig nicht zu Hause war. Der Bräutigam sagte zu Myombekere: „Schwiegervater, ich bitte dich inständig mir zu verzeihen, daß ich um die Hand deiner Nichte, die hier für dich kocht, anhalte. Ich war schon einmal hier, habe dich aber nicht angetroffen. Nur deine Nichte war da und sagte mir, sie wisse nicht, wohin du gegangen seist. Neulich war ich bei den Eltern deiner Nichte, um zu erfragen, welche Entscheidung sie bezüglich meines Heiratsantrags getroffen haben. Sie drängten mich, unbedingt auch dich, ihren Onkel, um dein Einverständnis zu der Heirat zu bitten. Außerdem trugen sie mir auf, deine Nichte solle morgen zu ihren Eltern kommen, die dann die Angelegenheit mit ihr beraten wollen. Sie sagten, sie hätten nichts vorzubringen, was die Heirat aufhalten könnte. Dies ist also der Zweck meines Kommens. Schwiegervater, außerdem bitte ich dich um Entschuldigung dafür, daß ich dir kein wertvolles Geschenk mitgebracht habe.“ Myombekere antwortete: „Auch ich habe gegen die Heirat eigentlich nichts einzuwenden. Nur möchte ich zuvor zwei Hackenstiele von dir haben. Wenn du sie bringst, sollst du die Frau zur Heirat bekommen. Im übrigen bin ich damit einverstanden, daß meine Nichte morgen zu ihren Eltern geht, um die Sache mit ihnen zu beraten. Es ist nicht gut, eine Tochter zu Hause zurückzuhalten. Seit urdenklichen Zeiten ist es ihre Aufgabe, das Gehöft eines anderen aufzubauen und dazu den Hof ihrer Eltern zu verlassen." Nach diesem Gespräch bat der Bräutigam um seine Waffen. Er wollte schnellstens in sein Gehöft zurückkehren, wo noch viel Arbeit auf ihn wartete. Myombekere rief seine Nichte herbei: „Der Gast möchte aufbrechen. Bringe ihm seine Waffen!" Der Bräutigam verabschiedete sich von Myombekere und Bugonoka, während die Nichte ihn ein Stück des Wegs begleitete.

Sie schritten langsam voran, während sie ihre zukünftigen Pläne besprachen. Schließlich blieben sie stehen, bis ihnen vom Stehen die Beine schmerzten. Dann setzten sie sich. Der Bräutigam richtete seiner zukünftigen Frau aus, daß ihre Eltern sie am folgenden Tag bei sich sehen wollten. Sie war damit einverstanden, bei Anbruch des nächsten Tages das Gehöft der Eltern aufzusuchen und bis zur Heirat dort zu bleiben. Nachdem sie alles besprochen hatten, überreichte sie ihm seine Waffen, die sie bis zu diesem Augenblick getragen hatte. Sie verabschiedeten sich voneinander, und er ging heim, während sie in das Gehöft ihres Onkels zurückkehrte. Dort traf sie auf Myombekere, der gerade das Buschmesser geschärft hatte. Sie hatte der Tante versprochen, mit ihr zusammen den Teil des Feldes zu bestellen, den Myombekere am Vortag gerodet hatte.

Myombekere machte sich nach der Rückkehr seiner Nichte alsbald zum Feld auf und begann, das abgeschnittene Strauchwerk und Gras beiseite zu räumen. Noch ehe er alles am Feldrand aufgehäuft hatte, sah er schon die drei Frauen aus seinem Gehöft kommen, das heißt: die alte Frau, seine Nichte und Bugonoka. Letztere trug einen Korb mit Saatkartoffeln auf ihrem Kopf. Myombekere strengte sich gewaltig an, Unkraut und Sträucher zu entfernen. Dazu hatte er sein Ledergewand geschürzt und nach der Art der Männer mit einem Lederriemen um die Hüften festgebunden. Die Frauen schauten ihm eine Zeitlang zu. Dann setzte Bugonoka ihren Korb mit Saatkartoffeln ab und fragte ihn: „Sollen wir an dieser Stelle oder woanders mit der Feldbestellung anfangen?" Myombekere antwortete ihr: „Siehst du nicht, daß ich dahinten die Sträucher und das Gras entfernt habe? Wo willst du sonst mit der Arbeit anfangen? Du siehst doch, daß die Seite da drüben gerodet ist. Wenn ihr wirklich vorhabt, das Feld zu bestellen, dann fangt endlich mit der Arbeit an!"

Bugonoka begann darauf, wie vier Frauen auf einmal das Feld zu bearbeiten, wobei sie die Hacke benutzte, die ihr Myombekere am Tag zuvor gemacht hatte. Die beiden anderen Frauen schauten zu. Sie grunzte: „N!" Myombekere, der das hörte, fragte sie: „Was heißt hier ‚N'? Führe die Hacke mit aller Kraft, zu der eine Frau fähig ist. Gehe diesen Acker an, damit bald alle alten Wurzelstöcke im Boden verschwunden sind und du ein neues Stück Feld in Angriff nehmen kannst!" Wegen dieser kriegerischen Worte mußten alle aus vollem Halse lachen.

Bugonoka hatte eine neue Hacke, während ihre Helferinnen alte Hacken benutzten. Aber trotzdem waren diese noch zur Feldarbeit tauglich, nicht verbogen oder stumpf wie jene alten Hacken, die nur die Kräfte der Leute erschöpfen. Wenn Vorübergehende jemanden auf dem Felde sehen, der mit einer stumpfen Hacke arbeiten muß, sagen sie ihm zur Aufmunterung: „An die Arbeit!" Darauf antwortet man gewöhnlich: „Aber wir arbeiten doch schon genug! Es strengt uns sehr an!" Und wenn du dir die Hacken, die sie benutzen, genauer ansiehst, wirst du ihnen voll Überzeugung zurufen: „Ja, in der Tat, es muß euch sehr anstrengen!"

Nachdem das Feld von Wurzelstöcken befreit war, beschäftigten sich die drei Frauen damit, Furchen zu ziehen. Jede von ihnen zog ihre eigene Furche und legte das Saatgut darin aus.

Myombekere hatte inzwischen weiter gerodet, nachdem er das Tags zuvor geschnittene Strauchwerk am Rande des Feldes aufgehäuft hatte. Schließlich atmete er erschöpft aus: „Yehuu!" Als die Frauen zu ihm hinblickten, sahen sie, daß er mit der Arbeit fertig war. Bugonoka sagte ihm: „Alle Achtung, du bist schon fertig!" – „Ja", erwiderte er, „aber ich habe mir eine Verletzung zugezogen, meine Frau!" Darauf fragten ihn die drei Frauen wie mit einer

Stimme: „Wo bist du verletzt?“ – „Am Auge. Ich weiß nicht, welches Insekt mir hineingeflogen ist. Ich habe versucht, es mit den Fingern herauszureiben, aber vergeblich.“ Die Alte meinte: „Vielleicht ist ihm eine akanalira-Fliege hineingeraten.“ – „Wieso sollte es gerade eine anakalira-Fliege sein, wenn doch die Sonne noch hoch am Himmel steht“, fragten die beiden anderen Frauen. „Wir dachten, diese Fliege ist nur abends unterwegs.“ Die Alte blieb bei ihrer Meinung und sagte: „Wollt ihr etwa bestreiten, daß dieses Insekt im dichten Gestrüpp des Seeufers vorkommt? Auch am hellichten Tag kann es unglücklicherweise ins Auge fliegen, wenn es etwa von einem Feind, wie zum Beispiel einem Hexer, geschickt wird. Ihr habt ja keine Ahnung davon, weil ihr Hexerei oder Magie nie selbst erlebt habt.“

Nach diesem Gespräch lief Myombekere nach Hause und holte Glut. Damit zündete er das gerodete Strauchwerk an. Es entstand ein gewaltiges Feuer, das wegen des feuchten Brennmaterials heftig qualmte und zischte: puh!

Als die mit der Feldarbeit Beschäftigten nach oben schauten, bemerkten sie, daß die Sonne im Zenit stand. Myombekere forderte sie auf: „Kommt, laßt uns nach Hause gehen. Mir knurrt der Magen ganz entsetzlich. Loo, wollt ihr etwa heute fasten? Meine Arbeit geht schnell von der Hand, trägt jedoch keine Früchte. Eure Arbeit hingegen ist gesegnet, weil ihr dadurch zugleich die Kartoffeln befruchtet. Im übrigen sagt ein altes Sprichwort ja auch: ›Die Hacke lügt niemals, aber das Buschmesser lügt.‹ Das heißt: Ob und wieviel mit der Hacke gearbeitet wurde, kann hinterher jeder an den Feldfrüchten erkennen. Das Ausmaß der Arbeit mit dem Buschmesser ist dagegen nur den Worten dessen zu entnehmen, der damit gearbeitet hat.“

Die ackernden Frauen baten Myombekere, noch solange zu warten, bis jede von ihnen die gerade angefangene Furche beendet hätte. Dann wollten sie mit ihm zusammen nach Hause gehen und ihre Arbeit später wieder aufnehmen. Bevor sie zum Gehöft aufbrachen, ließen sie ihren Blick über die bereits bepflanzten Furchen schweifen und stellten befriedigt fest: „Wir haben wirklich einen guten Anfang gemacht!“

Nach dem Mittagessen setzten sie die Feldarbeit fort, zumal ihnen die Nichte gesagt hatte, daß sie am Morgen des folgenden Tags zu ihren Eltern gehen werde. Außerdem war das Abendessen schon vorbereitet. Das Hirsemehl stand zum Kochen bereit, und die Fleischbeilage mußte nur noch aufgewärmt werden. Bugonoka brauchte sich deswegen also keine Sorgen mehr zu machen.

Myombekere blieb allein im Gehöft zurück. Er streckte sich wegen der Schmerzen in seinem Auge auf dem Bett aus und ruhte ein wenig. Sein Anteil an der Feldarbeit war das Roden, und damit war er fertig. Das Pflanzen von Kartoffeln war Frauenarbeit und den Männern nicht erlaubt. Für einen Mann wäre es eine große Schande, daran teilzunehmen. Was sollte er in der Zwischenzeit tun? Als er am Sonnenstand ablas, daß es Zeit zum Baden sei, stieg er vom Bett und begab sich zum See, um dort ein Bad zu nehmen.

Danach prüfte er, was die Feldarbeiterinnen inzwischen geschafft hatten. Er fand, daß es sehr viel war und er mit dem Ergebnis ihrer Tätigkeit zufrieden sein konnte. Nachdem er sie wegen der Schwere ihrer Arbeit bedauert hatte, lobte er sie sehr und dankte ihnen. Der Boden war ziemlich feucht; was zwar für das Wachstum der Kartoffeln gut war, seine Bearbeitung jedoch erschwerte. Als die Frauen ihn ansahen, bemerkten sie, daß sein Auge tränte und Schleim absonderte. Sie sagten darauf: „Loo, dieses Auge wird noch einigen Ärger verursachen. Die Arbeit, die jemand verrichtet, verletzt ihn auch."

In der darauffolgenden Nacht schlief Myombekere schlecht, denn sein Auge schmerzte ihn sehr. Am Morgen brachte ihn Bugonoka daher zur Frau Kanwaketas. Diese behandelte gewöhnlich die Augenkrankheiten in der Gegend und war darin sehr erfahren. Sie schaute sich das kranke Auge genau an und kam zu dem Schluß, daß es sich in der Tat um die emambo-Krankheit, eine durch eingedrungene Insekten verursachte Reizung, handelte. Sie pflückte schnell eine bestimmte Heilpflanze und quetschte sie so aus, daß der Saft ins Auge träufelte. Eine weitere Pflanze gab sie ihnen mit der Anweisung: „Wenn ihr zu Hause seid, sollst du, Bugonoka, ihm nochmals Saft ins Auge träufeln. Myombekere soll bis zum Sonnenuntergang im Bett bleiben. Dann wird die Reizung verschwunden sein. Es kommt darauf an, daß er sofort ins Bett geht und die Augen geschlossen hält. Dann wird er schon nach kurzer Zeit Linderung verspüren."

Myombekere und Bugonoka verhielten sich so, wie Kanwaketas Frau es ihnen gesagt hatte. Myombekere schlief schnell ein und als er wieder aufwachte, waren die Schmerzen bereits völlig verschwunden. Er erhob sich fröhlich und erleichtert, als sei er niemals krank gewesen.

Seine Nichte war doch noch nicht zu ihren Eltern aufgebrochen. Sie wollte den Onkel nicht krank zurücklassen. Nachdem er wieder gesundet war, bereitete sie sich sogleich auf ihre Abreise vor. Der Onkel war damit einverstanden und sagte: „Ich dachte, du seist schon lange fort und wundere mich, dich hier noch zu sehen." Worauf sie antwortete: „Onkel, wie hätte ich einfach ohne Abschied von dir weggehen können? Außerdem habe ich mir gedacht, daß ich dich nicht verlassen dürfte, solange du so große Schmerzen hattest. Ich wollte meinen Eltern auch berichten können, wie sich die Krankheit entwickelte. Ich kann doch meinen Onkel nicht einfach krank zurücklassen, so als ob ich nicht mit ihm verwandt wäre!"

Bugonoka suchte einige Sachen zusammen, die ihr zum Abschied geschenkt werden sollten. Sie füllte ein sonzo-Gefäß mit Hirsemehl und eine grüne Kürbisflasche, ‚isorogoto' genannt, mit Butterschmalz. Myombekere holte aus dem Rauchfang drei große Fleischstücke, verpackte sie gut und legte sie in einen Korb, den er ihr überreichte. Sie kniete vor ihm nieder, um Abschied zu nehmen: „Auf Wiedersehen, Onkel! Bleib gesund!" Er erwiderte: „Grüß meinen Schwager, deinen Vater und Mbonabibi, deine Mutter, sowie alle deine Geschwister von mir!" – „Das werde ich tun!", sagte sie und ging davon.

Die Frauen des Gehöfts begleiteten sie noch ein Stück des Wegs. Bugonoka trug das Bündel mit dem Mehl und dem Butterschmalz, während die Alte sich den Korb mit dem Fleisch aufgeladen hatte. In der Steppe hielten sie an und setzten die Lasten auf der Erde ab. Dann packten sie alles zusammen. Zuunterst kam der Fleischkorb. Darauf setzten sie das Gefäß mit Butterschmalz, das ihnen stabil genug schien. Sie hoben der Nichte die Last auf den Kopf und hängten ihr zum Schluß die Kürbisflasche mit Butterfett an den Arm. Dann verabschiedeten sie sich voneinander. Die Nichte machte sich auf den Weg zu ihren Eltern, während die beiden anderen Frauen zum Gehöft zurückkehrten.

Dort wartete Kagufwa schon mit dem Melken auf sie. Bugonoka brachte ihm Wasser zum Händewaschen. Er säuberte seine Hände und melkte alle Kühe. Bugonoka bereitete alsbald das Essen vor, das sie in einem Tontopf auf die Herdsteine stellte. Zu Kagufwa sagte sie: „Ich habe einen omuzubo-Topf mit Speisen auf den Herd gestellt und schon Wasser zugegeben. Wenn der Sonnenstand dir anzeigt, daß es Zeit ist zum Kochen, zünde das Feuer darunter an und koch die Speisen. Wir wollen inzwischen auf dem Feld weiterarbeiten."

Myombekere blieb im Gehöft und reparierte den Rinderpferch, den die Tiere in der Nacht zuvor beschädigt hatten.

Auf dem Feld des Nachbarn schnitten Bugonoka und die Alte erst einmal Kartoffelsetzlinge für ihre Aussaat, wie ihnen der Nachbar gestattet hatte. Sie waren erst kurze Zeit wieder bei der Arbeit, da geriet Bugonoka an eine Kartoffelstaude, die sich trotz aller Anstrengung nicht herausziehen ließ. Sie beugte sich über die Pflanze und als sie genauer hinschaute, bemerkte sie eine große Puffotter darin. Bugonoka sprang mit einem Satz beiseite und rief mit zitternder Stimme: „Loo, weh mir, Mama, ich sterbe!" Die Alte schreckte von ihrer Arbeit hoch und fragte: „Bibi, was ist dir zugestoßen?" Bugonoka erzählte ihr, daß sie beinahe eine Puffotter angefaßt hätte. Die Alte kam eilig herbeigelaufen, wobei sie gar nicht merkte, wie sie einige der Kartoffelstauden fallen ließ, die sie unter dem Arm geklemmt hielt. „Wo ist denn die Riesenschlange", fragte sie. Vor Angst zitternd zeigte Bugonoka mit dem Finger auf die Stelle: „Da liegt sie doch!" Die Alte schaute mit ihren altersschwachen Augen in die angegebene Richtung, konnte aber zunächst nichts erkennen. Bei längerem Hinsehen erblickte sie dann doch noch die große Puffotter, die dort regungslos lag.

Nachdem die Frauen ihre Angst etwas überwunden hatten, liefen sie davon und ließen sogar einige der bereits abgeschnittenen

Setzlinge zurück. Offenbar dachten sie, daß überall Puffottern seien. Als sie in offenes Gelände kamen, fragte die Alte: „Was für eine Staude wolltest du denn gerade herausziehen, als die Schlange auftauchte?" Bugonoka erklärte es ihr. Sie gingen geradewegs zu ihrem eigenen Feld, denn die Setzlinge, die sie vorher abgeschnitten hatten, reichten eigentlich noch für die Arbeitszeit des folgenden Tages aus.

Kurze Zeit, nachdem sie die Arbeit auf ihrem Acker wieder aufgenommen hatten, kam Myombekere. Er trug mit der linken Hand eine Tonscherbe, auf der sich etwas glühende Holzkohle befand. Über die rechte Schulter hatte er einen Korb zum Aufsammeln von Gras und ein Buschmesser gehängt. „Ihr Feldarbeiterinnen, was macht die Arbeit?", fragte er sie beim Näherkommen. Sie antworteten: „Wir sind dabei, aber beinahe wären wir umgekommen." – „Oh, wie hätte das geschehen können?", fragte er. Bugonoka berichtete ihm: „Wir schnitten gerade Setzlinge ab, als ich eine große Puffotter erblickte. Ich hätte sie aus Versehen beinahe angefaßt. Ich dachte, es sei mein Tod. Hätte mich die Puffotter gebissen, in welchem Zustand befände ich mich jetzt wohl?" Myombekere machten die Worte seiner Frau sehr besorgt und er sagte: „Jetzt wärest du wahrscheinlich schon tot, du hättest nicht überleben können! Das tut mir leid. Mehr fällt mir im Augenblick nicht dazu ein. Oder doch! Vielleicht ist die Schlange noch da?" Bugonoka fragte: „Und wenn sie noch da wäre, was wolltest du dann gegen sie tun?" – „Ich will sie natürlich töten", antwortete er ohne Zögern. Bugonoka griff ihn sofort an: „Bist du verrückt? Willst du wirklich eine Schlange töten? Wie kann ein erwachsener Mensch nur so etwas sagen! Oder willst du vielleicht die Schlange töten, weil du kinderlos bist?" Myombekere verteidigte sich: „Wärest du jetzt nicht tot, wenn sie dich gebissen hätte?" – „Ja", sagte sie, „das stimmt. Aber wenn die Schlange mich auch getötet hätte, ist das kein Grund, sie zu töten. Hast du keine Angst, dadurch ein Unglück auf dich zu ziehen?" Die Alte fügte noch hinzu: „Das stimmt! Wer Schlangen tötet, wird unweigerlich von einem Unglück heimgesucht. Laß dich nicht verleiten, eine Python zu töten, als wenn sie etwas wäre, das du ohne Folgen zerstören kannst. Schweigen wir jetzt lieber davon! Wer von uns beiden würde dir überhaupt die Stelle zeigen, wo uns die Schlange begegnet ist, um auch auf sich Unheil zu ziehen?" Als Myombekere merkte, daß er in die Enge getrieben war, sagte er: „Ich habe das nur im Scherz so gesagt. Im Ernst würde ich niemals die überkommenen Gesetze brechen wollen." Nach dieser Herausforderung machte sich Myombekere an seine Arbeit. Er häufte auch das restliche Strauchwerk, das er tagszuvor, bevor ihn das Mißgeschick mit dem Auge traf, gerodet hatte, noch zusammen und setzte es mit Hilfe der mitgebrachten Glut in Brand. Nach kurzer Zeit war alles erledigt. Er ging zu Bugonoka und sagte: „Bibi, ich bin mit meiner Arbeit fertig! Jetzt hast nur noch du zu tun." Bugonoka erwiderte: „Ja, das stimmt! Wir wollen sehen, was Gott mit uns vorhat. Wenn er uns Gesundheit schenkt, werden wir das ganze Feld bestellen. Falls nicht, werden wir eben hinter unseren Mitmenschen zurückbleiben." Als sie zum Himmel blickten, sahen sie, daß es Zeit zum Mittagessen war. Nach dem Essen setzten Bugonoka und die Alte die Feldarbeit bis zum Abend fort.

Die folgenden Tage strengten sich die beiden Frauen sehr an, die Feldarbeit voranzubringen. Bugonoka stand meistens sehr früh auf, wenn ihr Mann noch schlief. Beim ersten Singen der Vögel nahm sie ihren Tonkrug und ging zum See, um Wasser zu holen. Die Hirse hatte sie zu diesem Zeitpunkt meist schon gemahlen. Bei ihrer Rückkehr pflegte auch ihr Mann aufzustehen. Sie reichte ihm Wasser zum Waschen seines Körpers und zum Ausspülen des Mundes. Danach reinigte er die Zähne, indem er auf einem ausgefransten Stöckchen kaute. Falls vom Vortag Gemüse oder Fleischbeilage übrig geblieben war, bereitete sie ihm daraus einen sogenannten Ikingo, d.h. Imbiß. Sie schüttelte gehörig die gesäuerte Milch und füllte sie in verschiedene Gefäße um. Dann ergriff sie ihre Hacke und ging auf das Feld.

Insgesamt legte sie vier Kartoffeläcker an, davon drei alleine. Die alte Frau war nach dem Bepflanzen des ersten Feldes zu ihren eigenen Feldern zurückgekehrt, auf denen sie Hirse anbaute. Auf dem Gehöft von Myombekere hatte sie ja eigentlich nur als Besucherin geweilt.

Als die Hirsebauern ihre Ernte eingebracht hatten, nahm Myombekere einen schwarzen Stier aus dem Gehege. Es handelte sich um ein großes Tier, das man normalerweise für Trauerfeiern aufbewahrt. Jener Stier hatte zwei Höcker. Myombekere nannte ihn Charokoba, d.h. ‚Glückliche Herrschaft'. Nun, er wurde geschlachtet, um gegen sein Fleisch Hirse einzutauschen.

Der Handel ging so vonstatten: Der Verkäufer schnitt ein Stück Fleisch ohne Knochen zurecht, sagen wir von der Größe einer Handfläche. Dafür ließ er sich eine Kalebasse mit Hirse füllen. Wenn diese randvoll war, warf er das Fleisch in den Korb des Käufers. Wer mehr Hirse bot, bekam entsprechend mehr Fleisch.

Für den Verkauf seines Fleisches stellte Myombekere einen gerissenen Mann namens Mpuyangani an. Aus dessen Schlauheit zog er großen Nutzen. Dieser Mann pflegte den Käufern allerlei zu erzählen, so daß sie abgelenkt wurden und nicht bemerkten, wie sie zu viel Hirse in die Kalebasse füllten. Noch ehe sie es gewahr wurden, hatte Mpuyangani die Hirse schon in das Sammelgefäß ausgeleert. Außerdem beredete er die Leute, noch mehr Hirse zu bringen, indem er ihnen vorgaukelte, daß der für den Verkauf bestimmte Fleischvorrat bald zu Ende ginge, weil auch der Eigentümer für sich selbst etwas davon haben wolle. Anderen sagte er: „Jedes Jahr erleben wir einen großen Mangel an Gemüse und Fleisch, die als Beilage für den Hirsebrei in Betracht kommen. Wer Hirseklöße ißt, kennt diese Not und weiß, daß seine Nahrung ohne Beilage nicht schmeckt." Aufgrund solcher Reden drängelten sich die Leute, um Hirse gegen das sehr beliebte fette Fleisch des schwarzen Stieres einzutauschen. Durch ihr Drängeln wurde eine Menge Hirse verschüttet, die auf den Boden fiel. Um auch sie einzuheimsen, hatte der schlaue Mpuyangani eine Rinderhaut auf der Erde ausgebreitet. Durch diesen Trick und dadurch, daß er den Leuten kleinere Fleischstücke gab, als ihnen an sich zustand, erzielte er einen gewaltigen Überschuß an Hirse. Schon nach kurzer Zeit war alles Fleisch verkauft. Als er schon längst kein Fleisch mehr hatte, kamen noch viele, die unverrichteter Dinge mit ihrer Hirse wieder nach Hause gehen mußten. Myombekere entlohnte den Fleischverkäufer Mpuyungani mit einer großen Kalebasse voll Hirse, einem großen Stück Fleisch und zusätzlich mit verschiedenen Innereien. Mpuyugani ging mit seinem Arbeitslohn nach Hause und erfreute sich daran zusammen mit seiner Frau und seinen Kindern. Auch tröstete er sich mit diesen Gaben über die Tatsache hinweg, daß die Leute hinter ihm herredeten, er habe ihnen für ihre Hirse zu wenig Fleisch gegeben.

Als Bugonoka noch dabei war, Kartoffeln zu pflanzen, befaßte sich Myombekere mit einer sehr schweißtreibenden Arbeit am Haus. Er legte nämlich am Rande des Gehöfts eine Bananenpflanzung an. Dafür hatte er sechs verschiedene Gründe:

Erstens dachte er bei sich, daß derjenige, welcher Bananen zur Herstellung von Bier anbaut, von den Herrschern des Landes, d.h. vom König, Dorfvorsteher und von anderen Würdenträgern, höher geachtet wird als andere Menschen.

Zweitens hatte er festgestellt, daß der Besitzer von Bananenstauden auch bei den übrigen Leuten ein höheres Ansehen genoß entsprechend dem althergebrachten Sprichwort: ›Wenn man ein Herr sein will, muß man Bananen anbauen.‹

Drittens hatte er es selbst erfahren, wie derjenige, der Bananen besitzt, das Eigentum eines anderen erwerben kann. Schließlich hatte er ja selbst einen fetten Ziegenbock für 25 Fruchtstände hingeben müssen, als er das Bußbier für den Schwiegervater benötigte, und es gab viele ähnliche Fälle.

Viertens hatte er gesehen, daß man als Eigentümer von Bananen in der Lage war, angesehene Leute auf sein Gehöft zu laden, auch wenn man sonst einen Makel wie etwa Kinderlosigkeit hatte.

Fünftens wußte er, daß hierzulande viele Zeremonien und Gemeinschaftsaufgaben mit Bier besser durchgeführt werden können wie zum Beispiel Hochzeiten, Erntefeiern, Hausbau, Dachdecken, Feldarbeiten oder Bootsbau.

Sechstens hatte er schließlich festgestellt, daß ein Besitzer von Bananenstauden durch den Verkauf ihrer Früchte mehr Einkünfte erzielen konnte als andere Hofbesitzer.

Myombekere lief zunächst weit umher, um Bananenstecklinge zu besorgen. Ohne jegliche Hilfe pflanzte er an den Grenzen seines

Gehöfts dann zweihundert Stecklinge. Da es die Leute nicht gerne sehen, daß jemand eine solche Arbeit ganz allein verrichtet, nahmen sie es nicht schweigend hin. Jeder, der ihn unterwegs traf, versäumte nicht, ihn zu fragen: „Wozu brauchst du all diese Bananenstecklinge, Myombekere? Willst du etwa einen Bananenhain anpflanzen?" Er antwortete dann jedesmal: „Ich möchte sie nur um das Haus herum pflanzen, damit meine Frau Blätter zum Zudecken der Töpfe davon abschneiden kann. Auch denke ich, daß ein Windschutz ihr das Kochen erleichtern würde." Ständig befragten sie ihn und schließlich folgten sie ihm sogar bis zu der Stelle nach, wo er die Stauden anpflanzte. Keiner versäumte es, einen Kommentar abzugeben: „Ei, hier wachsen ja auf einmal Bananen. Sie werden sicherlich gut gedeihen, da der Boden fruchtbar ist. Pflanze nur weiter bis hinter den Termitenhügel, falls dir das Land dort auch noch gehört! Besonders hier, wo das engoro-Gras wächst, ist der Boden gut für Bananen. Hier gedeihen Bananenstauden so gewaltig, daß sie von zwei Männern getragen werden müssen." Myombekere war über dieses Verhalten verwundert und dachte bei sich: „Was haben sie nur? Ist es denn so schwer, jemanden, der in aller Ruhe seiner Arbeit nachgeht, nach dem Austausch der üblichen Grußformeln nicht weiter zu stören? Sie loben meine Arbeit, wenn ich dabei bin. Aber hinter meinem Rücken reden sie darüber und schmähen mich. Was soll ich dagegen tun? Es macht mich krank. Diejenigen, die mir bis hierher folgen, wo ich arbeite, verhalten sich ganz so, wie das Sprichwort sagt: ›Nkulumbilire ensohera y'Egundu. – Diese Leute folgen mir wie die Fliegen im Engundu-Gebiet.‹ Sollten sie dir noch oft auf dem Wege begegnen, wenn du gerade Bananenstecklinge auf dem Kopf trägst, werden sie dich solange befragen, bis du keine Antwort mehr weißt. Sie wollen alles wissen, als ob du hierzulande der erste seist, der Bananen anbaut. Ich wollte meine Arbeit eigentlich ganz allein und in aller Ruhe verrichten. Aber viele tun so, als ob sie mitarbeiten. Gehe ich raus aufs Feld, bin ich wirklich allein. Komme ich nach Hause, warten sie schon auf mich. Da gibt es eine besondere Sorte von ungebetenen Teilnehmern. Noch ehe ich das erste Loch für einen Steckling graben kann, schalten sie ihre Mundwerke ein und fangen damit an zu arbeiten:

fyefyefyefyefye – fertig! Dann gibt es aber noch eine zweite Sorte. Sie tragen das Feld in ihrem Mund. Darauf bringen sie die größten Bananen-Fruchtstände hervor, so daß sie von zwei Männern getragen werden müssen. Noch ehe ich das zweite Loch für meine Stecklinge gegraben habe, sind ihre Bananen schon reif, geerntet und zu Bier verarbeitet. Und während ich noch pflanze, haben sie das Bier schon getrunken und dazu ihre Säuferlieder gegröhlt. Nein sowas!“ Um sie zum Schweigen zu bringen, gab Myombekere jedem, der ihm beim Pflanzen Ratschläge erteilen wollte, zur Antwort: „Die Bananen hier haben meine Vorgänger auf dem Gehöft angepflanzt. Ich entferne nur das Unkraut daraus. Wenn diese Arbeit nicht getan wird, erledigt sie sich auch nicht von selbst. Die Leute tragen das, was sie haben. Wenn sie nichts haben, können sie auch nichts tragen. Wenn du einem Hund sagst: ›Tschi, faß‹, dann wird er schnappen, was er gerade vor sich sieht. Um deine Arbeit zu erledigen, mußt du dich ihr täglich widmen! Was macht die Arbeit? – Sie hört niemals auf, mein Freund!“ Dies waren die Worte, die er jedermann offen sagte, aber seine wahren Gründe, weshalb er die Bananenpflanzung anlegte, behielt er für sich.

KAPITEL 12

Myombekere versucht die Unfruchtbarkeit seiner Frau mit Hilfe eines Heilers zu überwinden

Eines Abends, als sie nach der Feldarbeit gemeinsam im Bette lagen, räusperte sich Myombekere, als ob er etwas sagen wolle. Aber er schaffte es nicht und hustete nur. Mit dem Husten schluckte er hinunter, was er eigentlich auf der Seele hatte. Er gähnte, ohne dabei seine Hand oder die gemeinsame Schlafdecke vor den Mund zu halten. Nein sowas! Loo, was sollte das bedeuten? Bugonoka lächelte erst ein wenig darüber, dann wollte sie in lautes Gelächter ausbrechen. Eine innere Stimme riet ihr jedoch zu warten, bis er ausgegähnt hatte. Sie konnte ihm ja auch dann noch ihre Bemerkungen über sein Verhalten mitteilen. Schließlich war er ja nicht im Begriff fortzulaufen! Als sie feststellte, daß er weiter schwieg und dabei mit den Zähnen knirschte, ständig hüstelte und schlucken mußte, fragte sie ihn schließlich, was ihn bedrückte: „Zunächst hast du kräftig geschluckt und dann hast du ausdauernd gegähnt. Eh Bwana, erst wollte ich kräftig loslachen, aber dann mahnte mich eine innere Stimme, es nicht zu tun. Ich sagte mir, auf der Welt gibt es vielerlei Krankheiten. Vielleicht leidet dein Gefährte an etwas, das ihn zu so einem Verhalten zwingt. Es ist besser, du fragst ihn später, wenn es ihm wieder besser geht." Myombekere mußte nun seinerseits lauthals lachen: ha, ha, ha, ha! Bugonoka fiel mit ein, und so lachten sie gemeinsam, bis ihnen die Rippen weh taten. Myombekere lief dabei der Speichel aus dem Mund bis auf das Kopfkissen. Hätte Bugonoka ihn nicht abgewischt, hätte er auf einer nassen Unterlage schlafen müssen. Ihr traten dafür die Tränen aus den Augen und benetzten ihre Seite der Schlafdecke, ohne daß sie etwas dagegen tun konnte. Nachdem sie ausgelacht hatten, sagte Myombekere: „Morgen werde ich mich noch vor Tagesanbruch zum Heiler auf den Weg machen, um ihm zu sagen, daß du zurückgekehrt bist. Während du bei deinen Eltern warst, habe ich ihn schon zweimal aufgesucht. Er hat mich jedesmal aufgefordert bis zu deiner Rückkehr zu warten. Falls er uns jetzt etwas mitzuteilen hat, werde ich dich davon unterrichten. Ist es etwa nicht recht, sich in dieser Welt um Nachkommenschaft zu kümmern?" Bugonoka stimmte ihm zu: „Wer will schon ohne Kinder sein. Insbesondere wir Frauen wünschen uns Kinder. Wenn ich daran denke, kinderlos zu sterben, ohne jemanden, der meine Leiche zu Grabe trägt, also wie ein Hund, der von wilden Tieren gefressen wird, dann packt mich Verzweiflung. Aber die Seele ist etwas Kostbares, deswegen kann man sich nicht selbst den Hals zudrücken. Der Wert der Seele hindert einen daran, Selbstmord zu begehen, so daß wir warten, bis die Stunde des Todes von selbst gekommen ist." Myombekere antwortete ihr: „So etwas kommt vor, meine Frau. Kennst du etwa keine anderen Leute hierzulande, die kinderlos sind?" Sie erwiderte: „Das sagst du nur, weil du ein Mann bist. Du kannst immer noch mit einer anderen Frau Kinder zeugen. Aber woher soll ich welche bekommen? Es stimmt: gelegentlich begegne ich unfruchtbaren Frauen. Aber sie haben alle schon einmal versucht, mit Hilfe von Heilern davon loszukommen. Ei Bwana, wie kannst du wissen, daß du wirklich unfruchtbar bist, solange du es nicht mit einer anderen Frau versucht hast?" Danach sprachen sie weiter über ihr vornehmliches Ziel, wie Bugonoka mit Hilfe eines Heilers ihre Kinderlosigkeit überwinden könnte. Sollten sie bei dem einen Heiler keinen Erfolg haben, wollten sie zu einem anderen gehen. Und so fort, bis sie es mit allen Heilern des Kerewe-Landes versucht hätten. Sie waren sogar bereit, deswegen ins Ausland zu gehen. Wenn die Leute sagen sollten, da und da wohnt ein Arzt, der wegen seiner Erfolge bei der Heilung von Unfruchtbarkeit berühmt ist, dann wollten sie sich dorthin begeben. Über diesem Gespräch schliefen sie schließlich ein.

Am nächsten Morgen ging Myombekere zum Heiler Kibuguma, um ihm mitzuteilen, daß Bugonoka nun wieder zu Hause sei. Er traf ihn dabei an, wie er seinen Patienten Medizin austeilte. Unter seinen Patienten befanden sich Leprakranke, Epileptiker, Geisteskranke und Menschen, denen er wahrsagen sollte. Sie erhielten

Heilmittel zur Einnahme und für Waschungen. Einige hatten starkes Fieber. Andere litten unter Blutarmut, und wiederum andere waren wegen einer Fruchtbarkeitsmedizin gekommen. Manch einer wünschte ein Amulett, um böse Geister oder schwarze Magie damit abzuwenden. Es waren sehr viele Leute anwesend. Als der Heiler alle behandelt hatte, konnte auch Myombekere sein Anliegen vortragen. Kibuguma sagte ihm, er solle mit Bugonoka in drei Tagen zu ihm kommen. Dann wolle er mit der Behandlung anfangen. Myombekere verabschiedete sich und entfernte sich. Als er schon eine Weile heimwärts gegangen war, kam jemand hinter ihm hergelaufen. Kibuguma hatte ihn geschickt, um Myombekere zurückzuholen. Er wollte ihm noch einige Anweisungen geben. Als er wieder bei Kibuguma eintraf, fragte Myombekere ihn zunächst, ob er ihn tatsächlich zurückgerufen habe. Dieser bestätigte es und gab ihm die Anweisung: „Wenn du mit deiner Frau zu mir kommst, bringe Brennmaterial mit, das alles von derselben Sorte Holz ist. Damit will ich eure Medizin kochen. Bring auch einen bisher noch unbenutzten Tontopf mit." Daraufhin verabschiedete sich Myombekere zum zweiten Mal und kehrte in sein Gehöft zurück.

Zu Hause bot ihm Bugonoka zunächst Kartoffeln und eine kleine Kalebasse mit gesäuerter Milch an. Er aß und, nachdem er gesättigt war, fragte ihn Bugonoka: „Meine Anteilnahme wegen des Ungemachs der Reise! Hast du den Heiler angetroffen? Was hat er gesagt?" Myombekere antwortete: „Er war tatsächlich zu Hause und hatte viele Patienten. Zunächst trug er mir Grüße an dich auf, dann bestellte er uns in drei Tagen zu sich. Du sollst ein Bündel mit Brennholz, das alles von derselben Sorte ist, mitbringen. Außerdem möchte er einen neuen Topf haben, in dem noch nie etwas gekocht wurde." Bugonoka wunderte sich: „Er hat Grüße an mich bestellt, aber kennt er mich denn?" Myombekere erklärte ihr: „Denkst du, daß die Leute nur an jemanden Grüße bestellen, den sie kennen? Ich denke, es ist durchaus üblich, jeden, den man unterwegs trifft und mit dem man Grußformeln austauscht, auch nach seinen persönlichen Verhältnissen zu befragen. Wenn er ein verheirateter Mann ist, kannst du Grüße an seine Frau bestellen, und bei einer verheirateten Frau bestellst du Grüße an ihren Mann." Bugonoka bestätigte: „Ja, du hast recht, genau so ist es!"

Sie zählten den zweiten Tag. Da ging Myombekere früh am Morgen in den Busch und holte den Stamm eines munazi-Baums, nicht zu verwechseln mit der Kokospalme, die im Swahili denselben Namen trägt. Nach dem Frühstück nahm er ein Beil und spaltete damit den Stamm auf. So entstand Brennholz ein und derselben Art. Er umwickelte alles mit einem Strick, so daß es von seiner Frau leicht getragen werden konnte. Am Abend desselben Tages gingen sie zeitig ins Bett. Da sie sie am nächsten Morgen früh zum Heiler aufbrechen wollten, schliefen sie sofort ein.

Schon vor Tagesanbruch stand Bugonoka auf und schüttelte als erstes die gesäuerte Milch. Dann weckte sie das Mädchen, das ihr bei der Arbeit half, und sagte zu ihr: „In diesem Korb befindet sich etwas zum Kochen. Wenn du am Sonnenstand siehst, daß es Zeit zum Kochen ist, schäle die Kartoffeln, wasche sie und setze sie aufs Feuer. Hier ist auch etwas gesäuerte Milch für dich, falls wir nicht rechtzeitig zurück sind." Nach diesen Anweisungen nahmen sie das Bündel Brennholz, den neuen Tontopf und das Entgelt für den Heiler. Dann brachen sie auf.

Schon bei Sonnenaufgang trafen sie beim Heiler ein. Nach der Begrüßung verschnauften sie eine Weile, dann wollte Kibuguma mit der Behandlung anfangen. Er schickte Bugonoka mit dem Brennholz und dem Tontopf ins Haus. Dort warf er das Heilkraut, das er mit einem Breitbeil abgeschnitten hatte, in den Topf und gab etwas Wasser hinzu, bis das Kraut ganz bedeckt war. Dann forderte er Bugonoka auf, den Topf auf die Herdsteine zu setzen und die Kräuter zu kochen. Als die Medizin auf dem Feuer brodelte, wies er Bugonoka an, den Topf vom Feuer zu nehmen und in den Hauptraum des Hauses zu tragen. Dorthin rief er auch Myombekere. Kibuguma hatte den Sud deswegen in den Hauptraum tragen lassen, weil er sehen wollte, ob eine Fliege hineinfiel. Wäre dies geschehen, hätte der Mensch, der ihn gekocht hatte, bestimmt in wenigen Tagen sterben müssen. Aus dem Gegenteil konnte der Heiler ersehen, daß der betreffende Mensch noch viele Tage zu leben hätte. Kibuguma freute sich sehr, als in den Sud, den Bugonoka bereitet hatte, keine Fliege fiel. Er sagte: „Diese Frau hat großes Glück. Ihre Zukunft sieht günstig aus. Ich weiß sogar, warum ihre Kinder stets gestorben sind. Sie hat einen Wurm im Leib, der ‚enzoka y'ihuzi' heißt. Es gibt keinen anderen Grund wie etwa verärgerte Ahnengeister, denen zu opfern ihr vergessen hättet. An dir, Myombekere, haben die Geister nichts auszusetzen. Im Bauch der Frau habe ich zwei Leibesfrüchte gesehen. Die erste ist ein Sohn, die zweite eine Tochter. Bugonoka wird also zunächst einen Sohn gebären, danach eine Tochter." Die beiden glaubten alles, was der Heiler ihnen wahrsagte. Deswegen ermunterten sie ihn auch: „Sag uns mehr" oder „Bring Licht in unsere Zukunft, oh Heiler!" In ihrem Inneren aber waren sie froh über ihre glückliche Zukunft. Vor allem Bugonoka strahlte über das ganze Gesicht. Zwischendrin kamen ihr zwar leise Zweifel, daß es der Heiler nicht ernst meinen könne, dann aber beruhigte sie sich wieder und war bereit zu warten, was die Sonne an den Tag bringen würde.

Nachdem Kibuguma wahrgesagt hatte, rief er seine Frau aus dem Schlafraum: „Weroba, komm und wasch deine Genossin!" Bugonoka und Weroba gingen mit dem Tontopf, in dem sich die Heilkräuter befanden, zu einer Weggabelung. Dort forderte Weroba Bugonoka auf, sich auszuziehen. Bugonoka kauerte sich nackt mitten auf die Weggabelung, und Weroba wusch sie vom Kopf bis zu den Füßen mit dem Sud aus dem Topf. Danach zog sich Bugonoka schnell wieder an, und Weroba goß den Rest der Brühe auf die Stelle, wo zuvor Bugonoka gewaschen worden war. Im Gehöft sagte Kibuguma zu seiner Frau: „Nimm diesen Topf. Er gehört jetzt dir. Für Myombekere und Bugonoka ist er tabu geworden." Weroba nahm darauf den Topf an sich und stellte ihn zu ihren anderen Töpfen. Myombekere übergab Kibuguma das Entgelt für die Behandlung und sagte zu ihm: „Ab heute betrachten wir dich als unseren Heiler, denn du hast erkannt, warum wir bisher kinderlos geblieben sind. Gib uns bitte eine Medizin, die wir zu Hause einnehmen können!" Kibuguma wollte die Bitte erfüllen und schickte darum seine kleine Tochter Bazaraki in den Busch, ein bestimmtes Heilkraut zu suchen. Sie war trotz ihres jugendlichen

Alters schon in die Heilkunst eingeweiht und erledigte alle Aufträge ihres Vaters, ohne einen Fehler zu machen.

Bazaraki nahm das Breitbeil zum Abschaben von Baumrinde und ging sofort in den Busch. An dem ihr bezeichneten Baum schabte sie kleine Rindenstückchen ab, die sie in einem Gefäß auffing, das sie mit der linken Hand hielt. Sie sonderte die Rindenstücke, die mit der Außenseite nach oben in den Topf gefallen waren, aus und warf sie, der Weisung ihres Vaters gemäß, schnell fort. Die anderen, die mit der Innenseite nach oben in den Topf gefallen waren, bewahrte sie, denn sie waren ein geeignetes Mittel gegen Unfruchtbarkeit. Auf dem Rückweg pflückte sie noch einige Bananenblätter zum Verpacken der Medizin.

Im Gehöft prüfte der Vater zunächst das Heilmittel. Dann ließ er es durch seine Tochter einpacken und übergab es seinen Patienten. Zu Bugonoka sagte er: „Wenn du nach Hause kommst, lege die Hälfte der Medizin in eine ausgehöhlte Kürbisfrucht, die weder sauer noch bitter ist. Die andere Hälfte lege zum Trocknen in die Sonne! Das Mittel im Kürbis bedecke randvoll mit Wasser. Davon sollst du zweimal täglich trinken, morgens kurz vor Sonnenaufgang und abends kurz nach Sonnenuntergang. Zum Trinken sollst du dich in die Tür hocken und nach Osten schauen. Wenn du merkst, daß das Heilmittel seine Kraft verliert, gieße es dort aus, wo die Menschen üblicherweise ihr großes Geschäft verrichten. Ist die Medizin aufgebraucht, komm eilends zu mir und hol dir neue. Wenn du krank bist, kann sie auch dein Mann für dich holen. Das macht nichts. Ihr dürft unter keinen Umständen mit anderen außerhalb der Ehe Verkehr haben. Sonst wird das Mittel wirkungslos. Ihr seid beide noch jung. Wenn ihr nicht auf Seitensprünge verzichten könnt, dann sagt es mir aufrichtig, damit ich meine Medizin nicht verschwende. Falls ihr jetzt noch kein Kind zeugen wollt, brauche ich euch die Medizin ebenfalls nicht zu geben, hört ihr?" Myombekere und Bugonoka antworteten ihm sogleich: „Wer will hierzulande denn keine Kinder zeugen? Es ist ein Unglück, wenn man keine Kinder bekommt. Von der Unfruchtbarkeit wollen wir ja gerade befreit werden. Wir bitten dich daher inständig, uns das Mittel zu geben. Die Bedingungen kennen wir nun. Was sollte uns außer unserer Not sonst zu dir getrieben haben? Bis heute haben wir kein lebendes Kind gezeugt. Verständige Leute wie wir werden sich kaum der Lust mit anderen hingeben. Wozu soll das nützen?" Als sie sich nach dieser Rede verabschieden wollten, sagte Kibuguma zu Bugonoka: „Ich habe noch vergessen dir zu sagen, daß du den Teil des Heilmittels aus der grünen Kalebasse nach jedem Trinken neben deinem Bett abstellen sollst, dort, wo dein Kopf liegt. Außerdem wäre es gut, wenn ein Mädchen, das noch keine Regel hatte, dir jedesmal den Trank reichen könnte." Myombekere und Bugonoka versicherten ihm, daß sie zu Hause genau ein solches Mädchen hätten. Er fügte seinen Anweisungen deswegen noch hinzu: „Sag diesem Mädchen, daß es mit dem Gesicht nach Westen blickt, wenn es dir die Medizin reicht. Ihr müßt euch dabei die Rücken so zukehren, daß sie sich bei der Einnahme berühren. Nach dem Trinken soll das Mädchen die Kalebasse wieder an den Platz neben dem Bett stellen." Danach verabschiedeten sie sich endlich von Kibuguma und seiner Frau Weroba und kehrten in ihr eigenes Gehöft zurück.

Zu Hause setzte Bugonoka die Medizin genau nach Anweisung des Heilers in einer grünen Kalebasse an. Dann rief sie ihr Hausmädchen herbei, das ebenfalls Bazaraki hieß, ließ sie das Gefäß nehmen und ihr damit ins Schlafzimmer folgen. Dort wies sie das Kind an, im Boden an der Seite, wo ihr Kopf zu liegen pflegte, eine kleine Vertiefung zu graben und das Gefäß mit der Medizin dort hineinzustellen. Nach Sonnenuntergang rief Bugonoka das Mädchen Bazaraki und erklärte ihr genau, wie sie ihr in Zukunft die Medizin reichen müsse. Nun stand sie an der Tür bereit, während Bazaraki sich rückwärts auf sie zubewegte, bis sich die Rücken beider berührten. Bugonoka trank die Medizin, und das Mädchen wollte sie wieder an ihren Platz im Schlafzimmer stellen. Da es dort schon dunkel war, rief sie Bugonoka zu: „Erhell mir den Platz, damit ich sehen kann, wohin ich die Kalebasse stellen muß!" Bugonoka kam mit einer Fackel und als sie sah, daß das Mädchen das Gefäß mit der Medizin zudecken wollte, schimpfte sie: „Du Dummkopf, decke die Kalebasse nicht zu! Wo hast du je gesehen, daß man Heilmittel zudeckt? Willst du mich verhexen oder bist du wahnsinnig? Mach das nie wieder!" Myombekere, der das Gespräch von der Tür aus mitbekommen hatte, sagte darauf zu Bugonoka: „Ich sage dir ja ständig, daß dieses Kind ein Schwachkopf ist, aber du willst es nicht wahrhaben. Nun, wer von uns beiden hat recht? Dieses Mädchen ist ganz anders als die Tochter von Kibuguma. Jene konnte alle Aufgaben, die ihr vom Vater aufgetragen wurden, richtig erfüllen. Ei, dieses kleine Monster ist genauso wie seine Mutter!"

Am folgenden Tag weckte Bugonoka das Mädchen Bazaraki schon vor Tagesanbruch und ließ sich die Medizin von ihr reichen. Danach verfuhren sie jeden Morgen und Abend so, wie der Heiler es vorgeschrieben hatte.

Als die Medizin aufgebraucht war, ging Bugonoka allein zu Kibuguma, um neue zu holen. In einer kleinen Kalebasse nahm sie etwas Hirse mit. Myombekere mußte zu Hause bleiben, weil er an der Reihe war, seine und der Nachbarn Rinder auf die Weide zu treiben.

Im Gehöft Kibugumas wurde Bugonoka von Weroba in Empfang genommen. Sie übergab ihr die mitgebrachte Hirse als Geschenk. Weroba brachte ihr einen Stuhl nach draußen, und sie setzte sich zu den anderen Patienten in die Morgensonne. Als Kibuguma sie begrüßte, fragte er nach dem Befinden von Myombekere. Bugonoka antwortete ihm: „Es geht ihm gut. Wir wären zusammen zu dir gekommen, wenn er nicht an der Reihe wäre, die Rinder auf die Weide zu treiben." Kibuguma fragte sie nun: „An wieviel Tagen hintereinander treibt man denn bei euch die Rinder auf die Weide, wenn man an der Reihe ist?" Als Bugonoka ihm sagte, daß es an zwei Tagen hintereinander sei, stellte er fest, daß man es bei ihnen nicht anders machte. Die übrigen Patienten bestätigten diesen Brauch und fügten hinzu: „Nur in den Dörfern, wo es wenig Gehöfte mit Rinderhaltung gibt, dauert eine Weideperiode drei oder vier Tage. Die meisten von uns im Kereweland brauchen aber nur zwei Tage hintereinander die Rinder auf die Weide zu treiben. Wenn man vier Tage lang zur Weide gehen muß, ist das fast schon so, als ob man auf einem Einödhof lebt. Man nimmt den muffigen Waldgeruch an, und die Hitze des Tages macht einem allmählich immer mehr zu schaffen." Bugonoka bat den Heiler um weitere Medizin. Der ging ins Haus und brachte ihr ein anderes Heilmittel. Er steckte es in eine kleine Kalebasse und sagte ihr: „Diese Medizin ist nicht wie die erste. Sie soll deine Wurmkrankheit heilen, die bewirkt, daß deine Kinder noch im Mutterleib sterben. Nimm davon soviel, wie in das alte Medizingefäß paßt. Das Mittel wird zusammen mit Hirsebrei eingenommen. Das Mädchen soll den Brei zusammen mit der Medizin für dich anrühren. Wenn sie sieht, daß der Brei kocht, soll sie ihn vom Feuer nehmen, und du sollst ihn aus einem enkomyo-Gefäß, mit dem man sonst Wasser aus dem See schöpft, trinken. Die anderen Vorschriften sind dieselben wie bei der ersten Medizin. Wenn du deine Monatsblutung hast, komm und benachrichtige mich sofort, auch wenn die Medizin noch nicht aufgebraucht ist, damit ich dir dann eine noch andere Medizin geben kann." Beim Abschied sagte Kibuguma ihr: „Grüß mir Myombekere und sag ihm, daß ich keinen Tabak mehr habe."

Weroba nahm die Medizin und geleitete Bugonoka auf den Weg vor das Gehöft. Dort sagte sie ihr: „Nun trag deine Medizin selbst. Ich muß wieder nach Hause, weil ich noch andere Gäste habe. Vorher will ich dir aber ein Geheimnis anvertrauen. Also, nimm dieses Heilmittel unbeirrt ein. Wir haben gestern abend über dich gesprochen. Mein Mann verordnet diese Medizin nicht jeder Patientin so schnell wie dir. Er hätte es auch wahrscheinlich in deinem Fall nicht getan, wenn deine Aussichten nicht so günstig wären. Ich habe noch nie erlebt, daß mein Mann jemanden erfolglos gegen Unfruchtbarkeit behandelt hat. Dein Fall ist ziemlich leicht, weil du schon mal geboren hast. Nur, daß die Kinder nicht lebensfähig waren. Habe also Vertrauen zu meinem Mann und nimm dieses Heilmittel unbeirrt ein, was auch immer geschieht. Wenn Gott deinen Leib erst gesegnet hat, können wir in aller Ruhe darüber sprechen. Komm gut zu Hause an und bestelle deinem Mann meine Grüße!"

Unterwegs dachte Bugonoka über alles nach, was ihr Weroba gesagt hatte. Dabei führte sie Selbstgespräche wie eine Verrückte. Zu Hause stellte sie fest, daß Myombekere mit Kagufwa schon zur Weide gegangen war. Bei dem Mädchen hatte er die Botschaft hinterlassen, Bugonoka solle ihnen das Essen um die Mittagszeit zu einer Weide in der Nähe von Ntambas Gehöft bringen und auch nicht vergessen, ihm seine Sandalen nachzutragen. Er werde nachmittags in ein Gebiet kommen, das voller Dornen sei. Bugonoka machte sich sofort an die Arbeit, für die beiden Viehhüter das Mittagessen zu kochen. Vorher zog sie ihr gutes Reisegewand aus und vertauschte es gegen ihre Arbeitskleidung. Dann ging sie nach draußen, um trockenes Gras zum Anzünden des Herdfeuers und Glut vom Feuer im Rindergehege zu holen. Als sie mit den Händen im Herd die alte Asche beiseiteräumen wollte, schrie sie plötzlich „au!" – „Was ist los", fragte das Mädchen. – „Ich habe mich verbrannt", erwiderte Bugonoka, „weil ich dachte, im Herd sei keine Glut mehr. Sie ist aber noch reichlich vorhanden." Als Bugonoka in den Herd pustete, entflammte sich das Feuer wieder. Sie prüfte, ob irgendwelche Insekten in die Töpfe gelangt waren und setzte sie aufs Feuer. Zur gleichen Zeit mahlte das Mädchen die Hirse, unter welche die neue Medizin gemischt werden sollte. Als sie damit fertig war, reichte sie das Mehl Bugonoka, die es einstweilen wegstellte. Sie mußte zunächst den Hirsebrei für die anderen kochen. Dazu wusch sie sich die Hände, denn es ließ sich nicht vermeiden, daß sie beim Formen der Klöße den Brei mit ihren Fingern anfaßte.

In weniger Zeit, als ich gebraucht habe, um all diese Vorgänge zu beschreiben, hatte Bugonoka den Hirsebrei für die beiden Viehhüter schon fertig. Sie nahm ihn vom Feuer und häufte ihn auf eine Kalebassenschale. Den Brei für die Frauen füllte sie für später in ein anderes Gefäß. Der uralten Sitte gemäß mußten erst die Männer speisen, ehe die Frauen essen durften. Nachdem alles fertig war, rief Bugonoka das Mädchen herbei, ihr beim Tragen von Speisen und Geschirr für die Männer zu helfen. Bugonoka trug die Sandalen ihres Mannes, außerdem den Tontopf mit der Fleischbeilage, die Kalebassenschale mit Hirseklößen und ein Kürbisgefäß mit Wasser. Das Mädchen trug eine große Kalebasse mit gesäuerter Milch für Myombekere und eine zweite Kalebasse für Kagufwa. So machten sich beide auf den Weg in die Gegend, wo Ntamba wohnte.

Sie trafen die beiden Männer im Schatten eines großen Baumes.

Alle Rinder hatten sich um sie herum gelagert um zu ruhen. Die Frauen breiteten die Speisen aus, und die Männer aßen. Erst als das Eßgeschirr beiseite geräumt war, sagte Myombekere zu Bugonoka: „Pole na safari yako – meine Anteilnahme wegen der Mühsal der Reise. Hast du den Heiler angetroffen? Hat er dir eine Medizin gegeben?“ Bugonoka erwiderte ihm: „Ich habe ihn persönlich angetroffen. Er hat mir eine Medizin gegeben, die anders ist als die vorherige. Heute abend werde ich dir erzählen, was mir Kibugumas Frau außerdem noch gesagt hat.“ Danach sammelten Bugonoka und das Mädchen das Eßgeschirr ein und begaben sich auf den Heimweg. Als sie noch in Hörweite waren, kam ein Mann vorbei, der Myombekere grüßte: „Pole na uchungaji, meine Anteilnahme wegen des Weidens, Bwana!“ Myombekere antwortete ihm scherzend: „Wir fahren mit dieser Tätigkeit unverdrossen fort, auch wenn die Rinder sich am Gras sattfressen, während wir Hunger haben.“ Bugonoka und das Mädchen mußten über diese Grußantwort lachen.

Als die Sonne sich senkte, führten Myombekere und Kagufwa die Rinder von der Weide. Die Eigentümer nahmen ihre Tiere in Empfang; mit dem Rest der Herde kehrte Myombekere in sein eigenes Gehöft zurück. Nach dem Melken und Abendessen drängte Myombekere seine Frau: „Mache das Bett zurecht. Ich will schlafen.“ Da er den ganzen Tag hinter den Tieren hatte herlaufen müssen, war er rechtschaffen müde. Bugonoka säuberte die Schlafdecke aus Leder, und Myombekere stieg sofort ins Bett. Bugonoka räumte nur noch das Eßgeschirr weg, dann folgte sie ihm. Myombekere fragte sie sofort, was ihr die Frau des Heilers denn Wichtiges gesagt habe. Bugonoka berichtete ihm darauf alles der Reihe nach, was sich bei Kibuguma zugetragen und welches Geheimnis ihr Weroba anvertraut hatte, nämlich, daß sie das Heilmittel unbeirrt einnehmen solle. Und sie erzählte weiter: „Ich habe lange darüber nachgedacht, was Weroba eigentlich sagen wollte, als sie mir in Form eines Geheimnisses anvertraute, was mir ihr Mann ohnehin schon gesagt hatte. Was heißt ‚unbeirrt einnehmen‘? Ich habe es nicht begriffen und wollte schon zu Kibuguma zurückkehren, um ihn nochmals zu befragen. Eine innere Stimme hielt mich jedoch davon ab. Außerdem wollte ich dich und Kagufwa nicht mit dem Essen warten lassen. Ich sagte mir, zu Hause könnte ich alles in Ruhe mit dir besprechen." Myombekere erwiderte darauf: „Es sind also die Worte Werobas, du solltest die Medizin unbeirrt nehmen, die dich unsicher gemacht haben?" Bugonoka stimmte zu: „Ja, so ist es! Schließlich sollen hierzulande ja schon Leute durch die Einnahme von Medizin gestorben sein. Aber selbst wenn man nicht davon stirbt, kann man von einer Medizin für immer entstellt werden. Aus dieser Furcht heraus sage ich dir dies alles, mein Mann. Wenn man zu zweit lebt, besteht eine enge Bindung, die es einem ermöglicht, schwierige Dinge besser zu erkennen, getreu der alten Spruchweisheit: ›Einer allein kann sich nicht unterhalten. Zwei verstehen sich. Drei stellen einander nach, und vier entwickeln gemeinsam viel Böses.‹" Myombekere beruhigte sie: „Meiner Meinung nach wollte dir Weroba nur sagen, du solltest die Medizin regelmäßig einnehmen, das heißt auch nicht einen einzigen Tag damit aussetzen. Wie kannst du nur Zweifel bekommen, wo du doch alles vom Heiler selbst gehört hast? Wäre ich allein dorthin gegangen und hätte dir die Verordnung überbracht, dann hättest du dir noch mehr Gedanken gemacht als jetzt schon, wo du alles aus erster Hand weißt. Sag mal, hast du das Heilmittel denn heute schon eingenommen?" Bugonoka bestätigte dies. Myombekere aber war skeptisch: „Ehee, vielleicht stimmt es ja, vielleicht aber auch nicht! Hast du es wirklich in aller Ruhe einggenommen bei all deinen Hintergedanken?" Bugonoka erwiderte: „Ich habe es wirklich eingenommen. Laß deine Zweifel! Wenn Bazaraki noch wach wäre, könnte sie dir alles bestätigen. Sie hat nämlich die Medizin angerührt." Myombekere glaubte ihr nur halb: „Na gut, wenn es uns vergönnt ist aufzuwachen, werden wir morgen weitersehen." Mit diesen Worten schlief er ein, denn er war von der Tagesarbeit sehr müde.

Am nächsten Morgen fragte er tatsächlich Bazaraki aus. Und als sie ihm alles so bestätigte, wie Bugonoka es ihm gesagt hatte, erwiderte er: „Es war also tatsächlich so. Ich dachte gestern abend, sie hätte mir nur Lügen erzählt." Bugonoka sagte dazu: „Laß mich dir alles zeigen!" Sie holte die Kalebasse mit dem Rest der Medizin und rief das Mädchen, damit sie ihm zeigen sollte, wieviel Medizin sie dem Gefäß tagszuvor entnommen hatte. Myombekere betrachtete alles sorgfältig und sagte dann: „Nun gestehe ich zu, daß du die Wahrheit gesagt hast. Hätte ich es nicht mit eigenen Augen gesehen, hätte ich immer noch meine Zweifel." Anschließend beauftragte Bugonoka das Mädchen, ihr die Dosis für den Morgen anzurühren und vor Myombekeres Augen nahm sie den Trank zu sich.

Danach strengte sie sich mächtig an, das Frühstück für die Hüter zu bereiten. Weil die Sonne inzwischen aufgegangen war, beeilten sich ihre Leute, die Rinder aus dem Gehege zu lassen. Wer seine Rinder nicht rechtzeitig herausläßt, wird von den Genossen der Weidegemeinschaft übergangen. Sollte er sich verspäten, würde ungefragt ein anderer für ihn einspringen und er müßte warten, bis er mal wieder an der Reihe wäre. Myombekere und Kagufwa beeilten sich also, die Rinder sofort nach dem Frühstück auf die Weide zu führen. Am Wegesrand warteten die Leute schon mit ihren Rindern auf sie. Man übergab ihnen die Tiere mit den Worten: „Myombekere, übernimm unsere Rinder! Wir überlassen sie dir in unversehrtem Zustand. Sollte dir eins entlaufen und verlorengehen, bist du dafür verantwortlich. Auch wenn eins von wilden Tieren gefressen werden sollte, wisse, daß du haftbar bist, denn heute bist du an der Reihe, die Tiere zur Weide zu führen." Myombekere erwiderte diese Ermahnungen mit den Worten: „Gott schütze mich vor solchen Zwischenfällen! Ihr Männer, es gibt keinen vollständigen Schutz vor Unfällen. Das betrifft auch die Rinder. Deswegen wiederhole ich es nochmals: Gott schütze mich vor solchen Zwischenfällen, ihr Kinder, die ihr von rechtmäßigen Eltern abstammt!" Er drängte Kagufwa, die Rinder schnell auf die Weide zu treiben, solange es noch früh wäre. Nachmittags wollten sie die Tiere zur Tränke am See führen. An diesem Tage weideten sie die Tiere an einem anderen Ort, also nicht in der Nähe des Gehöfts von Ntamba.

Nun, da Weidegefährten genauso viel reden wie die Holzfäller im Wald, gäbe es viel zu erzählen. Wir wollen aber nicht klatschen, damit man uns nicht zur Strafe zu den Ameisen sperrt. Laß uns lieber von Bugonoka berichten!

Nachdem die Männer mit den Tieren auf die Weide gezogen waren, begann sie die Hirse zu reinigen, denn die gekaufte Hirse war stark mit Sand und Insekten verschmutzt. Sie rieb die Hirsekörner mit Blättern vom entobotobo-Baum ein, um die Insekten, die die Körner anfressen und zum Faulen bringen, daraus zu entfernen. Dann holte sie eine Worfelschale aus dem Haus, um Sand und Spreu aus der Hirse zu schütteln. Die gesäuberte Hirse lagerte sie einstweilen im Haus, da sie das Getreide normalerweise nur vor Tagesanbruch mahlte, denn auf Helligkeit kam es dabei nicht an. Jetzt waren andere Arbeiten wichtiger.

Sie schickte Bazaraki zur Frau Kanwaketas, um bei ihr getrocknete Maniokschnipsel zu leihen, die sie mit den Hirsekörnern vermischen wollte. „Sag ihr, daß meine Schnipsel noch im Speicher liegen. Ich werde sie gleich hervorholen und in der Sonne trocknen. Morgen können wir ihr dann die geliehene Menge zurückgeben." Während Bazaraki unterwegs war, setzte sich Bugonoka an die Haustür und flocht eine Korbschale.

Nach einiger Zeit kam Bazaraki mit einem Korb, randvoll mit Maniokschnipseln gefüllt, zurück. Sie kniete nieder und überreichte den Korb Bugonoka. Darauf unterbrach sie ihre Flechtarbeit und prüfte mit den Fingern, ob die Schnipsel auch trocken genug wären. Da das ihrer Meinung nach nicht der Fall war, schickte sie Bazaraki ins Haus, flache Korbschalen zu holen, um darin die Maniokschnipsel in der Sonne auszubreiten. Erst danach fragte sie das Mädchen: „Warum bist du solange fortgeblieben. War Kanwaketas Frau etwa nicht zu Hause?" – „Doch", erwiderte das Mädchen, „sie war zu Hause, aber sie beschäftigte sich gerade damit, die Schlafdekke auszubessern. Es hatte sich ein Stück aus der Randverzierung gelöst. Als ich kam, war sie dabei, einen entsprechenden Flicken aus einem Stück Leder auszuschneiden."

Am frühen Nachmittag beendete Bugonoka ihre Flechtarbeit und trug sie ins Haus. Dort setzte sie sie zwischen den beiden Stützpfeilern ab, die auf Kerewe seit alters her ‚embagabagyo' genannt werden. Die Werkzeuge zum Flechten hingegen legte sie ordentlich neben den Mahlstein. Dann ergriff sie einen Tonkrug, um Badewasser vom See zu holen. Bazaraki begleitete sie dabei mit einer Kalebasse. Nach dem Wasserholen trug Bugonoka die Maniokschnipsel ins Haus. Sie zerkleinerte sie dort mit einem Stein und mischte sie unter die Hirse, mit der zusammen sie anderntags noch vor Sonnenaufgang gemahlen werden sollten. Anschließend gab sie Bazaraki den Auftrag, die Kälber loszubinden und das Geschirr zum Schütteln der gesäuerten Milch bereitzustellen.

Gegen Abend setzte sie einen Topf aufs Feuer und machte vorsorglich Wasser heiß. Sie wollte ihren Mann nach der schweren Arbeit auf der Weide keinesfalls mit dem Essen warten lassen. Es geschah selten auf dem Gehöft, daß eine Mahlzeit verspätet eingenommen wurde, und dann gab es immer einen triftigen Grund. Myombekere aß meistens bei sich zu Hause. Die Leute redeten daher schon über ihn: „Myombekere möchte abends nicht bei anderen Leuten essen. Hat er vielleicht Angst, verhext zu werden? Er ißt nicht mal etwas, wenn man ihn zum Bier einlädt. Er sagt dann immer zu seiner Entschuldigung, daß er nicht wegen zweierlei gekommen sei, und besteht darauf, nur Bier zu trinken. Vielleicht ist er auch nur geizig und will sein eigenes Essen nicht mit anderen teilen!" Zu jener Zeit hatten viele Leute Angst davor bei anderen zu essen, um nicht verhext oder vergiftet zu werden. Sie wollten auch nicht als jemand bezeichnet werden, der es darauf anlegt, bei anderen zu essen.

Bei der Rückkehr von der Weide brachte Myombekere einen Baumstamm mit, um daraus Brennholz zu hacken. Das gehörte damals zu den Aufgaben eines Mannes. Als Bugonoka sah, daß ihr Mann eine so schwere Last trug, stand sie schnell auf, um seine Waffen in Empfang zu nehmen. Er setzte sich gleich und bat um Wasser. Bugonoka reichte es ihm und brachte auch Kartoffeln und gesäuerte Milch zum Abendessen. Danach gingen sie sofort zu Bett und schliefen durch bis zum anderen Morgen.

Wie es ihre Gewohnheit war, stand Bugonoka schon früh auf, um als erstes die gesäuerte Milch zu schütteln. Dann ging sie mit einer Tonscherbe nach draußen, um Glut vom Feuer im Hof zu holen. Dabei hörte sie vom Rinderpferch her das ununterbrochene Muhen einer Kuh. Und als sie nach der Ursache sah, fand sie, daß eine der Kühe gekalbt hatte. Sofort unterrichtete sie ihren Mann davon: „Myombekere, steh auf und schau selbst nach! Eine deiner Kühe hat soeben ein Kalb geworfen!" Noch vom Bett aus fragte er zurück: „Welche Kuh hat gekalbt?" – „Die aschfarbene!" – „Was für ein Kalb hat sie geworfen?" – „Das weiß ich nicht, da ich es nur von Ferne gesehen habe, als ich gerade einen Feuerbrand zum Räuchern der Milchgefäße holen wollte." Da stand Myombekere auf und ging selbst zum Pferch. Er nahm die Dornenreiser beiseite, die den Eingang versperrten, und fand richtig die graue Kuh, die ihr soeben geworfenes Kalb sauberleckte. Myombekere beugte sich über das am Boden liegende Kalb und stellte fest, daß es männlich war. Sein Fell war schwarz-weiß gefleckt. Er verkündete darauf Bugonoka: „Sie hat nur ein Bullenkalb geworfen!" Worauf ihm Bugonoka antwortete: „Ei, ein Bullenkalb ist auch ein Rind. Nimm an, womit dich Lyangombe, der Geist des Buschlandes, gesegnet hat! Was bleibt dir schon anderes übrig?" Myombekere gab zu: „Ja, das stimmt! Aber trotzdem ist es nicht gut! Ich hatte schon gehofft, daß die Kuh, nachdem sie zuerst ein weibliches und danach ein männliches Kalb geworfen hatte, diesmal wieder ein weibliches Kalb werfen würde. Loo, mit dieser Kuh erziele ich keinen besonderen Gewinn. Wie soll eine Herde wachsen, wenn immer nur Bullenkälber geboren werden?" Bugonoka hielt dagegen: „Aber hierzulande sind Bullen doch auch ganz nützlich. Man kann sie als Zahlungsmittel gebrauchen, zum Beispiel, wenn eine Mitgift fällig ist oder Schulden abgetragen werden müssen. Sieh, als du den Bullen Chakokoba geschlachtet und sein Fleisch verkauft hattest, waren auf einmal all deine wirtschaftlichen Schwierigkeiten beseitigt!" Myombekere sah dies ein: „Das ist alles richtig, meine Frau. Was können wir schon machen? Wir müssen das, was Gott uns schenkt, mit beiden Händen annehmen." Myombekere trug das neugeborene Kalb auf seinen Armen zur Grasfläche vor dem Haus. Dort legte er es nieder. Die Mutter folgte ihm auf dem Schritt, wobei sie ständig muhte. Auf dem Gras fuhr sie fort, ihr Kalb sauber zu lecken. Myombekere bat seine Frau um Wasser, damit er Blut und Schleim von der Berührung mit dem Kalb von sich abwaschen könne. Sie brachte es ihm und goß es in einen ausgehöhlten Stein, in dem er sich wusch.

Aus dem vom Vortag übrig gebliebenen Gemüse bereitete Bugonoka ihrem Mann einen kleinen Imbiß, auf Kerewe ‚ikingo' genannt. Danach nahm sie ihre Hacke, um den Kartoffelacker zu jäten. Myombekere ließ Kagufwa nachsehen, ob die Kuh, die gerade geworfen hatte, schon die Nachgeburt herausgebracht hätte: „Wenn das der Fall ist, nimm die Nachgeburt und wirf sie in den Busch, damit die Geier und Hyänen sie dort fressen können. Bring dann die Rinder zu dem, der heute mit Hüten an der Reihe ist!" Der Junge hängte die Nachgeburt über einen Stock, den er schulterte. Kurz darauf fiel sie zu Boden. Myombekere brüllte ihn an: „Du Trottel, weißt du nicht einmal, wie man eine Nachgeburt richtig trägt? Du Dummkopf, gib mir den Stock! Ich will es dir zeigen! Sieh, wenn du sie so trägst, kann sie nicht herunterfallen, wie weit du auch damit gehen mußt. Nun nimm sie und bring sie schnell fort! Danach mußt du noch die Rinder zum Hirten führen und mir auf dem Rückweg mein Buschmesser von Kanwaketa mitbringen!"

Myombekere band die Kuh, die geworfen hatte, mit einem Seil an. Das neugeborene Kalb stand bereits wackelig auf seinen Beinen. Dann nahm er seine Hacke, um bei den Bananen Unkraut zu jäten.

Es war Regenzeit, wo das Unkraut besonders schnell wächst. Nachts regnete es meistens. Es stürmte auch oft. Im allgemeinen fiel auf der Kerewe-Insel viel Regen, so daß die Flüsse und Bäche niemals austrockneten. Das ganze Jahr über floß Wasser zum See. Deswegen legten die Bewohner in den Flüssen Fischfallen aus, mit denen sie ebigugu- und enkorobondo-Fische in großer Zahl fingen. Letztere werden von den Frauen nicht gegessen, weswegen das Sprichwort sagt: ›Der enkorobondo-Fisch trinkt kein Flußwasser.‹ Dabei leben diese Fische immer im Fluß oder See. Wer hat schon Fische gesehen, die sich wie die Vögel in der Luft aufhalten?

Als Myombekere bei den Bananen tätig war, kamen Fremde auf sein Gehöft und fragten: „Ihr Kinder, wo ist Myombekere hingegangen?" – „Er ist zum Jäten gegangen!" – „Und wo jätet er?" – „Bei den Bananen!" – „Ist vielleicht die Frau des Hofherrn zu Hause?" – „Nein, sie jätet den Kartoffelacker." So gingen die Fremden dorthin, wo Myombekere arbeitete. Als sie näherkamen, sagten sie zur Begrüßung: „Unseren Glückwunsch zu dem vielen Bier, Bwana!“ Er entgegnete: „Eigentlich trinken wir nur Wasser!“ Nachdem sie wie üblich Neuigkeiten ausgetauscht hatten, fragte Myombekere: „Welcher Wind treibt euch hierher?“ Sie antworteten: „Der Südwind und der Ostwind. Wir sagten uns, laßt uns die Leute besuchen, bevor sie mit dem Pflanzen beginnen, und nach heiratsfähigen Töchtern bei ihnen Ausschau halten.“ – „Nun, habt ihr keinen Erfolg gehabt?“ Die Fremden erwiderten: „Man hatte uns geraten, zum Gehöft deines Nachbarn zu gehen. Dort soll es angeblich eine unverheiratete Frau geben. Wir haben aber nur eine Greisin angetroffen, die uns berichtete, daß mit Ausnahme eines Sohnes, der am See nach den Reusen schaue, alle Bewohner des Gehöfts zu einem kranken Onkel gegangen seien, daß das Mädchen also die Nacht nicht im Gehöft verbracht habe.“ Myombekere sagte: „Also um Kanwaketas Tochter wollt ihr freien! Sie ist schon einmal geschieden. Vielleicht habt ihr ja mehr Kraft, sie bei euch zu halten.“ Die Fremden lächelten und sagten: „Du hast deine Bananen wahrlich fachmännisch gepflanzt! Der Boden ist gut. Gib nicht auf! Später wirst du Bier in Hülle und Fülle brauen können.“ Dann verabschiedeten sie sich: „Bwana, fahre so mit der Arbeit fort! Wir werden wiederkehren, wenn die junge Frau zum Gehöft ihrer Eltern zurückgekehrt ist.“ Myombekere entgegnete ihnen: „Na-'am, tut das, denn unsere Altvorderen haben gesagt: ›Wer etwas haben will, das unter dem Bett ist, muß sich schon bücken!‹“ – „Ndugu yetu, unser Bruder, so wird es wohl sein“, erwiderten sie und gingen von dannen.

Als Myombekere Hunger verspürte, ging er ins Gehöft. Bugonoka wollte gerade den Jungen nach ihm schicken. Stattdessen gab sie nun dem Mädchen den Auftrag, die Hacke von ihrem Mann entgegenzunehmen. Dann teilte sie das Essen aus. Es gab Maniok und Bohnen.

Nach dem Essen brachte Myombekere die Kuh, die in der Frühe geworfen hatte, zur Tränke an den See. Er selbst benutzte auch die Gelegenheit zu einem Bade. Auf dem Rückweg traf er eine Frau namens Kasigwa, die ihn fragte, ob seine Kuh geworfen hätte. Er bejahte dies, und sie fuhr fort: „Als ich gestern an der Reihe war, die

Rinder zu weiden, machte die Kuh einen unruhigen Eindruck. Ich dachte aber nicht, daß sie vor der Geburt stünde. Offenbar hatte sie aber da schon Wehen." – Darauf er: „Ihr Gebärerinnen habt doch viele Schwierigkeiten!" – Kasigwa antwortete ihm: „Wehen bedeuten Schmerzen! Ich versichere dir, würden die Wehen mehr als zehn Tage oder noch länger dauern, würden wir keine lebenden Kinder mehr zur Welt bringen, sondern sie, vor Schmerzen sinnlos geworden, töten." – „Oh Schreck, sind Wehen so gefährlich?" fragte er zurück. – Kasigwa gab ihm folgende Erklärung: „Zu einer weiblichen Leibesfrucht gehören ihre ganz bestimmten Wehen, und eine männliche Leibesfrucht ruft eine andere Art Wehen hervor. Auch wenn man mehrmals geboren hat, kann man nicht sagen, daß man sich daran gewöhnt und deswegen keine Schmerzen mehr empfindet. Gott hat das sehr merkwürdig eingerichtet! Ihr Männer glaubt, daß Frauen aus Feigheit Angst vor dem Gebären haben und nicht weil es in Wirklichkeit so schwer ist." Nach diesem Gespräch ging Kasigwa zum See hinunter, um Wasser zu schöpfen, während Myombekere seine Kuh nach Hause trieb. Unterwegs dachte er bei sich, daß ihm diese Frau wirklich ein Geheimnis offenbart habe, von dem die Männer keine Ahnung hätten.

Im Gehöft traf er Gwaleba an. Nachdem sie einander begrüßt hatten, fragte Myombekere ihn: „Wie kommt es, daß wir uns solange nicht gesehen haben? Bist du verreist gewesen?" Er antwortete: „Ich bin zur Zeit nur noch zum Schlafen in meinem Gehöft. Tagsüber halte ich mich am Hof des Königs auf. Zwei Tage, nachdem ich dich letztes Mal besucht habe, kam ein Bote zu mir und teilte mir mit, der Omukama wolle mich sehen. Ich bekam Angst und dachte, wie viele Tage schon vergangen waren, seit ich die schönen Geschenke vom Königshof aufgebraucht hatte. Schnell nahm ich also meinen Lederumhang und begab mich zum König. Ich begrüßte ihn knieend, indem ich in die Hände klatschte. Dann hockte ich mich an die Seite. Nach einiger Zeit rief er mich vor sich: „Gwaleba!" Ich erschrak und antwortete: „Labeka – zu euren Diensten, Bwana!" Der Omukama sagte darauf: „Ich habe dich hergerufen, weil ich eine kleine Aufgabe für dich habe." Mit größtem Respekt in der Stimme antwortete ich: „Ja, Bwana!" – „Kannst du sie erfüllen oder nicht?“ Darauf ich: „Falls ich die nötigen Kenntnisse dafür habe, Herr aller Herren, werde ich sie erfüllen. Falls nicht, ehrenwerter Herr, mögest du einen anderen suchen, der es besser vermag.“ Ich sah flüchtig, wie er seinem Diener Lwambicho ein Handzeichen gab. Dieser näherte sich dem Thron des Omukama und kniete dort nieder. Worauf der König ihm etwas ins Ohr flüsterte. Lwambicho stand auf und blickte suchend in die Runde, bis sein Blick auf den Boten Nsyana fiel, der mich zum Hof gerufen hatte. Nsyana kam auf mich zu und befahl mir aufzustehen. Ich war sehr beunruhigt, denn wie du weißt, schwirren um den Königshof viele Gerüchte von Drohungen, Belästigungen und Totschlag. Als wir die Hecke des Naruzwi erreicht hatten, das heißt die Hecke, die das königliche Schlafhaus umgibt, kam uns der Omukama selbst nach. Als ich den König so schnell auf mich zukommen sah, bin ich fast vor Angst gestorben, zumal als ich auf die beiden Diener Lwambicho und Nsyana blickte und daran dachte, welch große Totschläger sie sind. Den genauen Grund, warum ich zum König gerufen worden war, hatte man mir bis zu jenem Augenblick ja noch verschwiegen. Der König rief zwei weitere Diener herbei. Als ich hinter ihnen herlaufen wollte, wurde ich von einem anderen Diener daran gehindert: „Du hast hier gefälligst zu warten. Der Omukama hat nur seine zwei Diener gerufen!“ Nun, ich wartete, während mir allerlei schlimme Gedanken durch den Kopf gingen. Mit einem Mal hörte ich aus dem Inneren des Schlafhauses dumpfe Geräusche: gunguru, gunguru, bogoto, bogoto. Dann war es ganz still. Wie sich später herausstellte, wurden diese Geräusche durch Tierhäute verursacht, die auf den Boden fielen. Als ich kaum noch stehen konnte vor Angst, rief man auch mich endlich ins Haus. Drinnen erblickte ich die Greisin Nabutuma. Sie ist die Aufseherin des naruzwi-Hauses und überwacht alles, was im Hause geschieht. Es ist ihre Aufgabe, das heilige Feuer zu hüten und die Abwehrmedizinen gegen Schadenszauber zu bewachen. Sie wacht über die Einhaltung der Traditionen und sitzt unmittelbar neben den persönlichen Waffen des Omukama. Sie wies mit der Hand in eine Ecke des Hauses und bedeutete mir, mich dorthin zu begeben. Ich schwitzte am ganzen Körper vor Angst. Offenbar gab es noch mehr

Leute im Haus, die schweigend den Platz beleuchteten, an dem Lwambicho und Nsyana arbeiteten. Aus Furcht habe ich nicht genau erkannt, wieviele es waren. Ich ging also dorthin, wo Lwambicho und Nsyana arbeiteten. Kaum war ich dort, hörte ich die Greisin von der Tür her mit gewaltiger Stimme dem Omukama die Liste seiner Vorgänger aufsagen. Dann brach sie in Lobpreisungen aus:

Möge dir Sieg beschieden sein, du gesunder, tapferer Löwe!
Möge dir Sieg beschieden sein, du Sonne, unser Licht!
Möge dir Sieg beschieden sein, der du neue Kleider spendest!
Möge dir Sieg beschieden sein, der du allen, die nicht deine Feinde sind, Bier ausschenkst!
Möge dir großer Sieg beschieden sein, du Nachfahre von Golita!
Möge dir Sieg beschieden sein, du Nachfahre von Mihigo!
Möge dir Sieg beschieden sein, du Bestrafer aller, die deine Gesetze verletzen!
Möge dir Sieg beschieden sein, du Nachfahre von Bakama, Sohn eines Omukama!

Die Stimme der Alten war so gewaltig, daß sie damit jeden Mann übertraf. Es stimmt, Myombekere, die Leute haben dies immer richtig behauptet. Aber wenn man es noch nie selbst erfahren hat, denkt man, es sei übertrieben oder falsch.

Erst als ich bei den beiden Dienern stand, sah ich den Reichtum der Könige: überall Elefantenstoßzähne, Flußpferdzähne, Hörner vom Rhinozeros, Giraffenschwänze, Kuduschwänze, glänzende Messingreifen, dazu unzählige Felle von Löwen, Leoparden und Geparden. Ich sah viele Dinge, wovon ich nicht einmal die Bezeichnungen kenne. Wer das alles anschaut, dem gehen die Augen über. Schließlich sagte der König: „Nehmt drei Löwenfelle für ihn heraus! Er soll noch heute mit ihrer Bearbeitung anfangen! Ich werde ihm nach und nach weitere zum Aufspannen herausgeben lassen. Nach einer Ruhepause soll er dann nochmals zum Königshof kommen!“

Als ich den Omukama so reden hörte, war ich endlich beruhigt. Aber vorher hatte ich schreckliche Angst. Erst gestern bin ich mit dem Aufspannen der Felle fertig geworden. Das also war meine Tätigkeit in der letzten Zeit. Deswegen haben wir uns solange nicht gesehen. Ich komme nun zu dir, weil ich einen Heißhunger auf ekirangi-Tabak habe." – Es handelt sich um einen Sud aus starkem Tabak in einer kleinen Kalebasse, den man in einer beliebigen Menge langsam in die Nasenlöcher träufelt. – „Von der Stunde, da ich zum König gerufen wurde, bis zum heutigen Tag habe ich keinen Tabak mehr bekommen." Myombekere wies Bugonoka an, Gwaleba sofort die Kalebasse mit ekirangi-Tabak zu holen, und sie tat es. Gwaleba goß sich langsam etwas Tabaksud erst in das eine, dann in das andere Nasenloch. Er spuckte aus und legte den Kopf ins Genick, so daß sein Kinn nach oben ragte. Seine Stimme klang nasal, als er sagte: „Das ist noch echter Tabak. Davon wird einem warm im Körper!" Myombekere fügte hinzu: „Ja, er ist nicht schlecht. Ich habe ihn gestern angesetzt. Als wir nach dem Essen ein wenig davon versuchten, war er so stark, daß wir ihn kaum in der Nase behalten konnten. Er machte uns ganz benommen, und wir mußten hinterher viel Wasser trinken. Ich habe eine Schöpfkelle randvoll mit Wasser auf einen Zug leergetrunken. Meine Frau ebenfalls." Während er das erzählte, fing Gwaleba an zu zittern und zu schwitzen. Mit einem dumpfen Geräusch – puu – fiel er zu Boden. Myombekere rief Bugonoka zu, sie solle schnell Wasser bringen: „Wir müssen Gwaleba damit überschütten. Der Tabak hat ihm die Sinne geraubt!" Bugonoka war sofort mit dem Wasser zur Stelle und übergoß Gwalebas Kopf, Arme und Beine. Nach kurzer Zeit kam er wieder zu sich und sagte: „Also der Tabak ist wirklich stark! Außerdem habe ich ihn zu gierig eingesogen, nachdem ich solange keinen Tabak mehr zu mir genommen hatte. Deine Worte habe ich nur noch verschwommen gehört." Myombekere sagte: „Es war ganz klein gestoßener Tabak, so wenig, daß man nicht einmal eine Hand damit füllen konnte. Ich habe ihn mir auf den Gehöften zusammengebettelt, die ich in letzter Zeit besucht habe." – „Ei, mein Bruder, wenn du noch einen kleinen Vorrat an Tabak hast, gib mir davon, damit auch ich mir zu Hause einen ekirangi-Sud aufgießen kann." Myombekere ging ins Haus und holte ein Paket, in welchem sich nur Tabakkrümel befanden, keine gerollten

Blätter. Davon gab er Gwaleba die Menge, die gerade für eine ekirangi-Kalebasse ausreichte. Gwaleba verabschiedete sich kurze Zeit später und ging nach Hause.

Als er weg war, sagte Bugonoka: „Ich hatte schon Angst, er würde bei uns sterben und man hätte uns die Schuld dafür gegeben. Es wäre schon merkwürdig, wenn jemand wegen des Genusses von ekirangi-Tabak stürbe. Die Leute würden dann bestimmt behaupten, wir hätten ihn verhext." Myombekere pflichtete ihr bei: „Ja, das stimmt! Ich habe mir schon heimlich Vorwürfe gemacht, daß ich ihm überhaupt einen so starken ekirangi-Tabak angeboten habe. Wäre er hier gestorben, hätte man sicherlich Schadensersatz von uns verlangt. Trotzdem gilt, daß man mit solchem Tabak viel Geld verdienen kann, wenn man genügend davon anbaut. Aber unser Freund ist doch ein sehr merkwürdiger Mensch! Warum prahlt er ungefragt mit seinen Erlebnissen vom Königshof? Wenn sich seine Geschichten herumsprechen, kann eine Untersuchung eingeleitet werden, und die Diener des Omukama nehmen ihn fest. Es kann sogar soweit kommen, daß sie ihn töten, weil er die traditionellen Gesetze der Kerewe verletzt hat. Auch wenn man noch so einen großen Appetit auf ekirangi-Tabak hat, sollte man doch nicht ungefragt solche Lügengeschichten auftischen, als wenn man besessen wäre!" Bugonoka beruhigte ihn: „Wahrscheinlich hat Gwaleba sonst ähnliche Ansichten wie du. Hat er dir die Geheimnisse vom Königshof nicht vielleicht nur deswegen anvertraut, weil er dich für seinen Freund hält? Er würde es nicht wagen, anderen so etwas zu berichten. Aber laß uns jetzt davon schweigen, sonst bekommen noch andere die Geschichte mit!"

Als auch die neue Medizin aufgebraucht war, gingen die beiden zum Heiler Kibuguma. Es befanden sich an diesem Tag viele Patienten dort. Weroba gab ihnen daher Stühle und bat sie um Geduld. Nachdem Kibuguma noch einige Patienten behandelt hatte, sagte er zu Bugonoka: „Rück näher zu mir!" Sie nahm ihren Stuhl und setzte sich neben ihn, worauf er sagte: „Nun reich mir deine rechte Hand!" Sie streckte ihren rechten Arm aus mit dem Handrücken nach unten. Er beschaute sich aufmerksam ihre Handfläche und sagte: „Reich mir deinen linken Arm!" Nachdem er auch die linke Handfläche betrachtet hatte, lachte er unvermittelt und rief: „Myombekere, komm mal herüber!“ Als dieser eilig näherrückte, sagte er zu ihm: „Das letzte Mal ist deine Frau allein zu mir gekommen, um eine weitere Menge von dem Heilmittel zu holen, das gestern abend zu Ende gegangen ist. Damals erzählte sie mir, du könntest nicht mitkommen, da du an der Reihe seist, die Rinder eures Wohnorts auf die Weide zu treiben. Ich gab ihr ein Mittel und erklärte ihr, sie solle es unverdrossen und regelmäßig einnehmen. Falls sie inzwischen ihre Monatsblutung bekäme, sollte sie sich sofort mit ihrem Mann bei mir einstellen, auch wenn das Mittel noch nicht aufgebraucht sei. Darauf seid ihr nun heute zu mir gekommen. Diese ihuzi-Wurmart, die ich früher bei ihr festgestellt habe, ist sehr hartnäckig. Heute habe ich nun bei deiner Frau eine weitere Entdeckung gemacht. Sie braucht keine Medizin mehr zu nehmen, muß aber ab sofort vier Talismane an der Hüfte tragen: je zwei am Bauch und am Rücken. Sie sollen mit einer Schnur aus getrockneter Sehne um den Leib befestigt werden. Die Sehne muß von einem sogenannten enkomerano-Rind stammen, das heißt von einem Rind, das durch einen einzigen Schlag am Kopf getötet wurde.“ Und zu Bogonoka gewandt fuhr er fort: „Wenn deine Monatsblutung vorüber ist, sollt ihr miteinander Geschlechtsverkehr haben. Danach werden die Blutungen ausbleiben, weil du schwanger sein wirst. Falls du nicht verhext bist, wirst du einen Sohn zur Welt bringen. Das ist alles, was ich im Augenblick erkenne.“ Und zu beiden sagte er: „Am fünften Tag nach dem Ende der Blutung müßt ihr wieder zu mir kommen. Wir werden dann weitersehen. Habt ihr verstanden?“ Sie antworteten wie aus einem Munde: „Wir haben verstanden, Heiler!“ Darauf rief Kibuguma seine Frau und bat sie, ihm einen bestimmten Zweig zum Abschaben von vier kleinen Amuletten zu bringen, dazu Sehnen der bereits beschriebenen Art und ein Schabemesser aus Metall. Als er alles in seinen Händen hielt, ließ er Bugonoka aus den Sehnen die Schnur zum Tragen der Amulette zwirnen. Er selbst fertigte unterdessen die vier Talismane an, fädelte sie geschickt auf die Schnur, die ihm von Bugonoka gereicht wurde, band diese zu einem Gürtel zusammen und reichte alles Bugonoka. Im Sitzen streifte sie die Gürtelschnur über Kopf und Schultern. Während die Männer zur Seite schauten, lockerte sie geschickt ihren Lederumhang, so daß der Gürtel mit den Talismanen auf ihre Hüften rutschte. Nachdem sie ihre Kleidung wieder geordnet hatte, verabschiedeten sich die beiden von Kibuguma und seiner Frau Weroba.

Unterwegs sprachen sie darüber, welchen Sinn die Schnur mit den Talismanen habe: „Nun, dieser Heiler hat uns die vier Amulette zur Behandlung unseres amakole-Leidens gegeben, das heißt dagegen, daß wir immerfort nur Kinder hervorbringen, die nach der Geburt sterben." Bugonoka meinte noch: „Der Heiler hat zwar nicht erwähnt, daß die Amulette gegen das amakole-Leiden sind, aber nach dem Brauchtum des Kerewe-Landes können sie eigentlich keine andere Aufgabe haben. So wird es wohl sein!"

Zu Hause ging jeder sofort wieder seiner gewohnten Tätigkeit nach. Bugonoka setzte sich neben die Haustür und flocht weiter ihre Korbschale, während Myombekere seine Hacke nahm und zu den Bananenstauden ging. Weil ihr Flechtarbeit auf Dauer Schmerzen im Genick, im Rücken und im Brustkorb verursachte und vorübergehend zu Sehstörungen führte, pflegte Bugonoka das Flechten nach einigen Tagen zu unterbrechen, um sich davon zu erholen. Aber auch dann blieb sie nicht müßig, sondern beschäftigte sich mit anderen Dingen.

Weil sie beide so fleißig waren, liebten sie einander sehr. Gäste, die auf Myombekeres Gehöft kamen, sei es nur für zwei Tage oder aber für einen ganzen Monat, meinten am Ende ihres Besuchs: „Die beiden haben offenbar niemals Streit miteinander, so wie ich es von mir zu Hause oder von anderen her kenne." Sicherlich gab es auch zwischen ihnen Unstimmigkeiten. Das liegt in der menschlichen Natur, wie schon unsere Vorväter sagten: ›Sachen, die sich ganz dicht einander annähern, berühren sich zwangsläufig.‹ Aber da sich die Liebe zwischen Myombekere und Bugonoka aufgrund von gegenseitigem Verstehen und Nachsicht ständig wieder aufrichtete, sah man bei ihnen keine finsteren Mienen oder lange Gesichter, noch nahm man feindseliges Schweigen wahr wie in anderen Gehöften, wo der Gast daran schon nach kurzer Zeit merkt, daß der Hofherr und seine Frau miteinder im Streit liegen.

Hätte der Gast nach den Ursachen des Streites geforscht, wäre er bald dahinter gekommen, daß es dort zwischen den Eheleuten vieles gibt, was sie vor anderen geheim halten. Die Bedeutung des Namens „Myombekere", d.h. „Grundordnung des Gehöfts" gibt uns den Schlüssel zum Verständnis dessen, was sich auf den Gehöften abspielt. Die Gehöfte weisen große Unterschiede auf, und jedes hat seine eigene Grundordnung, die von dem Gehöftherrn ausgeht. So ist es zum Beispiel denkbar, daß ein geiziger Gehöftherr nicht gerne mit anderen teilt oder nicht will, daß auch seine Frau Leckerbissen ißt. Wenn dieses Verhalten der anerkannten Grundordnung auf dem Gehöft entspricht, können Mann und Frau trotzdem friedlich miteinander leben. Oder ein anderes Beispiel: Jemand führt seinen Haushalt, indem er sich täglich laut schreiend mit Frauen und Kindern herumstreitet. Wenn das in seinem Gehöft als Grundordnung gilt, können seine Frauen und Kinder trotzdem gesund und ohne Furcht leben. Noch ein anderer mehrt den Reichtum auf seinem Gehöft, indem er woanders stiehlt. Wenn er den Hof verläßt, weiß man nicht, wohin er geht. Kehrt er mit Fisch, Fleisch und anderen guten Sachen zurück, wird seine Frau sie mit beiden Händen von ihm entgegennehmen und ihre ganze von der Mutter erlernte Kochkunst aufwenden, um diese Sachen zuzubereiten. Und wenn sich die beiden satt daran gegessen haben, sind sie fröhlich. Das entspricht eben der Grundordnung, die vom Gehöftherrn ausgeht.

Schließlich haben aber auch die Frauen ihre Eigenheiten. So gibt es beispielsweise Frauen, die in der Gesellschaft anderer Frauen behaupten, keinen Hunger zu haben, und wenn du ihnen nach dem Wegräumen des Eßgeschirrs ins Haus folgtest, könntest du sie dabei ertappen, wie sie im Stehen hastig allerlei übriggebliebene Leckerbissen in den Mund schieben. Sie gehören zu jener Art Frauen, die nur das kocht, was ihnen selbst am besten schmeckt oder die während des Kochens ständig nascht. Solche Frauen stehen morgens noch vor den anderen auf und essen die Reste vom Vortag, so daß die anderen nichts zum Frühstück bekommen. Sie denken nicht an ihre Männer oder deren Hunger! Eine Frau mit schlechtem Charakter kocht in Abwesenheit ihres Mannes und ißt alles allein auf. Wenn er heimkommt, sagt sie ihm: „Es ist nichts Eßbares im Haus. Heute werden wir wohl ohne Abendessen zu Bett gehen müssen!" Oder sie wird sagen: „Als du den Hof verließest, dachte ich, du seist nur austreten gegangen, und fing an, das Fleisch zu kochen. Nachdem es gar war, setzte ich es vom Herd auf die Erde und ging dir nach um zu sehen, ob dir etwas zugestoßen sei. Als ich wiederkam, hatte ein großer Hund das ganze Fleisch aufgefressen. Fast wäre mein Topf dabei zerbrochen!" Wenn ein solches Verhalten der Grundordnung des Gehöfts entspricht, leben sie trotzdem friedlich miteinander.

Wir wollen nicht alle Untugenden aufzählen. Es könnte sonst peinlich werden. Ohnehin sind sie allen Verheirateten bekannt. Wenn jemand nur lange genug hier im Lande lebt, wird auch er davon erfahren. Bei der Heirat wird er sich an das, was er früher gerüchteweise gehört hat, erinnern und sagen: „Es stimmt tatsächlich, was ich als Kind oft habe erzählen hören. Nun erfahre ich es am eigenen Leibe. Unsere Vorväter meinten dazu: ›Das, worüber die Leute reden, ist entweder schon da oder es kommt noch.‹"

An dem Tag, an dem die anerkannte Grundordnung zerbricht und sich die Eheleute trennen, kommen die Laster von Mann und Frau an die Öffentlichkeit! So wird er vielleicht sagen: „Früher liebte ich meine Frau Kasigwa, von der ich mich getrennt habe, über alle Maßen. Jetzt hat sie mir ein Unrecht zugefügt." Die Anwesenden werden ihn fragen: „Was für ein Unrecht ist es? Handelt es sich um Hexerei oder Diebstahl? Beides ist doch nicht so schlimm!" Der Mann wird ihnen antworten: „So sehe ich das auch." Und wenn sie weiter in ihn dringen, um zu erfahren, welches Unrecht ihm seine Frau denn angetan hat, wird er endlich die Fehler offenbaren, die ursprünglich von der Grundordnung gedeckt waren: „Sie macht ins Bett wie ein neugeborenes Kind und ist so faul, daß sie es nicht einmal fertig bringt sich zu kratzen! Loo, kann man mit einer solchen Frau wirklich verheiratet sein? So ein Makel läßt sich nicht ausgleichen, selbst wenn du reich genug wärest, um ihr jeden Tag eine neue Schlafdecke zu geben. Ihre Faulheit wird dich in große Not bringen, so daß du fast verhungerst." Eine andere Frau, die das mitanhört, wird vielleicht einwenden: „Aber du hast sie doch trotzdem die ganze Zeit lieb gehabt! Wenn das stimmt, würdest du sie nicht mit offenen Armen willkommen heißen, sollte sie heute auf deinen Hof zurückkehren?“ Jener Mann aber wird erwidern: „Auch wenn euch der Gedanke zusagt, mir gefällt er gar nicht! Ich habe euch doch ihre Fehler enthüllt: Sie macht ins Bett und ist schlampig!“ Und die Leute werden bestätigen: „Ja, das hast du uns schon gesagt!“

Auch eine Frau, die aus der ehelichen Gemeinschaft fortläuft, wird ihrem ehemaligen Mann keinen Respekt mehr zollen und offen über seine Ungeschicklichkeiten und Laster reden. Früher galten sie ihr als ein Geheimnis, das zu erwähnen sie sich geschämt hätte. Frage einmal eine Frau, die sich von ihrem Mann getrennt hat, warum sie nicht mehr bei ihm ist! Wenn du ihre Gefühle durch deine Fragen nicht allzu sehr aufwühlst, könnte sich folgendes Gespräch ergeben: Du fragst etwa: „Woran liegt es, daß du nicht mehr bei deinem Mann zu sehen bist?“ Sie wird dann antworten: „Bei meinem Mann? Habe ich denn überhaupt einen Mann?“ – „Nun, der soundso ist doch wohl dein Mann oder? Ich denke ja, vielleicht ist er deswegen dein Mann, weil er dich geheiratet hat.“ Darauf wirst du höhnisches Gelächter ernten: „Hehee ju! Danach zu urteilen ist er tatsächlich mein Mann, aber er hat mich in übler Weise mißachtet! Jetzt bin auch ich der Sache überdrüssig. Selbst die Würmer in meinen Eingeweiden mögen ihn nicht, weil er mich so übel vor den Leuten bloßgestellt hat. Er ist mir zum Feind geworden! Wie konnte er meine Würde vor allen Leuten so verletzten, daß er mich der Hexerei beschuldigte! Weder mein Vater noch meine Mutter kann hexen. Wieso soll ausgerechnet ich eine Hexe sein? Er selbst ist ein Hexer, wie alle wissen. Sogar am Hof des Königs ist es bekannt. Als er um meine Hand anhielt, wurden meine Eltern vor ihm gewarnt: „Was, in eine Familie mit Hexern wollt ihr eure Tochter zur Heirat geben? Wollt ihr sie mit den Geistern vermählen, um so zu Reichtum zu kommen, oder wollt ihr nur irgendwelchen Zauberstückchen beiwohnen?“ Die Eltern gingen den Anschuldigungen nach und sie erfuhren, daß die Familie meines Mannes große Zauberer seien: „Besonders die Mutter dessen, dem ihr eure Tochter zur Frau geben wollt, ist eine Hexe. Sie verbringt keine Nacht zu Hause. Die schwarze Magie liegt in der Familie seiner Mutter. Seine Großmutter wohnte mit ihrem Mann früher am Hofe des Königs. Eines Tages versuchte sie, die Frauen des Königs zu behexen. Dabei sprang sie splitternackt auf dem Vorplatz des Königsgehöfts herum! Wie ihr wißt, haben unsere Könige die Fähigkeit, alle bösen Dinge zu durchschauen. Selbst wenn sich ein Hexer in ein Tier verwandelt, kann ihn der Omukama entdecken und unschädlich machen. Als der König die Großmutter eures zukünftigen Schwiegersohns durchschaut hatte, schoß er einen hölzernen ekituli-Pfeil auf sie ab. Der Pfeil surrte – biii! Dann drang er in ihren Bauch und trat hinten am Rücken wieder aus. Eine Hexe oder einen Zauberer kann man nur mit Holzwaffen verletzen. Bei einer Waffe aus Metall würden sie nichts spüren. Nachdem der König sie richtig getroffen hatte, rühmte er sich in der Nacht und fluchte hinter der Hexe her: „Laß mich in Zukunft in Ruhe, du Hündin! Komm ja nicht wieder splitternackt hierher, um meine Frauen zu behexen!“ Die Hexe stürzte davon zum Haus ihres Mannes. Es war um die Zeit, als die Hähne zum ersten Mal krähten. Ihr Mann schlief wie ein Toter und bemerkte nichts. Der Hof des Omukama aber wurde kurz darauf von Unheil befallen. Erst starb ein Kind, dann fand noch ein Kind den Tod. Und als alle an der Trauerfeier für das zweite Kind teilnahmen, starb plötzlich sogar eine Frau des Omukama. Man befragte die Wahrsager, und dabei stellte sich die Schuld der Großmutter eures zukünftigen Schwiegersohns heraus. Sie wurde ergriffen und auf Befehl des Königs im Wald umgebracht. Die übrige Familie mußte das Gebiet des Königshofs verlassen. Die Mutter des zukünftigen Schwiegersohns war damals bereits im heiratsfähigen Alter. Auch der Vater dessen, dem ihr eure Tochter geben wollt, hat einen Makel. Man sagt, er verwandele die Seelen Verstorbener in Geister. Wenn ihr jetzt immer noch eure Tochter diesem Manne zur Frau geben wollt, könnt ihr hinterher nicht sagen, ihr hättet nichts gewußt.“ Es kamen aber andere Leute, die meinen Eltern einreden konnten, daß alles nur Verleumdung und Mißgunst sei. So verheirateten sie mich mit dem Bewerber. Seither ist mein Ruf dahin, denn mit seiner Familie stimmt tatsächlich etwas nicht. Also hör einmal, mein Mann steigt nachts zu den Frauen anderer oder er öffnet ihnen die Tore zu seinem eigenen Gehöft. Er hat schon angefangen zu stehlen, als er noch von seiner Mutter auf dem Rücken getragen wurde. Er kann das Eigentum eines anderen einfach nicht liegen lassen, ohne es an sich zu nehmen. Oft geht er des Nachts an den See zu den Reusen der anderen, entnimmt ihnen die Fische, die sich darin verfangen haben, und trägt sie zu sich nach Hause. Ja, so etwas tut er! Selbst die Rinder und Ziegen der anderen sind vor ihm nicht sicher! Und dann muß man noch seine Trunksucht mit in Betracht ziehen. Wenn er trinkt, wird er wild wie ein Tier. Dann möchte er sogar mit seiner Mutter schlafen. Allen weiblichen Verwandten stellt er nach, ergreift sie und vergeht sich an ihnen. Ich kann gar nicht alle seine Laster aufzählen! Wenn er betrunken ist, merkt er nicht einmal, ob er einen Menschen oder ein Tier vor sich hat. Auch wenn er nicht betrunken ist, verprügelt er gerne die Frauen. Nun, ich kann diese schwere Last nicht mehr tragen! Ich werde sicherlich einen armen Mitmenschen finden, der bisher vergeblich eine Frau gesucht hat und mich heiratet. Auch daß ich meinem derzeitigen Mann bereits ein Kind geboren habe, fällt nicht ins Gewicht, ich werde bestimmt nochmal von einem anderen geheiratet! Hierzulande gibt es doch viele Geschwister, die von einer Mutter, aber von verschiedenen Vätern stammen, oder?“

Die Besucher, die zu Myombekere kamen, pflegten mit solchen Geschichten zu leben. Obwohl sie oft sogar mehrere Tage lang blieben, wurden sie jedoch niemals Zeuge eines Streites zwischen Myombekere und seiner Frau, wie das bei anderen Leuten sonst überall üblich ist. Es lag eben nur daran, daß die beiden einander liebten. Mit dieser Feststellung wären wir wieder am Anfang unserer Ausführungen über das eheliche Zusammenleben im Kerewe-Land angekommen.

KAPITEL 13

Eine Erzählung: Wie die Männer dazu kamen, mit den Frauen zusammenzuleben

Hört einmal zu! Ich will euch jetzt eine uralte Geschichte erzählen, damit ihr erfahrt, wie es dazu kam, daß Männer und Frauen sich begegneten, wie sie begannen zusammenzuleben und einander in ihrer Lebensweise anzugleichen. Also sperrt die Ohren gut auf!

Alle Männer, ob weiß, schwarz oder rot, lebten einst unter einem einzigen Omukama zusammen in einem Land, das nur ihnen vorbehalten war. Es war ein behagliches und fröhliches Land. Sie kochten damals noch für sich selbst. Was die Frauen angeht, so lebten sie in ihrem eigenen Land, dem eine Königin vorstand. Die Männer bauten Feldfrüchte an, von denen sie sich ausschließlich ernährten. Sie aßen niemals Fleisch, auch ihr König nicht. Bei den Frauen verhielt es sich genau umgekehrt. Sie verstanden nichts vom Ackerbau und aßen daher auch keine Feldfrüchte. Vielmehr waren sie gezwungen, sich von den wilden Tieren des Busches zu ernähren. Selbst ihre Königin aß nur Wildfleisch. Das erhielten sie mit Hilfe ihrer hundert Jagdhunde, die jeden Tag soviel Wild für sie erlegten, daß sie davon satt wurden.

Eines Tages beauftragte die Königin ihre Abazumakazi, die nicht nur ihre Dienerinnen, sondern gleichzeitig auch ihre Soldatinnen waren, dem König der Männer eine Botschaft zu überbringen: „Sagt ihm, ich hätte euch zu ihm geschickt, um mich zu erkundigen, ob es ihm und seinen Männern gut ginge. Laßt mich seine Antwort bald wissen!“ Die Abazumakazi machten sich sogleich auf die fünfzehn Tage dauernde Reise. Für den Hin- und Rückweg nahmen sie ausreichend Nahrungsmittel mit. Während der Reise mußten sie jede Nacht ein anderes Lager aufschlagen. Am Zielort trafen sie, wie erwartet, den Omukama an und richteten ihm ihre Botschaft aus. Der König der Männer empfing sie freundlich und wies ihnen nach der Begrüßung eine Unterkunft zu.

Als die Männer den Frauen Feldfrüchte als Mahlzeit anboten, verweigerten sie solche Nahrung: „Bei uns besteht ein Meidungsgebot, keine Feldfrüchte zu essen“, sagten sie. Der Omukama und seine Leute waren darüber äußerst erstaunt: „Wovon ernährt ihr euch denn stattdessen?“ Sie erklärten ihnen, daß sie von Wildtieren aller Art lebten. Worauf ihnen der Omukama sagen mußte, daß diese Nahrung bei den Männern mit einem Speisetabu belegt sei: „Hier bei uns würde niemand dieses Meidungsgebot mißachten. Wie kommt ihr denn an das Fleisch der wilden Tiere?“ – Die Frauen antworteten: „Bee, möge dir ein langes Leben beschieden sein! Unsere Königin besitzt an ihrem Hof hundert Hunde. Sie jagen die wilden Tiere für uns.“ Nun war das Land der Männer ständig den Angriffen von Wildschweinen ausgesetzt, die ihre Felder verwüsteten und die Ernte zerstörten. Darum freute sich der König über diese Auskunft und fragte sogleich: „Kann mir eure Königin die Hunde nicht leihweise überlassen, damit sie die Wildschweine, die unsere Felder verwüsten, ausrotten?“ Die Frauen versicherten ihm: „Bee, möge dir ein angenehmes und fröhliches Leben beschieden sein! Unsere Königin wird deine Bitte wohl kaum ablehnen!“ Der König erkundigte sich weiter: „Wieviele ihrer Hunde wird sie mir wohl ausleihen?“ Die Gesandtinnen meinten, daß es wohl alle hundert wären. Darauf sagte der König: „Wenn ihr in euer Land zurückkehrt, werden euch einige meiner Männer begleiten.“ So geschah es.

Auch die Männer nahmen genügend Vorräte für die Hin- und Rückreise mit, und, nachdem sie fünfzehn Tage unterwegs waren, trafen sie am Hof der Königin ein. Er erschien ihnen erstaunlich groß und prächtig gebaut.

Die Königin saß auf ihrem Thron und nahm den Gruß der Männer entgegen. Dann traten die Gesandtinnen vor und berichteten, wie sie vom Omukama der Männer gut empfangen worden seien, daß man ihnen zur Übernachtung ein schönes, großes Haus angewiesen habe und daß sie sogar Feldfrüchte zum Essen vorgesetzt bekamen. Die Erwähnung des Wortes „Feldfrüchte“ brachte die Königin zum Lachen. Die übrigen Leute fielen mit ein und lachten sich fast tot: – kuekuekuekue. Nachdem sie sich wieder beruhigt hatte, fragte sie ihre Gesandtinnen, wie Feldfrüchte aussehen. Eine von ihnen erhob sich und berichtete: „Möge dir alle Tage Glück und Wohlergehen beschieden sein! Einige Feldfrüchte gleichen den Wurzeln des omumara-Baums. Sie sind genau so rundlich und werden von den Männern ‚Kartoffeln' genannt. Andere ähneln mehr den Wurzeln des omuzungute-Baums. Die Männer bezeichnen sie als ‚Maniok'. Dann gibt es noch ein eigenartiges Gras. Sie ernten dessen Früchte, zerschlagen und worfeln sie, daß die Spreu getrennt wird und nur die Körner übrigbleiben. Die Körner werden in großen Körben gelagert und später zwischen Steinen zu Mehl zerrieben. Dieses Mehl füllen sie zusammen mit Wasser in Tontöpfe, die sie aufs Feuer stellen. Sie kochen, indem sie mit einem geschnitzten Stück Holz darin herumrühren. Wenn alles Wasser verdampft und die Masse im Topf ganz starr geworden ist, wissen sie, daß die Speise gar ist. Sie formen sie zu einem Kloß wie aus Lehm und legen ihn in einen sonzo-Korb. Den Kloß nennen sie ‚Hirsekloß'. Unsere Älteste, unsere Herrscherin, laß es dir doch vorführen, denn die Männer, die mit uns gekommen sind, haben diese Speisen als Wegzehrung bei sich." Die Frauen holten von den Männern die betreffenden Speisen und zeigten sie ihrer Königin und allen Anwesenden. Dazu sagten sie: „Trotz dieser Eßgewohnheiten bezeichnen wir sie als Menschen, da ihre Körper den unseren gleichen. Sie unterscheiden sich von uns nur dadurch, daß sie wie die Wildschweine pflanzliche Nahrung zu sich nehmen." Die Königin ließ die Männer rufen und fragte sie: „Stimmt es, daß man bei euch kein Fleisch ißt?" Die Männer erwiderten wie mit einer Stimme: „Labeka Mfalme! – Jawohl Königin! Bei uns ist Fleischessen mit einem Speiseverbot belegt. Vielleicht rührt es daher, daß unsere Vorväter niemanden hatten, der die wilden Tiere für sie töten konnte, oh Königin!" Die Frauen und ihre Königin waren über diese Auskunft höchst erstaunt.

Als die Königin den Männern durch ihre Dienerinnen einen Schlafplatz anweisen lassen wollte, trugen sie das Anliegen ihres Königs vor: „Unser Omukama hat uns beauftragt, wir sollen dich inständigst bitten, uns deine Jagdhunde auszuleihen, damit sie die wilden Tiere vernichten, die unsere Felder zu verwüsten pflegen. Er befahl uns für den Fall, daß du uns die Hunde gibst, auf dem schnellsten Weg zurückzukehren." Die Königin antwortete ihnen: „Ja, ihr müßt schon allein aus dem Grunde bald zurückkehren, weil ihr unsere Speisen nicht essen dürft. Geht für heute schlafen. Morgen sollen uns die Hunde viele Tiere auf Vorrat töten. Übermorgen könnt ihr sie dann mitnehmen, um die Gefahr von euren Feldern abzuwenden. Ich möchte nicht, daß die Menschen bei euch am Ende noch verhungern." Nach dieser Rede der Königin verneigten sich die Männer in tiefem Respekt vor ihr und sprachen: „Bibi wa mabibi! – Frau aller Frauen! Möge es dir und deinem Reich stets wohlergehen! Du strahlende Sonne, es möge dir wohlergehen! Du Löwin, es möge dir wohlergehen! Ewiger Friede sei mit dir, Wohltäterin aller! Du edle Gastgeberin, die du allen gibst, die dich bitten, möge deine Herrschaft stets von Frieden und Ordnung begleitet sein!" Dann gingen sie schlafen.

Früh am Morgen des nächsten Tages ertönten die großen Signalhörner der Königin, und kurz darauf hörte man auch die Jagdhörner. Die Hunde bellten und jaulten, so daß es sich anhörte wie eine überlaute Totenklage: uwooo! uwooo! uwooo! wo! wo! bwo! Im Hof der Königin fanden sich alsbald viele Frauen ein. Als sich genug versammelt hatten, gab die Königin ihnen die Erlaubnis zur Jagd. Ho,ho! Sie brachen sofort mit den Hunden auf. Den ganzen Tag über blieb es still im Hof der Königin. Erst am Abend hörte man die Signal- und die Jagdhörner wieder erklingen. Die Schnauzen der Hunde waren blutverschmiert. Die Jägerinnen trugen auf ihren Schultern viele erlegte Tiere herbei, so daß davon im Hof des königlichen Anwesens ein großer Berg aufgeschüttet wurde. Die Männer staunten nicht schlecht darüber.

Später am Abend gingen die männlichen Gäste zur Königin, um sich mit ihr zu unterhalten. Die beiden Redegewandtesten unter ihnen, also Nkubitizi, der Anführer der Gesandtschaft, und noch ein anderer, auf die sich der Omukama bei Botengängen besonders gerne verließ, standen auf und näherten sich der Königin: „Wir erweisen dir großen Respekt, Königin aller Königinnen, und bitten dich um Erlaubnis, morgen früh abreisen zu dürfen. Außerdem, Königin aller Königinnen, möchten wir dich an die Bitte unseres Königs erinnern." Die Königin stellte sich dumm und fragte: „Nun, um was für eine Bitte handelt es sich denn? Offenbar habe ich sie vergessen. Erzählt mir ein wenig davon, damit ich mich wieder erinnere." Darauf trug man ihr die ganze Botschaft noch einmal vor. Sie erwiderte: „Ihr könnt morgen abreisen, aber steht ganz früh auf, wenn die Hähne zum ersten Mal krähen. Ich werde dann meine Frauen zu euch schicken. Sie werden alle hundert Hunde für euch anleinen und euch ein Stück des Wegs begleiten. Ich gebe euch Jagdhörner mit; die müßt ihr blasen, wenn die Hunde jagen sollen. Außerdem gibt es einen wichtigen Befehl, der nur einmal ausgesprochen werden darf, wenn die Hunde ein bestimmtes Tier angreifen sollen. Er lautet ‚tschi-kamata'. Wenn man ihn zwei- oder dreimal hintereinander auspricht, werden die Hunde immer tiefer in den Wald hineinlaufen und schließlich auf Nimmerwiedersehen darin verschwinden. Dieser Befehl ist also von größter Bedeutung. Vergeßt ihn nicht und übermittelt ihn eurem König!" Nkubitizi und die anderen Gesandten erwiderten: „Wir erweisen dir unsere Ehrerbietung, Königin aller Königinnen, und schwören vor dir in aller Deutlichkeit: Wir werden den Befehl nicht vergessen, ehrwürdige Königin!" Darauf sagte die Königin: „Nehmt schon jetzt Abschied und geht rechtzeitig schlafen, damit ihr morgen beim Aufbruch ausgeschlafen seid." Die Männer verabschiedeten sich mit den Worten: „Möge dir immer Erfolg beschieden sein, du Lebendige. Schlafe friedlich, du hervorragende Baumeisterin! Segen und Erfolg seien stets mit dir, wenn du vor den Augen der Leute erscheinst!" Sie antwortete: „Mm, grüßt euren Omukama von mir!" Einstimmig ertönte es von Seiten der Gäste: „Hewala! Jawohl, du stets Mildtätige!" Mit unvergleichlicher Freude legten sie sich schlafen.

Als der Hahn zum ersten Mal krähte: keke-kokolikooo, kamen schon die Dienerinnen der Königin mit den Hunden. Die Männer standen schnell auf und packten ihre Sachen. Darunter befand sich auch Fleisch für die Hunde. Dann machten sie sich auf den Weg. Die Dienerinnen begleiteten sie noch eine Weile, übergaben ihnen schließlich die angeleinten Hunde und nahmen Abschied. Die Frauen kehrten in ihr Land zurück, die Männer zogen allein mit den Hunden weiter. Wenn immer sie ein Nachtlager aufschlugen, bereiteten sie erst ihr eigenes Essen. Danach erhielten die Hunde ihr Futter, das heißt das Fleisch, das ihnen die Königin für sie mitgegeben hatte. So ging es fünfzehn Tage lang, bis sie den Hof ihres Königs erreichten.

Die Diener des Königs hatten die Gesandten schon von Ferne ankommen sehen und den König davon unterrichtet. Der schickte ihnen einige Leute zum Empfang entgegen und ließ sofort ein großes Festmal für sie vorbereiten. Als sie am Königshof eintrafen, speisten sie erst einmal und fütterten an dem Platz, den ihnen der König angewiesen hatte, die Hunde. Bald darauf schickte der König schon nach ihnen, um mit ihnen zu sprechen. Sie überließen die Hunde sich selbst und gingen zum König. Dort knieten sie nieder und entboten ihm einer nach dem anderen ihren Gruß. Noch mehr Leute hatten sich beim König eingefunden. Sie sprachen gerade wieder über das Unheil, das die wilden Tiere über sie gebracht hatten, und über Mittel und Wege, die Tiere daran zu hindern, ihre Felder zu verwüsten. Der Omukama rief Nkubitizi, den Anführer der Gesandten, vor sich und bat ihn, von der Reise zu berichten. Dieser begann: „Labeka! Möge dir Glück beschieden sein, Bwana wa mabwana, du Herr aller Herren! Wir sind unversehrt hingekommen und unbeschadet auch wieder zurück. Bei den Nachtlagern tauchten keine Schwierigkeiten auf. Die Königin befindet sich wohlauf und läßt dir ihre Grüße ausrichten, oh König der Männer!“ Der Omukama fragte weiter: „Geht es auch ihren Leuten gut?“ Nkubitizi bejahte dies und erzählte, wie vortrefflich sie empfangen wurden: „Sie hat uns eine Unterkunft zugewiesen und ließ uns von den Speisen auftragen, die man in ihrem Lande ißt. Als wir genauer hinschauten, sahen wir, daß es ausschließlich Fleisch war! Wir wiesen die Speisen zurück und erklärten, daß es bei uns ein Speiseverbot gebe, Fleisch zu essen. Die Frauen, die mit der Königin zusammensaßen, waren darüber äußerst erstaunt, besonders als sie sahen, daß es einigen von uns übel davon wurde. Wir haben dir die Hunde mitgebracht, und zwar alle. Es sind genau die einhundert, von denen die Gesandtinnen berichtet haben. Wir konnten uns selbst davon überzeugen, daß es mehr nicht gibt. Am ersten Tag unseres Aufenthalts beobachteten wir, wie die Hunde zur Jagd geführt und am Abend große Mengen erlegter Tiere zum Hof der Königin gebracht wurden. Bei der Abendunterhaltung trugen wir der Herrscherin der Frauen dein Anliegen vor. Sie war bereit, dir ihre Hunde auszuleihen und erklärte uns, wie man sie zur Jagd führt und dabei Instrumente durch Blasen zum Klingen bringt. Ganz besonders schärfte sie uns den Befehl ‚Tschi-kamata' ein, der die Hunde veranlaßt zu jagen. Man darf den Befehl niemals mehrfach hintereinander aussprechen. Mit dem ersten Hahnenschrei des nächsten Tages standen wir auf und machten uns mit den hundert Hunden und einigen Blasinstrumenten auf den Weg. Am sechzehnten Tag danach sind wir hier angekommen, ehrenwerter König!" Als er weiterreden wollte, unterbrach ihn der Omukama, worauf die anderen laut lachten. Nkubitizi glaubte sich verteidigen zu müssen: „Ich habe nichts erzählt, was sich nur in meinem Kopf ereignet hätte!" Die Hofleute beruhigten ihn: „Das ist auch nicht der Grund, weswegen wir gelacht haben. Als wir sahen, daß du vor dem Omukama weitererzählen wolltest, nachdem du schon einmal alles so ausführlich berichtet hattest, dachten wir, jetzt kommt deine wahre Natur zum Durchbruch. Deswegen haben wir gelacht."

Später forderte der König Nkubitizi auf, die Blasinstrumente vorzuführen, die man ihnen für die Jagd mitgegeben hatte. Nkubitizi erwies dem König gerne diesen Dienst. Er kniete vor ihm nieder und zeigte ihm die Hörner von allen Seiten. „Und wie bläst man die Instrumente?" fragte dieser schließlich. „Blas sie einmal für uns, damit wir den Klang hören und unsere Neugier befriedigt wird!". „Kumradhi, Mfalme wangu! Ich bitte um Entschuldigung, mein König, das geht auf keinen Fall! Wenn ich die Instrumente jetzt blase, ohne daß es Jagdzeit ist, werden die Hunde anfangen zu bellen und sich in alle Winde zerstreuen. Also verzeiht, mein König und ehrenwerte Anwesende, die Königin hat mir ausdrücklich eingeschärft, die Hörner nicht außerhalb der Jagd zu blasen!" Der König gab sich damit zufrieden und sagte: „Diese Königin hat mir einen großen Gefallen erwiesen. Was soll ich ihr schenken, um ihr

Herz zu erfreuen? Ihr Hofleute, macht euch auf und unterrichtet alle Würdenträger im Lande, daß sie morgen mit ihren Untergebenen zum Königshof kommen sollen. Nicht einer soll fehlen! Morgen wollen wir versuchen, mit den Hunden das erste Mal zu jagen!"

Als der Omukama sich am anderen Morgen nach dem Aufstehen gewaschen hatte, trat er vor sein Schlafhaus, um zu sehen, ob sich seine Leute bereits versammelt hätten. Er erblickte aber nur Nkubitizi mit etwa zwanzig Gefährten. Worauf er ihn fragte: „Seid ihr die einzigen? Wo sind die anderen?" Nkubitizi antwortete ihm: „Möge dir stets Erfolg beschieden sein, oh König. Vielleicht befinden sich die anderen noch auf dem Weg hierher!" Der König wies seine Diener an, die emilango-Trommel zu schlagen. Ihr Klang glich einer Stimme, die ständig einlädt: „Hier ist es! Hier ist es, das Essen, das Essen!" Die unterwegs den Klang vernahmen, beeilten sich gewaltig. Und kurz darauf waren sie im Königshof so zahlreich versammelt wie die Milben auf den Hühnern. Der König trat nach draußen, und Nkubitizi wählte einige seiner Gefährten aus, um die Jagdhörner zu blasen. Es hörte sich an wie: hororrr, hororrr, hororrr, pyo, pyo! Die Hunde bellten und setzten sich auf die Hinterpfoten, die Schnauzen zum Himmel gereckt. Zusammen mit den Trommeln und dem Händeklatschen der Leute entstand ein großes Getöse. Alle, auch der Omukama, waren höchst ausgelassen und fröhlich. Nkubitizi lief rings um den Vorplatz und blies fortwährend sein Horn, als ob der Königshof ihm gehörte. Alle starrten ihn schließlich wegen seiner Ausgelassenheit an. Der König aber schenkte ihm weiter keine Beachtung, sondern gebot Ruhe. Und als es ganz still war, forderte er die Menge auf: „Ihr Männer, hört alle zu! Ich habe euch zu mir gerufen, um auf die wilden Tiere Jagd zu machen, die unsere Felder zerstören. Nun verhaltet euch wie wahre Männer und geht mit diesen Hunden, die mir die Königin der Frauen leihweise überlassen hat, auf die Jagd! Prägt euch aber scharf ein, daß die Hunde nur dann wilde Tiere angreifen, wenn man ihnen den Befehl ‚Tschi-kamata' gibt. Dieses Wort darf keinesfalls mehrfach hintereinander ausgesprochen werden." Die Männer erwiderten im Chor: „Möge dir stets Erfolg und Wohlfahrt beschieden sein, oh König! Wir haben deine Rede vernommen. Sollte jemand unter uns das Wort mehrfach hintereinander gebrauchen, werden wir ihn dir nach der Jagd zuführen, und du magst ihn mit dem Tode bestrafen, oh König eines friedlichen und geordneten Landes!"

Danach brachen die Männer auf in den Wald. Nkubitizi und seine Gefährten liefen mit den angeleinten Hunden allen voran. Als sie im Wald wilde Tiere vor sich sahen, ließen sie die Hunde von der Leine und befahlen ihnen: ‚Tschi-kamata!' Die Hunde verteilten sich im ganzen Wald und töteten alle Tiere der Wildnis. Diejenigen, die sich über der Erde befanden, wurden gleich auf der Stelle getötet. Die anderen, die in Höhlen lebten, wurden darin aufgestöbert und vernichtet. Als die Sonne schon tief am Himmel stand, war der Wald voller toter Tiere. Die Männer nahmen nur einige davon als Futter für die Hunde mit.

Nach ihrer Rückkehr erzählten sie dem Omukama, wie erfolgreich die Jagd verlaufen war. Der König wurde darüber sehr froh und sagte: „Wenn ihr gegessen habt, geleitet mich zum Wald, damit ich den Erfolg mit eigenen Augen sehe und meine Sorgen endgültig loswerde!" Nach dem Essen führte Nkubitizi mit einigen Dienern den König in den Wald. So konnte er selbst die Berge erlegter Tiere sehen. Er war tief beeindruckt und sagte: „Ihr Männer habt ganze Arbeit geleistet! Also diese Hunde sind echte Jäger. Deswegen ist die Königin auch so auf sie angewiesen. Das wird der Grund sein, warum die Frauen den Ackerbau aufgegeben haben und nur noch Fleisch essen, loo!"

Drei Tage später forderte der Omukama abermals alle seine Untertanen zu einer großen Jagd auf. Am nächsten Tag stellten sich fast alle Männer bei ihm ein. Nur Greise und Kranke sowie die Köche des Königs blieben zurück.

Als der Morgentau getrocknet war, teilte Nkubitizi die Männer in mehrere Gruppen ein. Dann wurden die Signalhörner geblasen und die Hunde auf die Jagd geführt. Im Wald entstand ein fürchterliches Getöse. Wer dabei war, wundert sich heute noch immer darüber. Man forderte die Hunde auf: ‚Tschi-kamata!' Sobald sie diesen Befehl hörten, sprangen sie die wilden Tiere an und vernichteten sie über und unter der Erde. Da die Männer aber in so viele Gruppen eingeteilt worden waren und keiner wußte, was der andere tat, entstand ein großes Durcheinander. Die Männer achteten gar nicht mehr auf das Verbot, und so geschah es, daß die Hunde mehrmals hintereinander den Befehl „Tschi-kamata" erhielten. Sie entfesselten die ganze Kraft ihrer Beine und liefen tief und tiefer in den Wald hinein, wo sie für immer verschwanden. Die Männer warteten auf ihre Rückkehr, jedoch vergeblich. Schließlich verließen sie den Wald.

Nkubitizi und seine Gefährten, die besser als die anderen wußten, woran es lag, daß die Hunde verschwunden blieben, kehrten voller Trauer zum Königshof zurück. Sie hatten Angst, daß der Omukama sie töten würde. Aber nachdem es dem König klar wurde, daß viele Männer gemeinsam für den Verlust der Hunde verantwortlich waren, unternahm er nichts gegen sie. Stattdessen wurde auch er von tiefer Trauer befallen.

Als die Königin wenige Tage später sah, daß der Fleischvorrat zur Neige ging, rief sie alle ihre Frauen und verkündete ihnen: „Hört zu, ihr Frauen! Es gibt eine Großzügigkeit, die selbstmörderisch ist! In meiner Großzügigkeit habe ich alle meine Hunde an den König der Männer ausgeliehen und angenommen, die Hunde alsbald zurückzubekommen. Das ist jedoch leider nicht der Fall. Bis heute sind sie nicht zurückgebracht worden. Dadurch wird es wahrscheinlich, daß uns der Feind ‚Hunger' heimsucht und am Ende sogar ausrottet. Ruht euch heute gut aus! Morgen kommt mit Reiseverpflegung hierher, dann wollen wir alle gemeinsam zu den Männern gehen und unsere Hunde zurückholen. Wenn wir nur eine Abordnung hinschickten, würden die Fleischvorräte hier bei uns noch vor ihrer Rückkehr aufgezehrt sein."

Am nächsten Morgen ließ die Königin die größte Trommel ihres Reiches schlagen. Sie trug den Namen Matwigacharo – das heißt ‚Ohren aller Untertanen'. Ihr Schall war im ganzen Land zu hören. Darauf versammelten sich alle Frauen am Hof der Königin. Schließlich trat die Königin selbst hervor. Sie war eine bildschöne Frau und hatte sich über und über mit kostbarem Geschmeide geschmückt. Ihre Armreifen, Halsreifen und Kniebänder glitzerten so sehr, daß das Licht der Sonne überstrahlt wurde. Die Frauen begannen sofort, Hörner und andere Musikinstrumente zu spielen, um die Königin zu erfreuen und ihre Macht zu verherrlichen. Während die einen jubelten und in die Hände klatschten, trugen die anderen einen Preisgesang vor:

Willkommen, du gutherzige Königin!
Willkommen, du Wisserin der Zukunft!
Willkommen, du Anspornerin deiner Leute!
Willkommen, du Friedenspenderin!

Die Königin hatte so schweren Schmuck angelegt, daß er von einer Person nur mit Mühe getragen werden konnte. Man hob sie daher vor dem Gehöft auf eine Sänfte, eine Art Ruhebett aus Büffelleder, das zwischen mehreren Stangen gespannt war. Die Sänfte konnte von vier Frauen gleichzeitig getragen werden, wobei die Griffe der Sänfte nicht auf den Schultern, sondern auf den Köpfen ruhten. In einer langen Karawane setzten sich die Frauen in Marsch.

Nachdem sie dreizehn Mal ein Nachtlager aufgeschlagen hatten, suchte die Königin zwanzig angesehene Frauen ihres Vertrauens aus und schickte sie voraus, um dem König ihr Kommen mit allen ihren Untertaninnen anzukündigen. Er sollte bei ihrem Nahen nicht irrtümlich annehmen, daß sich Feinde seinem Gebiet näherten. Die Gesandtinnen unterrichteten den König, wie ihnen befohlen worden war, und dieser traf Vorbereitungen zum Empfang der Gäste.

Am Tag ihrer mutmaßlichen Ankunft ließ der König frühmorgens die Trommeln schlagen. Ihr Klang war überall im Lande zu hören. Aus allen Gehöften strömten die Männer an den Königshof. Es bildete sich eine große Menschenmenge, von der viel Lärm ausging. Der Omukama gebot schließlich Schweigen und richtete folgende Worte an sein Volk: „Ich habe euch gerufen, damit ihr meine Freundin, die Königin der Frauen, freundschaftlich begrüßt. Sie war es, die mir ihre Hunde geliehen hat, die nun verschollen sind. Ihre Gesandtinnen, die mir ihre Ankunft ankündigten, sind schon gestern eingetroffen. Sie haben mir berichtet, daß die Königin von ihrem ganzen Volk begleitet wird. Die Frauen kommen in friedlicher Absicht. Dies habe ich euch mitzuteilen!"

Am Nachmittag hörte man von Ferne die Trommel der Königin erschallen. Kurz darauf sah man auch die Frauen der Vorhut am Horizont auftauchen. Es sah so aus, als ob Termiten zum Schwärmen aus der Erde kröchen. Loo! Der König der Männer ging sogleich in sein Schlafhaus, um seine königliche Tracht anzulegen. Danach befahl er den Männern, alle Trommeln zu schlagen. Ihr Schall zerriß die Luft. Schließlich erblickten sie die Königin, wie sie auf ihrer Sänfte, geformt wie ein Auslegerboot, getragen wurde. Viele Dienerinnen, die Musikinstrumente zu ihrer Unterhaltung spielten, umgaben sie. Ihr Schmuck funkelte stärker als das Sonnenlicht. Der König wollte ihr sofort zur Begrüßung entgegengehen und hatte schon ein Bein ausgestreckt, um den ersten Schritt zu tun. Ein Ratgeber aber meinte: „Nein, unserer Ernährer, bleib ruhig sitzen! Wir wollen noch ein wenig warten und ihr dann alle gemeinsam entgegenziehen, um sie freundschaftlich willkommen zu heißen." Die Leute aber warteten nicht solange, sondern sprangen auf und stürzten ungeordnet los, den Ankommenden entgegen: kuu! Sie nahmen ihre Sachen in Empfang, um ihnen beim Tragen zu helfen: Schlafdecken, Korbschalen, Tontöpfe, Kalebassen, Stühle, Schöpfkellen, Strohringe zum Tragen von Lasten, die Wegzehrung und vieles andere mehr. Als sie auch die Sänfte der Königin tragen wollten, lehnten die Frauen dies ganz entschieden ab. Erst kurz vor der Umzäunung des Königshofes stieg die Königin von ihrer Sänfte herab und ging inmitten ihrer Begleiterinnen die letzten Schritte zu Fuß. Dabei konnten die Männer sehen, daß sie von überaus großer Schönheit war. Als sie sich dem Omukama näherte, bildeten die Menschen einen Korridor, durch den sie allein weiterschritt. Vor dem König kniete sie nieder und begrüßte ihn: „Amani iwe nawe, sahibu wangu! – Friede sei mit dir, mein Freund! – Habari ya masiku! – Guten Tag!" Der Omukama erwiderte ihren Gruß: „Amani iwe nawe pia! – Friede sei auch mit dir! – Rafiki yangu! – Meine Freundin!" Darauf erhob sich die Königin. Man brachte ihr einen Stuhl aus Teakholz, den die Frauen im Reisegepäck mitgeführt hatten, und sie setzte sich zur Rechten des Königs der Männer. Der König gebot den Trommlern, mit dem Schlagen aufzuhören. Nun ließen sich alle nieder mit Ausnahme derjenigen, die für Ruhe und Ordnung in der Versammlung zu sorgen hatten. Sie raunten miteinander, so daß es bei der großen Menschenmenge wie ein starkes Brummen klang. Der König pfiff darauf den Ordnern: tschuiijo! Sofort brachten sie die Leute zum Schweigen. Vor aller Ohren richtete darauf der König das Wort an die Königin: „Du Königin, meine Freundin, wir haben uns dir gegenüber schuldig gemacht. Deine hundert Hunde, um die ich dich gebeten hatte, damit sie uns gegen die Schädiger unserer Felder helfen sollten, sind heil bei uns eingetroffen. Schon einen Tag nach ihrer Ankunft haben wir sie im Wald jagen lassen. Sie haben die wilden Tiere in der Umgebung alle ausgerottet. Nach einer Ruhezeit von wenigen Tagen schickte ich die Hunde nochmals auf die Jagd, diesmal in die entfernteren Wälder. Es beteiligten sich viele Männer an der Jagd, so daß ein großes Durcheinander entstand und den Hunden der Befehl anzugreifen mehrfach hintereinander von verschiedenen Männern gegeben wurde. Seither sind sie im Wald verschwunden. Wir hatten gehofft, daß sie zu dir zurückgekehrt seien. Da das nicht so ist, sind wir für ihren Verlust verantwortlich.“ Die Königin sagte ihm, daß sie vergeblich auf die Rückgabe der Hunde gewartet habe. Die vorher angelegten Fleischvorräte seien langsam zu Ende gegangen. Um dem Hunger zu entgehen, habe sie sich mit allen ihren Frauen entschlossen, in sein Reich zu kommen und die Hunde zurückzuholen. Und sie fuhr fort: „Wir erkennen an, daß ihr den Schaden nicht vorsätzlich angerichtet habt. Wir sind auch nicht in kriegerischer Absicht gekommen. Wir wollten uns nur nach dem Verbleib der Hunde erkundigen.“ Der König dankte ihr für ihre Rede und sagte: „Möge dir Erfolg beschieden sein, du Friedenskämpferin!“ Dann beugte er sich ganz dicht an ihr Ohr, daß nur sie ihn verstehen konnte und fragte sie, wie sie sich angesichts des Speisetabus vorstelle, ihre Frauen zu ernähren. Die Königin, die eine kluge Frau war, dachte angestrengt nach. Dann wandte sie sich dem König zu und flüsterte ihm ins Ohr: „Meiner Meinung nach können wir nicht mehr in unser Reich zurückkehren. Wir konnten dort nur leben, weil wir die Hunde hatten. Alles andere mußt du nun entscheiden.“ Der König wandte sich darauf an die Menge: „Die Königin und ich haben gerade miteinander besprochen, daß die Frauen nicht mehr in ihr Reich zurückkehren können, weil die Hunde sie dort mit Nahrungsmitteln versorgten. Wie ihr Männer wißt, liegt die Verantwortung dafür, daß die Hunde abhanden kamen, bei uns. Die Gäste werden also auf immer bei uns bleiben müssen. Ich werde jedem von euch Männern eine Besucherin zuteilen. Daher habe ich euch in folgende vier Gruppen eingeteilt: das Königtum, die Königsdiener, die Boten und die übrigen Bewohner. Die Königin wird bei mir bleiben. Alle Frauen, die Dienerinnen der Königin sind, werden meinen Dienern zugeteilt. Alle Frauen, die Botinnen sind, werden meinen Boten zugewiesen, und die übrigen Frauen kommen auf die Gehöfte meiner Untertanen.“ Nkubitizi und seine Gefährten erhielten den Auftrag, die Verteilung vorzunehmen. Jede männliche Person bekam einen weiblichen Gast, auch der König.

Später ergriff der König abermals das Wort: „Ab heute haben wir alle Speisegebote vollständig abgeschafft. Wer Abscheu vor einer bestimmten Speise hat, soll nicht denken, daß das auf einem Tabu beruht. Und er soll auch nicht sagen, wenn ich dies oder jenes esse, dann werde ich erkranken oder mich gar in ein anderes Wesen verwandeln. Nein, so ist es nicht! Was in den Magen eines Menschen gelangt, bleibt schließlich nicht für ewig dort! Unsere Gäste sollen deswegen keine Abscheu vor den Feldfrüchten mehr hegen. Ihr Speisetabu wurde heute von dem Omukama abgeschafft!“ Nachdem der König so geredet hatte, pries ihn die ganze Menschenmenge mit den Worten:

Mögest du immer Erfolg haben, du unser Ernährer!
Mögest du immer Erfolg haben, du Quelle der Klugheit!
Mögest du immer Erfolg haben, du Ermutiger unserer
        Herzen!
Schlaf in Frieden, du Erbauer unserer Gehöfte!

Dann gingen sie nach Hause, und jeder nahm seinen weiblichen Gast mit. In den Gehöften verbreiteten sich die sanften Stimmen der Frauen. Und es wohnten nun immer zwei Menschen in einem Gehöft: ein Mann und eine Frau. Wohin du seither auch gehen magst, du wirst keine dritte Art von Menschen finden außer diesen zweien: einem Mann und einer Frau.

Die Hunde leben seither wild im Wald. Bis auf den heutigen Tag heißen sie daher auf Swahili ‚mbwa-wa-mwitu', das heißt ‚Waldhunde'. Erst sehr viel später kamen einige von ihnen zu den Menschen zurück, weil sie sich doch nicht ganz von ihnen zu trennen vermochten. Ihre Jagdfähigkeit ist nur noch mäßig entwickelt. Was die Menschen angeht, so wohnen sie seither zu zweit in einem Haus, als ein ‚yego' und als eine ‚yebe'. Auch der Leser kennt die Bedeutung des alten Sprichworts, das wir als Moral der Geschichte zitieren: ›Trockenes Gras nähert sich nicht freiwillig dem Feuer!‹ Das trockene Gras sind die Frauen, das Feuer die Männer.

Nach einiger Zeit wurde die Königin schwanger. Aber sie nicht allein! Alle Frauen wurden schwanger und gebaren entweder einen Sohn oder eine Tochter. Im ganzen Reich konnte man das Geschrei der Neugeborenen hören – ngalara, ngalara! Die Frauen aber faßten gemeinsam einen Entschluß, denn sie waren doch ärgerlich darüber, daß sie ihre Hunde im Wald verloren hatten: Das Fleisch wilder Tiere sollte hinfort nur noch von den Männern gegessen werden. Sie selbst pflegen seitdem Hirsebrei und andere Feldfrüchte zu essen. An Fleisch essen sie allein das vom Rind. Schaf- oder Ziegenfleisch lehnen sie jedoch im allgemeinen ab. Auch von den Fischen essen sie nur einige Arten. Schließlich haben sie das Gefühl, nur Gäste zu sein, nie überwunden. Wenn ein Kleinkind hinfällt, ganz gleich ob eine andere Frau zugegen ist oder nicht, vernimmst du von ihr die Worte: „Oh je, ich habe das Kind eines anderen fallen lassen!" Auch wenn es sich um die leibliche Mutter handelt, wirst du sie sagen hören: „Loo, ich habe das Kind anderer verletzt, wo kann ich Zuflucht finden?"

Seither hat sich das friedliche Leben von einst allmählich immer mehr verschlechtert. Krankheit, Tod und all die übrigen Übel, die man beobachtet, sind erst mit dem Zusammenleben von Männern und Frauen in die Welt gekommen. Sie waren vorher völlig unbekannt. Wenn man früher alt wurde, häutete man sich einfach und bekam auf diese Weise wieder einen jugendlichen Körper. Die Übel entstanden erst, als Mann und Frau zusammenzogen. Die Männer prägten darauf das Sprichwort: ›Ein Fremder hat das Nafuba-Land, das Land der Unsterblichkeit, zugrunde gerichtet.‹

Hexerei und Magie waren vor dem Zusammenziehen von Frauen und Männern unbekannt. Die Leute erlernten erst später, Gutes und Schlechtes voneinander zu unterscheiden. Seither sucht man Schutz vor dem Bösen und bringt dafür den Geistern Opfer. Auch trägt man mehr und mehr Amulette am Körper. Viele richten allerlei Kreaturen ab wie Krokodile und Schlangen, die sie anderen schicken, um Rache zu nehmen oder ihnen Böses anzutun. Damit verbreitete sich auch die Wahrsagerei. Das Geschäft der Kräuterdoktoren blüht. Jede Frau, ob weiß, rot oder schwarz, ist seither bestrebt, alle möglichen Wirkstoffe zu finden, einmal für ihren Körper, dann aber auch zum Einschmeicheln, weil sie immer noch das Gefühl hat, eine Fremde im Lande zu sein. Den eigenen Männern vertrauen sie nicht. Stattdessen gehen sie zum Heiler, um sich ein Mittel gegen Unfruchtbarkeit geben zu lassen oder eins, das beim Ehemann die Liebe wecken soll. Einige der Mittel sind so stark, daß sie den Leib des Mannes aufblähen, ihn impotent machen oder gar töten. Immer häufiger müssen die Wahrsager erkennen, daß das Ziel der Frauen nur darin besteht, ihre Männer umzubringen. Seither werfen die Männer den Frauen insgesamt vor, daß sie Hexen sind. In der Tat suchen die Frauen überall nach Zaubermitteln und reden bei jeder Gelegenheit, wenn sie unter sich sind, etwa beim Wasserschöpfen oder beim Baden, von nichts anderem als von Zauberei.

So ist das. Vielleicht habt ihr schon mal folgende Erzählung gehört: Es geht um jemanden, der dem Sinsa-Volk angehört. Der Erzählung nach ging dieser Mensch eines Tages im Wald spazieren. Dort traf er auf den Schädel eines Menschen, der schon vor langer Zeit gestorben war. Der Schädel war blank und hatte keine Haare. Da dieser Mensch nur sein eigenes Leben wertschätzte, tat er etwas sehr Verachtenswertes: Er nahm einen Stock und berührte damit den Schädel, so als ob er ihn umdrehen wollte, dabei sagte er: „Du kahler Schädel, aus welchem Grund bist du gestorben?“ Da antwortete der Schädel plötzlich: „Ich bin umgebracht worden, weil ich so eine lügnerische Zunge hatte wie du.“ Dem Mann fiel vor lauter Staunen keine Antwort ein. Im Stillen aber dachte er sich: „Möglicherweise gehört dieser Schädel einem, der die Geheimnisse des Omukama verraten hat und deswegen gehängt worden ist.“ Da er glaubte, noch lange zu leben, erkannte er die Botschaft nicht, die ihm der Schädel hatte verkünden wollen: ›Bald wirst auch du so aussehen wie ich.‹

Die Feindseligkeiten unter den Menschen nahmen so arg zu, daß am Ende selbst die Heiler der Zauberei bezichtigt wurden. Und wenn sich heutzutage ein Mann mit seiner Frau streitet oder sich über sie ärgert und sie mit einem Stock schlagen will, dann hörst du ihn oft schreien: „Laß mich dich zu Tode prügeln, du Hündin! Wegen der Hunde kamst du ins Land. Mit wem bist du denn sonst hier verwandt?“ Und dann hört man plötzlich das Geräusch von Schlägen: – hi, du!

Bis heute nennt jede verheiratete Frau das Gehöft, auf das sie einheiratet, ‚bei den anderen‘. Sie verbringt ihr Leben in großer Bescheidenheit, ohne je etwas zu besitzen. Es wird nie dazu kommen, daß eine Frau im Lande herrscht, wie es damals zu den paradiesischen Zeiten gang und gäbe war. Sollte es eine Frau je schaffen, irgendetwas zu erringen, wird es nach kurzer Zeit doch das Eigentum eines Mannes.

Hier zum Abschluß noch eine alte Geschichte! Es gibt ein sehr kleines Vögelchen, das ‚enfunzi‘ heißt. Wenn du es wegen seiner roten Federn befragst, wird es antworten: „Wir bemalen uns mit der roten Farbe der Steine, zwischen denen wir leben.“ Außerdem gibt es noch einen anderen kleinen Vogel, der ‚ensoni‘ heißt. Wenn du ihn fragst, warum sein Schnabel länger sei als sein Körper, wird er dir antworten: „Wir ernähren uns von dem Saft des msosoni-Baums. Damit wir durch seine Dornen an den Saft kommen, hat man uns alle mit Saugröhrchen ausgestattet!“ Ja, so hat jedes Geschöpf in dieser Welt seine eigenen Mittel mitbekommen, um in der Welt zu überleben!

KAPITEL 14

Bugonoka wird schwanger

Kehren wir zu dem zurück, was uns vorher beschäftigt hat, zu der Geschichte von Myombekere und seiner Frau Bugonoka!

Also, nachdem Bugonokas Monatsblutungen aufhörten, hatten sie Geschlechtsverkehr miteinander, ganz so wie der Heiler Kibuguma es ihnen verordnet hatte. Dabei trug Bugonoka die vier kleinen Amulette an ihrer Hüfte.

Am fünften Tag nach der Monatsblutung machten sich beide zum Heiler Kibuguma auf. Bei ihrer Ankunft war er gerade damit beschäftigt, jemandem die Zukunft zu deuten. An diesem Tage hatten sich besonders viele Patienten bei ihm eingefunden.

Weroba, die Frau des Heilers, war die erste, die Myombekere und Bugonoka bemerkte. Sie sagte es den anderen mit den Worten: „Da kommen noch mehr Gäste zu uns!" Die Anwesenden einschließlich des Heilers selbst schauten gespannt in Richtung des Hoftores, während sich Weroba erhob und den Gästen entgegenging. Sie nahm von Bugonoka als Geschenk eine sonzo-Kalebasse voll Hirse entgegen und trug diese schnell ins Haus. Sogleich kam sie mit zwei Stühlen wieder heraus und bot sie den Neuankömmlingen zum Sitzen an. Myombekere und Bugonoka ließen sich darauf nieder. Sie tauschten alsdann die üblichen Grußformeln mit Kibuguma, Weroba und den anderen Anwesenden aus. Danach blieben sie still an dem ihnen zugewiesenen Platz sitzen.

Kibuguma behandelte zunächst alle Patienten, die schon vor den beiden zu ihm gekommen waren. Dann ging er hinters Haus, um Wasser zu lassen. Als er sich wieder auf den Stuhl gesetzt hatte, den er gewöhnlich einnahm, wenn er Patienten beriet, wandte er sich Myombekere und Bugonoka zu: „Ihr habt mich also wieder aufgesucht. Bugonoka, komm doch mal zu mir herüber! Ich will dich jetzt untersuchen!" Bugonoka nahm ihren Stuhl, setzte ihn dicht neben den des Heilers und ließ sich in respektvoller Haltung darauf nieder. Kibuguma forderte sie auf, ihm beide Handflächen entgegenzustrecken. Er ergriff zunächst die linke Handfläche und betrachtete sie aufmerksam. Danach ergriff er auch die rechte Hand, warf aber nur einen kurzen Blick darauf. „Komm noch näher an mich heran", sagte er zu Bugonoka. Dann ergriff er ihre linke Brust und betrachtete lange Zeit sorgfältig die Brustwarze. Schließlich sagte er ihr: „Steh auf, nimm deinen Stuhl und laß dich wieder neben deinem Mann nieder." Darauf wandte er sich dem Mann zu: „Myombekere!" – „Ja, Heiler!" – „Ich habe festgestellt, daß deine Frau schwanger ist. Außerdem habe ich festgestellt, daß sie kranke Brüste hat. Ich werde diese jetzt mit einer Tinktur gegen die amaterwa-Krankheit behandeln. Wenn man nichts dagegen unternimmt, kann das dem ungeborenen Leben sehr gefährlich werden. Außerdem werde ich euch ein anderes Mittel mitgeben. Damit muß deine Frau gewaschen werden, auf einer Weggabelung in der Nähe eures Gehöfts an zwei aufeinanderfolgenden Tagen in der Abenddämmerung, wenn man kaum noch sehen kann. Am dritten Tag soll dies jedoch vor Beginn der Morgendämmerung geschehen, noch ehe die Vögel anfangen zu singen. Sollte auf eurem Gehöft keine alte Frau sein, die Bugonoka waschen kann, dürft ihr dies auch durch ein Mädchen vornehmen lassen, das das Pubertätsalter noch nicht erreicht hat." Darauf schickte er seine Frau, Heilkräuter gegen die amaterwa-Krankheit zu sammeln. Mit den Kräutern rieb er Bugonoka an Schultern und Brüsten sowie an Kopf und Rücken sorgfältig ein. Ei, da fiel sehr viel Schmutz von ihrem Körper ab. Ihre Haut wurde feuerrot. Kibuguma fragte Myombekere: „Na, bist du jetzt von der Krankheit deiner Frau überzeugt?" Als Myombekere dies bejahte, ergänzte Kibuguma: „Das ist noch nicht alles. Du wirst noch mehr zu sehen bekommen!" Er nahm weitere Heilpflanzen in seine Hand und rieb Bugonoka damit nochmals Kopf, Genick, Schultern, Brüste und Rücken ein. Dann fragte er sie: „Was spürst du?" Sie antwortete: „Ich verspüre einen heftigen Juckreiz und möchte mich am liebsten überall kratzen." Kibuguma untersagte es ihr jedoch: „Versuche, dich nicht zu kratzen. Nach kurzer Zeit wird der Juckreiz vergehen." Tatsächlich hörte das

Jucken bald danach auf. Stattdessen wurde ihr Körper weiß, und jedes ihrer Körperhaare verlor seine Farbe. Myombekere saß starr vor Staunen da. Er konnte keinen Laut von sich geben. Schließlich sah Bugonokas Haut so aus, als habe man sie mit Asche bestreut. Sie wurde schuppig wie jemand, der sich seit Tagen nicht gebadet hat. Kibuguma fragte Myombekere: „Was siehst du nun? Habe ich dir nicht gesagt, daß du noch mehr sehen wirst?“ Myombekere entgegnete: „Deute uns nur eine gute Zukunft! Du bist unser Heiler. Es ist immer besser, einen Menschen zu heilen, da er Dankbarkeit kennt, statt ein Tier, das von Dankbarkeit nichts weiß.“ Kibuguma rief seine Frau herbei und flüsterte ihr ins Ohr, sie solle ihm den Urin eines Rindes bringen, dessen Fell fleckenlos schwarz sei. Weroba ging ins Haus und holte von dem Urin, den sie am Morgen nach dem Waschen der Milchgefäße übrigbehalten hatte. Kibuguma war aber mit der Menge nicht zufrieden und schickte sie, noch mehr zu holen. Weroba brachte schnell eine ganze Kalebasse herbei. Jetzt reichte die Menge, um den ganzen Körper damit zu säubern. Kibuguma forderte daher seine Frau nun auf, Bugonoka hinter dem Haus in dem Urin zu baden. Die beiden Männer blieben währenddessen auf dem Vorplatz zurück und unterhielten sich.

Nach einiger Zeit kamen Weroba und Bugonoka zurück. Loo! Als Myombekere die Augen auf seine Frau richtete, war er vom Glanz ihrer Haut überrascht. Der graue Belag, der ihren Körper zuvor bedeckt hatte, war verschwunden! Er staunte sehr, schwieg aber still. Kibuguma trieb jetzt seine Frau an, das Essen zuzubereiten, denn wie er wußte, war sie eine säumige Köchin: „Sag mal, solltest du nicht ein paar Kartoffeln zusammensuchen, um unseren Hunger und den unserer Gäste zu stillen? Ach, ich sollte den Hunger unserer Gäste nicht erwähnen, sondern nur unseren eigenen, denn unsere Altvorderen sagten: ›Wenn ein Gast von der Milch einer Kuh trinkt, die gerade gekalbt hat, bewirkt er, daß ihr Milchfluß nicht mehr zum Stillstand kommt.‹ Das heißt, wenn man einen Stein ins Rollen bringt, kann man ihn nicht mehr aufhalten. Darum wollen wir einen Gast als jemanden ansehen, der schon immer hier bei uns gewohnt hat.“ Weroba antwortete ihm: „Ei, du übertriffst dich heute aber selbst! Ich habe meine Freundin schon längst zum Essen eingeladen. Sie aber möchte so schnell wie möglich heimkehren, weil sie die Pflegekinder allein zu Hause gelassen hat. Eins der Kinder ist zudem erkrankt. Ich habe ihr schon gesagt, sie soll hier auf mich warten, während ich Kartoffeln vom Feld hole, damit wir uns hernach noch unterhalten können. Sie hat aber dankend abgelehnt." Kibuguma versicherte sich bei Bugonoka: „Ach, ist das wirklich wahr?" Als sie bestätigte: „Ja, mein Heiler!", fuhr er fort: „Mir kommt es so vor, als ob ich nur den Schwanz der Sache zu fassen bekommen hätte und ihren Kopf erst noch ausfindig machen müßte. Warum ist Weroba nicht schon längst aufs Feld gegangen, um Kartoffeln auszugraben, so wie ich es ihr aufgetragen hatte? Offenbar sind die herkömmlichen Anstandsregeln auf den Höfen zusammen mit unseren Vätern gestorben. Früher wäre es nicht dazu gekommen, daß die Sonne bereits einen so hohen Stand erreicht, ohne daß ein Mann in seinem eigenen Gehöft etwas zu essen bekommt. Es ist gerade so, als ob man irgendwo unbekannt in der Fremde weilt! Ei, ei! Weroba, das ist kein gutes Benehmen!" Um die Angelegenheit etwas herunterzuspielen, warf Myombekere ein: „Das kommt doch auf allen Gehöften vor, auch bei uns. Was willst du dagegen tun? Weglaufen kannst du deswegen nicht! Ärgere dich doch nicht über deine Frau! Sie hat sehr viel zu tun. Es macht nichts, daß wir ein wenig hungern. Unsere Alten pflegten stets zu sagen: ›Ein müßiger Gast soll ruhig etwas hungern.‹ Nun, wir sind müßige Gäste, darum können wir hungern." Kibuguma fuhr indessen mit seinen Klagen fort: „Könnte sich Weroba nicht vorher erkundigen, ob sie am nächsten Tag etwas Besonderes zu erledigen hat, und die Kartoffeln in einem solchen Fall schon am Nachmittag des Vortags ausgraben? Dann stände sie doch am nächsten Morgen im Haus zur Verfügung. Mein Freund Myombekere, ich sollte nicht weiter darüber reden. Als wir noch klein waren, haben wir bei unseren Eltern ein anderes Verhalten beobachtet. Ich habe es nie erlebt, daß mein Vater meine Mutter antreiben mußte, für ihn zu kochen, oder daß sie es gewagt hätte, seine Rede zu unterbrechen. So etwas hätte einen großen Streit verursacht. Deshalb hätte keine Frau so etwas zu tun gewagt."

Während sich Kibuguma gegenüber Myombekere in dieser Weise äußerte, hatten die Frauen im Haus ihre eigenen Gesprächsthemen. Sie flüsterten, so daß draußen nur „duduli, duduli“ zu hören war. Als Kibuguma aufhörte zu reden, schwiegen auch die Frauen sofort still.

Kibuguma erhob sich und suchte im Haus die Medizin für Bugonoka. Er gab sie ihr mit den Worten: „Nimm dieses Mittel und laß dich damit auf einer Weggabelung an zwei aufeinanderfolgenden Tagen so waschen, wie ich es euch zuvor schon einmal gesagt habe. Beim Waschen mußt du mit ausgestreckten Beinen am Boden sitzen, wobei der Rücken gen Westen und das Gesicht gen Osten gekehrt sein soll. Laß dich heute und morgen kurz nach Einbruch der Nacht waschen! Steh übermorgen schon vor dem Singen der Vögel auf und laß dich wieder auf der Weggabelung waschen! Diesmal sollst du dabei aber andersherum sitzen. Die Medizin muß in einem noch grünen Flaschenkürbis mit frischem Wasser, das am selben Tage geschöpft wurde, angesetzt werden. Nehmt auf keinen Fall Wasser, das über Nacht im Haus gestanden hat. Und nehmt so viel Wasser, daß die Menge für drei Waschungen reicht. Nehmt aber auch nicht mehr, denn am Ende soll alles aufgebraucht sein. Bei den Waschungen geht wie folgt vor: Zunächst soll das Mädchen, das dir hilft, etwas Medizin aus dem Flaschenkürbis auf beide Handflächen nehmen. Dann soll sie die Flüssigkeit auf deinem Rücken von unten nach oben einreiben, wobei du dich nach vorne beugst. Wenn sie am Scheitel angekommen ist, soll sie das, was sie noch in ihren Handflächen hat, fallen lassen, so daß es auf deine Schenkel tropft. Anschließend soll sie dich von oben nach unten über Nacken, Schulter und Arme einreiben, wobei du den Kopf mit geschlossenen Augen nach hinten beugst. Wenn sie deine Hände erreicht hat, sollst du das Heilkraut nehmen und es ganz schnell auf den Boden werfen. Schließlich soll sie dich vorn vom Kopf über Brust und Bauch bis zu den Füßen einreiben. Wenn sie dort angekommen ist, soll sie den Rest in ihren Händen selbst auf den Boden werfen. Danach könnt ihr aufstehen und nach Hause gehen. Am nächsten Tag sollt ihr genauso verfahren. Ebenso am dritten Tag. Dann soll das Mädchen nach der Waschung den Flaschenkürbis an die Stelle legen, wo du zuvor gesessen hast. Und noch ehe du dich wieder angezogen hast, sollst du den rechten Fuß hochheben und den Flaschenkürbis mit einem festen Tritt zerbrechen, wobei du sagst: ‚Wir haben den Hexer getötet.‘ Wenn ihr danach zum Haus zurückgeht, schaut euch nicht um! Zu Hause nimm ein Schöpfgefäß aus Ton und geh zum Fluß baden. Dort kannst du wie üblich mit den Leuten schwatzen. Nach dem Bade fülle das Tongefäß mit Wasser und kehre ins Gehöft zurück. Damit ist die Behandlung beendet. Habt ihr alles verstanden?“ – „Ja, unser Heiler, wir haben es verstanden!“ Bugonoka und Myombekere nahmen die Heilkräuter an sich und machten sich auf den Weg nach Hause.

Unterwegs berichtete Bugonoka ihrem Mann, was Weroba ihr im Hause alles über Kibuguma erzählt hatte: „Sie hat schlecht über ihren Mann geredet. Er sei faul und beteilige sich kein bißchen an der Feldarbeit. Auf dem Feld hacke er nur ein wenig herum und gebe dann vor hungrig zu sein. Wenn man ihn deswegen zur Rede stelle, täte er so, als ob er krank sei. Beim Essen werde er niemals satt, auch wenn man noch so viel für ihn koche. Weroba frage sich, ob er sich diese schlechen Eigenschaften erst nach der Hochzeit zugelegt habe. Wenn Feldarbeiten anstünden, bestelle er besonders viele Heilsuchende zu sich. Die müßten dann alle mit Hand anlegen. Sogar das Einbringen der Körner in den Getreidespeicher sei ihm zuviel Arbeit, die ihn völlig erschöpfe. Weroba sei bisher nur wegen der Kinder bei ihrem Mann geblieben. Ich bedauerte sie, daß die Feldarbeit für eine Person zu schwer sei und sie allein damit nicht die ganze Familie ernähren könne. Wenn sie ihren Kindern nicht genug zu essen gebe, würden sie ihr bestimmt ständig in den Ohren liegen. Dann fragte ich sie, ob Kibuguma sie als junges Mädchen geheiratet habe. Sie erzählte mir, daß sie zuvor schon einmal verheiratet gewesen sei und ein Junge und ein Mädchen aus dieser Ehe stammten. Ihr Vater habe sie gewaltsam zu sich zurückgeholt, weil ihr erster Ehemann das Brautgut nicht gezahlt habe. Später habe Kibuguma sie als geschiedene Frau geheiratet. Die Kinder aus der ersten Ehe seien bereits verheiratet. Aus der Ehe mit Kibuguma seien zwei Söhne und drei Töchter hervorgegangen. Alles das hat mir Weroba erzählt. Bei näherem Nachdenken glaube ich, daß auch sie Unrecht hat. Sie scheint sehr untüchtig zu sein.

Warum würde sie sich sonst so verhalten? Wie kann sie so schlecht über den eigenen Mann reden, bloß weil er Essen verlangt hat? Er hat sie schließlich weder beschimpft noch geschlagen." Myombekere sagte nur: „Ee, ihr Frauen, das ist eure Art, euch bei euresgleichen einzuschmeicheln. Wer verheiratet ist, weiß darüber Bescheid."

Zu Hause suchte Bugonoka einen geeigneten Flaschenkürbis aus und bereitete darin die Medizin zu. Als alles fertig war, gab sie es dem Mädchen Bazaraki, das die Medizin ins Haus trug und sie wie das vorherige Mal neben den Bettpfosten stellte. Dann erklärte Bugonoka ihr, wie sie ihr an den folgenden drei Tagen helfen sollte, sich mit der Medizin einzureiben. Noch am Abend desselben Tages gingen sie zur nächsten Weggabelung und führten die Behandlung nach Kibugumas Anweisung durch. In der Frühe des dritten Tages, nachdem Bugonoka den Flaschenkürbis zertreten und dazu die Worte ‚Wir haben den Hexer getötet' gesprochen hatte, waren sie damit fertig.

In der folgenden Zeit gingen sie wieder ihren gewohnten Beschäftigungen nach. Bugonoka flocht eifrig ihre Korbschalen, und Myombekere arbeitete jeden Tag in seiner Bananenpflanzung. Da es in diesem Jahr auch während der Trockenzeit regnete, gab es dort viel zu tun. Im übrigen warteten sie darauf, daß sich die Ankündigung Kibugumas, Bugonoka sei schwanger, erfüllte. Seit sie den Beginn einer Schwangerschaft vermuteten, zählten sie die Monate.

Gelegentlich spürte Bugonoka im Bauch unterhalb des Nabels leichte Zuckungen. Sie war sich nicht sicher, was das war. Schließlich kam sie zu der Überzeugung, daß dieses Gefühl von Eingeweidewürmern herrühren müsse. Am Ende zweifelte sie sogar, ob sie überhaupt schwanger sei. Ihre früheren Schwangerschaften lagen schon zu weit zurück, so daß sie ihre damaligen Gefühle inzwischen vergessen hatte. Im Stillen dachte sie bei sich, daß der Hexer, der ihre früheren Fehlgeburten verursacht hatte, ihren Körper so zerstört hatte, daß sie gar nicht mehr schwanger werden konnte. Diese trüben Gedanken behielt sie allerdings für sich und erzählte nicht einmal Myombekere davon. Ein Sprichwort sagt: ›Was du nicht offen sagen kannst, ist so, als befände es sich im Inneren eines Rindes. Das kann sich auch nicht verständlich ausdrücken.‹ Das Wort ist doch wahr, oder hast du jemals ein Rind über das, was die Leute ihm antun, erzählen hören? Wenn es auf der Weide mit einem Prügel geschlagen und verletzt wird, kann es am Abend im Gehöft dem Eigentümer nicht sagen, daß es zu Unrecht geschlagen wurde.

Zu Beginn des zweiten Monats – es war der Monat September – wartete Myombekere darauf, daß seine Frau wie gewöhnlich ihre Regel bekam. Jedoch vergeblich! Der September begann, ohne daß die Blutung einsetzte. Bugonoka verspürte nur weiterhin das Zukken unterhalb des Bauchnabels. Der Mond nahm zu und wurde schließlich zum Vollmond, die Monatsregel blieb jedoch aus. In der zweiten Hälfte des Monats untersuchte sich Bugonoka selbst und stellte fest, daß der Muttermund verschlossen war. Danach schöpfte sie etwas Hoffnung und dachte, daß sich die Worte Kibugumas ja vielleicht doch erfüllen könnten. Sie begann an Gewicht zuzunehmen und fühlte sich sehr gesund. Auch in ihrem Gesicht zeigten sich die Anzeichen einer Schwangerschaft. Ihre Haut wurde nämlich tiefbraun wie die Staude der entundu-Banane. Sie sah also ausgesprochen gut aus.

Als die Regenfälle einsetzten, die eigentlich erst im Oktober zu erwarten sind, arbeitete Bugonoka fleißig auf den Feldern. Auch um das Haus herum bearbeitete sie mit der Hacke den Boden. Sie hatte die Absicht, dort Kürbisse zur Herstellung von Gefäßen aller Art anzupflanzen. Aber fragt deswegen nicht, ob Bugonoka ihre Korbschalen denn niemals fertig bekommen hätte. Ich kann euch nämlich berichten, daß sie die Korbschalen sehr wohl zu Ende flocht und sie gegen verschiedene Arten Hirse eintauschte. Gelegentlich kamen sogar sogenannte omugonzo-Fischer zu ihr, das heißt Fischer, die mit Schnüren, auf Kerewe ‚omugonzo' genannt, zu angeln pflegen, um Korbschalen gegen große, schuppenlose embozu-Fische bei ihr einzutauschen. Wenn sie eine Schale zum Verkauf fertiggeflochten hatte, hielt sie ihr altes Kornmaß bereit, das auf Kerewe ‚endalage' heißt. Wenn jemand mit Hirse zum Tauschen auf ihren Hof kam und ihm der fertige Korb zusagte, füllte er einen Scheffel randvoll und gab gewöhnlich noch etwas obendrauf. Die Fischer tauschten zehn embozu-Fische gegen eine geflochtene Schale. Bugonoka maß die zum Tausch gebotene Hirse nicht selbst ab. Das Kornmaß übernahm diese Arbeit für sie. Wenn jemand es randvoll gefüllt hatte. brauchte sie es nur auszuleeren. Eine geschickte und fleißige Korbflechterin hat immer Nahrungsmittel genug.

Auch Myombekere machte sich seine Gedanken darüber, ob seine Frau tatsächlich schwanger sei. Hoffnungsvoll wartete er auf den Beginn des dritten Monats. Manchmal bleibt die Blutung ja auch einfach einen Monat lang aus, ohne daß gleich eine Schwangerschaft der Grund sein muß. Er hatte zwar bemerkt, daß seine Frau eine glänzende Haut bekommen hatte, rundlich geworden war und sich beim Schlafen warm anfühlte, aber er zweifelte immer noch. Alle diese Anzeichen konnten auch auf ihre gute Küche zurückzuführen sein. Wir Menschen sind nun mal so: Manchmal nehmen wir ab, manchmal nehmen wir zu. An sich selbst hatte er das auch schon beobachtet. Einige Leute hatten ihn offen darauf angesprochen: „Loo, Bwana wee, du hast aber stark zugenommen! Ei, wie kann ein Mann nur so beleibt wie eine Frau sein?“ Oder sie sagten: „Oh nein, Myombekere, du bist aber dick geworden. Was für ein Essen kocht deine Frau eigentlich für dich? Wie kannst du nur eine so dicke Wampe bekommen, daß der Hintern darunter verschwindet und der Speck an deinem Nacken herunterhängt? Halte dich gut am Ohr fest, damit dir dein Körper nicht ganz in den Fettmassen versinkt.“

Trotz der Gewichtszunahme spürte Bugonoka in diesen Tagen öfters starke Schmerzen in ihrem Körper. Das kommt so zustande: Im zweiten Monat bildet sich im Körper einer Schwangeren etwas, das wie eine blutige Nachgeburt aussieht, aber in der Mitte glitzert wie die Sonne. Falls es unglücklicherweise zu einer Fehlgeburt kommt, kann man beobachten, wie es glitzert und sich heftig bewegt, bis es schließlich abstirbt. Auch im Mutterleib bewegt es sich so. Darauf sind die Zuckungen zurückzuführen, die Bugonoka, wie erwähnt, ständig verspürte.

Als der dritte Monat nach der Empfängnis, d.h. der Monat

Oktober, anbrach, wurden nach der damaligen Sitte die Hörner geblasen, um den Monatsbeginn anzukündigen. Auch diesmal blieb bei Bugonoka die Blutung aus. Stattdessen nahmen die Zukkungen unterhalb ihres Nabels zu. Wenn die Leibesfrucht drei Monate alt ist, nennt man sie auf Kerewe ‚ekina'.

Einige Tage nach dem Monatsanfang hielten Myombekere und Bugonoka eine Mittagsrast in ihrem Hause. Myombekere hatte sich auf dem Bett ausgestreckt. Da es an diesem Tag nicht regnete, lag Bugonoka draußen unter dem Vordach, wo sie sonst die gesäuerte Milch zu schütteln pflegte. Bazaraki spielte mit den Töchtern des Nachbarn Kanwaketa in der Nähe des großen Vorratsspeichers. Sie schnitten sich Hiresestengel zurecht und taten so, ob dies ihre Kinder seien. Bazaraki saß dabei mit dem Gesicht zum Hoftor gewandt. Plötzlich erblickte sie eine fremde Frau, die ein großes Bündel auf dem Kopf trug. Mit schwungvollem Gang, der ihr Schulterfell schaukeln ließ, trat sie ins Gehöft, wobei ein angenehmer Duft von ihr ausging. Bazaraki lief sofort zum Haus, um Bugonoka zu wecken: „Frau meines Onkels, ich habe gerade zufällig eine Besucherin bei uns erblickt!" Bugonoka stand sofort auf und ging zum Hoftor, um nach der Fremden zu sehen. Kumbe, es war tatsächlich ihre Cousine Barongo! Und als Bugonoka genau hinsah, erblickte sie ein Kind auf ihrem Rücken. Sie stieß zur Begrüßung einen Freudentriller aus, worauf auch Myombekere eilig das Bett verließ und nach draußen kam. Als er seine angeheiratete Cousine erblickte, freute er sich sehr. Bugonoka und Myombekere begrüßten die Besucherin mit großem Jubel. Bugonoka befreite Barongo von der Last auf dem Kopf und trug sie schnell ins Haus. Myombekere war in seiner Freude so verwirrt, daß er der Cousine einen Sitzplatz in der vollen Sonne anbieten wollte. Bugonoka schritt aber ein und bat Barongo, ins Haus einzutreten. Dort bot sie ihr wegen des Kindes auf dem Rücken einen hohen Stuhl zum Sitzen an.

Erst nachdem Barongo sich niedergelassen hatte, tauschten sie untereinander die üblichen Begrüßungsformeln aus. Da sie sich viele Monate nicht gesehen hatten, gab es viele Neuigkeiten zu berichten. Schließlich verlangte Barongo Wasser zum Trinken.

Bugonoka holte sofort in einem Schöpfgefäß Wasser herbei und reichte es ihr. Nachdem Barongo dies getrunken hatte, atmete sie geräuschvoll aus und sagte: „Jehu! Jetzt ist mein Herz zur Ruhe gekommen. Ich hatte einen großen Durst. Der Weg zu euch ist doch recht lang!" Dann nahm Barongo ihr Kind vom Rücken und hielt es senkrecht vor sich hin. Nachdem es gepinkelt hatte, legte sie es waagerecht auf den Schoß und gab ihm die Brust. Myombekere und Bugonoka fragten sie nach dem Befinden ihres Mannes und gratulierten ihr zur Geburt des Sohnes: „Gebäre noch ein Kind!" Gemäß der Sitte antwortete ihnen Barongo: „Ach, dies eine genügt!"

Bugonoka bemühte sich sehr um den Gast und begann, für die Cousine zu kochen. Da Frauen niemals untätig bleiben, auch wenn sie zu Gast sind, stand Barongo auf und ging Badewasser für ihr Kind schöpfen. Als Bugonoka dies sah, meinte sie: „Schwester, du hättest es mir sagen können, ich hätte dir dann das Wasser geholt. Schließlich hast du einen langen Weg hinter dir und außerdem die Kopflast und das Kind getragen. Du wirst wohl niemals müde!" – „Auch wenn ich müde bin, heißt das nicht, daß ich hier im Hause nichts mehr tun könnte. Es ist bestimmt nicht dasselbe, als wenn ich noch eine lange Wegstrecke zu laufen hätte!"

Bald darauf hatte Bugonoka den Hirsebrei zubereitet. Sie trug Barongo den Stuhl in den Schlafraum und rief Bazaraki, ihrer Cousine Gesellschaft zu leisten. Wenn man nämlich gewohnt ist, mit anderen zu essen, wird man allein nicht satt. Nach dem Essen reichte Bazaraki der Cousine eine Kalebasse mit gesäuerter Milch, von der sie zuvor gekostet hatte. Barongo trank ein wenig davon. Als sie die Kalebasse vom Mund absetzte, forderte Bugonoka sie auf: „Dada, trink nur alles aus! Das bißchen kannst du doch trinken. Hier haben wir derzeit reichlich Milch. Was fehlt, sind nur die Leute, die sie trinken. Wir verwenden Milch sogar zum Kochen von Fleisch und Gemüse. Und selbst bei der Zubereitung des täglichen Hirsebreis wird Milch statt Wasser genommen. Wenn Besucher kommen, freuen wir uns immer sehr und sagen, daß sie uns einen Gefallen erweisen, die Milch mit uns zu trinken."

Danach breitete Bugonoka für ihre Cousine unter dem Vordach

eine Rinderhaut zum Ausruhen aus. Das Bett bot sie ihr nicht an, weil darin zuviele Wanzen waren. Sogar tagsüber wurde man von ihnen belästigt, auch wenn man sich nur kurz aufs Bett legte. Um nachts im Bett ruhig schlafen zu können, wurde zuvor Wasser darauf versprüht.

Als der Sonnenstand den Nachmittag anzeigte, weckte Bugonoka ihre Cousine: „Steh auf und komm vor Sonnenuntergang mit mir zum Baden! Es wird sonst zu kalt. Nicht, daß du noch das Bad versäumst! Von der Reise bist du verschwitzt und wirst dich deswegen sicher nicht wohlfühlen."

Bevor sie zum Baden gingen, trug Bugonoka das Bündel, das Barongo mitgebracht hatte, unter das Schattendach und rief zum Auspacken ihren Mann. Myombekere öffnete es und entnahm ihm zunächst zwanzig ungeräucherte ensato-Fische. Unter den Fischen lag Hirse, genug um zwei Korbschalen randvoll zu füllen. Sie dankten Barongo für die Geschenke: „Vielen Dank! Du hast uns eine große Freude damit gemacht! Du mußt sehr stark sein, denn rohe Fische wiegen gewöhnlich sehr schwer. Auch Hirse ist nicht leicht. Zu dem schweren Korb kommt dann noch das Kind auf dem Rücken." Barongo erwiderte: „Ei, bedankt euch bei denen, die die Fische gefangen haben und nehmt mich von eurem Dank aus! Ich lebe zwar in der Nähe des Seeufers, aber ich gehe niemals in die tiefen Gewässer, um diese Fischsorte zu fangen. Derzeit werden nicht viele Fische gefangen. Die Leute sagen, daß sie erst im kommenden Monat wieder zahlreicher sein werden." – „Welchen Monat haben wir eigentlich," fragte Barongo. Und als Myombekere ihr den November nannte, bestätigte sie: „Das ist es. Wenn man in diesem Monat Besuch bekommt, kann man sich unbeschwert freuen, da man sich keine Sorgen zu machen braucht, was man ihm zum Essen vorsetzen soll."

Danach gingen sie endlich zum See. Bugonoka führte ihre Cousine unterwegs an dem Feld vorbei, wo sie nach der Rückkehr von ihren Eltern Kartoffeln gepflanzt hatte. Barongo rief beim Anblick des Feldes erstaunt: „Du hast dich aber sehr angestrengt, so als ob du dir deine Körperkraft beweisen wolltest, komme was da wolle!" Sie beugte sich nieder und grub mit dem Finger am Schaft eines

Kartoffelstrunks in die Erde und fand eine kandoya-Kartoffel, die schon voll ausgereift war. Bugonoka erklärte ihr: „Ich habe erst vor kurzem mit der Ernte angefangen, weil ich nicht als gierig erscheinen wollte. Außerdem, wem sollte ich sie bisher vorsetzen? Myombekere hat mir aber keineswegs verboten, die Kartoffeln zu ernten."

Am See sagte Barongo: „Auch wenn ich völlig daneben liege – aber schließlich fragt man ja, um sich Gewißheit zu verschaffen. Ich möchte also wissen, ob du schwanger bist. Eigentlich wollte ich dich schon zu Hause danach fragen, aber eine innere Stimme hinderte mich daran, dies vor anderen zu tun." Bugonoka aber gab ihr keine Antwort.

Wieder zu Hause trafen sie Myombekere an, wie er gerade einen Grill am Hoffeuer aufstellte, um Fische darauf zu rösten. Bugonoka ergriff ein Messer mit langem Stiel. Sie wollte trockene Bananenblätter abschneiden und daraus für den Gast eine Lagerstätte herrichten. Beim Verlassen des Gehöfts mahnte Myombekere: „Komm nicht erst nach Sonnenuntergang heim!" Sie erwiderte: „Wieso sollte ich erst nach Sonnenuntergang zurückkommen, wo ich doch bloß zum Bananenhain unseres Nachbarn Kanwaketa gehe?" Und in der Tat, sie war im Nu mit den Blättern wieder zurück.

Im Gehöft besaßen sie sogar ein Bettgestell nur für Gäste. Es wurde im Freien aufbewahrt, damit es von Wanzen frei blieb. Bugonoka rüttelte das Gestell hin und her, um es von Ablagerungen zu befreien. Dann richtete sie im Seitengemach des Hauses das Bett für Barongo her und forderte diese auf: „Komm, leg dich noch ein bißchen hin, während ich koche." Barongo erwiderte: „Ich habe am Tage eigentlich schon genug geschlafen. Wenn ich mich jetzt nochmal hinlege, kann ich in der Nacht nicht einschlafen!" Bugonoka ging indessen zum Herd, um die Beilage für den Gast zuzubereiten.

Wir alle kennen doch die alten Sitten im Kerewe-Land. Wenn man früher seinen Verwandten und Freunden als Gastgeschenk Fisch, Fleisch oder etwas anderes zum Essen mitbrachte, durfte man selbst nichts davon essen. Falls die Gastgeber gerade nichts anderes als Beilage anzubieten hatten, war es besser, hungrig schlafen zu gehen als von den mitgebrachten Sachen zu essen. Bei mitgebrachtem Bier verhielt es sich ebenso. Ein Sprichwort sagt dazu: ›Die Biene sammelte aus dem Nektar der Blumen Honig, und jetzt möchte sie ihn selbst aufessen.‹ Man sagt so, weil die Bienen Honig sammeln, um ihre Nachkommen damit aufzuziehen. Aber irgendwann ändern sie ihre Gewohnheit und fressen den Honig selbst auf. Nun, nach dem Abendessen verspeisten die Gastgeber die nsato-Fische, die Barongo ihnen mitgebracht hatte, für Barongo aber bereitete Bugonoka einen fetten embozu-Fisch zu.

Nach dem Essen legten sie sich schlafen, ein jeder an seinen ihm bestimmten Platz. Da fragte Barongo ihren angeheirateten Vetter über die Trennwand des Seitengemachs hinweg: „Myombekere, wie kommt dir eigentlich das derzeitige Aussehen deiner Frau vor?" – „Schwägerin, ich stelle nichts Besonderes fest", erwiderte er. „Sie ist meine Frau, und wir wohnen zusammen. Ich erkenne nichts Besonderes, Angeheiratete." Sie darauf: „Hast du nicht bemerkt, daß sie schwanger ist? Nach meiner Einschätzung müßte sie im dritten Monat sein. Schwager, weißt du denn gar nichts davon?" – Er: „Ich dachte, es handele sich lediglich um etwas, das bei Frauen immer mal vorkommt. Von anderen weiß ich, daß die Monatsregel manchmal ausbleibt, dann aber wieder einsetzt. Da ich mich mit diesen Dingen nicht so auskenne, dachte ich, daß es bei deiner Cousine ähnlich sei." Sie fragte weiter: „Hast du seit eurer Heirat jemals erlebt, daß ihre Blutungen zwei oder drei Monate hintereinander ausgeblieben sind?" – „Nicht, daß ich wüßte", erwiderte er. „Aber wir können sie ja fragen. Sie liegt neben mir und hört, was wir besprechen. Sag mal, Bugonoka, stimmt das?" Es schien, als ob Bugonoka aus dem Schlaf aufgeschreckt würde. Sie fragte zurück: „Was sagst du?" Myombekere wiederholte ihr alles, was ihre Cousine ihn gefragt hatte. Nachdem sie begriffen hatte, um was es ging, sagte sie: „Seit meiner Heirat habe ich noch nie an dem gelitten, worüber ihr mich befragt. Es mag sein, daß es mir im Alter zustößt, aber bis jetzt noch nicht. Meine Blutungen sind niemals mehrere Monate hintereinander ausgeblieben." Barongo sagte: „Nun, darüber unterhalte ich mich gerade mit deinem Mann. Auch er kann sich nicht an ein Ausbleiben erinnern, seitdem ihr verheiratet seid. – Myombekere, da deine Frau in der Vergangenheit genug gelitten hat, schau diesmal nicht einfach zu, sondern suche einen Heiler auf. Besorge dort Arznei oder Amulette, die sie gegen Gefahren während der Schwangerschaft schützen. Die Gefahren kommen entweder aus ihr selbst oder möglicherweise hier aus deinem Gehöft. Sehnen sich nicht alle Menschen in der Welt danach, Kinder zu bekommen? Was gibt es schöneres? Schwager, kennst du vielleicht etwas Besseres?" Myombekere antwortete: „Natürlich nicht, Schwägerin. Es gibt nichts Besseres, als Kinder in die Welt zu setzen. Schon unsere Altvorderen haben gesagt: ›Wer kein Kind hat, schickt seine eigenen Beine auf Besorgungen.‹ Zweifellos ist jemand mit einem Kind bei den Leuten weit angesehener als der, welcher seine eigenen Beine auf Besorgungen schickt. Soviel Beine du auch hast, ohne Kinder sind sie wertlos. Schau, wenn dein kleines Kind schreit, dann freuen wir uns alle im Hause. Und wenn ich mit deiner Cousine allein im Hause bin, dann erscheint es uns wie im menschenleeren Buschland. Wegen der Medizin kannst du aber beruhigt sein. Nachdem wir uns damals am Tage, als ich die Buße bei den Schwiegereltern entrichtete, von dir verabschiedet haben, zögerten wir nicht lange, einen Heiler aufzusuchen. Der uns behandelt, wohnt da drüben und heißt Kibuguma. Er hat uns Heilkräuter und die Amulette gegeben, die deine Cousine um ihre Hüften trägt." Damit endete das Gespräch, weil sie alle vom Schlaf übermannt wurden.

Barongo blieb zwanzig Tage im Gehöft Myombekeres. Während dieser Zeit verbrachte sie viele Stunden allein mit ihrer Cousine Bugonoka. Schließlich zeigte Bugonoka ihr sogar, wo ihr Medizinmann Kibuguma wohnte, damit sie ihr im Krankheitsfall von dort Arznei holen könnte.

Am Tage, als Barongo nach Hause aufbrechen wollte, fragte sie Bugonoka, ob demnächst nicht der vierte Monat ohne Blutungen anbreche. Und als diese es bestätigte, fuhr sie fort: „Ich frage dich danach, weil ich auf dem Rückweg bei meiner Tante, deiner Mutter, vorbeigehen möchte, um sie über alles zu unterrichten." Bugonoka erwiderte: „Sage ihr, sie möge etwas vom Essen für Bugonoka aufheben, denn wenn der kommende Monat zur Hälfte vergangen ist, werde sie bei ihr vorbeischauen. Sie möchte gerne die Frau ihres Bruders Lweganwa zur Geburt ihres ersten Kindes beglückwünschen." Barongo versprach, alles auszurichten. Als Abschiedsgeschenk gab Bugonoka ihr einen Teil von ihren Kartoffeln mit. Dann rief sie Myombekere, der ihr eine Portion Fleisch für Barongos Ehemann geben sollte. Außerdem schenkte sie ihr ein kleines Schöpfgefäß und eine Korbschale, beide noch neu, sowie eine kleine Kalebasse mit Fett. Myombekere und Bugonoka begleiteten Barongo noch ein Stück Wegs. Dann nahmen sie Abschied voneinander.

Mittlerweile wurde es November. Bugonoka war nun im vierten Monat schwanger. – Man nennt das Ungeborene im vierten Monat ‚ekihangara', d.h. Eidechse. – Bugonoka erledigte fleißig in gewohnter Weise alle hausfraulichen Pflichten. Als der Zeitpunkt kam, an dem sie ihre Eltern und ihren Bruder besuchen wollte, hatte sie schon das Hirsefeld bestellt. Rote Hirse wird als erste ausgesät. Auch Myombekere war sehr fleißig und achtete sorgsam darauf, daß seine Frau genug zu essen hatte. Beide Eheleute überboten einander an Fleiß. Die Kerewe-Leute haben dafür folgendes Sprichwort: ›Wer in der Erde gräbt, dessen Körper wird mit Staub bedeckt.‹ Wenn man in diesem Lande keinen Hunger leiden will, muß man jedes Jahr die Erde umgraben. Sät man in zwei aufeinanderfolgenden Ernteperioden keine Hirse aus, wird man im dritten Jahr nicht mehr genügend Saatgut haben und muß es bei den Nachbarn erbetteln. Die Leute werden ihm zwar etwas geben, aber hinter seinem Rücken werden sie ihn verspotten und schlecht über ihn reden. Es kann auch vorkommen, daß in einem Jahr der Regen ausbleibt. Dann hast du trotz allen Fleißes die Hungernot im Haus. Sie wird dir sagen: „Nun habe ich dich zu fassen bekommen, laß mich dich mit einer Schnur ganz festbinden!"

Solche Überlegungen trieben Bugonoka ständig an, fleißig auf den Feldern zu arbeiten. Außerdem dachte sie bei sich: „Sollte ich sterben, macht es nichts, wenn ich einen genügend großen Nahrungsvorrat angelegt habe. Es liegt in der Natur aller Menschen, daß sie bei ihrem Tode etwas vererben. Wenn ich sterbe, werden sich viele Leute zu meiner Trauerfeier einfinden und lange verweilen, wobei sie ihre Gedanken dem widmen, was ich ihnen hinterlasse. Aber wenn es auf dem Gehöft keine Nahrungsmittel gibt, wer wird dann schon an der Trauerfeier teilnehmen?" – Trauerfeiern, bei denen es nichts zu essen gibt, nennt man ‚olw'epapo', d.h. Tabak-Trauerfeier. Wer kann es auf einer solchen Trauerfeier schon lange aushalten? –

Bugonoka strengte sich also sehr an, viel bei der Feldarbeit zu leisten und nahm auf ihre Gesundheit keine Rücksicht. Sie hatte nicht die Angewohnheit, sich aus Angst, schwere Baumstämme oder Buschwerk bewegen zu müssen, krank zu stellen. Auch ließ sie ihre Hacke nicht auf dem Feld liegen, um auf den Feldern anderer unter dem Vorwand, etwas Schnupftabak holen zu gehen, zu tratschen.

Als es Vollmond wurde, erinnerte sich Bugonoka an die Botschaft, die sie ihrer Cousine mit auf den Weg gegeben hatte. Doch bevor sie sich zu ihren Eltern aufmachte, bestellte sie ihr Gehöft. Sie wies die Nichte ihres Mannes an, was sie ihm während ihrer Abwesenheit kochen sollte. Da das Mädchen die täglich anfallende Milch nicht allein zu Butter verarbeiten konnte, bat Bugonoka ihre Nachbarin, die Frau Kanwaketas, in ihrer Abwesenheit dabei zu helfen. Diese war dazu bereit, zumal sie wußte, daß Bugonoka nicht unnötig lange fortbbleiben werde.

Hier im Kerewe-Land kennen wir verantwortungslose Frauen, die sich von ihren Männern für drei Tage verabschieden, um ihre Eltern zu besuchen, und erst drei Monate später daran denken zurückzukommen. Dem Mann bereiten sie damit allergrößte Schwierigkeiten. Falls er vorher noch keine Zweitfrau hatte, wird er spätestens während der Abwesenheit der Ehefrau versuchen, eine weitere Frau zu heiraten. Unsere Vorfahren sagten dazu: ›Die Einsamkeit hat das Tier, das ‚enkorongo' heißt, besiegt‹ oder: ›Eine Frau ist wie ein trockener emambara-Fisch, sie verlangt nach einer weiteren Beilage.‹ – Eigentlich gilt der Fisch bereits als eine Beilage. – Wir können feststellen, daß es im Gehöft eines allein gelassenen Mannes – wenn er ein richtiger Mann ist – nicht an unverheirateten Frauen fehlt, mit denen er Tag und Nacht schläft. Die abwesenden

Ehefrauen machen schließlich die Erfahrung, daß ihre Männer nur noch Abneigung für sie empfinden und ihre Liebe anderen Frauen schenken. Denn eine Frau wird nun mal geheiratet, damit sie bei ihrem Mann bleibt und Essen für ihn kocht, sein Bett herrichtet, auf dem Feld Nahrungsmittel erwirtschaftet, ihm Kinder gebiert und diese aufzieht. Das ist schon alles. Es gibt keinen Mann, der eine Frau heiratet und sie bei ihren Eltern wohnen läßt, selbst wenn er noch weitere Frauen hat. So etwas ist nicht Sitte bei den Kerewe-Leuten.

Am folgenden Tag stand Bugonoka schon sehr früh auf, lud sich die Sachen auf den Kopf, die sie ihren Eltern als Geschenk mitbringen wollte, und machte sich auf den Weg. Myombekere blieb keinesfalls im Bett liegen, sondern öffnete ihr das Hoftor und begleitete sie noch bis zum Grasland. Dann erst nahmen sie voneinander Abschied. Er trug ihr auf: „Richte dem Schwiegervater, der Schwiegermutter, meinem Schwager, seiner Frau und ihrem kleinen Kind meine Grüße aus!" – „Na'am! Ja, gehab dich wohl, mein Mann!" – „Komm gut an, meine Frau!" – „Ndiyo, bwana wangu! – Jawohl, mein Mann!"

Im elterlichen Gehöft half man ihr beim Absetzen der Lasten und brachte sie ins Haus. Ihr Vater und ihr Bruder schnitten im Schatten eines Baumes neue Hackenstiele zu. Bugonoka kniete vor ihnen nieder und begrüßte sie. Die beiden fragten sie nach dem Ergehen ihres Mannes. Danach erhob sich Bugonoka und betrat des Haus ihrer Mutter. Dort traf sie auch ihre Schwägerin an, die Frau Lweganwas. Sie hatte gerade ihren kleinen Sohn gewaschen und auf ihren Schoß gelegt, um ihn zu stillen. Die Frauen begrüßten einander und tauschten Neuigkeiten aus. Bugonoka starrte ihre Schwägerin an, dann lachten sie und beide begannen, munter miteinander zu plaudern: „Schwägerin, du hast also schon geboren! Ist es ein Junge oder ein Mädchen?" – „Ein Sohn. Man sagt, er sehe deinem Großvater ähnlich." – „Bringe noch ein Kind zur Welt!" – „Das eine genügt vollauf. Aber sag, Schwägerin, warum magst du uns nicht? Seit du von hier weggegangen bist, hast du uns kein einziges Mal mehr besucht." Bugonoka verteidigte sich: „Ich bin die einzige Frau auf unserem Gehöft und habe daher viel zu tun.

Auch die Suche nach einer Heilbehandlung hat mich daran gehindert, euch eher zu besuchen. Nun reich mir meinen Großvater, damit ich ihn mal auf den Arm nehmen kann!" Als ihr das Kind überreicht wurde, bat sie um Wasser zum Trinken. Ihre Schwägerin bemerkte: „Du bist aber wirklich eine tüchtige Frau. Wie mir dein Bruder erzählt hat, mußtest du einen sehr weiten Weg zurücklegen. Auf dem Kopf hast du eine Last, schwer zum Umfallen, getragen. Trotzdem bist du hier noch weit vor Sonnenuntergang eingetroffen. Und das alles, obwohl du schwanger bist." Sie brachte Bugonoka schnell etwas zu trinken. Sobald diese das Schöpfgefäß vom Mund nahm, atmete sie heftig aus: „Yehuu! Ich habe wirklich großes Glück gehabt, daß der Himmel bedeckt war. Falls die Sonne geschienen hätte, wäre ich noch nicht hier." Lweganwas Frau begab sich alsbald in den Hof der Schwiegereltern, um dem Gast etwas zu kochen.

Am Abend, als die Frauen am Herd saßen, fragte Bugonokas Mutter: „Mein Kind, weißt du eigentlich, im wievielten Monat du bist?" Bugonoka antwortete ihr: „Soweit ich weiß, im vierten." Die Mutter fuhr fort: „Wir haben durch Barongo von deiner Schwangerschaft erfahren. Sie hat uns auch erzählt, daß unser Schwiegersohn, dein Mann, dir geholfen hat, einen Heiler zu finden. Wie heißt er doch gleich? Sie hat den Namen erwähnt, aber ich bin so vergeßlich." Zu Lweganwas Frau gewandt, fragte sie: „Welchen Namen hat uns Barongo genannt?" – „Sie sagte, er hieße Kibuguma. Ist das der Name, Schwägerin?" – „Ja, das stimmt. So wird er von den Leuten genannt." Nkwanzi, die Mutter Bugonokas, fuhr fort: „Also wir sind darüber unterrichtet worden, wie dieser Kibuguma dir eine Medizin gegeben hat, die du nur drei Tage lang nehmen mußtest. Dann bist du schon schwanger geworden. Bugonoka, hat dieser Heiler herausgefunden, warum deine Leibesfrucht früher immer abgetötet wurde, so daß du Fehlgeburten erlitten hast?" Bugonoka antwortete ihr: „Mein Mann und ich sind der Meinung – obwohl wir von solchen Dingen keine Ahnung haben – daß er uns gründlich untersucht hat. Seiner Ansicht nach sind die Kinder wegen eines Wurms, der ‚enzokay'ihuzi' genannt wird, schon im Mutterleib gestorben. Gegen diesen Wurm gab er uns eine

Medizin, die ich nach seinen Anweisungen genommen habe. Nach der Behandlung sind wir wieder zu ihm gegangen, und er gab mir ein Amulett, das ich gegen den enzokay'ihuzi-Wurm an der Hüfte trage. Vermutlich hat er die Ursache meiner Unfruchtbarkeit richtig erkannt. Er ist der Heiler. Wie können wir seine Ergebnisse anzweifeln, zumal er sogar unsere Zukunft vorhersagen kann. Laßt uns ihm vertrauen, denn auch die Heiler selbst sagen, daß es letztlich Gott ist, der die Heilung bringt. Wenn Gott uns Heilung zuteil werden läßt, wollen wir dankbar sein. Wenn er uns den Tod bringt, müssen wir einsehen, daß wir dagegen machtlos sind. Manchmal sollten wir uns vielleicht an den Spruch unserer Altvorderen erinnern: ›Mach erst einen Versuch, ehe du dich geschlagen gibst!‹ Wenn dieser Heiler keinen Erfolg bei unserer Behandlung hat, werden wir einen anderen suchen. Solange wir noch nicht zu alt sind, werden wir nicht in dem Bemühen nachlassen, doch noch Kinder zu bekommen."

Bugonoka verbrachte fünf Tage bei ihren Eltern. Währenddessen half sie ihrer Mutter, ein Feld zur Aussaat vorzubereiten und anschließend rote Hirse auszusäen. Am Abend des fünften Tages legte ihr die Mutter vor dem Schlafengehen ein Abschiedsgeschenk in ihren Korb. Am nächsten Tag kehrte Bugonoka zu ihrem Mann zurück. Sie war nicht länger als vorher vereinbart von ihm fern geblieben.

Gleich am nächsten Morgen nach ihrer Rückkehr lief Bugonoka auf ihr Feld, um nach der Saat zu sehen. Und siehe da, die Hirse war bereits aufgegangen.

Bei ihrer Ankunft fand sie ihre Nachbarin, die Frau Kanwaketas, im Gehöft vor. Sie begrüßten einander und tauschten die Neuigkeiten der letzten Tage aus. Myombekere sagte bei dieser Gelegenheit zu Kanwaketas Frau: „Heute hast du jemanden gefunden, der dich beim Buttern ablösen kann." Sie ging auf den Scherz ein und erwiderte: „Du hast recht. Meine Anteilnahme zu dieser Heirat!" Myombekere antwortete: „Danke sehr, Bibi!" Worauf alle in Gelächter ausbrachen.

Als die Nachbarin sah, daß Bugonoka tatsächlich mit dem Buttern anfangen wollte, sagte sie: „Schwester, überlaß diese Arbeit heute nochmal mir! Du kannst sie morgen wieder übernehmen. Ich bin ohnehin hier, und du hast dich von deiner anstrengenden Reise noch nicht richtig ausgeruht."

Nachdem Kanwaketas Frau gebuttert hatte, nahm Bugonoka eine kleine Kalebasse und füllte sie mit Butterfett, um sie Kanwaketas Frau zu geben. Diese weigerte sich zunächst, das Geschenk anzunehmen: „Loo, du gibst mir Fett, als ob ich dir ohne diese Gabe auch nicht beim Buttern geholfen hätte." Bugonoka sagte: „Nein, es ist nicht deswegen. Ich will dich nicht für deine freundliche Hilfe entlohnen. Schwester, ich gebe dir das Fett für deinen Mann mit, den Freund meines Mannes. So kannst du ihm die Beilagen damit würzen. Wie ich weiß, habt ihr selbst jetzt kein Butterfett, weil eure Kühe keine Milch geben." Da nahm die Frau Kanwaketas das Geschenk an, und Bugonoka begleitete sie noch ein Stück Wegs nach Hause.

Später ging Bugonoka zum See, Wasser holen. Sie goß dieses in einen großen Tonbehälter, den sie mit Blättern vom omusunsu-Baum säuberte. Dann verteilte sie das Wasser in mehrere kleine Gefäße und Töpfe, die sie ebenfalls mit den Blättern reinigte. Schließlich brachte sie ein wenig Wasser zum Kochen, goß es mit Kieselsteinen zusammen in das Butterfaß und schüttelte dies, als ob gesäuerte Milch darin sei. Sie brachte das Faß nach draußen und schüttete den Inhalt aus. Nachdem sie nochmals nachgespült hatte, war das Butterfaß wieder ganz sauber. Bugonoka hängte das Faß am Zaun des Gehöfts zum Trocknen auf. Erst am Abend, nach dem Kochen, nahm sie es wieder ab und räucherte es mit schwelenden omuchumuliro-Hölzern aus, wie sie es jeden Tag zu tun pflegte.

Als der Dezember kam, befand sich Bugonoka im fünften Schwangerschaftsmonat. Erst da war auch Myombekere endlich davon überzeugt, daß seine Frau schwanger war.

Im fünften Monat nimmt die Leibesfrucht menschliche Formen an. Das Gefühl im Bauch war nun mehr das einer schlängelnden Bewegung. Manchmal rührte sich was, manchmal auch nicht. Das blieb so bis zum Vollmond. In der Neumondphase danach nahmen die Bewegungen und der Druck plötzlich zu. Nachts stieg Bugonokas Körpertemperatur stark an. Myombekere spürte dies, wenn er sie umarmte. Sie schlief so fest wie drei Leute zusammen. Sie wachte mit dem ersten Hahnenschrei nicht mehr von selbst auf. Myombekere mußte sie wecken. Und wenn sie erwachte, wollte sie weiterschlafen. Trotz der nächtlichen Fieberanfälle versäumte Bugonoka ihre täglichen Pflichten nicht. Und sie sagte auch niemals, daß sie sich schlecht fühlte.

Im Januar bereitete sie ein Feld für die Aussaat von Kolbenhirse vor. Wenn die Sonne zu warm schien, kehrte sie ins Gehöft zurück. Die anderen Bäuerinnen taten es ebenso. Beim Hacken der Felder kann man es nicht vermeiden, daß der ganze Körper mit Staub bedeckt wird. Ein schönes Gesicht ist dann genauso wenig mehr zu erkennen wie ein häßliches.

Eines Tages erhielten die beiden die Nachricht, daß Bugonokas Tante, die Schwester ihres Vaters, gestorben sei. Sie sei vom Blitz erschlagen worden und in ihrer Hütte verbrannt. Oh weh! Das war ein schwerer Schlag, der die Sonne auf einmal für sie untergehen ließ. Den beiden tat dies außerordentlich leid. Bugonoka konnte nicht mehr stehen oder nach draußen gehen. Aber weinen so wie die anderen, wenn sie eine Todesnachricht erhalten, konnte sie auch nicht. Stattdessen wurden ihre Gelenke so schwach, daß sie ihr die Dienste versagten. Man soll sich nicht darüber verwundern oder sie sogar tadeln, daß sie über den Tod ihrer Tante nicht weinte. Es lag daran, daß ihr Mann sie tröstete und daran dachte, ihr eine Medizin zu besorgen: „Beruhige dich, meine Frau, und weine nicht. So etwas ist wie Wasser, das nun einmal vergossen ist. Laß uns Kibuguma um Rat fragen. Schließlich hast du seine Medizin genommen und trägst immer noch sein Amulett an deiner Hüfte. Ich werde mit dem ersten Hahnenschrei zu ihm gehen und ihn befragen. Nicht, daß wir anläßlich des Todes irgendein Tabu verletzen und später dafür zu bezahlen haben!"

An diesem Tag aß Bugonoka nichts zu Abend. In großer Trauer gingen sie zu Bett. Sie konnten beide nicht schlafen, weder die Frau noch der Herr des Gehöfts. Bugonoka vergrub sich in das Kopfkissen. Sie war zu traurig. Und Myombekere wartete darauf, daß die Nacht vorüber wäre. Als er den ersten Hahnenschrei hörte, machte er sich sofort auf den Weg zum Heiler.

In der Morgendämmerung, als die kleinen Vögel gerade zu singen anfingen, kam er im Gehöft Kibugumas an. Am Tor, das Kibuguma nachts mit Dornen und Balken versperrte, rief er mit gewaltiger Stimme, so daß es wie drei Stimmen auf einmal klang: „Hodi! Darf man eintreten?" Zunächst hörte er, wie Weroba ihren Mann weckte: „Kibuguma, Kibuguma, steht auf! Am Tor ruft jemand. Ich weiß nicht, wer es ist." Dann rief Kibuguma zurück: „Wer ruft dort draußen?" Myombekere erwiderte: „Ich bin es!" Und Kibuguma fragte noch einmal: „Wer bist du denn?" Worauf Myombekere sagte: „Ich bin es, dein Sohn, der Myombekere genannt wird." Kibuguma stand unverzüglich auf und ergriff im Vorübergehen sein Ledergewand von der Leine, wo er es während der Nacht aufgehängt hatte. Mit dem Gewand in der Hand öffnete er die Haustür und ging eilig nach draußen. Erst dort fiel ihm auf, daß er das Gewand gar nicht angelegt hatte. So hielt er es vor sich. Mit der anderen Hand rieb er sich seine Augen, um besser zu sehen. Er starrte durch das Hoftor und erkannte endlich Myombekere, der dort allein mit seinem Speer in der Hand wartete. „Warum kommst du im Dunkeln zu mir, ist bei dir zu Hause etwas vorgefallen?" Dann rückte er die Sperre gerade so viel zur Seite, daß man sich mit der Schulter voran durch die Öffnung zwängen konnte, ein Bein hinter dem anderen.

Im Haus setzten sie sich erst einmal, dann tauschte Myombekere mit allen Anwesenden die Begrüßungsformeln aus. Endlich sagte er zu Kibuguma: „Mein Heiler, was mich hergebracht hat, ist folgendes..." Kibuguma unterbrach ihn: „Teile es uns mit!" Darauf Myombekere: „Gestern abend, oder sagen wir besser am Spätnachmittag, haben wir eine Todesnachricht erhalten. Die Tante meiner Frau ist gestorben. Sie wurde vom Blitz erschlagen, der ihr Haus anzündete, so daß sie darin verbrannte. Das Haus hatte ihr jüngster Sohn für sie gebaut. Er wohnt allerdings mit seinen drei Frauen in seinem eigenen Gehöft. Die Hauptfrau hat bisher zwei Söhne und drei Töchter geboren, wovon eine noch gestillt wird. Die zweite Frau hat einen Sohn, der auch noch gestillt wird. Und die dritte Frau ist schwanger. Die Geburt ihres Kindes steht bald bevor. Mein Heiler, soweit zu dem Unglücksfall, der uns betroffen hat. Der eigentliche Grund meines Kommens ist aber, daß ich wissen möchte, ob meine Frau sich trotz ihrer Schwangerschaft an der Totenklage beteiligen darf." Kibuguma antwortete ihm: „Ei, habe ich vergessen euch zu sagen, daß sie bis zur Geburt ihres Kindes auf keinen Fall an einer Totenklage teilnehmen darf? Dann war es ein Fehler von mir, das zu vergessen."

Am nächsten Tag stand Myombekere morgens ganz früh auf und begab sich zum Gehöft der Verstorbenen, um den Hinterbliebenen einen Trauerbesuch abzustatten. Dort konnte er sich davon überzeugen, daß der Blitz tatsächlich die Hütte in Brand gesteckt hatte und die Frau darin vollständig verbrannt war. Es gab daher keine Totenwache und somit auch keine Totenfeier. Myombekere ging unverzüglich wieder nach Hause zurück.

Dort erzählte er Bugonoka alles, was er gesehen und gehört hatte, so auch von dem Plan der Hinterbliebenen, bis zum Neumond zu warten und dann für die Tote ein Gedenkfeuer zu entzünden. Zu diesem Zeitpunkt sollten auch die Regenmacher gerufen werden, um mit ihren Fetischen das Haus magisch zu reinigen und die Blitzspuren am Boden des niedergebrannten Hauses zu beseitigen. Anschließend mußte daneben ein neues Haus errichtet werden. Den beiden blieb nichts anderes übrig, als abzuwarten.

Als es wieder Neumond war, ging Myombekere zu dem Sterbehaus, um an der Trauerfeier teilzunehmen und beim Bau eines neuen Hauses mitzuhelfen. Als das Haus stand, ging er sofort wieder heim.

Mittlerweile war es Januar geworden. Bugonoka befand sich nunmehr im sechsten Monat ihrer Schwangerschaft. Alle Mütter bestätigen, daß dem ungeborenen Kind in diesem Monat Haare wachsen. Kommt es zu einer Fehlgeburt, dann sieht man, daß der Kopf des toten Kindes schon ganz mit Haaren bedeckt ist. Obwohl Bugonokas Schwangerschaft schon so weit fortgeschritten war, bestellte sie weiterhin ihren Acker. Wer sie bei dieser Arbeit antraf, pflegte zu fragen: „Was macht die Arbeit, Bugonoka?" Ihre Antwort war stets die gleiche: „Ich habe genug zu tun." Und dann folgte immer die besorgte Frage: „Kann dir die Feldarbeit bei deinem Zustand nicht schaden?" Sie antwortete: „Warum sollte mir die Arbeit schaden, wenn doch die Schwangerschaft nur wie ein Kleid von mir ist? Wenn du, so wie du bist, dein Gewand von dir würfest, was würden die Leute dann wohl von dir denken?" – „Ei, loo! Wenn ich mein Kleid von mir würfe und splitternackt herumliefe, würden sie mich als verrückt ansehen, denn hier in Kerewe-Land gilt das nicht als anständig." Obwohl sie genau Bescheid wußten, fragten die Vorbeikommenden auch Myombekere: „Wie geht es euch allen im Gehöft? Wie geht es vor allem Bugonoka? Hat sie eigentlich schon geboren? Es ist doch schon recht lange her, daß sie schwanger wurde, oder?" Myombekere pflegte dann zu antworten: „Danke, uns geht es gut. Auch Bugonoka ist wohlauf, aber sie hat noch nicht geboren." Worauf sie fortfuhren: „Wie kann eine Frau, die hochschwanger ist, alleine das Feld bestellen?" Myombekere meinte dazu: „Dafür, daß wir so gut das Feld bestellen können, danken wir Namugaba, dem Gott, der alle Dinge zuteilt. Was sollen wir anders tun? Wir wollen uns an den Spruch unserer Altvorderen halten: ›Schau jenen an, er ist in diesem Jahr mit einer guten Ernte beglückt worden! Bei der Feldbestellung war er wahrscheinlich sehr gesund, wie wohl auch seine Familie und seine Schwiegerleute. Das muß der Grund für seine reiche Ernte sein!‹"

Im sechsten Schwangerschaftsmonat spürte Bugonoka, wie sich das Etwas in ihrem Leib regte. Sie bearbeitete das gesamte Feld ohne irgendwelche Schwierigkeiten. Da das Feld das Jahr zuvor brachgelegen und sie es auch noch gedüngt hatte, ging die Hirsesaat bald auf. Die Hirse wuchs und wuchs. Nach kurzer Zeit schossen schon die ersten Halme empor.

Einige Tage später gingen Myombekere und Bugonoka schon früh morgens aufs Feld, um zu jäten. Da die Regenzeit diesmal sehr feucht ausfiel, konnten sie die Arbeit nicht allein bewältigen. Sie beschlossen daher, sogenannte ‚abayobe', Gemeinschaftsarbeiter, um Hilfe zu bitten.

KAPITEL 15

Obuyobe – Gemeinschaftsarbeit auf dem Feld

Als Myombekere sah, daß es Tag für Tag ohne Unterlaß regnete, beriet er sich mit Bugonoka, welche Leute zur Gemeinschaftsarbeit eingeladen werden sollten. Sie brauchten Helfer beim Jäten sowohl der Büschelhirse als auch der Kolbenhirse. Zunächst schickten sie Kagufwa, ihren Neffen, der bei ihnen aufwuchs, zu seiner Mutter, einer älteren Schwester Myombekeres, um sie herbeizurufen. Als sie kam, erklärte ihr Myombekere, warum er sie hatte rufen lassen. Sie ging sofort auf Myombekeres Bitten ein: „Warte, ich will deinem Schwager ein paar gute Worte geben, daß er Leute zusammenruft, die bereit sind, euch beim Jäten der Hirse zu helfen. Sonst erstickt sie bei dem vielen Regen noch im Unkraut!"

Sie erklärte ihrem Mann Myombekeres Schwierigkeiten in der richtigen Weise, und jener war sogleich zu helfen bereit: „Beunruhige dich nur nicht, meine Frau, das ist doch keine große Sache. Erleben wir es nicht ständig, daß sich die Leute gegenseitig bei der Arbeit helfen, selbst wenn sie nicht miteinander verwandt sind? Wie könnte ich wohl denjenigen, der mir bei der Gründung meiner Familie half, im Stich lassen? Täte ich dies, wäre es eine große Schande für mich. Wenn Myombekere mit überreicher Ernte gesegnet ist, freut mich das ungemein und ich bin sehr dankbar dafür. Diese sichert auch unsere Ernährung, denn er kann uns, das heißt dich, mich, seine Neffen und Nichten, nicht hungern lassen, wenn er selbst im Überfluß hat. Und wenn wir hier mit unserer Ernte zufrieden sind, dann freut er sich mit uns, denn was wir haben, gehört auch ihm."

Gleich am nächsten Morgen ging er zu seinen Verwandten und lud sie für den folgenden Tag ein, dem Schwager beim Jäten der Hirsefelder zu helfen. Ob Frauen oder Männer, alle die er einlud, folgten ausnahmslos seiner Einladung.

Nachdem Myombekere von seiner Schwester darüber unterrichtet worden war, machte sich seine Frau daran, Korn zu dreschen und zu worfeln. Das von der Spreu gereinigte Korn brachte sie Frauen in der Nachbarschaft, die ihr helfen sollten, daraus Mehl für die Gemeinschaftsarbeit zu mahlen. Diese erklärten sich ohne Zögern bereit, denn Bugonoka hatte ihnen auch stets geholfen, wenn sie ihre Hilfe für die Vorbereitung eines Festes oder aus sonst einem Grunde benötigt hatten.

Morgens am dritten Tage konnte Myombekere seine Schwester und deren Mann in der Begleitung von über dreißig Leuten, Männern wie Frauen, mit ihren Hacken zur Feldarbeit bereit, auf seinem Hof begrüßen. Gleich bei der Ankunft sagten sie ihm: „Wir wollen uns hier nicht länger aufhalten, sondern sofort an die Arbeit gehen, die du uns zugedacht hast. Los!" Schwester und Schwager hatten Myombekere eine große Menschenschar für die Gemeinschaftsarbeit auf dem Feld zugeführt. Bugonoka trat zu ein paar Frauen und bat sie, ihr zu helfen, für die Feldarbeiter zu kochen und Trinkwasser herbeizuschaffen. Sie richtete auch an Myombekere die Bitte, sie bei der Versorgung der Feldarbeiter zu unterstützen. Glücklicherweise regnete es an diesem Tage nicht.

Als die Gemeinschaftsarbeiter auf dem Hirsefeld ankamen, begannen sie sofort damit, ihre Hacken zu schwingen und die Erde zu lockern: pupu, pupu.

Ein wenig später, als sie schon mitten bei der Feldarbeit waren, erschienen zur Verwunderung der Vorarbeiter noch zwei Jugendliche, die mitmachen wollten, ein Mädchen in der Arbeitsgruppe der Frauen, und ein Junge in der Gruppe der Männer. Sie übertrafen alle beim Jäten. Schon bald führten sie in ihrer Furche die übrigen Helfer an. Das war wirklich erstaunlich!

Im Gehöft waren Bugonoka und ihre Helferinnen inzwischen munter dabei, Kartoffeln zu kochen. Als sie diese aufs Feld bringen wollten, hielt Myombekere sie auf: „Nein, ihr könnt unseren Feldarbeitern doch nicht bloß Kartoffeln ohne Beilage bringen!" Er hatte nämlich tagszuvor einen Ochsen geschlachtet, davon das Rippenfleisch geröstet und das ganze, so wie es sich gehört, gut mit lunzebe-Salz gewürzt. Dieses Fleisch und die Innereien des Ochsen wurden nun zusammen mit den Kartoffeln den Helfern gebracht. Für seine Schwester hatte Myombekere übrigens einen Vorderlauf beiseite gelegt. Dieses Fleischstück wollte er ihr beim Abschied schenken.

Als Kartoffeln und Fleisch auf dem Feld eintrafen, hatten die beiden Jugendlichen ihre Arbeit schon beendet. Sie ruhten sich im Schatten eines Baumes aus und tranken Wasser. Die anderen waren nicht so schnell beim Jäten. Sie hatten darum das Ende der ihnen zugewiesenen Furchen noch nicht erreicht. Es war auch noch kein Mittag.

Die Boten setzten die mitgebrachten Speisen zunächst im Schatten ab. Dann winkten sie Myombekeres Schwester herbei: „He, ruf die Gäste zusammen! Sie sollen erst essen, bevor sie weiter jäten!"

Im selben Augenblick ließen die Arbeiter ihre Hacken fallen. Ein jeder eilte zum Eßplatz. Es gab nicht soviele Kartoffeln und Fleischstücke, daß jeder drei oder vier davon hätte essen können. Einer von ihnen übernahm die Verteilung. Zunächst gab er jedem nur eine Kartoffel und ein kleines Stück Fleisch. Als sich die Männer nochmals von der Beilage nehmen wollten, ertappten sie den dreisten Jugendlichen dabei, wie er gerade seine Hände in die olunanga-Schüssel mit der Beilage steckte, um davon zu naschen. Der Austeiler hatte noch gar nichts abbekommen. Daraufhin fielen die Männer kurzerhand über die restlichen Kartoffeln her und brachten sie an sich. Der Fleischdieb hatten seine Gefährten aber nur erschrekken wollen und gab seine Beute alsbald zur Verteilung frei. Über diesen Vorfall brachen die Frauen in lautes Gelächter aus, so heftig, daß ihnen fast die Rippen barsten. Schließlich setzte Myombekeres Schwester dem Treiben ein Ende: „He, Leute, euer Übermut geht wirklich zu weit! Ihr balgt euch in dem frisch gejäteten Hirsefeld und tretet die Pflanzen nieder. Hört sofort damit auf!"

Die Frauen, die unter sich aßen, verhielten sich ordentlich. Ihre Verteilerin gab jeder von ihnen zwei Kartoffeln und zwei Stücke Fleisch, die sie ruhig und gesittet zu sich nahmen. Als die Mädchen auch versuchten, von dem Fleisch zu naschen, schaute sie die Älteste der Frauen nur scharf an. Da bekamen sie sofort Angst und benahmen sich wieder, wie es sich gehört.

Nach dem Essen setzten sie ihre Arbeit fort. Die beiden Jugendlichen, die so schnell ihren Anteil an der Gemeinschaftsarbeit erledigt hatten, halfen noch ihren Gefährten. Der Knabe half Myombekeres Schwager, und das Mädchen dessen Schwester.

Alle, die das Essen aufs Feld gebracht hatten, kehrten schnell ins Gehöft zurück, um wieder für die Gäste zu kochen. Zu Hause berichteten sie: „Als wir aufs Feld kamen, sahen wir einige im Schatten liegen und sich ausruhen. Wir dachten schon, sie seien vielleicht krank geworden, denn schließlich sind wir alle nur Menschen, die den Keim des Todes in sich tragen. Als wir aber genauer hinschauten, sahen wir, daß sie ihren Arbeitsanteil schon bewältigt hatten und wirklich nur ausruhten. Es handelt sich um einen Jungen und ein Mädchen. Wenn es eure Kinder wären, würdet ihr euch freuen, solchen Nachwuchs hervorgebracht zu haben! Man lobt die Kinder ja nicht fürs Essen, sondern für ihre Arbeit, insbesondere wenn sie so tüchtige Feldarbeiter sind wie jene. Ei, ein Fauler gilt nichts im Kerewe-Land. Wenn wir einen Jungen oder ein Mädchen verheiraten wollen, prüfen wir zuerst ihren Leumund hinsichtlich der Feldarbeit, ob es da etwas zu bemängeln gibt."

Nach dem Bericht stand Myombekere auf, um nach den Fleischtöpfen zu sehen, die draußen auf einem Feuer kochten. Es zeigte sich, daß das Fleisch fast gar war. Er wies darum Bugonoka an, schnell mit der Zubereitung des Hirsebreis zu beginnen. Die Frauen trugen die zum Kochen des Breis vorgesehenen Töpfe zusammen und begannen, sie erst einmal zu scheuern, wie sie es alle Tage taten: kwaru, kwaru! Einige Frauen gingen mit noch rohem Hirsebrei und etwas Feuerholz zum Nachbarn Kanwaketa, um dort zu kochen. Als der Brei gar war, legten sie ihn in einen sonzo-Korb und brachten ihn schnell zum Gehöft Myombekeres, in Bugonokas Hütte.

Nachdem alle sonzo-Körbe mit frisch gekochtem Hirsebrei gefüllt waren, wurden die Feldarbeiter mit lauten Rufen herbeigeholt. Sie ließen sich unter den schattigen Bäumen des Gehöfts nieder. Blätter wurden gebracht und auf dem Erdboden ausgebreitet. Die Gäste hockten sich nach Art der Frauen hin, in zwei Gruppen, Männer und Frauen nach dem Geschlecht getrennt. Man gab ihnen

Gelegenheit, die Hände zu waschen. Dann trug man die mit Hirsebrei randvoll angefüllten sonzo-Körbe herbei. Zum Schluß folgten noch die großen Töpfe mit Fleisch. Myombekere hieß sie alle willkommen mit Worten, wie man sie im Kerewe-Land an seine Schwäger richtet: „Willkommen ihr Ältesten, unsere Schwäger! Seht, was wir für euch vorbereitet haben!" Darauf antworteten die Feldarbeiter: „Vater Schwager! Wir fühlen uns durch dein Geschenk sehr geehrt!" Myombekere gab einem jungen Mann namens Mugeniwalwo, einem Sohn Kanwaketas, der sich im Gehöft aufhielt, den Auftrag, das Fleisch an die Leute auszuteilen. Da Mugeniwalwo ein Spaßvogel war, nahm er ein großes Fleischstück von der olunanga-Schale und überreichte es einem der Gäste mit den Worten: „Bwana, ich gebe dir dieses besonders große Stück, damit du dem Schwager Myombekeres hinterher nicht sagen kannst, du habest nur einen fleischlosen Knochen bekommen, als du Myombekere beim Jäten des Hirsefelds halfst." Danach wandte er sich den Frauen zu. An eine von ihnen richtete er die Worte: „Hier Bibi, ich gebe dir ein besonderes Stück Fleisch, damit du der Schwester Myombekeres nicht hinterher sagst, am Tage der Gemeinschaftsarbeit habe dir der Verteiler der Speisen nur einen fleischlosen Knochen gereicht, so daß du den Hirsebrei ohne Beilagen und ungewürzt habest essen müssen." Danach trug er eine randvoll gefüllte Holzschüssel herbei und setzte sie mit der Aufforderung unter die Leute: „Nehmt, was aus dem Topf des Schwagers kommt, nehmt den kambare-mamba-Fisch! Ein jeder nehme sich reichlich!" Sobald der erste nur ein wenig davon gekostet hatte, begann er auch schon, die hohe Kochkunst Bugonokas zu preisen. Viele der Anwesenden legten daraufhin das Fleisch, das ihnen Mugeniwalwo schon zugeteilt hatte, schnell wieder in die Holzschale zurück und tauschten es gegen Fisch aus. Es ist wahr, daß Bugonoka den Fisch nach allen Regeln der überlieferten Kochkunst köstlich gewürzt und zubereitet hatte.

Nach dem Essen ließ Myombekere zwei Krüge mit Bananenbier bringen, einen für die Gruppe der Männer, den anderen für die Frauen. Diejenigen, die beim Kochen mitgeholfen hatten, erhielten einen eigenen Krug Bier. Die Gäste leerten die Krüge bis auf den

Grund. Manchmal, wenn zuviel getrunken wird, brechen die Leute einen Streit vom Zaun. Hier blieben sie jedoch alle friedlich. Ich müßte lügen, wenn ich etwas anderes behaupten wollte.

Myombekere hatte bei seinem Nachbarn Kanwaketa für den Gegenwert einer Ziege Bier erworben. Außer den drei erwähnten Krügen waren noch drei weitere Krüge mit Bier im Gehöft Kanwaketas zurückgeblieben, die dem Wert von Hals- und Bruststück der Ziege entsprachen.

Am Ende der Bewirtung wurden Schwager und Schwester von Myombekere ins Haus gerufen. Er überreichte ihnen dort eine Kuhhaut sowie das Vorderbein des Ochsen, den er für die Gemeinschaftsarbeiter geschlachtet hatte, und sagte: „Schwager, nimm dieses Fell entgegen und schneide meiner Schwester eine Schlafdekke daraus zu! Im Fell eingewickelt befindet sich unsere Zuspeise. Ihr sollt sie bei euch zu Hause verteilen!“ Wie aus einem Munde bedankten sich die Schwester und ihr Mann: „Du bist sehr großzügig zu uns. Wir werden niemals vergessen, dir dafür dankbar zu sein!“ Danach übergab man ihnen ihre Feldhacken, und Myombekere und Bugonoka geleiteten sie noch ein Stück Wegs nach Hause.

Wieder zurück, wies Myombekere den Sohn Kanwaketas an: „Hol auch das andere Ochsenbein aus dem Haus, damit wir es noch unter die Leute verteilen können!“ Myombekere gab allen ein Stück davon, aber es blieb noch etwas Fleisch übrig, das Bugonoka wieder ins Haus brachte.

Danach sprach Myombekere zu den Anwesenden: „Erhebt euch und folgt mir zum Biertrinken in Kanwaketas Gehöft!“ Alle mit Ausnahme von Bugonoka kamen mit. Sie blieb zu Hause, um aufzuräumen und die restlichen Innereien des geschlachteten Ochsen zu reinigen und zu braten.

Bei Kanwaketa bat Myombekere um die drei Krüge Bier, die er dort stehengelassen hatte. Er überreichte sie den Leuten, und sie leerten alles bis zur Neige. Am Abend auf dem Heimweg schwankte Myombekere gehörig. Wären sie nicht noch wegen des Todes von Bugonokas Tante in Trauer gewesen, hätte er sicher das Trinkerlied angestimmt: „Omulambo ogwabo: balita! – Ein Biertrinker schläft notfalls auch am Biertopf, ohne an sein Zuhause zu denken!" Nun, an jenem Tage ging er stumm zu seinem Gehöft zurück.

Am nächsten Morgen kam er kaum aus dem Bett. Bugonoka weckte ihn, um ihm, wie es damals so üblich war, aus den Resten des Abendessens ein Frühstück zuzubereiten. Sie bemühte sich sehr, ihn wach zu bekommen. Er schluckte nur ein paar Mal und räkelte sich, blieb aber im Bett. Erst als Bugonoka Wasser holte und ihm damit Kopf und Füße wusch, schaffte er es aufzustehen. Sie stellte ihm das Essen hin, er aber nahm nur ein wenig, gerade etwas Fleisch mit Soße. Den Hirsebrei ließ er unangerührt.

Später am Tag nahm er seine Arbeit in der Bananenpflanzung wieder auf, und Bugonoka machte sich daran, Schalen zum Worfeln von Getreide und sonzo-Körbe zu flechten.

KAPITEL 16

Ein Streitgespräch unter drei Männern

Die drei Männer sind: Mugimba, Mbaliro und Nkarani. Sie kamen eines frühen Morgens in Myombekeres Gehöft, nur um ihm guten Tag zu sagen. Das war damals so Sitte, und manche machten dies täglich.

Mugimba kam als erster. Er traf Myombekere an, als er gerade mit seiner Nichte versuchte, draußen ein Feuer zu entfachen. Bugonoka befand sich zu der Zeit im Rinderpferch und sammelte dort Kuhurin, um damit ihre Melk- und Buttergefäße zu säubern.

Kaum hatte sich Myombekere mit dem Gast im Vorhof niedergelassen, da traf auch Mbaliro ein. Er setzte sich zu ihnen. Man sprach über Heiraten, Kindererziehung, die Erträge aus der Rinderhaltung, über dies und jenes. Während sie sich so unterhielten, gesellte sich schließlich noch Nkarani zu ihnen.

Während die Männer sich angeregt unterhielten, trat Bugonoka mit einem Kessel heißen Wassers zu ihnen und sagte: „Männer, breitet euch auf euren Hintern nur behaglich aus! Macht es euch bequem!" Mugimba fragte belustigt zurück: „Wir sollen es uns also bequem machen. Sind wir nicht schon nackt, oder tragen wir etwa Kleider?" Seine Gefährten brachen in schallendes Gelächter aus, und einer von ihnen, Mbaliro, fügte hinzu: „Dieser Bwana ist aber ungezogen, oh jeh!" Bugonoka erwiderte ruhig: „Bleibt nur nackt und fühlt euch wohl! Seid ihr etwa damit beschäftigt, eure Kleider auszubessern? Ihr habt doch gesehen, daß das Wasser zum Händewaschen schon in den olusabuzyo-Trog gefüllt wurde." Mugimba richtete seine Worte nun unmittelbar an Mbaliro: „Ich bin doch euer Gefährte, darum beschimpft mich nicht! Bitte laßt mich in Ruhe! Ich habe deine Worte ja verstanden!" Mbaliro ließ indessen nicht locker: „Alle deine Frauen sind zur Zeit bei dir im Gehöft. Wie sollen sie dich wohl zum Essen rufen?" Mugimba blickte verlegen und tat zunächst so, als wollte er auf die Rede nicht eingehen. Dann entgegnete er aber doch: „Fragst du mich oder einen anderen aus der Runde?" Mbaliro darauf: „Ausgerechnet du erkundigst dich, wen ich gefragt habe?" Mugimba erwiderte: „Gut, ich war es. Paß also auf, was ich dir zu sagen habe!" Mbaliro: „Sprich nur!" Mugimba: „Pflegen deine Frauen etwa auch zu sagen, du sollest dich auf deinem Hintern ausbreiten?" Mbaliro erwiderte: „Nun gut, breitet euch auf euren Hintern aus und macht es euch bequem, was ist schon dabei? Meinst du etwa, daß nur du und deine zwei Jungen dies sagen dürften?" Mugimba: „Wieso nur ich und meine zwei Jungen? Wir sind derzeit sogar fünf Männer auf dem Gehöft. Das ist nicht der Grund. Keiner, der Gäste empfängt, sollte so etwas sagen!"

Bugonoka brachte den Korb mit Hirsebrei und den Topf mit obusanzage-Fleisch. Es handelt sich um Fleisch, das man zuerst durch Auspressen trocknet. Dann wird das Fleisch nach allen Regeln der Kochkunst mit Steinen, die man sonst zum Mahlen von Hirse benutzt, bearbeitet, bis es so zart ist, daß sogar jemand ohne Zähne davon essen kann. Als Mbaliro das Fleisch sah, ergriff er wieder das Wort: „Heute haben wir aber Glück! Man sieht, daß die Frau doch in Ordnung ist. Wer morgens in ihr Gehöft kommt, geht mittags gesättigt nach Hause. Laßt uns unseren Hunger stillen!"

Nach dem Essen ergriff Myombekere die Milchkalebasse, schüttelte sie mit stoßenden Bewegungen und reichte sie zuerst Bwana Nkarani, weil er der Älteste unter ihnen war. Der sollte dann die Kalebasse an Mbaliro, den Zweitältesten, weiterreichen.

Eigentlich sah Mugimba älter aus. Er war größer als alle und besaß einen massigen, stark behaarten Körper. Arme und Beine waren ganz mit Haaren bedeckt. Genau genommen war in dieser Runde nur Myombekere ein junger Mann. Er hatte nicht mal das Alter, das man für die Gründung eines eigenen Gehöfts im allgemeinen erwartet. Nur weil sein Vater vorzeitig verstorben war, hatte er sich selbständig gemacht. Also Myombekere war in der Tat der jüngste unter ihnen.

Der alte Nkarani nahm die Milchkalebasse entgegen, setzte sie an den Mund und trank von der Milch. Danach hielt er den Mund geöffnet, rülpste aber nicht. Myombekere fragte ihn: „He, hast du etwa nichts von der Milch getrunken? Schmeckte sie dir zu schlecht?“ Nkarani erwiderte: „Im Gegenteil, ich hatte Angst, den anderen alles wegzutrinken. Mache die Milch nicht schlecht! Gibt es hier im Bezirk sonst irgendjemanden, der die Milch so gut durchzuschütteln weiß wie Bibi Bugonoka? Ihre Milch ist mit Schaum bedeckt wie sonst nur Bananenbier im Braubottich.“

Während Nkarani die Kalebasse an Mbaliro weiterreichte, lobte er Myombekeres Rinder: „Wenn du nicht dieses ausgezeichnete buzimbe-Rind besäßest, würdest du dann in diesem Lande überhaupt etwas gelten? Ehrlich, die Maasai-Krieger haben mir zwar meine Herde vernichtet, aber ein solches Rind war bestimmt nicht darunter.“ Mbaliro, der in diesem Augenblick mit Trinken fertig war, unterbrach ihn: „Wenn du so ein Habenichts bist wie ich, was gedenkst du eigentlich dagegen zu tun?“ Nkarani antwortete: „Könnte ich nicht die Viehbesitzer unter den Kerewe bitten, mir aus Mitleid einige Rinder abzugeben? Sollte ich nicht auch gerne Rinder zur Milchgewinnung halten wollen, um mein Herz daran zu laben? Ein Sprichwort sagt, daß es besser ist, auf Fischsuppe zu verzichten als auf Milch. Erst wenn man Milch hat, hat man auch zu essen. Geht daraus nicht die Bedeutung eines buzimbe-Rindes hervor?“

Jetzt ergriff Mugimba das Wort: „Was hältst du denn von Gemüse, in Salzwasser gekocht und gehörig gewürzt? Magst du das etwa nicht?“ Statt Nkarani antwortete Mbaliro: „Oje! An solchem Gemüse ist doch nichts Schmackhaftes dran! Es wird nur so aus Gewohnheit gegessen. Wenn man gesund ist, hat es keinen Nutzen. Ißt du wirklich in Salzwasser gekochtes Gemüse, ohne Rindfleisch und Butterfett, gern? Es schmeckt doch wie Tabakblätter!“

Nachdem die Männer ihre Bäuche gehörig gefüllt hatten, nahm ihre Unterhaltung einen weniger ruhigen Verlauf. Sie schnitten dieses oder jenes Thema an und ließen es sogleich wieder fallen. Dazu rauchten sie ekirangi-Tabak. Wer immer Lust dazu verspürte, sog den Rauch durch die Nase ein und stieß ihn durch den Mund wieder aus. Schließlich ließ sich Mugimba vernehmen: „Schon vor einiger Zeit habe ich euch etwas gefragt, das mich bewegt. Noch immer bin ich ohne Antwort. Könnt ihr mich vielleicht nicht doch noch aufklären?“ – „Frag es nur noch einmal! Falls möglich, werden wir dir sagen, was wir wissen. Sollte es über unsere Fähigkeiten gehen, lassen wir es. Du wirst dann sicher andere finden, die dich aufklären:“ – „Also was ich euch fragen möchte, ist folgendes: Wenn eine Frau schwanger ist, wie kann man als Mann feststellen, wann sie schwanger geworden ist?“ Mbaliro äußerte sich zuerst: „Oh Nkarani, das ist vielleicht eine Frage! Mugimba, ist das alles, was du wissen willst?“ – „Ja, das ist alles! Meine Frage ist mir nicht leicht gefallen. Ich habe schon versucht, allein eine Antwort darauf zu finden, aber es ist mir nicht gelungen. Heute, wo ich in Gesellschaft von erwachsenen Männern bin, sehe ich eine günstige Gelegenheit, endlich Aufklärung zu erlangen. Sagt man doch bei den Kerewe, daß eine Frage, deren Beantwortung aussteht, am Ende immer vor die Alten kommt. Also heute sind wir diese Alten.“

Mbaliro äußerte sich abermals: „Männer, ich will meine Meinung dazu beisteuern. Sollte es keine zufriedenstellende Antwort sein, gilt das Wort der Kerewe, welches besagt, daß man denjenigen, der nicht an den Königshof gelangt, nicht verlachen soll. Also zur Sache! Männer, die Antwort auf die Frage, an welchem Tag genau eine Frau schwanger geworden ist, übersteigt mein Wissen. Ich denke, ich lüfte aber gleichwohl ein Geheimnis, wenn ich euch sage, was ich weiß.“ Die anderen ermunterten ihn: „Bwana, sprich nur frei. Was sollte dich hier daran hindern?“ Mbaliro fuhr also fort: „Ich möchte vor der Frau des Hofes hier nichts verraten, was der Scham unterliegt. Ich möchte nicht, daß sie es hört, es als Schimpf für die Frauen auffaßt und wir einen Ort verlieren, an dem wir Wasser trinken können.“ – Die anderen: „Sprich nur, Bwana! Wieso weißt du, wie die Menschen geschaffen werden, wie dieser oder jener gezeugt wurde oder ob er etwa vom Himmel gefallen ist?“ Mbaliro unterbrach seine Gefährten: „Schweigt endlich, wenn ihr wollt, daß ich euch das Geheimnis enthülle!“ Sie darauf: „Sprich zu uns, wir hören!“ – „Wie ich seit langem weiß, gibt es drei Merkmale, nach denen ein verheirateter Mann vor allen anderen erkennen kann, daß seine Frau schwanger ist. Das erste Zeichen ist der Zeitpunkt, an dem sie gewöhnlich ihre Monatsblutung bekommt. Das allein genügt aber nicht, denn die Regel kann auch ohne Schwangerschaft mal einen Monat ausbleiben. Das zweite Zeichen ist ein gewisses Strahlen in ihrem Gesicht. Es setzt bereits im ersten Schwangerschaftsmonat ein und tritt selbst bei häßlichen Frauen auf. Das dritte Merkmal besteht darin, daß nachts bei einer Schwangeren die Körpertemperatur wie im Fieber ansteigt. Sie ist aber nicht krank. Wenn sie am Morgen aufwacht, geht sie ihrer gewöhnlichen Arbeit nach. Es gibt aber einige Schwangere, die sind so schläfrig, daß sie in den Tag hinein schlafen. Ohne diese Anzeichen ist es meiner Meinung nach sehr schwer, den Zeitpunkt des Schwangerwerdens zu bestimmen."

Nkarani widersprach ihm heftig: „Ei, Mbaliro, diese drei Merkmale, die du genannt hast, sollen wirklich eine Schwangerschaft anzeigen?" – „Ja," erwiderte dieser, „oder kennst du noch andere Anzeichen?" – Nkarani fuhr fort: „Auch du kennst ein weiteres Merkmal, aber du hast es verschwiegen. Ich will es euch enthüllen. Also, wenn eine Frau bemerkt, daß ihre Monatsblutung ausbleibt, erforscht sie selbst ihren Körper, indem sie die Scheide ausspült und fühlt, ob der Muttermund geschlossen ist. Ist das der Fall, weiß sie, daß sie schwanger ist. Dies ist jedoch ein Merkmal, das nur dann etwas aussagt, wenn die Regel ausbleibt. Weiterhin spürt sie bei der Schwangerschaft oftmals ein Zucken im Bauch unterhalb des Nabels. Aber ich wiederhole, was ihr selbst auch schon herausgefunden habt: Trotz dieser Anzeichen haben wir Männer keine Möglichkeit, den genauen Tag zu bestimmen, an dem eine Frau schwanger geworden ist. Solltet ihr euch noch weiter darüber unterhalten wollen, laßt mich euch in diesem Zusammenhang eine weitere Schwierigkeit aufzeigen! Wenn ihr euch von eurer Frau trennt und sie in einer anschließenden Ehe ein Kind zur Welt bringt, könnt ihr dann bei der Gerichtsversammlung Ansprüche auf dieses Kind durchsetzen?" Die Gefährten meinten: „Ei, wir erleben es nur zu oft, daß die Frauen den Fall gewinnen und die Kinder dem zweiten Ehemann zuerkannt werden." Nkarani fragte weiter: „Wißt ihr auch, warum wir Männer in solchen Fällen den kürzeren ziehen?" Sie antworteten: „Na'am! Sie obsiegen vor Gericht nur deswegen, weil sich der Monat, in dem sie schwanger geworden sind, nicht genau feststellen läßt!"

Mugimba stellte Nkarani aber noch eine weitere Frage: „Wie lange kann ein Kind im Bauch der Mutter bleiben?" Diese Frage regte Nkarani zu längeren Ausführungen an: „Wenn es sich um eine normale Schwangerschaft handelt, dann ist eine Frau genauso lange schwanger wie eine Kuh. Paßt einmal auf, wie es ist! Also, wenn eine Frau heute schwanger wird und eine Kuh heute gedeckt, dann wird bei ungestörtem Verlauf die Kuh an dem Tage, an dem die Frau entbindet, ihr Kalb zur Welt bringen. Demnach dauert eine gesunde Schwangerschaft neun Monate. Im zehnten Monat findest du das Kind bereits fertig außerhalb des Mutterleibs vor. So ist es auch mit der Kuh, von der ich gesprochen habe. Eine Leibesfrucht, die erkrankt, verursacht indessen Schwierigkeiten. Es kommt zu Blutungen oder die Frucht geht ab. Bleibt sie trotz der Erkrankung im Mutterleib, hält sie die übliche Zeit bis zur Geburt nicht ein. Man bezeichnet diesen Zustand als ‚über den Rücken entfliehen'. In solchen Fällen kann eine Schwangerschaft Jahre dauern. Oft merkt die Schwangere, wie die Frucht in ihrem Bauch nach hinten rudert. Will man sie in den vorderen Bauch zurückholen, ist es ratsam, sich vom Heiler ein entsprechendes Mittel zu besorgen. Wenn eine Frau mit einer solchen Schwangerschaft die Medizin gewissenhaft einnimmt und sich ganz nach den Anweisungen des Heilers richtet, kann sich die Frucht nach zwei oder drei Jahren plötzlich wie ein Hodenbruch senken und anschwellen. Wenige Tage danach bringt die Frau ein gesundes Kind zur Welt. Das saugt an der Mutterbrust wie ein Kind aus einer ganz normalen Schwangerschaft. Knaben, die aus einer solch schwierigen, überlangen Schwangerschaft hervorgehen, nennt man ‚Batura'. Mädchen bekommen den entsprechenden Namen ‚Katura'. Manche Kinder bleiben tatsächlich zwei bis drei Jahre bis zur ihrer Geburt im Mutterleib!"

Mugimba widersprach diesen Ausführungen heftig: „Ich kann die Sache von dem Ungeborenen, das drei bis fünf Jahre im Mutterleib verweilt, nicht glauben. Als einfacher Mensch sage ich, Mugimba, nein dazu. Nun, Bwana Nkarani, wo soll sich ein solches Kind eigentlich im Bauch aufhalten?"

Nkarani fuhr ihn an: „Bwana, warum versuchst du, mich zu schmähen? Gehörst du etwa zur Volksgruppe der Abayambi? Hast du mir nicht richtig zugehört? Der Hanf steigt dir wohl zu Kopfe. Du solltest ihn nicht schon am Morgen rauchen. Er bekommt dir einfach nicht! Kaum zu glauben, du fragst mich, wo im Bauch sich ein solches Kind befindet. Ich denke, es wird irgendwo im Bauch seiner Mutter sein. Du bist doch ein Kerewe und kennst unsere Sitten. Dann wirst du auch dies wenige wissen und keine unziemlichen Fragen stellen. Du bist schließlich kein kleines Kind mehr, auch nicht jemand aus fernen Landen, der von unseren Dingen keine Ahnung hat. Was ist wohl die Ursache einer solch langen Schwangerschaft? Hängt sie nicht mit Saumseligkeiten bei den Ahnenopfern zusammen? Manchmal liegt es an der Frau, manchmal am Mann, der eine solche Frau geheiratet hat. Ich werde denen, die es wirklich wissen wollen, die Sache wohl erklären und beweisen können. Aber du Streithahn, laß mich mit deinen törichten Fragen in Ruhe. Du benimmst dich wirklich wie ein Angehöriger der Abayambi, die auf dieser Insel bekanntlich als besonders streitsüchtig gelten. Um den Grund herauszufinden, muß man das Orakel befragen und sich über die Monatsregel unterrichten. Außerdem muß man das Gehöft der Frau kennen und alle, die darin leben und arbeiten. Wenn man zu den Heilern geht, können sie einem genau erklären, woher bei einer Schwangerschaft die Schwierigkeiten rühren. Sollte es an zu wenig Opfergaben liegen oder an dem Fell, in das Verstorbene eingewickelt werden, dann können es die Seher und Heiler ganz klar sagen. Wer recht zu fragen versteht, der bekommt auch aufschlußreiche Antworten. Sind die Schwierigkeiten beseitigt, wird sich das Ungeborene alsbald in den vorderen Bauch der Schwangeren verlagern, und sie bringt ein gesundes Geschöpf zur Welt. Nun, ich habe es schon gesagt: Was man nicht kennt, wird so erhellt. Das beste Mittel der Erkenntnis ist immer noch die Befragung eines Orakels durch einen Wahrsager. Das wäre alles, was ich zu diesem Thema zu sagen habe."

Mugimba gab sich damit jedoch nicht zufrieden: „Es stimmt zwar, daß ich Opium rauche, aber heute morgen habe ich noch keins geraucht. Ich bin ein echter Kerewe von meinen Vorfahren her. Du wirfst mir Streitsucht vor und behauptest, ich sei ein Muyambi. Außerdem unterstellst du mir, ich sei vom Opium umnebelt. Vielleicht hat dich Bugonokas Hirsebrei, der dir heute morgen hier gereicht wurde, betrunken gemacht."

Myombekere unterbrach sie: „Laßt die gegenseitigen Beschimpfungen! Ihr seid doch erwachsene Männer! Dies ist ein Streitgespräch, aber kein echter Streit!"

„Nein, Bwana," erwiderte Mugimba. „Was jener zu mir gesagt hat, sind einfach böse Worte. Er behauptet, ich sei ein Streithahn wie die Abayambi. Bin ich etwa ein Muyambi? Wenn Nkarani selbst kein Streithahn ist, wie soll man sein Verhalten dann bewerten?"

Nkarani fragte ihn: „Nun, bist du etwa ein Regenmacher, wie es die Bedeutung des Namens Mugimba anzeigt?"

Mugimba verteidigte sich: „Der Mann, von dem ich diesen Namen habe, ein längst verstorbener Vorfahre, war tatsächlich ein Regenmacher. Er war weit und breit als berühmter Regenmacher bekannt, und alle wußten, daß er dem Regen befehlen konnte. Menschen, die bestohlen worden waren, suchten ihn auf, damit er für sie das Orakel befragte. Selbst der König kannte ihn. Du glaubst wohl, daß ‚Mugimba' ein unbekannter Name sei. Das Gegenteil ist der Fall!"

Nun machte auch Mbaliro den Versuch, den Streit zwischen Mugimba und Nkarani zu schlichten: „Hört endlich mit dem Gezänk auf! Ihr solltet euch schämen, denn ihr seid erwachsene Männer! Laßt ab von dem Streit, damit er vom Winde verweht werde! Dies ist ein Gespräch unter Männern und so soll es auch beendet werden! Hört endlich auf, euch zu streiten, und seid wieder gute Nachbarn!" Darauf schwiegen sie.

Nach einer Weile ergriff Mbaliro abermals das Wort: „Unser bisheriges Gespräch war eigentlich aufschlußreich. Ja wirklich! Es sind höchst bedeutungsvolle Worte gefallen. Darum würde auch ich euch gern etwas fragen, das mir seit langem am Herzen liegt. Eigentlich bewegt es mich seit meiner Geburt, und wie ihr mir ansehen könnt, ist das schon einige Zeit her. Schaut nur meinen Bart! Schließlich habe ich ihn nicht von der Ziege geliehen! Er wächst mir vielmehr wegen meiner vielen Lebensjahre. Auch mein Haupthaar ist inzwischen so schütter, daß es dem Fell eines Hasen gleicht. Trotz meines fortgeschrittenen Alters habe ich noch nicht erlebt, daß die Kerewe in ihren Streitereien über die Monatsnamen zu einer Lösung gekommen wären. Gehe ich nach Mumulambo, höre ich dort andere Monatsnamen als in Irangara. In Mw'ibara ist es noch wieder anders. Und so verhält es sich auf der ganzen Insel. Zur Zeit der Feldbestellung hat man wenig Zeit sich zu streiten. Aber gegen Ende der Regenzeit besuchen die Menschen einander auf den Gehöften auf der Suche nach Bier. Trifft man mit ihnen beim Trinken zusammen, streiten sie sogar mit jemandem meines Alters über die Monate. Gut, das Jahr hat also zwölf Monate. Aber wie heißen sie? Ich frage euch nur noch dieses, dann hören wir mit dem Gespräch auf. Wir sind dessen müde, und die Sonne steht schon hoch am Himmel."

Nkarani griff die Frage auf: „Es macht mir keine Mühe, dir die Monatsnamen zu erklären. Also der erste Monat heißt auf Kerewe ‚Omuhangara' (Januar). Seine Merkmale sind Regen, Blitz und Donner. Manchmal sind die Gewitter so stark, daß Mensch und Vieh verletzt oder gar getötet werden, große Häuser einstürzen, Bäume in Brand geraten und Felsen zersprengt werden. Die großen Fische magern stark ab, so daß sie nur noch aus Gräten bestehen. Kocht man sie, haben sie weder Duft noch Geschmack. Ihr Fleisch fühlt sich schlüpfrig oder schleimig an. Es handelt sich um die Fischarten ‚embozu', ‚ensato' und ‚enkuyu' bzw. ‚enzegere'. Nur die Fischarten ‚eningu' und ‚enembe' magern nicht ab. In diesem Monat gibt es häufig Nebel. Früher begann man dann, die Felder für den Anbau von Kolben- und Büschelhirse vorzubereiten.

Der zweite Monat heißt ‚Omwilaguzu' (Februar). Zu dieser Zeit regnet es im Süden nach Ukara hinüber. Gelegentlich fällt auch der oluziba-Regen. Das heißt, tiefschwarze Wolken türmen sich auf, so schwarz wie der Ruß an einem Kochtopf. Wenn es regnet, beginnen die ersten mit der Feldarbeit, indem sie alle Arten von Nutzpflanzen bis hin zur Kolbenhirse aussäen.

Der dritte Monat heißt ‚Omwero gwi ilimai' (März). In diesem Monat tritt häufig Sandstaub auf. Manchmal fällt der Regen mit einer Heftigkeit wie in der großen Regenzeit. Für jeden im Gehöft, der nicht krank ist, steht viel Feldarbeit an.

Der vierte Monat heißt ‚Omuhingo' (April). Dann herrscht die große Regenzeit. Manchmal fängt es schon in der tiefen Nacht an, sacht zu regnen. Meistens jedoch setzt der Regen mit dem ersten Hahnenschrei ein. Er dauert gewöhnlich bis zum Sonnenaufgang. Die Rinder im Pferch zittern vor Kälte und muhen, da sie auf die Weide wollen. Aber welcher Hirte traut sich, bei soviel Regen, Wind und Kälte das Haus zu verlassen? Die Flüsse sind stark angeschwollen, und an ihren Ufern lauern die Pythonschlangen, um Hunde und sogar Menschen zu ergreifen. Wer Erbarmen mit seinen Rindern hat und sie nicht Hungers sterben lassen möchte, läßt sie aus dem Pferch und nimmt selbst die Aufgaben des Hirten wahr. Dabei trägt er einen großen Regenumhang, ‚enkanga' genannt. In diesem Monat fängt man in der Reuse die Fischarten ‚embigo', ‚ensato' und ‚engonogono'. Es gibt viele Fische. Wenn man die Gehöfte der Netzfischer aufsucht, wird man von dem starken Fischgestank abgestoßen. Ein weiteres Merkmal dieses Monats sind die unzähligen ebige-Insekten. Sie machen viel Lärm und belästigen jeden Abend damit die Ohren der Leute.

Der fünfte Monat heißt ‚Kaboza' (Mai). Es herrscht immer noch die große Regenzeit mit starken Regenfällen. Aber gelegentlich fällt auch Nieselregen, der Ammenregen oder ‚abaharatwaroba-Regen' genannt wird. Letzteres bedeutet: ‚Frauen, der Regen überrascht uns. Laßt uns fliehen!' Nachts werden über den Wolken ganz kleine Sterne sichtbar. Man nennt sie ‚endimira-nkazi', d.h. weibliche Sterne. Einige Tage später erscheinen im Westen über den Wolken andere Sterne, die ‚endimira-nseza', d.h. männliche Sterne, heißen.

Der sechste Monat wird Omwiraguzu gw'echanda (Juni) genannt. Es ist die Zeit, wo die Angehörigen der Sippe Abakura-abalevya-ndimira zusammenkommen. Sie steigen auf ein hohes Gerüst, um im Osten zu beobachten, wie die Sterne aufgehen. Seit urdenklichen Zeiten ist ihnen die Aufgabe anvertraut, das Jahreshoroskop zu bestimmen. Von ihnen wissen wir, daß die ndimira-Sterne 15 Tage, nachdem sie im Himmel verschwunden sind, wieder im Osten auftauchen. In dieser Zeit machen die Stachelschweine jeden Abend Lärm, wenn sie aus ihren Löchern hervorkommen, um auf den Feldern der Leute Maniok-Knollen zu stehlen. Noch ehe die Bauern ihre Ernte einbringen können, tragen sie die Knollen weg, die eigentlich zur Ernährung der Menschen bestimmt sind, und legen in ihren Löchern Vorräte davon an. In diesem Monat erscheinen auch die entuletule-Vögel. Sie verkünden das Verschwinden der ndimira-Sterne und bevorstehende Unwetter.

Man nennt den siebten Monat entweder Omwiranguzu gw'echanda II oder Ikira lya Bukene (Juli). Von diesem Monat läßt sich sagen, daß dann das Wasser in Seen, Flüssen und Brunnen sehr kalt ist. Sogar das Wasser in den Krügen zu Hause ist überaus kalt. Wenn man es trinkt, schmerzen die Zähne, als müßten sie gezogen werden. Es ist die Zeit, in der man die verschiedenen Hirsesorten erntet, drischt, von der Spreu trennt und speichert, jedermann in seinem eigenen Gehöft. An bestimmten tiefen Stellen des Sees, die man ‚mugabo' nennt, gehen in diesem Monat die engege-Fische massenhaft ins Netz. Außerdem gibt es viele Unwetter. Man bezeichnet sie als omulimbe, d.h. Südstürme. Sie können so stark werden, daß Menschen darin umkommen. Niemand weiß, weshalb sie so stark wehen. Diese Stürme können zwar von Jahr zu Jahr unterschiedlich stark auftreten, man wird sie aber stets zu spüren bekommen.

Der achte Monat heißt Bukene (August). Viele Menschen pflegen sich dann in der Jahreszeit zu irren und nennen den Monat Omutagato (September). Das ist aber ein Irrtum, denn dieser Monat kommt erst noch. Kennzeichnend für den Monat Bukene ist der viele Nebel. Morgens wird es wegen des Nebels und der dichten Wolken, die die Sonne verdecken, erst spät hell. Häufig gibt es auch Regenfälle. Die Kerewe nennen sie amogyankiri. Außerdem bläst ein starker Wind. Er wird als enkomezi bezeichnet. In diesem Monat bringen Fischer, die den Namen engere wa mugabo tragen, dem König ihre Fische. Sie haben sie zuvor entweder an der Sonne getrocknet oder in ihren Töpfen gekocht. Dieses Geschenk wird amabiga genannt. Die Bauern, die im Vormonat aus irgendeinem Grund, manchmal allein wegen übermäßigen Biertrinkens, ihre Hirse nicht ganz gedroschen haben, führen diese Arbeit nun schnell zu Ende.

Der neunte Monat heißt Omutagato (September). Die Kälte des

Vormonats weicht aus den Körpern, und die Menschen fühlen sich wieder wohl. Weil es nun genug Hirsebrei zu essen gibt, sind alle fröhlich. Aber genug davon! Dieser Monat hat auch den Namen Omuhunguru, wörtlich der Erbe. Die Bezeichnung kommt daher, daß die Blätter sterben und von den Bäumen fallen. Im übrigen brennt man zu dieser Zeit das trockene Gras am Seeufer ab, um dort jagen zu können.

Als Ekimezo oder Omumerezi (Oktober) wird der zehnte Monat bezeichnet. Sein Hauptmerkmal ist der sachte Regen. Er bringt das Gras zum Sprießen und läßt jedwede Saat aufgehen. Auch die Bäume, die ihre Blätter zuvor abgeworfen hatten, fangen an zu knospen und bringen neue Blätter hervor. Kluge und erfahrene Frauen säen jetzt Kürbisse und Kalebassen aus. Außerdem bauen sie jedwede Art von Gemüse an, das in diesem Monat frei von irgendwelchen Krankheiten heranwächst.

Der elfte Monat wird Kiswa (November) genannt. Es ist der Beginn der großen Regenzeit. Die Leute bereiten ihre Hirsefelder zur Aussaat vor. Und insbesondere die Männer legen Bananenpflanzungen an. Es kommen Wakara-Leute ins Land, um sich bei der Feldarbeit zu verdingen. Außerdem treten die weißen enswa-Ameisen und die ebenfalls eßbaren matondofwa-Termiten in großen Schwärmen auf. Es ist also der Monat der großen Regenfälle, in dem die Feldarbeit beginnt.

Der zwölfte Monat heißt Olubingo (Dezember). Der Regen pflegt in dieser Zeit von Osten her aufzuziehen. Er wird orwiz'igoro (frühe Abendzeit) genannt, weil er gewöhnlich erst am Nachmittag oder noch später einsetzt. Er ist zumeist von starkem Sturm begleitet, der das Gras von den Häusern reißt oder sogar die Häuser zum Einstürzen bringt. Die Menschen können auf diese Weise zweierlei Schaden erleiden: Zum einen wird das Dach ihrer Häuser zerstört, zum anderen das Holz zum Bau der Hütten beschädigt. Glücklicherweise waren die Leute in jener Zeit noch bereit, einander in jeder Hinsicht zu helfen. Ein Vorfahr soll einmal mit Bezug auf diesen Regen gesagt haben: ›Der rwiz'igoro-Regen fällt nicht zweimal hintereinander.‹ Das will sagen, daß auf einen Sturmtag zumeist ein sturmfreier Tag folgt. Aber nicht immer. Es kommt auch schon mal vor, daß es zwei Tage lang ununterbrochen regnet. In diesem Monat fangen die Leute mit der Aussaat der roten omugusa-Hirse an und pflanzen Reissetzlinge aus. Manchmal werden die jungen Pflänzchen von den Strahlen der Januarsonne geschädigt. Wenn man genau hinschaut, kann man es erkennen. Ist der Donner vor dem Sturm noch fern, also etwa drüben in Hekera, dann treiben die Frauen hier in der Bucht von Musozi eilens ihre Rinder zurück ins Gehöft. Sie folgen damit dem geflügelten Wort: ›Sieht man es drüben in Hekera blitzen, sollen die Frauen in Musozi die Rinder heimtreiben, damit sie nicht im Busch vom Unwetter überrascht werden.‹ Man berichtet von einem Kerewe mit Namen Matulire aus der Sippe der Muyanza folgendes: Als er sich einmal außerhalb der Insel Kerewe drüben in Katoto zum Fang von ensato- und amahumbi-Fischen aufhielt, wurde ihm die Nachricht vom Tode seiner Mutter überbracht. Der Bote sagte ihm: ›Matulire, man hat uns geschickt, dich herbeizurufen, damit du deine Mutter begräbst. Sie ist gestorben.‹ Als er dem Boten gerade antworten wollte, hörte man einen furchtbaren Donnerschlag, drilili! Darauf sagte er: ›Laßt nur den Leichnam der Mutter, die Verwandten werden ihn schon beerdigen.‹ Seither ist dieser Ausspruch zum geflügelten Wort geworden. Wenn jemand den Donner im Osten vernimmt, drilili, dann kann man ihn schon mal über das laute Geräusch erzählen hören, wie es jenen Matulire Omuyanza so sehr beeinflußte, daß er es aus Selbstsucht sogar ablehnte, seine Mutter zu begraben. Also, du wirst hören, wie der Kerewe das geflügelte Wort zerpflückt, etwa so: ›Donner, du erhebst deine Stimme, du der Matulire daran hinderte, seine Mutter zu bestatten und diese Pflicht den Verwandten überließ.‹

Dies, mein lieber Mbaliro, sind also die Monate der Kerewe. Laßt uns jetzt aufstehen und nach Hause gehen! Wir wollen unser Streitgespräch im Gehöft unseres Gefährten Myombekere beenden. Was ich aber noch erwähnen wollte: Ein Jahr hat nur vier Abschnitte. Alle drei Monate beginnt ein neuer Abschnitt. Wenn du alle Abschnitte vervierfachst, bekommst du als Ergebnis genau die zwölf Monate eines ganzen Jahres.“

Mugimba bestätigte: „Was du gesagt hast, stimmt. Als mein

Vater noch lebte, hat er uns das Gleiche erzählt, wenn wir mit den Nachbarn nach Sitte der Kerewe am kikome, d.h. am Feuer im Hof, zusammensaßen."

Die Männer erhoben sich. Mbaliro stöhnte dabei, oh je, so daß die anderen ihn fragten, woran er leide. Er antwortete ihnen: „Mein Bein ist eingeschlafen. Es fühlt sich so an, als hätte ich es nicht mehr. Es ist ganz schwer und prickelt, wie wenn mich jemand gekniffen hätte. Beim Ausstrecken versagt es mir den Dienst. Myombekere, komm schnell und bearbeite das Bein mit deinen Fäusten! Ich kann mich nicht dazu überwinden, mich selbst zu schlagen!" Myombekere behandelte sein Bein mit drei Faustschlägen und hörte dann auf. Mbaliro hielt ihn jedoch an: „Lege noch drei bis vier Schläge hinzu!" Myombekere schlug also noch dreimal mit der Faust. Vor dem vierten Schlag stützte sich Mbaliro auf seine Arme und sagte: „Hör auf! Ich versuche jetzt aufzustehen. Wir werden ja sehen." Er erhob sich mühselig und humpelte wie jemand, der gerade in einen Dorn von der omwongabutaga-Akazie getreten ist. Dazu sagte er: „Kumbe, mein lieber Myombekere, ein taubes Bein ist zum Fürchten. Wenn du davon befallen wirst, während du gerade vor einem wilden Tier oder Menschen davonlaufen willst, wirst du auf der Stelle getötet werden." Myombekere entgegnete nur: „Ja, so ist es wohl."

Er begleitete die Männer noch ein Stück auf dem Heimweg, dann verkündete er: „Ich kehre nun um, Mabwana! Jetzt, da der Tau abgetrocknet ist, muß ich meine Bananenstauden einpflanzen, die ich gestern abend bei Kanwaketa abgeholt habe. Ich war auf einen Schluck Bier bei ihm." Die Männer erkundigten sich: „Ist vielleicht noch etwas Bier übrig geblieben?" Myombekere antwortete: „Schon möglich, aber ich denke doch eher, daß es alle ist, da er reichlich ausgeschenkt hat." Sie erwiderten: „Auch wenn du meinst, daß wegen der Freigiebigkeit Kanwanketas alles ausgetrunken ist, werden wir doch bei ihm vorbeischauen, zumal sein Gehöft am Weg liegt. Wir wollen einmal bei ihm einkehren und ihm einen guten Morgen wünschen." Myombekere ermunterte sie dazu: „Tut es nur! Entweder bekommt ihr Bier oder nicht. Aber entschuldigt mich, die so angenehme Gesprächsrunde zu verlassen!" Sie antworteten: „Worte sind wie Speichel. Sie leben nicht ständig im Munde, sondern entstehen dort im Augenblick ihres Untergangs." Damit schieden sie voneinander, und Myombekere ging nach Hause.

Dort angekommen, sagte er zu seiner Frau: „Das Gespräch mit diesen Männern war doch ein rechter Gewinn. Die beiden, Mugimba und Nkarani, standen zwar dicht davor, sich ernstlich zu zerstreiten – es fehlte nur wenig und sie hätten sich gezankt – aber da hat Mbaliro das Feuer gelöscht, indem er ganz harmlos nach den Monaten fragte. Nkarani hatte Mugimba vorgeworfen, Bangi zu sich zu nehmen, wo ihm dieses Rauschgift doch nicht bekomme. Sicher hätten sie sich geprügelt. Du weißt ja, Betrunkene wollen nicht gerne als solche bezeichnet werden. Ei, sie haben sich über sehr wichtige Fragen gestritten. Hast du es nicht gehört?" – „Nein", erwiderte Bugonoka. „Ich habe eifrig Getreide gemahlen. Da habe ich außer einigen Wortfetzen, die an meine Ohren drangen, nichts gehört. Mir kam es so vor, als hätten sie sich über Schwangerschaften unterhalten. Um genau zu sein, ich habe nur das Wort ‚Schwangerschaft' gehört." Mit diesen Worten wollte Bugonoka aber nur ihren Mann aushorchen, wie man bei den Kerewe sagt: ›Man muß den Schwanz schlagen, damit man den Kopf sieht, wenn er nach der Ursache forscht.‹ Und richtig, Myombekere erzählte ihr nun alles von Anfang bis Ende, was sie über Schwangerschaften geredet hatten. Als Bugonoka alles vernommen hatte, gab sie einen Laut der Verwunderung von sich „yuh!" und schlug sich auf die Schenkel: „Ei, diese Unholde sind verrückt. Warum hätten sie sonst über die geheimsten Angelegenheiten der Frauen geredet? Es gehört sich einfach nicht, daß so etwas offen unter den Männern besprochen wird. Eigentlich beleidigt es alle Frauen, yuh ee! Hätte ich sie so reden hören, hätte ich sie zurechtgewiesen. Sie benehmen sich wie unverheiratete Männer. Warum treiben sie diese schmutzigen Spiele? Nun, mich haben sie damit jedenfalls tief gekränkt!" Myombekere erwiderte: „Warum erregst du dich? Was war dir daran bisher unbekannt?" Bugonoka entgegnete ihm: „Selbst wenn ich es wüßte, würde ich mich hüten, offen vor anderen Menschen darüber zu sprechen. Ei, hör doch auf, Myombekere! Ein Geheimnis zwischen zwei Menschen ist nur für diese zwei bestimmt. So bleibt es erhalten. Da ich die Angelegenheiten der Männer nicht kenne, kann ich mich bei meinen Freundinnen auch nicht damit beliebt machen, daß ich sie ausplaudere. Welchen Vorteil hätte ich wohl davon, wenn ich die Geheimnisse anderer vor ihnen enthülte?" Myombekere fuhr fort: „Ach, wenn du sie nur aufklären willst, sollten sie es ruhig erfahren!" Bugonoka hielt ihm entgegen: „Solche Worte, bei meiner Mutter, machen dich wahrlich nicht zum Weisen. Ich schäle jetzt besser Kartoffeln. Die Sonne steht schon hoch. Laß mich bloß mit den Streitgesprächen der Männer in Ruhe!" Myombekere ließ aber noch nicht ab: „Man behandelt seine Frau zwar mit der gebotenen Scham, um sie zu ehren, aber man kennt sie doch genau. Soll ich dich verleumden und so tun, als wenn du nicht meine Frau wärest? Ihr Frauen laßt euch doch auch von einem Mann heilen und bei der Schwangerschaft helfen, als wenn es keine Heilerinnen gäbe. Wenn die Hebamme nicht weiterweiß, wird dann nicht ein Heiler gerufen? Leistet er nicht Geburtshilfe, selbst wenn es dazu genug geeignete Frauen gibt?" Bugonoka mußte zugeben: „In einer solchen Lage kommt das wohl vor. Immerhin ist das ein Zustand der Gefahr, der nicht anders abgewendet werden kann. Was sollten wir stattdessen tun?" Myombekere beendete das Gespräch mit den Worten: „So ist es in der Tat. Ich sehe da keinerlei Unterschiede!" Darauf schwiegen alle beide.

KAPITEL 17

Der Vogeldoktor

Zu jener Zeit regnete es jeden Tag ohne Ausnahme. Manchmal regnete es sogar heftiger als in der Regenzeit. Man nannte diese Niederschläge ‚namafuro', d.h. wörtlich Schaum. Häufig ging der starke Regen in einen feinen Sprühregen über, der stundenlang anhielt. Die Leute waren jetzt damit beschäftigt, die heranreifende Hirse vor Vogelfraß zu bewahren. Sie schützten sich auf den Hirsefeldern mit baumwollenen enkanga-Umhängen vor dem Regen. Waren sie arm und besaßen einen solchen Umhang nicht, nahmen sie stattdessen ein ausgedientes, verschlissenes Schlaffell, dessen Haare struppig nach allen Seiten standen. Damit bedeckten sie sich, wenn sie aufs Feld gingen, um die Vögel aus der Hirse zu verscheuchen.

In jenem Jahr gab es eine echte Vogelplage. Die Tiere fielen in Scharen in die Felder ein und machten sich über die Hirse her. Sollte die Ernte nicht völlig vernichtet werden, mußten die Menschen die Hirse, die zwar noch nicht reif, aber bereits in den Kolben stand, vor den Vögeln schützen. Eine Maßnahme bestand darin, die Hirse zu verschiedenen Zeiten auszusäen. So hatte jedes Feld einen anderen Reifestand, und nicht alle Felder mußten gleichzeitig bewacht werden.

Als die Vögel in solchen Massen auftraten und die Hirsefelder der Bauern überfluteten, fragten sich die Leute, woher die Vögel wohl so plötzlich gekommen seien. Wer an einem Hirsefeld vorbeiging, konnte Scharen über Scharen von Vögeln aufscheuchen, insbesondere zwei Arten, Sperlinge und Webervögel. Selbst daheim hörte man die umherschwirrenden Vögel, denn sie brausten wie ein Gewittersturm.

Vom frühen Morgen an bemühten sich die Männer, die Vögel in Unruhe zu versetzen und aufzuscheuchen, wobei sie vom kalten Regen bis auf die Haut durchnäßt wurden.

Schließlich wandten sich die Hofeigentümer an den Jumben, den Vorsteher des Bezirks, und baten ihn: „Hilf uns gegen die Plage und rufe uns einen Vogeldoktor! Er soll herkommen und uns von den Vögeln befreien, damit nicht die ganze Feldarbeit umsonst war und am Ende nur die Vögel unsere Hirse ernten." Der Jumbe war sofort bereit, den Bewohnern seines Bezirks zu helfen und antwortete: „Geht und ruft eure Kinder zusammen. Sie sollen Harz vom mlimbolimbo-Baum sammeln, um damit einige Vögel zu fangen, die eure Hirse fressen. Es genügt, wenn sie je einen Sperling und einen Webervogel fangen. Aber sie müssen darauf achten, daß die Vögel leben. Ich sage euch, es ist wichtig, daß mir unversehrte Vögel gebracht werden, denn nur ihnen kann der Vogeldoktor seine Medizin verabreichen. Das ist alles. Geht jetzt und fangt die beiden Tiere, die ich euch genannt habe! Sie sind Teil der Behandlung, mit der uns der Vogeldoktor vor der Plage schützen wird. Ich will nicht erst bis morgen warten, sondern ihn gleich heute einladen; denn wir wissen nicht, wann er kommen kann, ob schon morgen oder vielleicht erst übermorgen?" Die Anwesenden bedankten sich einmütig beim Jumben: „Das sind Worte nach unserem Herzen, oh Jumbe! Wir sind ganz deiner Meinung."

Die Männer begaben sich wieder auf ihre Hochsitze inmitten der Felder, um die Vögel zu verscheuchen. Vorher beauftragten sie ihre Kinder, einen Sperling und einen Webervogel lebend zu fangen. Der Jumbe machte sich unterdessen auf den Weg, den Vogeldoktor aufzusuchen.

Am späten Nachmittag gelang es einem Sohn Kanwaketas, einen Sperling zu fangen. Kurz vor Sonnenuntergang brachten Kanwaketa und Myombekere diesen Vogel zum Jumben in einem Käfig, der mit einem Fliegenwedel aus Kuhschwanzhaar verschlossen war. Als sie beim Dorfvorsteher eintrafen, war er gerade vom Meister der Vögel zurückgekehrt.

Dieser hieß..., also man nannte ihn...Dingsda. Ach ja, er wurde Kahwerera genannt. Da es so viele Menschen gibt, muß man eine Unmenge im Gedächtnis behalten. So zählt und zählt man Namen auf. Selbst wenn man ein Gedächtniskünstler wäre, könnte man sich unmöglich alle Namen merken.

Der Jumbe trat vor die Hütte, und die beiden Gefährten Kanwaketa und Myombekere zeigten ihm den Sperling. Der Jumbe dankte ihnen überschwenglich: „Ei, das sind noch rechte Männer, die ihre Aufgaben sofort erledigen und nicht bis zum nächsten Morgen damit warten!" Die beiden schwiegen zunächst, dann aber sagte Kanwaketa: „Jumbe, sei uns nicht böse, ich hatte meine Kinder beauftragt, die Vögel zu fangen. Hätten sie schon ganz früh am Morgen damit angefangen, wären sie noch erfolgreicher gewesen. Sie haben in Wahrheit die eigentliche Arbeit verrichtet. Wegen der Regenzeit ist es sehr schwer, Leim zum Vogelfang zu finden. Morgens in aller Frühe gelingt es noch am besten." Einer der Anwesenden unterbrach ihn: „Sag uns lieber, wo sie den Leim herbekommen haben! Eigentlich kann man das Harz des mlimbolimbo-Baums doch nur in der heißen Jahreszeit abzapfen! Dann quillt es richtig hervor und ist so klebrig, daß man damit Vögel fangen kann. Du erzählst uns Lügen, Bwana! Seit meiner Geburt wurden zu dieser Jahreszeit noch keine Vögel mit Leim gefangen!" Der so Zurechtgewiesene wollte den Vorwurf nicht auf sich sitzen lassen, denn er hatte in den Versammlungen der Männer schon oft bedeutsame Worte gesprochen. Er mäßigte sich aber und fragte die Anwesenden nur: „Habe ich dem Sinn nach etwas anderes gesagt als er?" Die anderen Männer begannen laut durcheinander zu reden, um ihm ihre Mißbilligung auszudrücken, und einer von ihnen sagte: „Erst hast du in der Tat anders gesprochen. Jetzt, wo wir alles wissen, willst du deine Meinung wieder ändern. Also, so geht das nicht!" Der Jumbe unterbrach sie: „Beendet dieses Gespräch! Eure Worte soll der Wind verwehen! Hört einmal zu, ich will euch jetzt von meinem Besuch beim Vogeldoktor Kahwerera bin Mbali berichten.

Also, ich traf ihn in seinem Gehöft an. Ich wartete eine Weile, dann begrüßte ich ihn und erklärte ihm ausführlich die Umstände, die mich zu ihm geführt hatten. Ihr kennt sie ja alle. Schließlich drängte ich ihn, er möge sich die Zeit nehmen und zu uns kommen. Ich bat ihn, schon morgen unser Gast zu sein. Wenn ihr mir nicht glaubt, so fragt den, der mich dorthin begleitet hat! Wie heißt er doch gleich? – Ach ja, Mafwele. Er ist hier, um meine Worte zu bestätigen.“ Mafwele sagte: „Ja, Jumbe. Es ist alles genau so, wie du berichtest hast.“ Darauf fuhr der Jumbe fort: „Als ich den Vogeldoktor gebeten hatte, morgen zu uns zu kommen, befragte er mich, welche Art von Vögeln unsere Hirse vernichtete. Ich und mein Gefährte Mafwele erklärten ihm, daß es sich um Sperlinge und Webervögel handelte. Darauf erwiderte uns der Vogeldoktor: ›Nun verlangt ihr von mir, daß ich schon morgen kommen soll. Wieso eigentlich? Ich habe doch noch gar keine Kräuter gegen die Vögel gesammelt. Habt ihr überhaupt schon einen Sperling und einen Webervogel gefangen?‹ Wir mußten das verneinen, worauf er entgegnete: ›Was wollt ihr also? Macht euch dran! Ich werde morgen schon ganz früh losgehen und geeignete Kräuter suchen. Wenn ihr seht, daß die Sonne den Stand erreicht hat, wo man gewöhnlich die Rinder aus dem Pferch läßt, um sie auf die Weide zu führen, dann schickt jemanden zu mir, mich abzuholen. Was sollte mich, den berühmten Kahwera, hindern, euch zu helfen? Ich habe mein Wissen über die Bekämpfung von Vogelplagen von meinem Vater Mbali und Großvater Kazoka geerbt. Es handelt sich nicht um gestohlenes Wissen, sondern es stammt aus dem Schoße unserer Sippe. Ich werde meine Mittel genauso wie schon mein Großvater und mein Vater verwenden. Dazu gehört auch, Jumbe, daß die Männer in dem Gehöft, das du mir zur Bleibe anweist, mit ausgebreiteten Armen schlafen, damit sie sich aller geschlechtlichen Betätigung enthalten. Keinesfalls sollen sie mit ihren Frauen spielen!‹ Also, das wäre alles, was unser Besuch beim Vogeldoktor ergeben hat. Männer, habt ihr verstanden?“ Die Anwesenden antworteten ihm einstimmig, so laut wie ein Donnerschlag: „Wir haben es gehört und verstanden. Nur wer zufällig nicht anwesend war, hat nichts mitbekommen. Aber es gibt da noch eine Schwierigkeit. Es ist uns nämlich bisher nicht gelungen, einen Webervogel zu fangen.“ Der Jumbe erwiderte: „Freunde, wir brauchen aber unbedingt einen Webervogel. Manani, der Geist des Regens, möge ein Einsehen mit uns haben und den Regen aufhören lassen!“ Die Leute stimmten dem Jumben zu: „Möge deine wohlgesetzte Rede zu Manani, dem Sohn Bakamas, vordringen, denn er bringt den Regen! Es muß aufhören zu regnen, sonst können wir keinen Vogelleim beschaffen.“

Der Jumbe suchte mit aller Sorgfalt einen Boten unter den Männern aus, der den Vogeldoktor am nächsten Tag zu ihnen bringen sollte: „Ich möchte gerne, daß Kanwaketa den Vogeldoktor abholt und in seinem Gehöft beherbergt. Als Beilage zum Hirsebier stifte ich ihm und seinen Gästen eine Ziege, denn ein Doktor kommt niemals umsonst, nein wirklich nicht! Außerdem, ihr Bewohner meines Bezirks, denkt daran, eure Frauen aufzufordern, daß sie Mehl und Kartoffeln zu Kanwaketas Gehöft bringen zur Ernährung derer, die in Wirklichkeit euer aller Gäste sind!" Die Männer verabschiedeten sich vom Jumben und kehrten in ihre Gehöfte zurück. Der Jumbe aber nahm den Sperling, den ihm die beiden Gefährten Kanwaketa und Myombekere gebracht hatten, sorgfältig in Verwahr.

Als es am Morgen darauf dämmerte, kamen die Männer aus dem Bezirk zusammen, um einen Webervogel zu fangen. Beim Umherstreifen fing der Sohn Mafweles endlich einen mit Leim und trug ihn eilig zum Jumben. Dieser nahm auch den Webervogel in Verwahr. Wahrhaftig, an diesem Tag blieb der Regen aus. Als die Sonne den Stand erreichte, wo man die Rinder auf die Weide führt, kamen Kanwaketa und Myombekere zum Gehöft des Jumben und machten sich von dort auf, den Vogeldoktor abzuholen.

Sie trafen den Doktor an, als er gerade aus dem Busch kam, wo er sich jene Kräuter besorgt hatte, die nur er kannte, um sie gegen die Vogelplage einzusetzen. Sie sagten ihm, daß ihr Jumbe sie geschickt habe, ihn, Kahwerera, ins Gehöft von Kanwaketa zu geleiten. Der Vogeldoktor war damit einverstanden und bat sie: „Wartet noch einen Augenblick! Ich komme sofort mit, wenn ich meine zwei Gehilfen von nebenan gerufen habe. Sie sind meine besten Helfer. Ich nehme sie überall dorthin mit, wo ich eine Arbeit wie bei euch zu verrichten habe."

Nachdem er sie geholt hatte, ging er in sein Haus, um eine Tonscherbe zu suchen, in die er die Kräuter legen konnte. Er wickelte die Kräuter in ein Bananenblatt und legte dann das ganze Bündel in die Scherbe eines alten Tontopfes. Eilig begab er sich nochmals ins Haus, um seine Fellgewänder zusammenzusuchen, die er bei solchen Anlässen anzulegen pflegte. Dazu gehörte auch ein Ziegenfell, ‚oluhu lw'ensembe' genannt, das die Doktoren über ihren Schultern tragen, wenn sie das Orakel befragen oder ihre Kräuter anwenden. Gewöhnlich hängt es voll ausgebreitet an der Wand des Doktor-Zimmers.

In Windeseile kam der Vogeldoktor wieder aus dem Haus heraus, völlig umgezogen. Er sah aus wie jemand, der in den Krieg zieht, in einen richtigen Krieg mit Speeren, Pfeil und Bogen sowie Buschmessern der herkömmlichen Art. Um seine Hüften hatte er zwei Ziegenfelle geschlungen, eins vorn herum, das andere baumelte hinten und bedeckte sein Hinterteil. Das bereits erwähnte Oluhu lw'ensembe lag über seinen Schultern. Den Tragegurt hatte er über die rechte Schulter gelegt, so daß der Kopfteil des Fells unter der linken Achselhöhle herabhing. Die Innenseite lag am Körper an, und der haarige Teil zeigte nach außen.

Als sie sich gerade auf den Weg machen wollten, brachte die Frau des Vogeldoktors ihnen etwas zu essen. Sie setzten sich darum nochmals nieder und aßen. Danach ging Kahwerera ein letztes Mal kurz in seine Hütte. Mit einem Stab unter dem Arm trat er wieder hervor und sagte: „Gehen wir nun, Mabwana!" Sie standen sofort auf, und einer der Gehilfen nahm die Scherbe mit dem Bündel aus Bananenblättern auf den Kopf, in welches die Kräuter gegen die Vogelplage eingewickelt waren. Dann gingen sie los.

Unterwegs wollten Kanwaketa und Myombekere den Vogeldoktor zur Einkehr auf dem Gehöft des Jumben bewegen. Er lehnte aber mit den Worten ab: „Nein, es ist ein Tabu, diese Medizin in ein Gehöft hineinzutragen, in dem sie nicht auch angewandt wird." Also mußten sie einen anderen Weg einschlagen. Dieser führte sie geradewegs zum Gehöft Kanwaketas. Bei der Ankunft wies Kahwerera, der Vogeldoktor, seine Gehilfen an, die mitgebrachte Medizin in einer Sandmulde im Hof des Anwesens abzulegen.

Kanwaketa begab sich eilig zum Jumben und unterrichtete ihn davon, daß der Vogeldoktor zusammen mit Myombekere in seinem Gehöft warte. Der Jumbe schickte sogleich eines seiner Kinder auf die Weide. Es sollte den Ziegenbock für die Verpflegung des Doktors holen. Das Kind, ein sehr aufgeweckter Knabe, nahm die Beine in die Hand, um den Auftrag schnellstens auszuführen. Ein anderes Kind wurde zu den Bewohnern des Bezirks gesandt, um sie aufzufordern, die übrigen Nahrungsmittel sofort zu Kanwaketa zu tragen.

Der Knabe, der nach der Ziege geschickt worden war, kam schon bald wieder zurück. Auf den Schultern trug er ein großes, fettes Tier mit einem aschgrauen Fell. Er setzte es unmittelbar vor seinem Vater ab, worauf dieser Kanwaketa aufforderte: „Trage diese Ziege schleunigst zu deinem Gehöft und schlachte sie. Weitere Nahrungsmittel suchen wir noch zusammen. Ich selbst werde mit den beiden gefangenen Vögeln gegen Abend zu dir kommen. Grüß mir inzwischen unseren Doktor!" Kanwaketa erwiderte: „Na'am, Jumbe!" Er lud sich die Ziege auf die Schultern und ging davon.

Als er auf seinem Gehöft ankam und die Ziege abgesetzt hatte, ging ein starker Ziegengeruch von ihm aus, weil sie ihn unterwegs bepinkelt hatte. Er band das Tier mitten im Hof an einem omurumba-Baum fest und tat den anderen durch lautes Rufen seine Rückkehr kund. Darauf begab er sich zu Kahwerera und lud ihn ein: „Nimm diese Speise entgegen, die dir der Jumbe überreichen läßt. Er hat mich beauftragt, dich an seiner Stelle willkommen zu heißen. Er selbst wird erst am Abend kommen und dabei etwas mitbringen, was deine Vogel-Medizin ergänzt." Kahwerera antwortete: „Vielen Dank, es ist sehr freundlich von ihm, mir dieses Geschenk zu machen."

Nun sollte die Ziege geschlachtet werden. Die beiden Gehilfen baten den Doktor daher um seine Buschmesser: „Meister, gib uns deine Panga! Wir wollen die Ziege rücklings aufs Gras legen und sie damit töten."

Als sie die Ziege abgehäutet hatten, riefen sie Kahwerera herbei: „Meister, wir sind fertig!" Er wies sie an: „Trennt zuerst dieses Vorderbein und dieses Hinterbein ab, danach das andere Vorderbein. Brecht den Bauch der Ziege auf, damit wir sehen können, wie fett sie ist." Die Gehilfen führten aus, was ihnen ihr Herr aufgetragen hatte. Und beim Ausweiden des Bauchraumes sahen sie zu ihrem großen Erstaunen, daß die Bauchlappen aus schierem Fett bestanden. Sie entfernten den Inhalt aus den Eingeweiden und aßen den Wiederkäuermagen roh, mit etwas Galle vermischt. Danach nahm der Vogeldoktor ein Vorderbein in die Hand und gab es Myombekere mit den Worten: „Warte, sie sollen dir noch etwas Bauchfleisch dazugeben, damit es nicht so aussieht, als ob du ein Wildschwein davontrügest! Laß es dir von deiner Frau kochen!" Myombekere bedankte sich und verabschiedete sich von den Anwesenden: „Auf ein gesundes Wiedersehen!" Worauf die Leute antworteten: „Na'am – So sei es!"

Myombekere schritt zunächst kräftig aus, wobei er das Fleisch an der Hand herabbaumeln ließ. Dann wurde sein Gang aber langsamer, und er taumelte von einer Seite auf die andere, weil er das Fleisch in Augenhöhe hielt und es beim Gehen ständig betrachtete.

Daheim angekommen rief er nach Bugonoka: „Komm, empfange unsere Gäste!" Sie kam mit dem gemessenen Gang einer Schwangeren nach draußen, konnte jedoch außer ihrem Mann keinen Menschen erblicken. Darum fragte sie: „Wo ist denn der Gast, dem ich die Lasten abnehmen soll?" Er darauf: „Siehst du nicht, daß ich es bin, der hier etwas trägt?" Da erst entdeckte sie das Fleisch und rief mit freudiger Stimme: „Kumbe, wahrhaftig du bist der Gast! Wer hat dir dieses Geschenk gemacht?" Er antwortete: „Ich habe es im Gehöft achtbarer Leute erhalten. Also unser Jumbe hat es zuvor dem Vogeldoktor, den wir abholen sollten, geschenkt, und der hat es an mich weitergegeben. Der Jumbe hat nämlich angeordnet, daß der Doktor im Gehöft Kanwaketas wohnt. Jetzt ist er dort. Ich weiß nicht, wie lange er bleiben wird. Der Jumbe hat uns allen aufgetragen, Nahrungsmittel beizusteuern." Bugonoka erwiderte: „Ja, das Kind des Jumben war vorhin schon hier und bat mich, ich solle Nahrungsmittel zum Unterhalt des Vogeldoktors ins Gehöft Kanwaketas bringen. Als es schon wieder im Weggehen war, habe ich es noch gefragt, welche Nahrungsmittel erwünscht seien. Wegen des starken Windes habe ich aber seine Antwort nicht verstanden. Ich weiß darum nicht, was es gesagt hat. Das heißt, ich weiß es nicht genau." Dann entschloß sie sich für Hirsemehl und trug es zu Kanwaketa.

Im Nachbargehöft traf Bugonoka auf viele andere Frauen. Sie

hatten Mehl im Überfluß gebracht, auch Kartoffeln, Bananen und viele Lasten ungemahlener Hirse. Da Bugonoka den Vogeldoktor nicht sah, fragte sie Kanwaketas Frau: „Freundin, wo ist denn der Vogeldoktor?“ – Diese antwortete: „Er ist zusammen mit seinen beiden Gehilfen und Kanwaketa fortgegangen. Ich weiß wirklich nicht, wohin. Vielleicht sind sie bei Lumezya? Es heißt, daß es dort Bier gebe.“ Bugonoka sagte darauf: „So wird es wohl sein. Bestimmt sind sie dorthin gegangen, denn Männer sind immer auf der Suche nach Bier. Es wird also wohl so sein. Aber, Mama, laß mich jetzt das Fleisch für meinen Mann kochen, damit es rechtzeitig gar wird. Bibi, sollte es beim Auftischen noch zäh sein, möchte ich nicht von Myombekere deswegen geschlagen werden! Ich finde es schade, daß dieser Mann, der Vogeldoktor, weggegangen ist. Ich hätte ihn zu gern einmal mit eigenen Augen gesehen. Andere, die nicht deine Nachbarn sind, haben ihn hier schon vor mir sehen können. Das tut mir ein bißchen leid, Mama!“

Als Bugonoka sich erheben wollte, hörte man sie aufschreien: „Oh Schreck, mein Bein!“ Sie sank wieder zurück auf den Boden und blieb sitzen. Die anderen Frauen brachen in Gelächter aus und fragten sie, wo das Bein sie schmerzte. Sie erklärte ihnen: „Hier im Hüftgelenk sticht es ganz ungeheuerlich.“ – „Seit wann hast du denn diese Schmerzen?“ fragten ihre Gefährtinnen. „Doch sicher schon seit einiger Zeit, oder?“ Bugonoka verneinte: „Als ich gerade aufstehen wollte, habe ich diesen stechenden Schmerz im Hüftgelenk zum ersten Mal verspürt. Oh weh! Hätte ich etwas getragen, wäre ich umgefallen.“ Den anderen blieb bei diesen Worten das Lachen im Halse stecken. Die alte Nanzala, Kanwaketas Mutter, sagte zu ihnen: „Ihr Lacherinnen, denkt ihr vielleicht, daß sie lügt oder sich absichtlich hat fallen lassen?“ Die anderen versicherten der Alten: „Nein, das ist nicht so! Wir haben bloß gedacht, die Schmerzen kämen von einer verrenkten Sehne. Wir lachen Bugonoka keinesfalls aus, weil wir annehmen, daß sie sich verstellen könnte. Warum sollte sich eine gesunde Frau auch so verstellen?“ Darauf erklärte ihnen die alte Nanzala, was mit Bugonoka los war: „Bugonoka ist von der Krankheit der Schwangeren, die ‚itango‘ genannt wird, befallen worden. Diese Krankheit macht sich durch plötzlich stechende Schmerzen bemerkbar. Es tut sehr weh. Wenn eine Schwangere beim ersten Auftreten der Krankheit gerade einen Wasserkrug auf dem Kopf trägt, wird sie sich verrenken und auf der Stelle umfallen, so daß der Armen der Wasserkrug zerbricht. Der Schmerz ist so stark, daß sie niemals vergessen wird, wie sie von der itango-Krankheit befallen wurde."

Als die Nachbarinnen noch mit Bugonokas Schmerzen befaßt waren, sahen sie Kahwerera und seine Gehilfen näherkommen. Die Frauen verständigten sich mit den Augen und machten einander tuschelnd auf die Männer aufmerksam: „Seht, da kommt Kahwerera, der Vogeldoktor! Hei, das ist ein Mann! Er steht den berühmtesten Männern in nichts nach." Die alte Nanzala ergänzte: „Bei der Behandlung der Vogelplage macht er nicht nur Hokuspokus mit einem Stab. Werft euren Kindern nicht vor, daß sie euch bepinkeln, wenn sie noch klein sind. Ihr Urin ist schließlich Medizin, die sie vom Vater und Großvater her ererbt haben. Man kann sie nicht kaufen. Ich kannte den Vater des Vogeldoktors zu seinen Lebzeiten sehr gut. Er hieß Mbali und dessen Vater, der damals auch noch lebte, hieß Kazoka. Mbali und ich pflegten miteinander zu spielen. Ich hatte zu jener Zeit meine erste Regel, war aber noch nicht verheiratet. Er heiratete dann die Mutter jenes Vogeldoktors, der damals noch lange nicht geboren war. Wenn ihr mich anschaut, so wie ich jetzt aussehe, brauche ich mich vor ihm nicht im Gehölz zu verstecken, keinesfalls, denn schließlich hat er damals als erstes um meine Hand angehalten. Ich hatte sogar schon mein Einverständnis gegeben. Kahwereras Vater war ein sehr hübscher Mann von hoher, aufrechter Gestalt und mit starken Gliedmaßen. Damals gab es noch keine kleinwüchsigen Menschen unter uns. Wer ihn anschaute, war beeindruckt. Mbali, wahrhaftig ein ganzer Mann!" An dieser Stelle unterbrach Kanwaketas Frau ihre Schwiegermutter und fragte: „Warum hat er dich am Ende dann doch nicht geheiratet?" Die Alte erklärte: „Damals wurde ich gerade von einem Kind zu einem jungen Mädchen und erhielt meinen heutigen Namen Nanzala. Viele Männer begehrten mich, und ich selbst liebte viele Männer, ohne einen in Ruhe und Gelassenheit auszuwählen. Dein Schwiegervater, der Vater Kanwaketas, sah mich beim Spielen und gab mir viele süße Worte, um mich zu verwirren. Ich ging von Herzen darauf ein. Da raubte er mich schließlich, das heißt, er nahm mich ohne Zustimmung meiner Eltern und brachte mich zu den Brüdern seines Vaters. Dort wohnten wir zwei Monate zusammen, während unsere Familien miteinander stritten. Seine Eltern unternahmen in dieser Zeit allein vier Reisen zu meiner Familie, um deren Verzeihung zu erbitten. Bei der fünften Reise trug man ihnen schließlich auf, als Buße zwölf Krüge voll Bier und einen zusätzlichen Krug mit Bier als Zukost für meine Mutter herbeizuschaffen. Außerdem forderte man die Schwiegereltern auf, ihren Sohn vorbeizuschicken. Dies mit den Worten: ›Wir lieben eure Geschenke nicht, weil ihr die Ehre unseres Kindes verletzt habt. Sagt jenem Schwiegersohn, der unsere Tochter geraubt hat, er soll mit seiner Frau zu uns kommen, damit auch wir ihn kennenlernen. Geschieht dies nicht, werden wir uns vielleicht mit ihm prügeln, wenn wir ihm einmal begegnen sollten.‹ Ich dachte über meine Lage nach und kam zu der Überzeugung, jener Mann sollte mit mir zu meinen Eltern gehen, zumal ich vor einem Monat in meinem Versteck schwanger geworden war. Ich dachte bei mir, wenn ich meinen ersten Sohn ohne Zustimmung der Eltern zur Welt bringe, wird er von der Schlange gebissen werden und ein Krüppel bleiben, solange er lebt. Und sein Los wird sein, die Rinder zur Tränke zu führen und auf sie aufzupassen. Kumbe, in unserer Familie sieht man eine solche Tat nicht als strafwürdiges Vergehen an. Schließlich war ich auch noch nie geschlagen worden. So kam es, daß ich meinen Vater zu seinem Schwiegersohn sprechen hörte: ›Ihr habt jetzt zwar aufgehört, nur für euch selbst zu leben, aber trennen können wir euch auch nicht mehr. Was sollen wir also tun? Was für uns bleibt, sind Essen und Trinken. Darum mach dich auf und bring uns so viel Bier, bis unser Durst gestillt ist. Damit jedoch deine Frau uns, ihren Eltern, in Zukunft Gehorsam erweist und keinen weiteren Schaden zufügt, bleibt sie solange in unserer Obhut, bis du uns das Bier gebracht hast. Wahulira – verstanden?‹ Ich sah, wie erleichtert mein Mann auf einmal war, und hörte ihn sagen: ›Meine Eltern und ihr alle, meine Schwäger, bitte verzeiht mir! Laßt mich mit eurer Hilfe einen Hausstand gründen und mich vermehren wie andere Leute auch!‹ Basi, das ist das Ende der Geschichte: Er brachte das verlangte Bier, und sie vermählten mich mit ihm."

Als die alte Nanzala ihre Erzählung beendet hatte, fragte sie: „Ei, ihr Kinder, seht ihr jenen Falken dort? Kälte und Wind machen ihm zu schaffen. Ihr vermutet, daß es allen seinen Gefährten so geht. Genauso schließt ihr aus der Tatsache, daß ich Zahnlücken habe, ich hätte seit meiner Geburt noch nie Hirse auf meinem Rücken geschleppt." Da brachen die jungen Frauen in lautes Gelächter aus und gingen auseinander. Bugonoka strengte sich an. Schließlich gelang es ihr aufzustehen. Aber der stechende Schmerz in ihrem Hüftgelenk war immer noch da: „Oh weh, Mama, welche Schmerzen in meinem Bein!" Sie humpelte in den Hof und begrüßte alle Männer, denen sie seit Tagesanbruch noch nicht begegnet war.

Kanwaketa, der Freund ihres Mannes, neckte sie: „Du stellst dich aber an mit deinem Bein. Wenn du auf das Gerede der anderen Frauen hörst, mußt du wohl an Rheumatismus leiden. Aber vielleicht ist dir das Bein nur eingeschlafen?" Bugonoka erwiderte: „Freund meines Mannes, hör auf mit dem Gerede! Vielleicht hast du mir die Schmerzen angehext? Immerhin bin ich in deinem Haus erstmals davon befallen worden. Jetzt unterstellst du mir noch, das Bein sei nur eingeschlafen! Also auf Wiedersehen, ihr Leute. Ich wünsche euch mit euren Gästen eine gute Nacht!" Kanwaketa und die übrigen antworteten ihr: „Ja, kehr gut heim und schlaf gut!" Bugonoka bestätigte: „Ewala! – So sei es!" Bevor sie jedoch endgültig ging, wurde sie von Kanwaketa noch gefragt: „Ist dein Mann zu Hause oder ist er vielleicht ausgegangen?" Sie antwortete: „Nun seht diesen Schlaumeier, er fragt tatsächlich, wohin mein Mann wohl gegangen ist! Zum Verscheuchen der Vögel natürlich! Er kommt sicher bald zurück. Möchtest du ihn sehen?" – „Ja!" erwiderte Kanwaketa. „Wenn er nach Hause kommt, soll er sich zu uns gesellen!" – „Gut!" sagte Bugonoka und fuhr fort: „Ich vermute, du hast Bier, Kanwaketa. Zeigst du mir etwas davon, bevor ich euch verlasse?" Der Nachbar erwiderte: „Du machst dich über mich nur lustig, Bibi. Wo soll ich das Bier hernehmen? Hätte ich welches, würde ich dann nicht meine Gäste damit erfreuen?" Bugonoka blieb hartnäckig: „Was weiß ich, wie und wann du es herausgibst.

Sind dies hier nicht Bananenschäfte?" Kanwaketa verteidigte sich: „Aber es sind doch keine Bananen da. Sollte ich aus den Blättern und Stämmen Bier brauen?" Bugonoka antwortete: „Schon gut! Ich lasse dich besser in Ruhe. Du, Bwana, hast Worte voll süßer Bitternis. Wenn ich dich weiterreden lasse, wird die Sonne noch untergehen, ehe ich zu Hause bin." Und eilig humpelte sie davon.

In dem Augenblick, als sie ihr Gehöft erreichte, traf auch Myombekere zu Hause ein und bemerkte: „Heute haben die Vögel aber ausgiebig von der Hirse gefressen, loo! Die Kinder waren den ganzen Tag eifrig dabei, mit ihren Schleudern Steine auf die Vögel zu schießen. Die Vögel haben aber überhaupt nicht darauf geachtet. Selbst wenn man an den Hirsestengeln rüttelte, ließen sie sich nicht aufscheuchen. Es war alles umsonst. Nichts konnte sie schrekken."

Bugonoka erzählte ihm, was ihr zugestoßen war. Sie sagte ihm, daß die Frauen des Nachbarn meinten, sie sei von der sogenannten itango-Krankheit befallen worden. Außerdem richtete sie ihm die Botschaft Kanwaketas aus.

Myombekere ging darauf ins Gehöft des Nachbarn. Er fand den Vogeldoktor bei seinen Gehilfen sitzen, während Kanwaketa vor dem Haus Brennholz zerkleinerte. Nach einer Weile fand sich auch der Jumbe ein. Er kam mit seinem Sohn und mit seinem Gehilfen Mafwele. Letzterer trug einen Krug mit Bier. Als Kanwaketa sie gewahr wurde, legte er seine Axt beiseite und ging ihnen entgegen, um ihnen die Dinge, die sie bei sich hatten, abzunehmen und ins Gehöft zu tragen. Nach der Begrüßung ergriff der Jumbe das Wort: „Jetzt, da wir die Hilfsmittel für unseren Doktor beisammen haben, ist unser Arbeitsanteil erbracht." Der Vogeldoktor meinte dazu: „Von jetzt ab braucht ihr nicht mehr zu befürchten, daß die Vögel eure Hirseernte vernichten. Vergeßt eure Angst. Morgen, wenn ihr aufsteht, könnt ihr euch davon überzeugen, daß eure Befürchtungen unbegründet sind." Der Jumbe wurde sehr froh und erwiderte: „Das sind Worte, die uns Hoffnung geben, Doktor Kahwerera. Möge der Geist Manani mit dir sein, daß es dir gelinge, diese Plage von uns zu nehmen. Das ist alles, was wir uns wünschen." Der

Vogeldoktor sagte: „Jumbe, achte darauf, daß morgen keiner deiner Leute auf dem Feld arbeitet. Sonst können sie meinen Vogelzauber zerstören. Sie sollen drei Tage lang nicht auf den Feldern arbeiten. Also ich zähle es dir nochmal genau vor: morgen, übermorgen und am Tag danach sollen sie keine Feldarbeit verrichten. Wenn sie am vierten Tag unbedingt arbeiten wollen, laß sie ackern, denn dieser Tag ist nicht mehr verboten. Ich werde dann auf mein Gehöft zurückkehren. Sag deinen Leuten außerdem, keiner soll morgen auf die Hirsefelder gehen oder auf die Beobachtungssitze in den Feldern steigen und Vögel verscheuchen. Das ist ganz und gar verboten. Auch das Verscheuchen der Vögel kann unseren Vogelzauber zerstören. Aber vielleicht hast du diese Anweisungen schon gegeben?" Der Jumbe bestätigte dies: „Ich habe gestern bereits meine Boten überall im Bezirk herumgeschickt und die Leute darüber unterrichten lassen, wie die Vogelplage behandelt wird. Es könnte ja sein, daß nicht alle die Anweisungen befolgen. Deswegen bin ich selbst herumgegangen und habe es den Leuten eingeschärft."

Nach dieser Unterhaltung forderte der Jumbe Kanwaketa auf, das mitgebrachte Bier herbeizuholen. Darauf lud er Kahwerera ein: „Unser Vogeldoktor, nimm diesen Krug mit Bier entgegen und leere ihn mit deinen Gehilfen! Eine Redewendung besagt: ›Wer keinen kranken Hintern hat, soll ruhig nackt mit seinen Gefährten im See baden gehen.‹ Das Bier ist zwar nicht besonders gut, aber es ist immer noch besser als gar keins. Auch dieses Bier wandert durch den Körper. Wer es trinkt, wird gewiß seine Wirkung verspüren. Mein Freund, meiner Erfahrung nach muß man das Bier an den Lippen schmecken, um zu beurteilen, ob es gut oder schlecht ist." Der Vogeldoktor erwiderte: „Danke sehr, mein Wohltäter, hoch angesehener Jumbe! Was freigiebig aus den Händen des Wohltäters kommt, kann niemals schlecht sein." Sie tranken gemeinsam das Bier aus. Und auch der Jumbe nahm das Nachtmal im Gehöft Kanwaketas ein.

Nach dem Essen brach der Jumbe zu sich nach Hause auf. Beim Gehen schwankte er leicht. An die Worte des Vogeldoktors konnte er sich jedoch noch ganz klar erinnern. Darum kehrte er auf dem

Nachhauseweg kurz bei seinem Ratgeber ein, um ihm zu sagen, er solle sich frühzeitig bei Tagesanbruch mit dem zweiten Ratgeber zum Gehöft Kanwaketas begeben. Der Vogeldoktor brauche ihre Hilfe, um allen Leuten, die man bei der Feldarbeit anträfe, die Hacken wegzunehmen. Außerdem wollte der Jumbe mit ihm darüber sprechen, daß weder der Vogeldoktor noch seine Gehilfen ein Wort darüber verloren hatten, wann sie mit der eigentlichen Behandlung gegen die Vogelplage beginnen würden.

In der Tat hatte der Vogeldoktor nichts gesagt, denn jedwede magische Behandlung ist geheim. Alle, die damit zu tun haben, bewahren Stillschweigen, bis ihre Aufgabe erfüllt ist. In diesem Lande gibt es ein Sprichwort, das lautet: ›Ihr habt in diesem Hause geschwiegen wie der Träger eines Wildschwein- oder Vogeltabus.‹

Als es tagte, begrüßte der Herr über die Vögel den frühen Morgen und begann, die vor ihm liegenden Aufgaben einzuteilen. Als die beiden Ratgeber des Jumben im Gehöft Kanwaketas eintrafen, hatte die Sonne noch nicht den Stand erreicht, wo ihre Strahlen zu wärmen beginnen. Die Gehilfen des Vogeldoktors brachten in einer der mitgebrachten Tonbscherben glühende Kohlen herbei und reichten sie Kahwerera. Er legte Kräutermedizin darauf und begann, sich heftig hin- und herzubewegen, den Rücken gegen das Gehöft gerichtet. Dazu sprach er: „Sonne, Manani, ich strecke dir diese Zaubermedizin entgegen, damit du mir wohlgesonnen seist. Behandle mich wie stets, wenn ich die Feinde, die Zerstörer, überall mit dem Stock schlage! Gib mir Erfolg, sie zu bannen, ee, hee! Verschone uns davor, daß irgendjemand Feldarbeit verrichtet oder auf andere Weise meinen Zauber behindert! Diese Medizin gehört unserer Familie seit den Zeiten meines Großvaters Kazoka und meines Vaters Mbali. Die Ahnen mögen heute vor ihrem Abkömmling Kahwerera hergehen, damit es ihm gelingt, eine Schar von Falken um sich zu versammeln, mit deren Hilfe er den Kampf gegen die Schädlinge schnell beenden wird!“

Nach diesem Ritual nahm er die zwei gefangenen Vögel und ließ sie beide von der Medizin trinken. Darauf begab er sich mit seinen Gehilfen auf die Hirsefelder. Sie mußten ihre ganze Kraft aufwenden, um die Scherben mit der Vogel-Medizin auf dem Kopf tragen zu können. Während sie tätig waren, blieben sie völlig stumm. Auch der Doktor sagte kein Wort. Sie verständigten sich untereinander allein mit Gesten und Augenzwinkern. Die Hitze der Medizin drang durch die Tonscherben und wärmte die Köpfe der Träger wie ein Ofen, Mensch ee, basi!

Als sie ein Hirsefeld beräuchert hatten, blies der Doktor den gefangenen Vögeln etwas in den Schnabel, das er bis dahin in seinem Munde aufbewahrt hatte, und ließ sie frei. Dann warf er etwas von der Medizin in die Höhe, um Falken-Schwärme anzulokken. Die Zeit war inzwischen weiter fortgeschritten, und die Sonne sandte bereits wärmende Strahlen aus. Da erblickten auf einmal alle, die die Zauberbehandlung bei ihren Feldern verfolgten, zu ihrer großen Verwunderung am Himmel große Schwärme von Falken. Ihre Zahl übertraf bei weitem die der Beobachter in den Feldern. Mit ihrer Hilfe fing der Doktor alle Vögel, die Hirse fraßen. Die Vögel machten dabei ein gewaltiges Geschrei.

Der Bezirk des Jumben war recht groß. Kahwerera durchstreifte ihn trotzdem nach allen Richtungen. Als er damit fertig war, hatten die Falken noch nicht alle Hirsefresser getötet.

Nun, es gibt immer Menschen, die die Befehle der Obrigkeit mißachten und trotz des Verbots dennoch Feldarbeiten verrichten. Ihnen nahmen die Ratgeber des Jumben selbstverständlich die Hacken fort. Unter ihnen war sogar die Frau von Mafwele, des Mannes, der tagszuvor mit dem Jumben ausgezogen war, um den Vogeldoktor zu begrüßen. Er hatte auf seinem Kopf den Krug mit Bier getragen, den der Jumbe dem Vogeldoktor im Gehöft Kanwaketas als Geschenk überreicht hatte. Das war in der Tat höchst verwunderlich.

Nach seiner Arbeit suchte der Vogeldoktor im Gehölz einen geeigneten Platz, um sich der nicht gebrauchten Medizinkräuter zu entledigen. Danach kehrten er und seine Gehilfen, mit vielen Hakken beladen, ins Gehöft Kanwaketas zurück. Sie hatten diese Hakken den Leuten, die trotz des Verbots bei der Feldarbeit angetroffen worden waren, weggenommen. Der Vogeldoktor fragte die Ratgeber des Jumben: „Habt ihr mich bei der Arbeit beobachtet?“ Sie begannen, ihn zu preisen: „Es steht außer Frage, daß du ein fähiger

Mann bist. Die Leute sagen immer, daß es Vogeldoktoren gebe, die zur Behandlung der Plage nicht in die Gehöfte kommen. Sie machen nur Hokuspokus und sind keine echten Fachleute wie du. Was wir heute mit unseren eigenen Augen gesehen haben, ei, das werden wir nie vergessen!"

Im Gehöft trafen sie den Jumben. Er kam gerade vom See, das Netz voll mit Fischen, um dem Vogeldoktor davon ein Geschenk zu machen. Sie begrüßten den Jumben und übergaben ihm dann die beschlagnahmten Hacken. Auch die Leute, denen man die Hacken weggenommen hatte, fanden sich ein. Fünf von ihnen brachten Ziegenböcke mit, um ihre Hacken auszulösen. Einige hatten sogar neue Hacken als Tauschangebot dabei. Es gab aber auch einige, die ihre Hacken nicht auslösten. Ihr Ackergerät blieb als beschlagnahmtes Gut im Gehöft Kanwaketas zurück, wo es später verrottete. Einige Hacken wurden dem Vogeldoktor zum Geschenk gemacht. Er nahm sie mit nach Hause.

Am nächsten Tag wiederholte Kahwerera seine Behandlung. Dasselbe auch am dritten Tag. Erst dann hörte er auf. Die Leute kamen in Scharen zu ihm, lüfteten ihre Hüte und sprachen: „Dieser Mann ist wahrhaftig ein Vogeldoktor. Er ist überaus verläßlich. Es gibt keinen zweiten wie ihn." Die Vögel blieben hinfort den Hirsefelder fern. Da priesen die Leute den Vogeldoktor noch mehr: „Kahwerera bin Mbali hat die Vögel tatsächlich bezwungen. Er hat sie mit seinem Stab geschlagen."

Als die Hirse reif war und geerntet werden konnte, ordnete der Jumbe an, daß ohne Ausnahme jeder Bauer einen Scheffel Hirsekorn für den Vogeldoktor bei ihm abliefern sollte. Und nach einiger Zeit erschien Kahwerera beim Jumben, um die ihm zugedachte Hirse abzuholen. Er fand, daß man für ihn einen großen Speicherkorb voll Korn bereit hielt. Davon füllte er dem Jumben einen Anteil in einem Tragekorb ab. Den beiden Ratgebern des Jumben übergab er gemeinsam einen weiteren Tragekorb mit Hirsekorn, den sie später untereinander aufteilten. Die übrige Hirse nahmen er und seine Gehilfen mit nach Hause.

KAPITEL 18

Bugonoka wird krank

Im Februar war Bugonoka schon sieben Monate schwanger. Das ungeborene Leben in ihr wuchs stetig heran und füllte schließlich ihren ganzen Leib aus, so daß sie wie ein nalutundubwi-Käfer aussah. Dabei war ihre früher auffällige Wohlgenährtheit verschwunden. Im siebten Monat begann das ungeborene Kind sich heftig zu regen. Wenn man in Bugonokas Nähe war, sah es manchmal so aus, als ob jemand in ihrem Bauch die Faust ballte.

Zu jener Zeit wurde Bugonoka von einer Krankheit im Rücken befallen, die ihr sehr zu schaffen machte. Ihre Nachbarn meinten, sie stünde wohl kurz vor der Geburt, weil bereits viele Monate seit der Empfängnis verstrichen seien. Die Leute auf dem Lande pflegen sich nun mal mehr um die Angelegenheiten anderer als um die eigenen zu kümmern. Bugonokas Altersgefährtinnen, die genauso wenig von der Sache verstanden wie jeder durchschnittliche Mensch sonst auch, gaben ihr den Rat, da doch die Geburt noch in diesem Monat zu erwarten sei, solle sie sich mit denjenigen in Verbindung setzen, die sich dabei auskennen würden und das schon mal erlebt hätten. Bugonoka wollte aber nichts davon wissen, worauf ihre Gefährtinnen sie nur noch mehr bedrängten: „Sei nicht ängstlich, weil du bisher Pech mit deinen Geburten hattest! Ziehe einen Fachkundigen zu Rate!"

Beinahe hätte sie ja auch etwas unternommen. Hätten die Rükkenschmerzen nur mal länger als drei Tage hintereinander angedauert, mein Gott, dann hätte ihr Mann bestimmt ihre Mutter herbeigerufen. Weil sie aber bisher immer nur zwei Tage lang von den Schmerzen geplagt wurde, unternahm Myombekere auf ihr Geheiß hin nichts. Da sie noch nie ein lebendes Kind zur Welt gebracht hatte, lebte auch er ständig in großer Angst. Wenn es soweit wäre, wollte er neben seiner Schwiegermutter auch den Heiler Kibuguma um Hilfe bitten.

Nach einiger Zeit ließen die Rückenschmerzen aber nach, und Bugonoka fühlte sich wieder wie früher. Sie spürte nun, wie sich das Kind in ihrem Leib immer kraftvoller regte. Wenn sie und ihr Mann im Bett nebeneinander lagen und er seine Hand auf ihren Bauch legte, konnte auch er das Leben darin ertasten.

Als der erste März-Mond erschien, wurde er von den Leuten mit Hörnerklang begrüßt. Es begann der achte Monat, seit Bugonoka schwanger geworden war. Sie und ihr Mann waren voller Zuversicht, daß die Schwangerschaft beim nächsten Neumond acht ganze Monate alt sein werde. „Wir werden es schon erleben, wie Gott in seiner Liebe alles Weitere bestimmt hat. Ist er uns gnädig, werden wir es erfahren. Ist er es nicht, werden wir es auch zu spüren bekommen. Im letzteren Fall können wir davon ausgehen, daß wir vom Bösen verfolgt sind und in Zukunft keine Hoffnung mehr zu haben brauchen, wie andere Menschen zu leben und wenigstens ein einziges Kind zu haben. Wir werden dann wohl mit einem Fluch belegt sein."

Im achten Monat spürte Myombekeres Frau das Kind in ihrem unförmig aufgeblähten Bauch immer häufiger. Sie hatte einen Gang, als ob sie jederzeit damit rechne, hinterrücks umzufallen. Wenn sie auf der Seite lag, konnte ihr Mann mitunter beobachten, wie sich etwas in ihrem Bauch von innen hochreckte und dann plötzlich wieder in sich zusammenfiel.

Als der achte Monat erst wenige Tage alt war, erkrankte Bugonoka erneut. Ihr Mann fragte sich im stillen, was er jetzt wohl tun solle. Er fürchtete, daß die Krankheit der Schwangerschaft schädlich sei. Selbst wenn sie seiner Frau auch nicht den Tod brächte, so werde es sicher wieder zu einer Fehlgeburt kommen. Und er fragte sich weiter, was das wohl für Krankheiten seien, die seine Frau immer wieder befielen. Auch Bugonoka bekam Angst, als die Schmerzen in ihrem Bauch immer heftiger wurden. Schließlich sagte sie zu ihm: „Myombekere, mein Mann, ich fühle mich so schlecht." Er fragte: „Was ist mit dir los?" – „Mir tut der Bauch so weh", klagte sie, worauf er ratlos antwortete: „Warte einen Augenblick. Ich muß erst mal Wasser lassen, dann komme ich und höre dir ganz genau zu. Solche Gespräche machen mich immer ganz fertig."

Nachdem sie sich ausführlich besprochen hatten, verließ er eilig das Gehöft und kam schon kurz darauf mit der alten Nanzala, der Mutter Kanwaketas, zurück. Die Alte kannte sich gut mit Heilpflanzen aus und konnte auch Geburtshilfe leisten. Ihre Heilkunst wurde von vielen in der Gegend in Anspruch genommen. Auch wenn mal die Nachgeburt stecken blieb, wurde Nanzala zu Hilfe gerufen. Und unter ihrer Anleitung ging diese dann meist ohne Schwierigkeiten ab.

Nanzala untersuchte Bugonoka sorgfältig. Sie betastete ihren Rücken und ihre Nieren. Dann legte sie ihre Handflächen auf Bugonokas Bauch und fragte die Umstehenden: „Worauf deuten diese Schmerzen eurer Ansicht nach hin?" Sie erhielt zur Antwort: „Wir wissen es nicht. Es ist wohl irgendeine Krankheit. Vielleicht steht auch die Geburt bevor. Bibi Nanzala, es ist schwer, etwas zu bewerten, das man nicht versteht." Die alte Nanzala antwortete: „Ich habe gar keine Krankheit festgestellt, und ihr redet von Krankheit. Es handelt sich nur um Schwangerschaftsbeschwerden, die man ‚obunoni' nennt. Auch steht die Geburt keinesfalls bald bevor. Bugonoka ist erst im achten Monat schwanger. Habt also keine Angst, meine Kinder!" Dann gingen alle vor das Haus und unterhielten sich noch etwas mit der Mutter Kanwaketas. Schließlich verabschiedete die Alte sich und kehrte nach Hause zurück.

Am Abend kam Nanzala nochmals vorbei. Diesmal wurde sie von ihrem Sohn Kanwaketa begleitet. Als Myombekere mittags zum Nachbargehöft gekommen war, um Nanzala um Hilfe zu bitten, war Kanwaketa selbst nicht zu Hause gewesen. Die Leute sitzen nun mal tagsüber nicht ohne Beschäftigung in ihren Gehöften herum, sondern sind draußen auf den Feldern tätig.

Nanzala tastete Bugonoka wie beim ersten Mal ab und fragte sie: „Wie geht es deinem Bauch jetzt?" Bugonoka antwortete ihr, daß sie nur hin und wieder spüre, wie sich etwas darin bewege. Nanzala sprach ihr Mut zu: „Hab nur Geduld. Wir werden morgen wissen, wie es aussieht."

Als Nanzala am folgenden Tag in Begleitung ihres Sohns nach Bugonoka sah, konnte sie feststellen, daß sich die Beschwerden erheblich gebessert hatten. Sie sagte dazu: „Unsere Vorfahren verglichen die Schwangerschaft immer mit einem Kleidungsstück, das man trägt. In der Tat gibt es einen deutlichen Unterschied zwischen einer Schwangeren und einer Nichtschwangeren. Die eine macht alles langsam, und die andere ist flink bei der Arbeit, weil sie keine Last mit sich herumträgt. Habt ihr das begriffen? Bugonoka ist nicht krank. Sie hat nur die obunoni-Beschwerden, die wie eine Krankheit erscheinen. Das ist alles. Ehe wir uns bis zum Abend verabschieden, frage ich euch, ob euch sonst etwas fehlt." Myombekere gab ihr zur Antwort: „Ach, mein Gott, außer einer gewissen Unruhe gibt es eigentlich nichts zu beklagen. Ich fühle mich so wie die Frau, die ihr Einsamkeitsgefühl in die Worte kleidete: ›Die Henne eines Armen legt keine Eier.‹" Bugonoka pflichtete ihm bei: „Das stimmt. Als er mich neulich einmal im Haus heftig husten hörte, fragte er gleich ganz ängstlich: ›Geht es dir wieder sehr schlecht, meine Frau? Laß mich die Schwiegermutter rufen. Die darf nicht untätig bleiben, wenn ihre Tochter so unter der Schwangerschaft leidet.‹ Ich hielt ihn davon zurück und erklärte, daß ich nur mal gehustet habe. Er suchte schon nach seinem Speer, um noch in der Nacht loszugehen und Hilfe zu holen. Vielleicht dachte er auch, ich hätte seine ängstliche Frage gar nicht gehört." Darauf mußten alle lachen, und Nanzala sagte: „Ja, so ist es nun mal, mein Kind. Als wir noch jung waren, sagten die Alten uns immer: ›Der größte Fisch gebührt dem Eigentümer der Fischreuse.‹" Myombekere bestätigte ihr: „Wirklich, Mama, Ihr findet stets die rechten Worte. Die Leute hier verwirren ihre Mitmenschen nur, wenn sie ihnen sagen: ›Die Pythonschlange erbricht an derselben Stelle, an der sie etwas verschlungen hat.‹ Als ich über diesen Spruch nachdachte, glaubte ich, meine Furcht vor einer Nachtwanderung überwinden zu müssen, um meine Schwiegereltern von der schweren Erkrankung ihrer Tochter zu benachrichtigen. Ich dachte mir, wenn sie in Todesgefahr ist und ich habe sie nicht benachrichtigt, werden sie mir dann nicht später Vorwürfe machen? Wie wirst du ihre Trauer und ihre Wut beschwichtigen, wenn sie erfahren, daß ihr Kind tot ist? Also, so sagte ich mir, du willst hernach nicht dumm dastehen und ihnen ratlos die offenen Handflächen hinhalten.“

Am Abend schaute Nanzala nochmals nach den beiden und fand sie diesmal in guter Verfassung. Myombekere beruhigte sich allmählich und war nun auch der Meinung, daß es besser sei, seine Ängste zu überwinden und sich so zu verhalten wie die anderen. Als er sah, daß es Bugonoka wieder besser ging und sie wie gewohnt ihrer Arbeit nachging, vergaß er die ganze Angelegenheit sogar.

Nachdem die Schwangerschaft wieder einen normalen Verlauf nahm, besprachen Bugonoka und Myombekere abends nach dem Nachtessen im Bett, daß sie die vergangenen Schwierigkeiten einmal ihrem Heiler Kibuguma vortragen sollten. Bugonoka schlug Myombekere diesen Plan vor, und er war sofort bereit, am nächsten Morgen allein zu ihm zu gehen. Nachdem sie diesen Entschluß gefaßt hatten, schliefen sie sofort ein.

Kurz vor dem ersten Hahnenschrei wachte Myombekere schon auf. Da er sich hellwach fühlte, stand er auf, legte sein Ledergewand an und tastete im Dunkeln an der Wand nach seinem Speer. Er hatte dort drei Schlaufen angebracht, in die er seine Waffen hineinzustekken pflegte. Schließlich weckte er seine Frau und teilte ihr mit, daß er nunmehr zum Heiler aufbrechen wolle. Sie wandte ein: „Es ist doch noch mitten in der Nacht. Du bist zu früh aufgestanden.“ Er meinte aber, daß es ihm nichts ausmachte. Sie sollte ihn ruhig ziehen lassen. „Was kann mir schon geschehen? Ich möchte früh genug dort eintreffen, damit ich rechtzeitig wieder zu Hause zurück bin.“ Bugonoka fragte darauf: „Sind auch keine Regenwolken am Himmel?“ – „Doch“, sagte er, „aber es wird wohl erst gegen Mittag regnen.“

Später fing es an zu donnern – diririri! Myombekere dachte bei sich, daß ihm wohl wieder ähnliches zustoßen werde wie damals, als er zu seinen Schwiegereltern ging, um sie um Verzeihung zu bitten. Auf jener Reise war er vom Regen überrascht und völlig durchnäßt worden. Er kam jedoch diesmal am Ziel an, ehe der Regen einsetzte.

Kibuguma kam, ihm das Tor zu öffnen und den Verhau aus

Dornenzweigen beiseite zu räumen. Sie gingen nebeneinander bis ins Haus. Dort begrüßten sie sich. Dann fragte Kibuguma nach den Gründen, die Myombekere veranlaßt hatten, ihn noch in der Nacht aufzusuchen. Myombekere berichtete ihm von den Rückenbeschwerden seiner Frau und von der Krankheit, die die anderen Frauen ‚obunoni' nannten. „Die alte Nanzala, die Mutter Kanwaketas, hat uns das gesagt. Sie versteht etwas von Medizin und gilt als eine erfahrene Geburtshelferin, die alle Gefahren bei einer Geburt kennt. Wenn Schwierigkeiten bei einer Entbindung auftreten, wird sie gerufen. Angeblich beschnüffelt sie die Schwangeren und kann so erkennen, ob die Wehen bald einsetzen werden. Weil meine Frau ständig krank ist, bin ich zu dir gekommen, mein Heiler, um dich um Rat zu bitten." Kibuguma erkundigte sich, in welchem Monat Bugonoka nunmehr schwanger sei. „Sie ist jetzt im achten Monat", antwortet ihm Myombekere. „Ich bin sicher, daß ich mich nicht irre." Kibuguma erwiderte darauf: „Da du heute nun mal zu mir gekommen bist, will ich dir eine Medizin mitgeben. Sie soll bewirken, daß die Nachgeburt zügig abgeht. Auch soll sie die Zeit der Wehen verkürzen." Myombekere sagte voller Dankbarkeit: „Vielen Dank, unser Heiler!"

Kibuguma erhob sich und ging in die Hütte, in der er seine Heilmittel und Tiegel aufbewahrte. Mit zwei verschiedenen Arzneien kam er zurück und übergab sie Myombekere, wobei er ihm die Anwendungsweise erklärte. Danach machte sich Myombekere sofort wieder auf den Heimweg. Zu Hause übergab er die Mittel seiner Frau und erklärte ihr Kibugumas Gebrauchsvorschriften.

Hinfort nahm Bugonoka jeden Morgen, wenn sie Wasser holen ging, die Medizin mit zum See und nahm sie dort ein. Ihrem Mann hatte der Heiler gesagt, daß das Mittel auf diese Weise eingenommen werden sollte.

Als aber der Monat Omuhingo, der April, begann, wurde Bugonoka erneut krank. Sie war nunmehr im neunten Monat schwanger. Myombekere rief sofort die alte Nanzala herbei. Sie schaute sich die Schwangere genau an, dann verkündete sie: „Mein Sohn, deine Frau fühlt sich zwar krank, sie ist aber nur von dem Zustand befallen, der ‚omuchoko' genannt wird. Das heißt, daß das Kind sich gewendet hat, um in der Gebärmutter die für die Geburt notwendige Lage einzunehmen. Falls du deine Schwiegermutter herbeirufen willst, ist dafür der richtige Zeitpunkt gekommen. Sie sollte nun nach ihrer Tochter schauen."

Myombekere brach gleich am nächsten Morgen zu seinen Schwiegereltern auf und berichtete ihnen über den Zustand ihrer Tochter. Nkwanzi, die Schwiegermutter, sagte: „Mein Schwiegersohn, kehr zurück zu deinem Gehöft! Ich werde morgen zu euch kommen."

Am folgenden Tag traf sie mit einem großen Bündel an Geschenken ein. Sie kümmerte sich aber nicht weiter darum, sondern setzte das Bündel bloß ab, begrüßte kurz ihren Schwiegersohn und begab sich sofort zu ihrer Tochter. Sie begrüßte auch sie und fragte sie alsbald: „Bist du krank, mein Kind?" Bugonoka antwortete ihrer Mutter: „Ich fühle mich krank, aber die Leute, die mich besuchen, meinen, daß ich nur an omuchoko leide." Und sie fragte ihre Mutter: „Hast du auch so unter der Schwangerschaft gelitten, bevor wir, deine Kinder, geboren wurden?" Nkwanzi antwortete ihr: „Ich bin nur eine ganz gewöhnliche Frau. Meine Schwangerschaften sind immer ohne Schmerzen verlaufen. Ich brauchte auch niemals irgendwelche Medizinen einzunehmen, einfach weil ich immer gesund war. Ich habe solche Beschwerden wie ‚obunoni', ‚itango' und ‚omuchoko', die dich befallen, niemals gehabt. Ich hatte nur Schmerzen, als die Wehen einsetzten. Und nach der Geburt hatte ich Bauchschmerzen, die man ‚irumi' nennt. Das war wirklich alles. Aber von anderen habe ich durchaus schon gehört, daß sie dieselben Beschwerden hatten wie du. Sie treten wohl verstärkt bei denen auf, die, wie du, überhaupt Schwierigkeiten haben, schwanger zu werden."

Myombekere hielt sich oft mit seiner Schwiegermutter gemeinsam im Haus auf. Sie gingen zwar sehr ehrerbietig miteinander um, beachteten aber nicht mehr die Vorschrift, daß Schwiegersohn und Schwiegermutter sich meiden müssen, wie es unter gesunden Menschen sonst üblich ist. Allerdings übernachtete Bugonoka hinfort zusammen mit ihrer Mutter in der oluhongore-Hütte, während Myombekere wie gewohnt im Ehebett schlief. Das Mädchen war wiederum in einer anderen Hütte, die ‚mubisahi‘ heißt, untergebracht. Und der Junge schlief in der omukugiro-Hütte. Da Myombekere ein großes Gehöft besaß, hatten sie mit der Unterbringung keine Schwierigkeiten. Es gab genügend Schlafgelegenheiten für alle.

Nachdem Nkwanzi schon zwei Tage bei ihnen weilte, traf auch ihr Mann Namwero ein, um sich nach seiner Tochter zu erkundigen. Als er erfuhr, daß sie die Nacht gut verbracht hatte, kehrte er sofort nach dem Essen wieder nach Hause zurück.

Seine Frau Nkwanzi begleitete ihn noch ein Stück auf dem Weg. Dabei sagte sie ihm: „Laß mich heute und morgen noch hier bei unserer Tochter bleiben. Übermorgen komme ich dann nach Hause. Aber ich werde schon bald wieder hierher kommen müssen, denn sie wird noch in diesem Monat entbinden. Eine erneute Reise läßt sich somit nicht vermeiden.“

Bugonoka ging es alsbald besser und sie konnte wieder ihrer gewohnten Arbeit nachgehen. Da kehrte Nkwanzi vorerst nach Hause zurück.

Als man Nkwanzi erneut benachrichtigte, daß die Entbindung Bugonokas nunmehr kurz bevorstünde, mahlte sie Hirsemehl für ihre Tochter und verabschiedete sich am nächsten Tag von ihrem Mann, um nach ihrer Tochter zu sehen. Von da an blieb sie im Gehöft des Schwiegersohns.

Sie war erst wenige Tage da, als Bugonoka plötzlich Stiche in ihrem Bauch verspürte, wie wenn sie Würmer hätte. Die Schmerzen waren heftig und traten hauptsächlich im Rücken auf. Sie dauerten aber immer nur kurz an. Am nächsten Tag hatte Bugonoka ähnlich heftige Schmerzen. Diesmal hielten sie lange an. Bugonoka knirschte mit den Zähnen und verdrehte ihren Kopf, bis die Schmerzen vorüber waren. Sie fragte sich, warum eine so heftige Wurmkrankheit sie gerade jetzt befallen mußte. Eigentlich sagten die Leute doch immer, daß Schwangere viel weniger unter Eingeweidewürmern leiden als andere. Sie konnte sich das nicht erklären.

Am nächsten Morgen, als die Sonne gerade über dem Horizont aufging, traten die Schmerzen wieder auf. Sie sagte zu ihrer Mutter:

„Ich fühle mich so, als ob ich eine schlimme Wurmkrankheit hätte. Ich habe die heftigen Schmerzen schon gestern im Rücken gespürt. Was sind das nur für Würmer, Mama?“ Die Mutter deutete die Schmerzen als Vorboten der eigentlichen Wehen. Aber da man so etwas nicht offen sagt, solange die Schwangere noch nicht wirklich in den Wehen liegt, antwortete sie nur ausweichend, und Bugonoka verstand nicht, was sie ihr sagte.

KAPITEL 19

Der Sohn Ntulanalwo wird geboren

Als auch der Monat Omuhingo, der April, seinem Ende zuging und Bugonoka neun Monate ihrer Schwangerschaft hinter sich gebracht hatte, sagte Nkwanzi eines Abends zu ihrem Schwiegersohn: „Mein Kind, geh und hole uns Holzscheite, damit das Feuer zwischen den Herdsteinen heute Nacht nicht ausgeht. Deine Frau hat wieder diese Wurmbeschwerden. Ich habe Angst, daß sie ihr in der Nacht, wenn es ganz dunkel ist, zu schaffen machen. Ich hätte gern langbrennendes Holz im Herd. Wenn wir in der Nacht Schwierigkeiten bekommen, ist es nützlich, Licht im Haus zu haben." Myombekere ging sofort auf die Bitte der Schwiegermutter ein und begab sich zur Hecke, wo er gut brennbare, dicke Baumstämme als Brennholz aufbewahrte. Er spaltete vier von ihnen zu Scheiten und beauftragte den Jungen Kagufwa, sie den Frauen ins Haus zu tragen.

Beim Nachtessen konnte Bugonoka nur zwei Bissen Maisbrei hinunterschlucken, da traten schon wieder die heftigen Wurmschmerzen auf. Sie aß nicht weiter und gab dem Mädchen Bazaraki den Kloß, den sie noch in der Hand hielt. Vor Schmerz biß sie die Zähne zusammen, und ihr Gesicht wurde ganz verzerrt. Nach dem Essen gingen alle zu Bett, während das Feuer die ganze Nacht hindurch brannte.

Am nächsten Morgen, kurz nach Sonnenaufgang, bekam Bugonoka erneut einen Anfall von heftigen Schmerzen. Darauf rief die Mutter Myombekere herbei. Er kam sofort an die Tür und hockte sich an der Schwelle nieder: „Schwiegermutter, du hast mich gerufen. Hier bin ich!" Sie erwiderte: „Ja, das stimmt. Geh und hole sofort die alte Nanzala herbei! Wir brauchen sie jetzt hier." Er rannte hinüber ins Nachbargehöft zu der alten Frau. Und ehe seine Schwiegermutter zu Ende gesprochen hatte, war er mit Nanzala schon wieder zurück.

Die alte Nanzala begrüßte erst einmal in Ruhe alle Anwesenden. Dann untersuchte sie Bugonoka wiederholt und mit großer Sorgfalt. Schließlich wandte sie sich an Nkwanzi: „Wenn ich in Betracht ziehe, daß du schon mehrfach geboren hast, wirst du wohl alle Geheimnisse von uns Frauen kennen, nicht wahr? Also, die Geburtswehen stehen nämlich unmittelbar bevor, Mama!" Die beiden Frauen strengten sich an, Bugonoka beizubringen, wie sie sich während der Geburt verhalten sollte. Sie brachten sie schließlich in die omukugiro-Hütte, das heißt in die Hütte, in der die Hochzeiter ihre erste gemeinsame Nacht zu verbringen pflegen, zogen ihr das Gewand aus Ziegenleder aus und veranlaßten sie, sich mit gespreizten Beinen auf einen flachen, nach hinten langgestreckten, 'akasingiro' genannten Holzschemel zu setzen, wie es alle Kerewe-Frauen machen, wenn sie gebären.

Sie sprachen von einem Grasring. Sie meinten aber nicht einen Ring, den man zum Tragen von Lasten auf den Kopf legt. Vielmehr handelte es sich um einen Ausdruck, der die Männer irre führen soll. Seine wahre Bedeutung ist folgende: Das Ereignis der Geburt wird als ein großer Kriegskampf angesehen, als eine Sache auf Leben und Tod. Die gebärende Frau darf bis zum Abgang der Nachgeburt nicht von der Stelle weichen, es sei denn, sie verliert die Nerven. Deshalb vergleicht man sie mit jemandem, der sich in echte Kriegsgefahr begibt, wie ein Grasring zwischen der Last und dem Kopf des Trägers festgeklemmt. Aber betrachten wir das Bild noch etwas genauer: Wer mehrfach hintereinander zum Wasserschöpfen an den Brunnen oder See geht, legt den Grasring nicht jedesmal ab, sondern behält ihn auf dem Kopf. Unter dem Ring befindet sich also der Kopf des Trägers, darüber der randvoll mit Wasser gefüllte Tonkrug. Es ist schon erstaunlich: der Grasring ist von zwei Seiten her unausweichlich dem Druck ausgesetzt, solange bis der Wasserholer sein Ziel erreicht hat und den Krug von seinem Kopf absetzt. Ähnlich ergeht es einer gebärenden Frau. Das ist also der Grasring, den die Frauen meinen, wenn sie sagen ‹die Frau soundso hat im Grasring aufgegeben› oder ‹die Frau soundso steckt immer noch im Grasring›, d.h. ihre Nachgeburt ist noch nicht abgegangen. Es gibt noch viele solcher Redewendungen, deren Bedeutung ein Geheimnis der Frauen darstellt.

Nachdem die Frauen Bugonoka in die Geburtshütte gebracht und sie auf dem Gebärstuhl mit einem Gurt aus Grasfasern festgemacht hatten, wurden die Wehen immer heftiger. Schließlich war es soweit. Es kam große Betriebsamkeit bei den Frauen auf; alle waren beschäftigt. Die alte Nanzala hielt Bugonoka umfaßt und sprach ihr Mut zu: „Hör auf, vor Furcht zu zittern und fühle dich stark, mein Kind!" Bald sah man aus der Gebärenden etwas herauskommen. Nkwanzi machte die alte Nanzala darauf aufmerksam: „Sag Bugonoka, sie solle den Atem anhalten und kräftig pressen, denn das Etwas ist bereits sichtbar." Als Nanzala selbst hinschaute, sah auch sie das Etwas. Es wird auf Kerewe 'isebutwetwe' genannt und bedeutet eine Wasserblase in Form einer Flasche. Es war halb draußen. Die alte Nanzala und Nkwanzi gaben sich alle Mühe, Bugonoka anzufeuern: „Halt den Atem an und presse mit aller Macht, damit das Etwas ganz herauskommt. Fast ist es schon heraus!" Bugonoka hielt den Atem an und preßte mit großer Kraft, wie die Frauen es tun, wenn sie entbinden.

Kurze Zeit später trat die Wasserblase ganz aus. Sie blähte sich auf und platzte, so daß das Wasser herausplatschte. Kurz darauf wurde der Kopf des Kindes sichtbar. Nanzala verstärkte noch ihre anfeuernden Rufe: „Streng dich an, Frau! Halte den Atem an und presse mit aller Kraft!" Der Kopf des Kindes rutschte hervor. Seine Schultern steckten noch in Bugonokas Leib. Ja doch! Die Schultern eines Kindes bereiten bei der Geburt oft viel größere Schwierigkeiten als sein Kopf. Es kam jetzt darauf an, daß Bugonokas Kraft nicht erlahmte. Die Geburtshelferinnen feuerten sie erneut und immer wieder an, den Atem anzuhalten und mit aller Kraft zu pressen. Mit einer letzten äußersten Anstrengung, wobei sich ihre Ohren verstopften und sie nichts mehr hören konnte, brachte sie auch die Schultern des Kindes heraus. Die alte Nanzala und Nkanzi hörten nicht auf, Bugonoka anzutreiben, bis auch der Unterleib und die Beine des Kindes geboren waren. Schließlich fiel es ganz heraus.

Kaum lag das Kind draußen, betastete es die alte Nanzala mit ihren Händen, um zu fühlen, ob es ein Junge oder Mädchen sei. Bald wußte sie es und flüsterte Nkwanzi, der Mutter Bugonokas, zu: „Es ist ein Junge!" Bugonoka konnte es ebenfalls hören. Flüsternd erwiderte Nkwanzi: „Das war also der Grund! Weil er ein Junge ist, hat er sich bei der Geburt geschämt. Alle Jungen schauen während der Geburt nach unten. Sind es Mädchen, schauen sie beim Verlassen des Mutterleibs ihre Mutter an."

Kurz nachdem das Kind Bugonokas Leib verlassen hatte, steckte es seine Finger in den Mund. Da wußten sie, daß es lebte, denn offenbar suchte es eine Brust, an der es saugen konnte. Das Neugeborene hatte etwas Weißes an seinem Bauch, das es mit der Nachgeburt im Leib seiner Mutter verband. Als Nanzala merkte, daß die Nachgeburt nicht gleich folgte, bat sie Nkwanzi, bei Bugonoka zu bleiben. Sie selbst ging zu Myombekere. Der saß draußen im Hof, wobei sein Herz und seine Ohren drinnen bei seiner Frau weilten. Nanzala schickte ihn eilig zu einem Termitenhügel in der Nähe ihres Gehöfts, um dort Blätter einer bestimmten Heilpflanze zu holen. Sie selbst suchte eine andere Heilpflanze, die beigemischt werden sollte. Wie gewöhnlich hatten beide ihre Arbeit schnell erledigt. Myombekere übergab Nanzala die Blätter und sie zerstampfte sie in großer Eile. Dann trat sie wieder in die Hütte zu Bugonoka. Dort bemerkte sie, daß die Nachgeburt schon ein wenig herausschaute. Sie stopfte den Medizinbrei in Bugonokas Mund und verrieb einen Teil davon auf ihrem Bauch, hinunter bis zur Nachgeburt. Diese ging alsbald vollständig ab. Der Geburtsvorgang war damit beendet.

Die Geburtshelferinnen brachen in fröhliches Lachen aus und stimmten Freudentriller an. Die Frau Kanwaketas ging tanzend zu Myombekere in den Vorraum des Wohnhauses und sagte zu ihm: „Du drückst uns ja gar nicht dein Mitgefühl zu der schweren Arbeit aus! Fragst du nicht, ob wir erfolgreich waren und welches Kind wir zur Welt gebracht haben?" Verwirrt und benommen stand er auf, ging vor die Tür seines Hauses und hockte sich dort nieder. Noch ehe er ein Wort hervorbringen konnte, hörte er den Ruf: „Bleib draußen! Wir sind noch beschäftigt und wollen nicht durcheinander gebracht werden. Du wirst deinen Gast erst später zu sehen bekommen!" Myombekere erwiderte: „Gut, ich bleibe hier an der Tür", und fragte dann: „Was für ein Kind habt ihr denn nun zur Welt gebracht?" Von drinnen antworteten ihm die Frauen:

„Einen Mann, so wie du einer bist!" Er konnte nur erwidern: „Bugonoka soll noch so ein Kind zur Welt bringen!" Worauf die Frauen im Haus lachten. Myombekere strahlte in großer Freude darüber, daß sein erstes Kind ein Junge war. Die alte Nanzala begann von drinnen: „Mein Sohn, was wird die Gebärerin heute von dir zu essen bekommen? Ihr Bauch, aus dem dein Gast hervorgekommen ist, will aufgefüllt werden!" In diesem Augenblick begann das Kind zu schreien. Nanzala fuhr deshalb fort: „Nun, hör nur, selbst das Kind bittet dich um etwas für den Bauch, jetzt, wo es auf die Welt gekommen ist. Auch das Kind will etwas essen. Hast du die Leute schon mal sagen hören: ‹Einem Kranken bietet man etwas zu essen an, einer Wöchnerin nicht?› Dieser Spruch bedeutet, daß man einem Kranken deswegen etwas zu essen anbietet, weil ihm der Hunger fehlt und er etwas für den Pfleger übrig läßt, das der dann selbst essen kann. Eine Wöchnerin aber hat einen großen Heißhunger, vermutlich weil sie die Lücke in ihrem Bauch auffüllen muß, die das Kind dort hinterlassen hat. Ihr bietet man darum nichts an." Myombekere bestätigte, daß er dieses Gerede schon oft gehört habe. Im übrigen war er mit ihrem Vorschlag, etwas zum Essen zu besorgen, ganz und gar einverstanden. Zusammen mit dem Jungen Kagufwa ging er zum See, um von den Reusenfischern Fische einzuhandeln. Mit 25 ensato-Fischen und drei embozu-Fischen kam er später wieder zurück.

Während seiner Abwesenheit hatte Nanzala ein Seil aus omuhotora-Schilf gedreht und Bugonoka fest um den Leib geschnürt. Diese Maßnahme sollte verhindern, daß der Bauch der Wöchnerin nach der Geburt aufgebläht bleibt. Nanzala trennte auch das Neugeborene von der Nachgeburt, mit der es immer noch verbunden war. Das weiße Etwas bezeichnet man als Nabelschnur. Weil Geburtshilfe in den Arbeitsbereich der Frauen fällt, verstehen die Männer diese Wörter nicht und können sich auch keine richtige Vorstellung davon machen.

Nachdem die Nachgeburt draußen war, hatten die Geburtshelferinnen endlich Gelegenheit zu einer Unterhaltung. Während der Geburt hatten sie aus Sorge und Anspannung geschwiegen und sich um Bugonoka und das, was aus ihrem Bauch herauskam, gekümmert. Die alte Nanzala war eine Spaßmacherin, und so ergriff sie die Nabelschnur und maß einen Teil davon ab, der vom Nabel bis zu den Knien des Neugeborenen reichte. Da die neugeborenen Kinder, solange sie noch in der Geburtshütte sind, ihre Beine ausgestreckt halten, sagte sie zu dem Kind: „Bleib nur ganz ruhig, mein Kleines, damit ich dir einen richtigen Körperknoten machen kann." Die anderen Frauen brachen in Gelächter aus und fragten sie, was ein Körperknoten sei. Nanzala erwiderte: „Wißt ihr denn nicht, daß wir alle mit einem Körperknoten versehen sind?" - „Ach ja?", erwiderten die anderen, und Nanzala erklärte: „Also ab heute wißt ihr es. Der Körperknoten, den jeder Mensch hat, gleich ob Mann oder Frau, ist der Bauchnabel. Wenn man nicht kurz nach der Geburt einen Körperknoten anlegt, kann der Mensch gar nicht überleben." Die anderen stimmten ihr zu. Nanzala forderte Nkwanzi auf, ihr eine Schilffaser zu reichen. Dies geschah, und Nkwanzi widmete sich sehr sorgfältig dem Abbinden der Nabelschnur. Wird nachlässig abgebunden, kann das Neugeborene dadurch zu viel Blut verlieren und ganz plötzlich sterben. Nanzala band also die Nabelschnur geschickt in der richtigen Entfernung vom Körper des Kindes ab. Darauf spaltete Kanwaketas Frau eine harte Faser von einem Hirsestengel ab, und Nanzala schnitt damit die Nabelschnur unterhalb der abgebundenen Stelle vollständig durch.

Bugonoka war inzwischen aufgestanden und hatte den Platz, an dem sie entbunden hatte, verlassen. Sie sah bei ihrem Kind genau den Handgriffen zu, wie man die Nabelschnur an der richtigen Stelle abbindet und durchtrennt, um nicht eines Tages unwissend dazustehen, als ob sie das noch nie miterlebt hätte, obwohl es doch vor ihren Augen und am hellichten Tag geschehen war.

Nachdem Nanzala die Nabelschnur versorgt hatte, ergriff sie das Neugeborene und legte es zwischen ihre Füße. Nkwanzi begoß es über und über mit Wasser, und die alte Nanzala wusch allen Schmier von ihm ab, mit dem es aus dem Bauch gekommen war. Das Kind hatte am Ende eine ganz rote Haut. Nach dem Waschen hob sie das Kind auf ihre Arme, damit das Badewasser trocknen konnte. Währenddessen ging die Frau Kanwaketas nach draußen, um Gras abzureißen. Daraus sollte auf dem Boden der Hütte ein Lager für die Wöchnerin und das Neugeborene zubereitet werden. Nkwanzi begab sich in Myombekeres Bananenhain, um drei grüne Blattwedel abzuschneiden. Auf die Schicht von Gras und Bananenblättern wurde der Kälte wegen ein Rinderfell ausgebreitet. Darauf sollten das Neugeborene und seine Mutter liegen.

Das Neugeborene hatte bisher weder uriniert, noch Stuhlgang gehabt. Als Myombekere mit den Fischen zum Gehöft zurückkehrte, forderte die alte Nanzala deshalb die anderen Frauen auf: „Ruft den Vater des Kindes herbei. Er soll ihm einen Namen geben. Wahrscheinlich ist es das, was es hindert, Urin und Kot von sich zu geben. Ich habe das schon oft erlebt. Auch bei meinen eigenen Kindern war es so." Sie riefen Myombekere ins Haus. Bevor er eintrat, zog sich Bugonoka schnell etwas über, das heißt, sie bedeckte nur ihre Scham. Die Frauen aber bestanden darauf, daß sie sich vollständig ankleidete. Sie tat es trotzdem nicht richtig, denn sie hatte sich nach der Geburt noch nicht gewaschen. Ihr Leser wißt ja selbst, wie eine Frau aussieht, die gerade entbunden hat.

Als Myombekere aus Ehrfurcht vor seiner Schwiegermutter im Vorraum stehen blieb, forderte ihn die alte Nanzala auf, in die Kammer einzutreten: „Jetzt brauchst du deine Schwiegermutter nicht zu meiden. Später kannst du ihr wieder Ehrfurcht bezeugen." Myombekere trat in die Kammer, konnte aber nichts erkennen, weil es drinnen so dunkel war. Die Alte sagte ihm: „Hock dich nieder, wo du gerade stehst. Haben sich deine Augen nun an die Dunkelheit gewöhnt?" Myombekere bestätigte ihr dies. Da fuhr sie fort: „Nimm dein Kind entgegen, schau es genau an und gib ihm einen Namen! Uns erkennt es nicht an. Seit es geboren wurde, hat es weder Urin noch Kot von sich gegeben." Da Myombekere nicht wußte, was man bei der Namensgebung tun muß, befragte er die Frauen, und sie erklärten ihm, wie er das Kind zu halten hätte und was er dabei sagen müßte. Er dachte kurz darüber nach, welchen Namen er seinem Kind geben könnte. Dann verkündete er mit freudiger Stimme: „Wachse heran! Dein Name sei Ntulanalwo, das bedeutet: ‹Ich lebe immer mit der Bedrohung durch den Tod.› Sollte dich der fehlende Name daran gehindert haben, zu urinieren oder

Kot von dir zu geben, dann kannst du dich jetzt wie alle gewöhnlichen Menschen davon befreien." Kurz darauf sahen sie, wie das Kind urinierte und Kot von sich gab, während sein Vater es noch auf den Armen hielt. Nanzala bemerkte dazu: „Habe ich euch nicht gesagt, daß ich es schon oft genauso erlebt habe?" Sie alle bestätigten es mit Verwunderung. Danach forderten sie Myombekere auf, die Hütte wieder zu verlassen.

Das Neugeborene wurde nackt und ohne Zudecke auf die Bananenblätter gebettet. Die kalte Luft ließ es zittern. Es reckte sich hin und wieder und steckte seine Finger in den Mund. Währenddessen besprachen sich die Frauen, wie sie die Nachgeburt vergraben sollten. Bei den Kerewe ist es nicht üblich, dies draußen im Wald zu tun, sie wird von den Frauen schnell und geschickt im Haus vergraben. Es gibt zwei Arten, dies zu tun. Handelt es sich um die Nachgeburt eines Knaben, wird sie in der linken Hälfte des großen Empfangsraums vergraben, dort wo man buttert. Bei einem Mädchen wird sie auf der rechten Seite vergraben, dort wo sich die Mahlsteine befinden. Über die Grabstelle streut man Hirsekörner oder Melonenkerne aus. Da es sich hier um einen Jungen handelte, wurde die Nachgeburt Ntulanalwos also auf der linken Seite des großen Empfangsraums dort, wo man gewöhnlich buttert, vergraben.

Am Tag seiner Geburt ließ man Ntulanalwo noch nicht die Milch seiner Mutter trinken. Da er ein Junge war, schrieb die Sitte vor, ihm zunächst gesäuerte Milch zu geben. Diese mußte von einer Kuh stammen, die noch nie verkalbt hatte. Man gießt diese Milch in das trichterförmige Blütenblatt, das man an der Spitze eines Fruchtstandes der Banane findet. - Es heißt 'engorogombe'. - Daran läßt man das Kind saugen. Einen ganzen Tag lang wurde Ntulanalwo auf diese Weise getränkt.

Nkwanzi machte Wasser heiß, um ihre Tochter zu baden. Als sie damit fertig war, forderte sie Bugonoka auf, nach draußen zu kommen. Sie wollte ihre Tochter gründlich mit heißem Wasser abreiben, damit die Rückstände von der Geburt sich in ihrem Körper nicht in Gift verwandelten, das sie töten konnte. Bugonoka eilte hinter die Hütte, und Nkwanzi folgte ihr mit dem heißen

Wasser dorthin. Sie setzte den Krug ab und lief, eine Tür aus geflochtenem Schilf als Badeunterlage zu holen. Unterwegs befahl sie dem jungen Mädchen auf dem Gehöft, es solle in die Kammer gehen und auf das Neugeborene aufpassen, denn die alte Nanzala und die Frau ihres Sohnes Kanwaketa wollten gerade in ihr eigenes Gehöft zurückkehren.

Myombekere nahm zwei nsato-Fische und gab sie Nanzala. Einen weiteren Fisch überreichte er der Frau Kanwaketas. Damit gingen die Frauen nach Hause.

Nkwanzi bemühte sich nach Kräften, ihre Tochter mit dem heißen Wasser abzureiben. Das Wasser war in der Tat sehr heiß und brannte auf der Haut. Bugonoka wehrte sich daher und versuchte, die Hand ihrer Mutter beiseite zu schieben. Da Nkwanzi das Wasser mit einem harten Blatt aus dem Krug schöpfte, merkte sie selbst nicht, wie heiß es war. So rügte sie ihre Tochter: „Du Hündin, von wem stammst du ab, daß du dich so vor dem Wasser fürchtest, als ob es Geburtswehen seien? Nimm deine Hände weg, damit ich dich richtig durchkneten kann! Glaubst du etwa, daß du wieder ein normaler Mensch werden kannst, wenn ich es zu nachsichtig tue?" Bugonoka antwortete ihr: „Nein, das nicht, aber es brennt zu sehr, Mutter!" Nkwanzi blieb unerbittlich: „Für Frauen, die entbunden haben, ist gerade heißes Wasser am besten. Was willst du dagegen sagen? Wo hätte man je gehört oder gesehen, daß man Wöchnerinnen mit kaltem Wasser massiert hätte und der Schmier von der Geburt wäre davon abgegangen?" Bugonoka blieb nichts anderes übrig, als in Geduld auszuhalten. Die Mutter beeilte sich, ihre Tochter an Kopf und Rücken durchzukneten, während sie auf dem Gesicht lag, und anschließend auch am Bauch zu massieren, während sie auf dem Rücken lag. Am Ende schrie Bugonoka laut: „Mutter, du bringst mich noch um! Das Wasser ist einfach zu heiß." Nkwanzi sprach ihr Mut zu: „Halte durch, mein Kind, bis ich fertig bin!" Am Abend massierte sie Bugonoka noch einmal in derselben Weise. Da gewöhnte sie sich allmählich daran und wartete geduldig darauf, daß die nachgeburtlichen Absonderungen ihren Bauch verließen.

Nanzala und die Frau Kanwaketas schauten am Abend nochmals

nach Bugonoka. Kurz nach ihnen traf auch Kanwaketa ein. Myombekere war gerade dabei, getrockneten Kuhdung aufzusammeln, um damit draußen auf dem Vorplatz ein Feuer anzuzünden. Gleich bei seiner Ankunft fragte Kanwaketa ihn: „Bugonoka hat entbunden? Hat sie es gut überstanden?“ Myombekere darauf: „Ja, sie hat es gut überstanden.“ Kanwaketa: „Was für ein Kind ist es?“ Myombekere: „Ein Junge!“ Kanwaketa: „Möge ihr Gott gestatten, ein weiteres Kind zu gebären!“ Dann stand er auf und sagte weiter: „Laß mich sie begrüßen und ihr meine Glückwünsche aussprechen!“ Er trat in den großen Empfangsraum des Hauses und rief: „Bugonoka!“ Sie antwortete mit süßer Stimme: „Bee!“ Darauf fragte Kanwaketa sie: „Wie hast du den Tag verbracht, Bibi?“ „Sehr gut, Bwana!“ Kanwaketa: „Stimmt es, daß du ein Kind geboren hast?“ Bugonoka: „Ja, ich habe entbunden, Bwana!“ Kanwaketa: „Was für ein Kind ist es? “ Bugonoka: „Eins von deiner Sorte!“ Kanwaketa: „Das ist sehr gut! Möge Gott dir gestatten, ein weiteres Kind zur Welt zu bringen, du Abkömmling des Bazubwa-Klans!“ Sie unterhielten sich noch ein wenig über dies und jenes, dann kehrten Kanwaketa, seine Frau und seine Mutter Nanzala auf ihr Gehöft zurück.

Dem jungen Mädchen Bazaraki hatte man aufgetragen, Blätter zu sammeln. Diese waren dazu bestimmt, das Neugeborene nach dem Urinieren abzuputzen und die Milchgefäße zu reinigen. Als Bazaraki sah, daß Kanwaketa mit seiner Frau und der alten Nanzala weggegangen war, fragte sie Nkwanzi und Bugonoka, warum Frauen, die gerade entbunden haben, mit heißem Wasser gebadet werden. Nkwanzi erwiderte ihr: „Darüber hast du dir schon Gedanken gemacht, du Menschenkind?“ Sie bejahte dies. Als Nkwanzi ihr den Grund erklären wollte, kam ihr der Gedanke, daß es ein Geheimnis für erwachsene Frauen sein könnte. Sie schickte darum das Mädchen nach draußen und flüsterte ihr zu: „Sieh mal nach, ob dein Onkel möglicherweise in der Empfangshalle sitzt.“ Das Mädchen schaute sogleich nach und kam mit der Auskunft zurück: „Er sitzt draußen auf dem Vorplatz am Feuer.“ Nkwanzi fragte weiter: „Und wo ist der Junge Kagufwa, dein Bruder?“ - „Er ist beim Onkel.“ Nkwanzi darauf: „Nun spitz mal deine Ohren, damit ich dir sagen kann, warum die Frauen, die gerade entbunden haben, mit heißem Wasser gewaschen werden.“ Das Mädchen war voller Ungeduld: „Ach ja, sage es mir, damit auch ich darüber Bescheid weiß!“ Nkwanzi erklärte ihr darauf: „Man will dadurch bewirken, daß der Ausfluß, der durch das Gebären verursacht wird, den Bauch der Wöchnerin vollständig verläßt. Wenn man sie nicht massiert, bleibt der Schmutz zu lange im Bauch. Die Wöchnerinnen können daran nach kurzer Zeit sterben. Das ist der Hauptgrund, warum man Frauen nach dem Entbinden mit möglichst heißem Wasser wäscht. Hör mal, hast du überhaupt zugehört?“ Das junge Mädchen erwiderte: „Ja, ich habe zugehört, aber mir wird es vielleicht schwerfallen, so zu baden.“ Nkwanzi fragte: „Warum?“ - Darauf das Mädchen: „Ich habe einfach Angst, vom heißen Wasser verbrüht zu werden.“ Nkwanzi beruhigte sie: „Ei, du bist noch ein Kind und weißt nicht viel vom Leben.“ Das Mädchen gab sich damit aber nicht zufrieden: „Auch wenn ich noch ein Kind bin, mir fällt es trotzdem schwer, das zu begreifen. Wie kommt es eigentlich, daß man Kühe und Ziegen, die gerade geworfen haben, nicht mit heißem Wasser massiert?“ Nkwanzi darauf: „Ei, ich sollte mich mit dir nicht weiter abgeben! Jetzt kommst du auf die Haustiere und dann vielleicht noch auf die wilden Tiere im Busch. Ich nehme an, daß sie anders beschaffen sind als der Mensch. Wie kannst du diese elenden Kreaturen mit dem Menschen vergleichen? Du Kindskopf, entweder wirst du dem Schwachsinn verfallen, oder du wirst eine verrückte Bestie.“ Das Mädchen wurde darauf so verlegen, daß es nichts mehr zu erwidern wußte.

Nach dem Essen gingen sie zu Bett. Bugonoka und ihre Mutter schliefen in dieser Nacht getrennt. Die Mutter hatte ihre eigene Kammer, und Bugonoka schlief zusammen mit dem zitternden Neugeborenen auf der Streu von Gras und grünen Bananenblättern. Wir wollen nicht das große Feuer unerwähnt lassen, das im Haus während der ganzen Nacht brannte. Myombekere hatte Holzklötze herbeigeschafft, die sich besonders gut entflammen. So brannte das Holz lichterloh.

Als es wieder tagte und die Sonne aufging, machte sich Nkwanzi mit dem Mädchen Bazaraki zum See auf, um Wasser zum Massieren für Bugonoka zu holen. Sie fanden, daß das Wasser am Ufer an diesem Morgen verschmutzt war. Nkwanzi fragte: „Wo können wir außerdem noch Wasser schöpfen? Hier ist zuviel Unrat." Da Bazaraki sich in der Gegend gut auskannte, schlug sie vor: „Da drüben kann man besser schöpfen, denn die Stelle ist geschützter. Meistens treibt der Wind keinen Schmutz dorthin. Sie ist ihm nicht so ausgesetzt wie diese Stelle hier." Sie setzten darauf ihre Wasserkrüge wieder auf den Kopf und gingen zu der bezeichneten Stelle. Dort war das Wasser in der Tat sauberer. Sie füllten schnell ihre Gefäße und kehrten ins Gehöft zurück.

Wie am Tag zuvor wusch Nkwanzi ihre Tochter Bugonoka hinter dem Haus wieder mit sehr heißem Wasser ab. Kurz darauf traf die alte Nanzala mit der Frau Kanwaketas ein. Nachdem sie schon im Haus gewesen waren und sich das Neugeborene angesehen hatten, erinnerten sie sich plötzlich an etwas: „Wie kommt es nur, daß wir heute so vergeßlich sind?" Als die anderen sie fragten, was denn los sei, fuhren sie fort: „So etwas ist uns ja noch nie zugestoßen. Als wir von zu Hause fortgingen, faßten wir ausdrücklich den Plan, Bugonoka erstmals als junge Mutter zu begrüßen. Und als wir sie hier an der Tür getroffen haben, begrüßten wir sie wie alle Tage und vergaßen völlig den einen Satz ‹Wie geht es dem Kind?› Gestern waren wir doch noch als Geburtshelferinnen hier! Leute, wie kann man so etwas vergessen! Schließlich sind wir eigens hierhergekommen, um sie erstmals als Mutter zu begrüßen. Wie kann man als Erwachsener nur so zerstreut sein, ee! Das ist ja etwas! Wahrscheinlich haben uns deshalb unsere Vorfahren dieses Sprichwort überliefert: ‹Nicht Alte oder Junge sind vergeßlich, alle Menschen sind es.› Heute haben wir Bugonoka so behandelt, als ob sie kinderlos sei. Vielleicht verwechseln wir sie mit jemandem, der krank ist, denn sie kommt gerade vom Baden und strahlt gar nicht und ist voller Trauer."

Nkwanzi sagte schnell: „Ich dachte immer, ich allein sei vergeßlich. Offenbar geht es vielen von uns so. Also hört mal zu, was mir zugestoßen ist! Dort, von wo ich herkomme, starb vor zwei Jahren in der Nachbarschaft ein alter Mann aus meiner Sippe. Er war der Eigentümer des Gehöfts, das er seinem Enkel hinterließ, da der eigene Sohn schon tot war. Jener Enkel ist ein hünenhafter Kerl, der selbst auch schon Enkel hat. Also nun stellt euch vor: Seit der Altherr des Gehöfts gestorben ist, haben wir es uns noch nicht abgewöhnen können, die Gegend nach ihm als 'Kapapos Gehöft' zu bezeichnen. Wenn wir unsere Kinder dorthin schicken, um dies oder jenes zu holen, sagen wir etwa: ‹Hole mir meinen sonzo-Korb von Kapapo.› Wir sagen nicht einmal 'von dem verstorbenen Kapapo'. Wäre jener Nachbar aus einer berühmten Sippe, wie es sie hier im Lande gibt, dann würde er mich wegen meiner Vergeßlichkeit als Hexe beschimpfen und behaupten, ich hätte den Altherrn getötet."

Während sie sich unterhielten, hörten sie auf einmal Bugonoka wie eine Kranke stöhnen, die tapfer ihre Schmerzen erträgt, oder wie jemand, der wegen Spulwürmern Bauchkrämpfe hat. Sie sahen, wie sie sich in der Tat den Bauch hielt, und fragten sie daher: „Schwester, hast du irumi-Schmerzen, d.h. Nachwehen?" Bugonoka erwiderte: „Vielleicht ist es so. Es hat in der Nacht angefangen. Schon als ich aufstand, machte mir mein Bauch zu schaffen, so daß meine Mutter mich fragte, was mit mir los sei, mein Magen kollere so laut. Ich höre eure Unterhaltung, aber in Wirklichkeit bin ich ganz mit mir selbst beschäftigt." Nanzala erklärte ihr: „Du leidest unter irumi-Beschwerden. Die Nachwehen können sehr schmerzvoll sein. Du mußt deswegen noch im Hause bleiben, bis der ganze mubizumbi-Ausfluß herausgekommen ist. Wir sollten dir besser eine Medizin dagegen geben, damit die Nachwehen dich nicht am Essen hindern und du nicht abmagerst. Auch soll man dir etwas geben gegen den üblen Geruch, der von der abgebundenen Nabelschnur ausgeht." Die anderen Frauen sagten: „Laß uns die Heilkräuter nach deinen Anweisungen suchen, Bibi!" Darauf Nanzala: „Ihr meint wohl, daß es für mich zu weit bis zu dem Fundort sei. Bedenkt, Myombekere pflanzt doch auch Hirse mit dieser Heilkraft an. Es ist hier in seinem Bananenhain." Darauf riefen sie Myombekere herbei und Nanzala erklärte ihm: „Bugonoka hat heftige Nachwehen bekommen. Geh und hole uns Eminankonge, d.h. Stengel von der roten Hirse, die innen süß wie Zuckerrohr ist! Sie soll diese kauen, damit ihre Schmerzen nachlassen." In kürzester Zeit brachte Myombekere die gewünschten eminankonge-Stengel herbei und übergab sie Nanzala. Die reichte sie an Bazaraki zum Säubern weiter. Nachdem das Mädchen einige Stengel gesäubert und in eine Korbschale gelegt hatte, sagte ihr Nanzala: „Hör auf, das reicht als Medizin. Den Rest kannst du selbst essen." Man gab Bugonoka die Korbschale mit Hirsestengeln, und sie kaute sie. Noch ehe sie alle aufgegessen hatte, spürte sie, wie ihr Bauch sich beruhigte. Sie sagte daher: „Bewahrt den Rest auf, ich werde später weiter davon essen." Nkwanzi nahm die flache Korbschale entgegen und stellte sie beiseite.

Leben und Werk des Autors

Aniceti Kitereza wurde 1896 in Sukuma-Land (Zentral-Tansania) geboren. Seine Eltern stammten eigentlich von der Insel Ukerewe im südöstlichen Teil des Victoria-Sees. Der Vater Malinduma hatte jedoch vor den Nachstellungen des Kerewe-Königs Lukonge, dessen Bruder er war, fliehen müssen. Als Malinduma 1901 an Pocken starb, kehrte die Mutter Muchuma mit Kitereza nach Ukerewe zurück. Die politischen Verhältnisse hatten sich dort insoweit verändert, als die deutsche Kolonialmacht den alten König abgesetzt hatte und der Nachfolger, König Mukaka, der Familie Malindumas wohlgesonnen war, so daß Kitereza sogar einige Jahre am königlichen Hof von Bukindo verbringen konnte. In dieser Zeit dürfte sein später so ausgeprägtes Interesse für die historischen Überlieferungen und das kulturelle Erbe seines Volkes geweckt und entwickelt worden sein.

Seit 1905 besuchte Kitereza die Missionsschule der Weißen Väter in Kagunguli. 1909 wechselte er auf das Seminar nach Lubya bei Bukoba über. Deutsch und Französisch gehörten ebenso zu seinem Ausbildungsplan wie Latein und Griechisch. Mit Hilfe von Wörterbüchern brachte er sich außerdem im Selbstunterricht Englisch bei. Er kannte sich somit in mehreren Bildungssprachen aus und hatte über die Bibliotheken der Missionsstationen Zugang zur westlichen Literatur. Die Beantwortung der Frage, welche europäischen Werke er las und welche ihn darunter besonders beeindruckt haben, wäre im Hinblick auf Entstehung und Konzeption seines Romans literaturgeschichtlich überaus interessant. Leider ist darüber jedoch nichts bekannt.

1919 trat Aniceti Kitereza als Katechet und Lehrer in die Dienste der katholischen Mission in Kagunguli. Im selben Jahr heiratete er Anna Katura, mit der er bis zu ihrem Tod im Jahre 1980 verbunden blieb. Wegen des geringen Lohns, den er im Dienste der Mission erhielt, nahm er eine Anstellung bei einem griechischen Händler in Musoma an. Mit Ausbruch des 2. Weltkriegs verlor er jedoch seinen Posten und kehrte nach Ukerewe zurück. Als Übersetzer religiösen und didaktischen Schrifttums verdiente er hinfort sein Brot wieder bei der Mission.

Schon damals muß einigen Missionaren die schriftstellerische Begabung und das kulturhistorische Interesse Aniceti Kiterezas aufgefallen sein. Vor allem der kanadische Pater Almas Simard (1907-1954) hielt ihn an, systematisch die mündlichen Überlieferungen des Kerewe-Volkes zu sammeln und aufzuzeichnen. Auf der Missionsstation Kagunguli räumte man Kitereza sogar ein Büro mit einer Schreibmaschine ein und machte ihm die Bibliothek zugänglich. 1942 schloß Kitereza sein erstes Buchmanuskript in Swahili mit dem Titel ‚Hadithi na Desturi za Ukerewe' (Geschichten und Bräuche von Kerewe-Land) ab. Aus mir unbekannten Gründen wurde das Werk niemals gedruckt, obschon spätestens seit 1954 das East African Literature Bureau unter dem Serientitel ‚Desturi na Masimulizi ya Afrika ya Mashariki' (Brauchtum und Traditionen in Ostafrika) eine Fülle ähnlicher Abhandlungen wie die Kiterezas veröffentlichte. Vermutlich schon ein Jahr später, d.h. 1943, vollendete Kitereza eine weitere Monographie, diesmal in Kikerewe geschrieben, mit dem Titel ‚Omwanzuro gw'Abakama ba Bukerebe' (Geschichte der Könige von Kerewe-Land). Beide Manuskripte habe ich zwar bisher nicht einsehen können, ich vermute jedoch, daß Teile davon, vielleicht sogar wortwörtlich, in den später verfaßten Roman eingeflossen sind.

Wann Kitereza mit der Niederschrift seines großen Romans begann, ist nicht genau bekannt. Abgeschlossen wurde das in Kikerewe verfaßte Manuskript jedenfalls im Februar des Jahres 1945. Wegen der geringen Verbreitung und der sprachpolitisch drittklassigen Bedeutung des Kikerewe war es von vornherein ausgeschlossen, für die Veröffentlichung des Werkes einen Verleger oder gar eine finanzielle Unterstützung zu finden. Wieder war es Pater Simard, der als erster die literarische und kulturdokumentarische Bedeutung des umfänglichen Romans erkannte. Anläßlich eines Heimaturlaubs nahm er 1954 das Manuskript mit nach Kanada, um dort nach einem Mäzen zu suchen, der die Veröffentlichung des Romans hätte finanzieren können. Kurz darauf verstarb Simard jedoch, und so war dieser Unternehmung leider kein Erfolg beschieden.

1968 kam das Ethnologen-Ehepaar Charlotte und Gerald Walter Hartwig zu Feldstudien nach Ukerewe. Sie gaben Kitereza den Rat, seinen Roman ins Swahili zu übersetzen, um auf diese Weise die Chancen einer Publikation zu erhöhen. Bereits innerhalb eines Jahres lag ein handgeschriebenes Manuskript von 874 Seiten in Swahili vor. Die Hartwigs bemühten sich, in den Vereinigten Staaten Sponsoren für eine Drucklegung zu finden. Unter anderem sprachen sie auch die Ford Foundation an. Im Zuge des Begutachtungsverfahrens kam eine Kopie des Werkes nach Dar es Salaam und dort zufällig in die Hände von Walter Mgoya, des Leiters des Tanzanian Publishing House. Dieses Ereignis führte zum entscheidenden Durchbruch. Das Tanzanian Publishing House entschloß sich, das Manuskript nach einer Überarbeitung durch geübte Lektoren in Zusammenarbeit mit Kitereza in zwei Bänden zu veröffentlichen. Ein großes Verdienst bei der Anfertigung des Druckmanuskripts kommt Dr. Gabriel Ruhumbika zu, damals Professor für afrikanische Literatur an der Universität Dar es Salaam. Er spricht selbst Kikerewe als Muttersprache und ist dazu ein qualifizierter Literaturwissenschaftler.

Der Roman trägt zwar das Publikationsjahr 1980. Da der eigentliche Druck jedoch in China erfolgte, verzögerten sich Fertigstellung und Auslieferung um fast ein Jahr. Aniceti Kitereza verstarb in Kagunguli am Ostersonntag, dem 20. April 1981, zwei Wochen, bevor die ersten Vorabkopien seines Lebenswerks Tansania per Schiffspost erreichten.

Seit 1956 litt Kitereza unter einer schmerzhaften Polyarthritis, die ihn zunehmend unbeweglich machte. Während seines letzten Lebensjahrs, das er ohne die Fürsorge seiner geliebten Frau verbringen mußte, war er ganz auf die Hilfe seiner Nachbarn und Freunde angewiesen. Seine Frau hatte ihm vier Kinder geboren. Sie starben jedoch alle im Kindesalter. So kannte Kitereza das Problem der

Kinderlosigkeit, das er in seinem Roman so großartig thematisiert hat, aus eigener schmerzlicher Erfahrung. Aniceti Kitereza war katholischer Christ. Sein Glaube hat sein ganzes Leben geprägt, was in anachronistischer Weise auch in seinem Roman deutlich wird.

Inhalt des Romans

Bwana (Herr) Myombekere und Bibi (Frau) Bugonoka, die Hauptpersonen des Romans, sind Angehörige der ländlichen Bevölkerung auf der Insel Ukerewe. Sie leben zu einer Zeit, in der das traditionelle Leben dort weder durch die Fernhandelsbeziehungen des frühen 19. Jahrhunderts noch durch die Ankunft der Europäer beeinflußt war. Die Eheleute lieben einander, was in der traditionellen Kerewe-Gesellschaft offenbar selten vorkommt, wie uns der Autor mehrfach wissen läßt. Es ist diese große Liebe zwischen ihnen, die sie das Hauptproblem ihrer Verbindung, die Kinderlosigkeit, gesellschaftlich, psychisch und schließlich auch physisch überwinden läßt.

Der Roman beginnt damit, daß die Eltern Bugonokas ihre Tochter zu sich zurücknehmen. Sie rechtfertigen diesen Schritt damit, daß ihr Schwiegersohn seine Frau nicht angemessen und wirksam vor den Schmähungen seiner Verwandten in Schutz genommen habe. Myombekere unternimmt große Anstrengungen, seine Frau zurückzugewinnen. Dabei stellen sich ihm viele Hindernisse in den Weg, die er aber alle durch seine Rechtschaffenheit, seine Unerschrockenheit und letztlich seine Tatkraft überwindet. Gute Freunde und die Nachbarn sind ihm stets behilflich. Als ihm die Schwiegereltern seine Frau zurückgeben, führt er sie einer komplizierten, aber letztlich erfolgreichen Behandlung bei einem traditionellen Heiler zu: Bugonoka wird schwanger.

Monat für Monat erlebt der Leser nun mit, wie sich die Schwangerschaft entwickelt. Es treten zahlreiche Schwierigkeiten auf, die Bugonoka leiden lassen, vor allem aber beide Eheleute wiederholt in Angst und Unsicherheit stürzen. Die Solidarität und tätige Mithilfe der Gesellschaft ist ihnen allzeit gewiß. So werden alle Herausforderungen des Lebens gemeistert. Schließlich wird ein Sohn geboren. Der Vater gibt ihm den Namen Ntulanalwo, wörtlich: ‚ich lebe immer damit' – gemeint ist die Bedrohung durch den Tod. Das Kind kümmert dahin und bedarf ständig der besonderen Fürsorge seiner Eltern. Seine Verfassung bessert sich erst, als man es in die Obhut seiner Großeltern gibt.

Bugonoka wird erneut schwanger. Sie bringt ein zweites Kind zur Welt, diesmal eine Tochter, die den Namen Bulihwali erhält. Sinngemäß bedeutet dies: ‚Wann wird das Leid nur enden?' Mit der Geburt des Mädchens tritt die ersehnte Wende ein. Beide Kinder wachsen von nun an prächtig heran. Sie heiraten und haben ihrerseits viele Nachkommen. Nach dem Ableben ihrer Eltern werden sie wohlhabende und einflußreiche Mitglieder ihrer Gesellschaft. Mit dem Tode von Ntulanalwo und Bulihwali neigt sich diese afrikanische Familien-Saga dem Ende zu. Der Roman schließt mit einem unmittelbaren Wort Kiterezas an seine Leserschaft, das ich hier im Vorgriff auf den zweiten Band im vollen Wortlaut wiedergebe, weil es mir einen wichtigen Schlüssel zum Verständnis des ganzen Romans zu enthalten scheint.

„Die Paläste dieser Welt sind nur eine Schlafstelle und kein Ort, wo die Menschen auf ewig leben könnten. Wir wollen darum so sein, wie es die Namen unserer Mitmenschen in diesem Roman andeuten. Nun, fragt mich nur: Welche Namen sind dies? Zusammenfassend antworte ich euch darauf: Myombekere, das heißt: Begründe eine Familie! Bugonoka, das heißt: Das Unheil kommt unversehens. Ntulanalwo, das heißt: Ich lebe immer eingedenk des Todes. Bulihwali, das heißt: Wann wird das Leid nur enden? Wenn ihr mich weiter fragt: Welchen Namen sollen wir besonders beherzigen, so antworte ich euch allen darauf: Blitz und Donner, ich will euch das Geheimnis wie folgt lüften: Das Vorhergesagte wird eintreffen. Dafür steht der Sohn Bugonokas. Eine Frau, die verschwiegen ist, wird ebenso gepriesen wie die Gebärerin von wohlgeratenen Nachkommen. Dafür steht die Tochter Myombekeres. Beides zusammen bildet die Grundlage aller Gehöfte hier im Kerewe-Land! Mitbrüder und Mitschwestern, was für Menschen trifft man in dieser großen Welt seit eh und je an? Sagt es mir! Rückständige und ewig Rückwärtsgerichtete! Springt auf, flieht nach vorn, damit ihr nicht in der alten Unwissenheit verharrt! Hiermit lebt wohl! Einem undankbaren Menschen zu dienen, heißt, sich den Rücken vergebens zerbrechen!!! Ende gut, alles gut!"

Äußerer Aufbau des Werkes

Das formale Grundgerüst wird von 38 Kapiteln gebildet. Diese sind nicht nur von unterschiedlicher Länge, sie haben auch verschiedene Wertigkeiten. In einigen Fällen fragt man sich, so etwa in der Abfolge der beiden Kapitel 3 und 4, warum der Stoff auf zwei Kapitel verteilt wurde, in anderen Fällen wiederum, etwa bei Kapitel 12, ob thematisch nicht zwei Kapitel angebrachter gewesen wären. Die eine oder andere Kapiteleinteilung, etwa des Kapitels 17 (Vogeldoktor), deckt sich mit unseren europäisch-literarischen Vorstellungen. Man sollte vielleicht der Einteilung Kiterezas in Kapitel keine allzu große Bedeutung beimessen. Meines Erachtens handelt es sich um Merk- und Orientierungshilfen, die dem Autor selbst beim Schreiben des Werkes nützlich waren, möglicherweise sogar um Texte, die zunächst unabhängig voneinander zu verschiedenen Zeiten von ihm verfaßt wurden und die er erst später, quasi als Versatzstücke, miteinander vereinigte. Gewisse Wiederholungen von Erklärungen für kulturfremde Leser, manchmal in unmittelbar aufeinanderfolgenden Kapiteln, legen diese Annahme nahe. Als Orientierungshilfe für den Leser wurde die vorgegebene Kapiteleinteilung in der deutschen Fassung beibehalten.

Strukturell noch weniger zu rechtfertigen als die Einteilung in Kapitel ist die bereits erwähnte Aufteilung des Werkes in zwei Bände. Die Swahili-Version wurde, vermutlich der Handlichkeit wegen, in zwei Teilbänden gedruckt, wobei der Schnitt ziemlich willkürlich nach der Hälfte der Seiten zwischen dem 18. und 19. Kapitel erfolgte. Auch die deutsche Version wird in zwei Teilbänden – übrigens im geplanten Publikations-Abstand von eineinhalb Jahren – herausgebracht. Im Vergleich zur Swahili-Version wurde die Schnittstelle jedoch um ein Kapitel zum Ende hin verschoben. Das heißt, Kapitel 19 wurde in der deutschen Version dem ersten Teilband angegliedert. Mir scheint, daß an dieser Stelle tatsächlich eine größere, thematisch begründbare Zäsur vorliegt. Der gesamte erste Teil wird von dem Problem der Kinderlosigkeit beherrscht. Dieses ist für die beiden Hauptpersonen mit der Geburt ihres Sohnes Ntulanalwo im 19. Kapitel gelöst. Vom 20. Kapitel an verschiebt sich der Schwerpunkt allmählich auf die Kinder, wobei thematisch die Entwicklung von Gehöft und Familie im Vordergrund steht.

Die Einteilung der Swahili-Version in Absätze, Paragraphen und Sätze entspricht eher selten den herkömmlichen Vorstellungen von Syntax oder Textstruktur sowohl im Standard-Swahili als auch im Deutschen. Für unsere Übersetzungsarbeit, die sich an sinnkohärenten Abschnitten orientiert (s.u.), ist die vorgegebene syntaktische Struktur allerdings unerheblich.

Deutung von Absichten und Zielen des Autors

Übersetzung ist zugleich auch immer Interpretation. Bewußt oder unbewußt dürfte daher der Wortlaut der hier vorgelegten deutschen Version von meiner subjektiven Auffassung der Ziele und Absichten, die Kitereza in seinem Werk zum Ausdruck bringen wollte, beeinflußt sein. Zum besseren Verständnis des von mir verfaßten Textes möchte ich daher im folgenden kurz einige Aspekte meiner Deutung des Werkes darlegen.

Meine Ausgangsposition ist die eines afrikanistischen Oralisten, das heißt eines Wissenschaftlers, der sich berufsmäßig mit den sogenannten oralen Literaturen in afrikanischen Sprachen befaßt. Aus dieser Sicht heraus scheint mir eines der vorrangigsten Ziele Kiterezas zu sein, der Nachwelt eine umfassende und genaue Beschreibung der traditionellen Kerewe-Kultur in vorkolonialer Zeit zu hinterlassen. Durch die Fülle seiner detaillierten und genauen Beschreibungen kultureller Sachverhalte, die zumeist mit dem romanhaften Handlungsablauf nichts zu tun haben, liefert uns Kitereza das wohl umfänglichste Stück Dokumentarliteratur, das bisher von einem afrikanischen Autor verfaßt wurde. Wenn man sich die stetig aufwärts mäandernde Linie des Romans einmal wegdenkt und den zweiten vor den ersten Teil stellt, erhält man die zwei Lebenszyklen eines Mannes und einer Frau der traditionellen Kerewe-Gesellschaft von der Geburt bis zum Tode. Die Tochter Bulihwali und der Sohn Ntulanalwo decken den ersten Teil ab, die beiden Eltern, Bugonoka und Myombekere, den zweiten. Eine moderne ethnographische Monographie, aus langjähriger teilnehmender Beobachtung entstanden, könnte kaum vollständiger ausfallen.

Eine weitere dokumentarliterarische Komponente dieses Werks stellt der reiche Fundus an Sprichwörtern dar. Wir finden sie allenthalben im Text, wo immer der Zusammenhang dies gestattet, die romanhafte Situation keinesfalls aber erfordert. Der Reichtum der afrikanischen Wortkulturen an Sprichwörtern ist schon früh von westlichen Wissenschaftlern und Missionaren erkannt worden. Die Fülle der Sprichwortsammlungen aus Afrika ist selbst für einen Fachmann nur schwer überschaubar. Trotz dieses Sammlerfleißes muß gesagt werden, daß leider die meisten Aufzeichnungen wissenschaftlich unbrauchbar sind, weil sie die Sprichwörter nur auflisten, d.h. ohne konkrete Anwendungsfälle präsentieren. Der wahre Sinn eines Sprichworts erschließt sich jedoch erst im situativen Kontext. Darum fordern die Oralisten seit Jahren, afrikanische Sprichwörter nur im Zusammenhang ihres Gebrauchs aufzuzeichnen. Kitereza hat uns in seinem Roman lange, bevor sich diese Erkenntnis durchsetzte, meisterhaft gezeigt, wie Sprichwörter sinngerecht erfaßt und beschrieben werden, ohne daß die Fachwelt seine Pionierleistung bisher gebührend zur Kenntnis genommen hätte.

Darüber hinaus enthält der Roman zahlreiche Liedtexte. Zumindest bei einigen von ihnen ist der kulturhistorische Wert jedoch insofern problematisch, als sie auf Ereignisse Bezug nehmen, die erheblich später zu datieren sind, als der von Kitereza sonst beschriebene historische Horizont des ausgehenden 18. Jahrhunderts. So wird auf die weißen Kolonialherren angespielt oder König

Lukonge erwähnt, der von diesen erst 1895 abgesetzt wurde. In solchen Fällen mögen dem Autor literarisch-ästhetische Ziele wichtiger gewesen sein als dokumentarliterarische.

Dem Schreiben von Dokumentarliteratur liegt fast immer ein didaktisches Anliegen zugrunde. Aniceti Kitereza wollte vor allem seinem eigenen Volk die traditionelle Kerewe-Kultur in der Erinnerung bewahren. Durch die Übersetzung ins Swahili veranlaßt, kam später ganz augenscheinlich der weitergehende Plan hinzu, den Ostafrikanern insgesamt diese Kultur als ein Beispiel von Würde, Menschlichkeit und Strebsamkeit vorzuführen. Kitereza hat von der Übersetzung seines Werks in internationale Sprachen sicherlich nie geträumt. Das didaktische Anliegen der von ihm verfaßten und autorisierten Swahili-Version läßt sich aber, ohne seinen Vorstellungen Gewalt anzutun, unbedenklich auch auf die deutsche Fassung übertragen.

Kitereza hat seine kulturhistorische Dokumentation in eine romanhafte Handlung gekleidet, um meines Erachtens auf diese Weise zwei ganz verschiedene Themenkomplexe, die nur oberflächlich zusammenhängen, abzuhandeln. Im Vordergrund steht das Ziel, dem afrikanischen Leser die Bedeutung der tragenden Elemente der traditionellen Kerewe-Gesellschaft vor Augen zu führen. Diese sind nach Kiterezas Überzeugung die Kleinfamilie als soziale und das Gehöft als wirtschaftliche Grundeinheit. Das zweite Grundthema, das ihm am Herzen liegt, bezieht sich auf das Verhältnis der Geschlechter untereinander. Offenbar geht es ihm nicht, anders als es der Haupttitel auf den ersten Blick vermuten läßt, um die Beschreibung zweier Einzelschicksale. Das erklärt die auffällige Klischeehaftigkeit der handelnden Figuren. Myombekere und Bugonoka, die beiden Protagonisten, erscheinen bereits von Anfang an als vollständig. Sie machen während des Romans kaum noch eine Entwicklung durch. Was sich stattdessen im Roman entwickelt, sind die von den beiden Protagonisten gegründete Familie und ihr Gehöft, ganz im Sinne des zuerst genannten Themenkomplexes.

Kitereza nutzt das romanhafte Grundgerüst, um allerlei alltägliche Herausforderungen darzustellen, die Schicksal, Umwelt und

Gesellschaft an eine traditionelle Kerewe-Familie und ihre wirtschaftliche Grundlage, das Gehöft, herantragen. Das Problem der Kinderlosigkeit steht dabei im Vordergrund. Ein festgefügtes Wertsystem, das Sitte und Brauchtum vorgeben, sowie ein Netz verschiedener Solidargemeinschaften, basierend auf Abstammung, Ehe, Freundschaft, vermutlich Blutsbrüderschaft in der Gestalt Nkwesis, und Nachbarschaft, lassen alle Gefahren und Probleme meistern. In Form geschliffener Dialoge thematisiert Kitereza die Wertvorstellungen und Denkansätze, die sozusagen prototypisch, das heißt nicht individuell oder charakterbezogen, in der damaligen Kerewe-Gesellschaft vorherrschten. Auf die christliche Prägung Kiterezas wurde bereits hingewiesen. Sie schlägt allerdings häufig durch und ist mit seinen Aussagen zum traditionellen Wertsystem meistens so eng verwoben, daß es nur einem Fachmann möglich sein dürfte, beides gedanklich voneinander zu trennen.

Der zweite Themenkomplex, das Verhältnis und Verhalten zwischen den Geschlechtern, zieht sich wie ein roter Faden durch alle Kapitel hindurch. Es gibt längere Abschnitte, in denen Kitereza, losgelöst von der Haupthandlung, geradezu in Exkursen darüber reflektiert. Im 13. Kapitel verläßt er sogar völlig die romanhafte Handlung und erzählt, scheinbar ohne Zusammenhang, in einer längeren Mythe, wie es zum Zusammenleben der Geschlechter kam. In der oralen Literatur werden derartige Unterbrechungen der Hauptthematik von den Erzählern mitunter verwendet, um einen bevorstehenden Höhepunkt hinauszuzögern. Man ist hier insofern an dieses textdramaturgische Mittel erinnert, als sich im 14. Kapitel die lang ersehnte Schwangerschaft bei Bugonoka endlich einstellt, und damit in der Tat ein gewisser Höhepunkt der eigentlichen Romanhandlung erreicht wird.

Bemerkungen zur Werksprache

Der Text des Romans wurde vom Autor zweimal verfaßt, einmal in seiner Muttersprache, einer Bantusprache der Insel Ukerewe, und ein zweites Mal in Swahili, der vorherrschenden Verkehrssprache und späteren Nationalsprache Tansanias, die ebenfalls zur Bantu-Sprachfamilie gehört. Dem deutschsprachigen Text liegt die Swahili-Version zugrunde. Das unpublizierte Manuskript in Kikerewe konnte leider nicht eingesehen werden. Ich weiß daher nicht, in welcher Weise die beiden Texte voneinander abweichen. Daß es Unterschiede geben muß, läßt sich nicht nur aufgrund der Zeitspanne von 23 Jahren zwischen den beiden Versionen vermuten, sondern ergibt sich auch aus vielen erläuternden Textstellen, die offensichtlich nur für eine Leserschaft außerhalb der Kerewe-Kultur verfaßt wurden. Hierzu gehören Erklärungen von Gegenständen und alltäglichen Sachverhalten, die selbst einem heutigen Bewohner von Ukerewe, der um drei Generationen jünger ist als Kitereza, in dieser Ausführlichkeit sicherlich nicht erklärt zu werden brauchten. Die zunächst ungeklärte Frage aber bleibt, welche Veränderungen der Text zwischen den beiden Versionen außerdem noch erfuhr.

Die Werksprache meiner Vorlage entspricht nicht dem Standard-Swahili, das heutzutage in den Medien, Schulen und öffentlichen Verlautbarungen verbreitet wird. Das ist bei ostafrikanischen Schriftstellern, die in Swahili schreiben, an sich nicht ungewöhnlich, wenn man die Entstehungsgeschichte dieser Sprache in Betracht zieht. Zu Beginn des vergangenen Jahrhunderts erstreckte sich das Swahili-Stammland auf einen Landstreifen von nicht mehr als 20 Kilometer Breite, aber andererseits von etwa 1.500 Kilometer Länge entlang der ostafrikanischen Küste von Somalia bis Mosambik, einschließlich der vorgelagerten Inseln. Die weite Ausdehnung des Sprachgebiets und die vergleichsweise große Eigenständigkeit der swahilisprachigen Küstenstädte führten zu einem hohen Grad an Dialektalisierung.

Bereits weit vor der Kolonialzeit wurden einige dieser Dialekte unter islamischem Einfluß zu Schriftsprachen mit arabischer Schrift. Lamu und Mombasa waren im 18. und 19. Jahrhundert Zentren der Gelehrsamkeit und Wortkunst, wie viele erhalten gebliebene Dokumente bezeugen. Auch heute gibt es Schriftsteller und Dichter, die das Standard-Swahili, das auf das Unguja, die ehemalige Hofsprache von Sansibar, zurückgeht, ablehnen und in einem der nördlichen Dialekte schreiben. Unguja gewann erst im 19. Jahrhundert, als sich Sansibar zu einem internationalen Handelszentrum entwickelte, als Verkehrssprache Bedeutung. Mehrere transafrikanische Karawanenstraßen, die bis an den oberen Kongo-Fluß, den Victoria- und den Malawi-See führten, nahmen dort ihren Ausgang. Mit dem Fernhandel, der hauptsächlich auf Elfenbein und Sklaven beruhte, verbreitete sich das Sansibar-Swahili, Unguja oder Kiunguja genannt, entlang dieser Straßen weit in das Innere des Kontinents. Als das Deutsche Kaiserreich 1890 offiziell die Verwaltung in Deutsch-Ostafrika übernahm, wurde Unguja als Verkehrssprache an allen Handelsplätzen im Landesinneren, insbesondere von der männlichen Bevölkerung, gesprochen. Auch die Kerewe nahmen intensiv am Fernhandel teil, so daß Swahili des Unguja-Typs dort zumindest seit Ausgang des 19. Jahrhunderts bekannt war.

Die deutsche Kolonialverwaltung erkannte schon früh die erziehungs- und verwaltungspolitischen Vorteile dieser Verkehrssprache und trug daher aktiv zu ihrer weiteren Entwicklung bei. Die für das Erziehungswesen in Ostafrika so bedeutsamen Missionsgesellschaften verfolgten unterschiedliche Sprachpolitiken. Während die evangelischen Missionare im Landesinneren die einheimischen Sprachen in Wort und Schrift bevorzugten, teilten die katholischen Missionsgesellschaften die Sprachpolitik des Kaiserreichs, indem sie Swahili favorisierten.

Aniceti Kitereza durchlief seit 1905 das Ausbildungssystem der katholischen Mission. Spätestens seit dieser Zeit muß er über fundierte Swahili-Kenntnisse des Unguja-Typs verfügt haben. Daß seine Schreibsprache dennoch vom heutigen Standard-Swahili abweicht, hat meines Erachtens zwei Gründe: Erst 1928 wurde auf einer internationalen Konferenz das Unguja von Sansibar als Grundlage für das Standard-Swahili ausgewählt. Die praktische Standardisierungsarbeit begann sogar noch später, d.h. nicht vor 1930, als das ‚Internationale Sprachkomitee zur Entwicklung des Swahili' seine Arbeit aufnahm. Die Entwicklung zum heutigen Standard-Swahili setzte somit erst ein, als Kitereza seine Ausbildung längst abgeschlossen hatte. Des weiteren, das Verkehrssprachen-Swahili, das Kitereza als Schüler und junger Mann erlernte, war streng funktional auf die Kommunikationsbedürfnisse von Verwaltung, Wirtschaft, Erziehung und allenfalls das kirchliche Leben ausgerichtet. Die Bereiche des traditionellen Lebens auf dem Lande waren hingegen dadurch nicht abgedeckt. Kitereza hat augenscheinlich versucht, entsprechende Lücken im Wortschatz des Verkehrssprachen-Swahili mit Hilfe von Wörterbüchern und sprachkundigen Beratern zu schließen. Ein jeder, der schon einmal versucht hat, auf diese Weise einen Text in einer Fremdsprache zu verfassen, weiß aus Erfahrung, daß im gegebenen Fall die Auswahl aus zumeist mehreren Wortvorschlägen nicht immer leicht fällt und mitunter auch zu Fehlentscheidungen führt. Kitereza hat jedenfalls im Swahili eine Reihe von originellen ‚Kerewe-ismen' geschaffen, die sich nicht nur auf einzelne Wörter, sondern auch auf die Metaphern und den Satzbau beziehen. Dadurch, daß die Lebenswelt, die Kitereza in seinem Roman beschreibt, in sich jedoch relativ geschlossen ist, konnten dieselben Sprachkreationen in den verschiedenen Kontexten von ihm immer wieder verwendet werden. So schuf er sich eine Werksprache, die trotz der Umstände ihrer Entstehung einen hohen Grad an innerer Konsistenz aufweist.

Darüber hinaus ist der Swahili-Text mit zahlreichen Sprachelementen aus dem Kerewe durchsetzt. Es handelt sich dabei vor allem um Bezeichnungen aus Flora und Fauna, Wörter für traditionelle Gerätschaften und spezifische kulturelle Institutionen sowie um Sprichwörter und feststehende Formeln der Kommunikation. Diese im Deutschen entsprechend umzusetzen, bedeutete zumindest zu Beginn meiner Tätigkeit eine schier unüberwindbare Schwierigkeit. Der Sinn der Kerewe-Bezeichnungen konnte häufig nur induktiv aus dem Kontext oder mit Hilfe der Wortliste von Pater Eugène Hurel (s. Quellenverzeichnis am Schluß) erschlossen werden. Zwar enthält auch die Swahili-Ausgabe des Romans am Ende eine Liste solcher Kerewe-Sprachformen. In ihrer Lückenhaftigkeit läßt sie den Leser aber leider oft im Stich. Es tröstet, daß auch Kitereza mit der Übersetzung der speziellen Kerewe-Termini seine Not hatte. In der Mitte des 12. Kapitels findet sich eine Passage, in der er sich deutlich resignierend unmittelbar an die Swahili-Leser wendet: „Wir können hier nicht alles ausführen, weil wir Schwierigkeiten mit der Wiedergabe im Swahili haben. Der vollständige Wortlaut findet sich in der Kerewe-Version von Myombekere na Bugonoka."

Sehr zur Lebendigkeit des Ausdrucks trägt der orale Stil bei. Emma Crebolder-van de Velde, eine niederländische Literaturwissenschaftlerin und Kennerin des Swahili, hat in ihrer Magisterarbeit (Köln 1986) den Roman Kiterezas unter dem Gesichtspunkt der ‚Übergangsliteratur' zwischen oral und schriftlich verfaßter Wortkunst untersucht. Als formale Merkmale der oralen Komponente im Roman nennt sie Wiederholungen auf der Satz- und Wortebene, rituelle bzw. formelhafte Dialoge, Ideophone sowie den häufigen Gebrauch von direkter Rede. In diesem Zusammenhang könnte man noch die zahlreichen deiktischen Ausdrucksformen des Romans nennen, wie beispielsweise in dem Ausspruch: „Nehmt dieses Vorderbein!" Der genaue Sinn würde sich erst durch die zeigende Geste erschließen. Auf der Textebene nennt Crebolder die vielen Interjektionen in der Funktion der Abschnittsmarkierer wie loo (nanu!), kweli (wirklich!), basi (also!), kumbe (ei!). Oft wendet sich der Autor auch direkt an die Leser, als ob diese wie bei einem mündlichen Vortrag unmittelbar vor ihm säßen. In der oralen Wortkunst Afrikas gehören solche Sprachformen zum klassischen Inventar der Gestaltung. Als Stilmittel in einem schriftlich verfaßten Romantext bewirken sie Lebendigkeit und Dynamik. Sie erhöhen die Dramatik selbst dort, wo die objektiven Umstände eigentlich völlig undramatisch sind. Vom Wortlaut geht aufgrund dieser oralen Gestaltungsmittel jedenfalls ein mächtiger Sog aus, der den Leser zwingt, mit der Lektüre immer weiter fortzufahren.

Zur Übersetzungsarbeit im einzelnen

Als mir Hermann Schulz vom Peter Hammer Verlag vorschlug, das Werk für eine deutsche Leserschaft zu übersetzen und zu adaptieren, habe ich zunächst mit einer Zusage gezögert. Immerhin war ich der Dritte, der darum gebeten wurde, und ich dachte mir, daß die vor mir Gefragten triftige Gründe gehabt haben mögen, den Auftrag abzulehnen. Die Übersetzung eines solchen Werkes stellt in der Tat eine vielfache Herausforderung dar. Zunächst: Die Textvorlage ist in einer Sprache verfaßt, die auch für den Autoren eine Fremdsprache ist und die er darüber hinaus erst auf die Bedürfnisse seines Stoffes zugeschnitten hat. Alsdann: Es wird eine Welt beschrieben, die aus unserer abendländischen Perspektive nicht nur ganz anders ist, sondern sich auch noch auf längst vergangene Zustände bezieht. In dieser Form können die im Roman beschriebenen Sachverhalte heutzutage weder beobachtet noch erfahren werden, weil sich die Lebensverhältnisse auf der Insel Kerewe inzwischen grundlegend geändert haben. Ein drittes Hindernis: Als Oralist habe ich mich auch früher schon oft mit Übersetzungsproblemen auseinandersetzen müssen. Dabei handelte es sich aber stets um Fragen des Inhalts, niemals auch des Stils oder der Ästhetik. Ich mußte mich also hier auf ein sprachliches Feld begeben, auf dem ich zuvor niemals gearbeitet hatte.

Es war mir von vornherein klar, daß in diesem Fall eine Übersetzungstechnik gefunden werden mußte, die dem deutschsprachigen Leser die Aussagen Kiterezas inhaltlich so vollständig wie möglich vermitteln und dabei die Fremdartigkeit aus unserer Sicht bzw. die kulturelle Eigenständigkeit aus der Sicht des Autors bewahren sollte. Nach einigen Versuchen am Text – konkret wurden drei Kapitel aus verschiedenen Abschnitten des Romans zur Probe übersetzt – habe ich die Herausforderung angenommen.

Welche Prinzipien wurden bei der Übersetzungsarbeit vor allem befolgt? Abgesehen davon, daß der Primärtext recht willkürliche Grenzen von Sätzen und Abschnitten aufweist, die vom Sinn her oft nicht gerechtfertigt und daher abänderbar sind, würde eine Satz-zu-Satz-Übersetzung infolge kultureller Verschiedenheiten zum deutschen Zieltext häufig den Eindruck der mangelhaften Logik oder gar von gebrochener Sprache erwecken. Ein solcher wäre, gemessen an der tatsächlichen Eloquenz und dem natürlichen Scharfsinn der Kerewe, ebenso diskriminierend wie falsch. Texte lassen sich unter (wenigstens) drei Perspektiven betrachten: (1.) der sprachlichen Gestalt, (2.) der dieser zugeordneten Bedeutung und

(3.) dem konkreten Sinn. Aus dieser Trias habe ich der letzten Perspektive das Primat über die beiden anderen eingeräumt. Als Folge davon habe ich im ersten Arbeitsschritt versucht, den Primärtext in sinnkohärente Abschnitte zu unterteilen, d.h. in solche Abschnitte, die entweder durch herkömmliche Episodengrenzen oder durch jeweils ein gemeinsames Thema bzw. Sub-Thema gekennzeichnet sind. Der Sinn eines solchen Abschnitts wurde als Ganzheit erfaßt und anschließend in der deutschen Zielsprache durch eine syntaktische Sequenz (Wörter, Sätze, Abschnitte) wiedergegeben, die den Regeln des Deutschen entsprach. Nur insoweit als die sprachliche Struktur des Primärtextes damit vereinbar schien, wurde sie im Übersetzungsprozeß berücksichtigt. Da diese Vorgehensweise nicht ganz unumstritten ist, sei sie an einem praktischen Beispiel erläutert. Gleich im ersten Kapitel des Romans findet sich eine Passage, die mehr oder weniger wortwörtlich wie folgt zu übersetzen wäre:

„Als sie kurz davor waren, in der Siedlung ihres Schwiegersohns anzukommen, das heißt an seiner Heimstadt, weil sie von sich schon vor Tagesanbruch aufgebrochen waren, indem sie Wege mit viel Morgentau begingen zur Zeit der großen Regen und Flußbetten randvoll mit Wasser durchquerten, schlugen sie sich in ein Gebüsch, das nahe am Wege war, den sie beschritten; wegen des Morgentaus und des Wassers der Flüsse, die sie durchquerten, waren ihre Bäuche verschmutzt."

In diesem Abschnitt wird thematisiert, daß sich die Schwiegereltern Myombekeres, bevor sie sein Gehöft betreten, in einem Gebüsch am Wegesrand erst einmal vom Schmutz der Fußwanderung über taufeuchte Wege und durch Hochwasser führende Flüsse säubern. Die eigentliche Handlung, das Säubern, ist im Primärtext überhaupt nicht erwähnt. Warum nicht? Zum Säubern, etwa mit feuchten Grasbüscheln, muß man sich der Fellumhänge entledigen oder diese hochschürzen, so daß man während der Säuberung, zumindest unten herum, nackt ist. Man entzieht sich den Blicken anderer, indem man sich bei der Säuberung in einem Gebüsch verbirgt, wie man es etwa auch zur Verrichtung der Notdurft täte. Das Betreten des Gebüschs ist aus der Perspektive des äußeren

Betrachters, die aus Gründen der Schicklichkeit auch die Perspektive des Autors und des Lesers ist, der einzig sichtbare Teil des ganzen Vorgangs, der darum allein im Text beschrieben wird. Zu welchem Zweck die Schwiegereltern das Gebüsch betreten, kann aus der Nennung der Gründe – „denn ihre Bäuche waren verschmutzt“ – eindeutig erschlossen werden.

Der gesamte Abschnitt, im Original ohne Punkte unterteilt, wird mit einer temporalen Zuordnung eingeleitet. Der zunächst noch verschleierte Handlungskern befindet sich in der Mitte. Erst am Ende wird auch der eigentlich Sinn der Handlung enthüllt. Die Textstellen zwischen diesen Kernstücken des Abschnitts sind durch zweimalige Nennung der Gründe, wie es zu der Verschmutzung kam, ausgefüllt. Diese „sandwich“-artige Struktur ist typisch für oral verfaßte Literatur im bantusprachigen Afrika. Die Bantusprachen sind dem Strukturtyp nach Klassensprachen, gekennzeichnet durch eine streng formale Konkordanz der syntaktisch abhängigen Satzelemente. Diese bewirkt, daß die syntaktischen Beziehungen auch in einem komplizierten Textabschnitt für den Leser oder Hörer stets erkennbar sind. Die deutsche Sprache verfügt im Vergleich zu den Bantusprachen über viel geringere Ausdrucksmöglichkeiten der syntaktischen Kohärenz. Eine Nachahmung der soeben vorgeführten Textstruktur scheidet daher von vornherein aus. Darüber hinaus erfordert die vorauszusetzende Unkenntnis der Kultur- und Umweltbedingungen der Kerewe bei den deutschen Lesern eine zielsprachliche Aussage, die die zu erschließende Haupthandlung, das Säubern, ausdrücklich nennt. Ich habe daher den Text im Deutschen wie folgt wiedergegeben:

„Als die beiden in die Gegend kamen, wo sich das Gehöft ihres Schwiegersohns befand, schlugen sie sich erst einmal in ein Gebüsch am Wegesrand, um sich zu säubern. Sie waren schon vor Tagesanbruch von ihrem Gehöft aufgebrochen und hatten wegen der Regenzeit über taunasse Wege gehen müssen. Außerdem waren die Flußbetten, die sie durchquerten, randvoll mit Wasser gefüllt. Morgentau und Hochwasser hatten sie schmutzig gemacht.“

Da die Handlung des Romans in einer längst vergangenen Zeit spielt, habe ich versucht, in der Gestaltung der Dialoge Fremdwörter und Modernismen zu vermeiden. Die Swahili-Vorlage hätte eine andere Vorgehensweise durchaus zugelassen. Es ist aber gerade eines der didaktischen Anliegen Kiterezas, die alte Zeit vor dem geistigen Auge des Lesers auferstehen zu lassen. Der Gebrauch von Modernismen und Fremdwörtern, vor allem in den Dialogen, würde den Eindruck alter Zeiten für einen deutschen Leser meines Erachtens zerstören. Die Figuren des Romans haben also keine „Probleme", sondern „Schwierigkeiten", und sie finden eine Sache nicht „interessant", sondern „fesselnd" oder „anziehend".

Außer dem Fluidum der alten Zeit mußte dem deutschen Leser aus Gründen der Verstehbarkeit auch der kulturelle Kontext vermittelt werden. Da schon Kitereza bei der Anfertigung der Swahili-Version mit dem Problem der ‚Kulturübersetzung' konfrontiert war, konnte ich einen Teil seiner Techniken übernehmen. Um den exotischen Charakter vom Standort der Zielsprache aus zu bewahren, habe ich wie Kitereza viele der Fachwörter, Redewendungen und Sprichwörter im Kerewe-Wortlaut beibehalten. Anders als er habe ich diese jedoch nicht in einer Vokabelliste am Ende des Textes, sondern gleich an Ort und Stelle erklärt. Im Falle größerer syntaktischer Formen habe ich eine sinnerklärende Übersetzung unmittelbar im Anschluß daran folgen lassen. Bei einzelnen Fachwörtern habe ich den generischen Terminus hinzugefügt. Mitunter habe ich kulturtypische Sachverhalte, deren Sinn mir aus dem Kontext heraus für einen deutschen Leser nicht ohne weiteres verstehbar erschien, durch erklärende Adjektive oder andere Zusätze, über den Primärtext hinausgehend, zu verdeutlichen versucht. Lautmalerische Ausdrücke, Interjektionen sowie Namen und Anredeformen wurden zur Bewahrung der Atmosphäre unverändert aus der Vorlage übernommen, auch wenn es in einzelnen Fällen deutsche Entsprechungen gegeben hätte.

Eine der Grundregeln aller Übersetzungswissenschaft besagt, daß die Zielsprache zugleich die Muttersprache des Übersetzers sein sollte. Eine Übersetzung ist wie eine Brücke zwischen zwei Sprachkulturen. Der eine Brückenpfeiler besteht darin, den Sinn des zu übersetzenden Primärtextes zu verstehen. Der andere Brükkenpfeiler ergibt sich daraus, den Sinn in der Zielsprache neu zu formulieren. Die sprachliche Architektur beim Bau des zweiten Pfeilers ist weit schwieriger als die des ersten und erfordert darum unbedingt die Kenntnisse und Erfahrungen eines muttersprachlichen Bearbeiters. Ich habe im Anfang dennoch geglaubt, den Vorgang des Übersetzens durch die Mithilfe eines afrikanischen Swahilisprechers, der gleichzeitig über ausgezeichnete Kenntnisse zumindest der deutschen Alltagssprache verfügte, erleichtern oder beschleunigen zu können. Diese Annahme hat sich im großen und ganzen jedoch als ein Irrtum erwiesen. Schon allein um der Sicherheit willen, den Sinn einer bestimmten Textpassage der Swahili-Version auch wirklich verstanden zu haben, mußte ich trotz dieser Hilfe stets von der Grundlage des Primärtextes ausgehen. Die parallel dazu von meinem afrikanischen Gewährsmann erstellte Rohübersetzung konnte allenfalls beratend hinzugezogen werden, trug aber im Ergebnis häufiger zu Zweifeln als zur Klärung bei. Weit günstiger wäre es gewesen, wenn von Anfang an ein einheimischer Kenner der Kerewe-Kultur als Mitarbeiter zur Verfügung gestanden hätte. Diese konzeptionellen Mängel bei der Arbeitsplanung gehen zu meinen Lasten, und für eventuelle Fehlinterpretationen, die dadurch entstanden sind, übernehme ich allein die Verantwortung.

Damit durch die Schilderung der Schwierigkeiten bei der Übersetzungsarbeit kein falscher Eindruck entsteht, möchte ich meinen Bericht mit der ausdrücklichen Feststellung schließen, daß mir die Arbeit großes Vergnügen bereitet hat. Die Reise durch die fremde Kultur der Kerewe in vorkolonialer Zeit hat mich von Abschnitt zu Abschnitt dieses großartigen Romans zunehmend gefesselt. Die didaktische Herausforderung, mit Hilfe sprachlicher Mittel etwas von dieser Faszination auf deutschsprachige Leser überspringen zu lassen, hat meine Tätigkeit zusätzlich beflügelt.

Danksagungen

Mein erster Dank gilt meinem afrikanischen Mitarbeiter, Herrn Kosmas Lazaro. Mit bewundernswerter Hartnäckigkeit hat er sich durch den auch für ihn schwierigen Swahili-Text des ersten Bandes gekämpft und mir fast zu jedem Kapitel Übersetzungsvorschläge ausgearbeitet. Bei der stilistischen Abgleichung des deutschen Textes stand mir meine Familie mit Rat und Tat zur Seite. Vor allem Adelheid, meine Frau, hat das gesamte Manuskript kritisch durchgesehen. Ihr und den Kindern gilt mein herzlicher Dank. Des weiteren bin ich Hermann Schulz vom Peter Hammer Verlag und seinen Mitarbeitern für wertvolle Anregungen bei der Gestaltung des Textes zu Dank verpflichtet. Last but not least danke ich herzlich meinem Freund und Mitarbeiter Rüdiger Köppe für stilistische Verbesserungen. Er hat darüber hinaus neben mir Korrektur gelesen und die druckfertige Reinschrift des Manuskripts besorgt.

Hürth im März 1991 Wilhelm J. G. Möhlig

Quellen

Anonym 1980: Juu ya Mwandishi (Über den Autor) Vorwort in Kitereza, Aniceti: *Bwana Myombekere na Bibi Bugonoka na Ntulanalwo na Bulihwali*, Bd.1, S.VI f.

Crebolder–van der Velde, Emma: *Aniceti Kiterezas Roman „Bwana Myombekere na Bibi Bugonoka Ntulanalwo na Bulihwali" als Beispiel des Übergangs zwischen oraler und schriftlich verfaßter Literatur in Ostafrika*, Magisterarbeit Köln März 1986.

Crebolder–van der Velde, Emma: Übergangsliteratur, ein seltenes Genre, *Afrikanistische Arbeitspapiere AAP* Nr.10, Juni 1987, 5-29.

Hartwig, Gerald W. & Charlotte M.: Aniceti Kitereza: a Kerebe Novelist, *Research in African Literatures,* Vol.3/2, 1972, 162-170.

Hartwig, Gerald W.: The historical and social role of Kerebe music, *Tanzania Notes and Records*, vol.70, 1969, 41-56.

Hartwig, Gerald W.: *A Cultural History of the Kerebe of Tanzania to 1895*, Dissertation 1971, University Microfilms International, Ann Arbor, Michigan.

Hartwig, Gerald W.: *The Art of Survival in East Africa. The Kerebe and Long-Distance Trade, 1800-1895*, New York – London 1976.

Hartwig, Gerald W.: Changing forms of servitude among the Kerebe of Tanzania, in: Miers, S. & I. Kopytoff (Hrsg.) *Slavery in Africa. Historical and Anthropological Perspectives*, Madison Wisc., 1977, 261-285.

Hurel, Eugène: La langue kikerewe. Essai de Grammaire, *Mitteilungen des Seminars für Orientalische Sprachen zu Berlin*, Dritte Abteilung: Afrikanische Studien Bd.12, 1909, 1-113.

Hurel, Eugène: Religion et vie domestique des Bakerewe, *Anthropos*, Bd.6, 1911, 62-94, 276-301.

Kitereza, Aniceti: *Bwana Myombekere na Bibi Bugonoka na Ntulanalwo na Bulihwali*, 2 Bde., Dar es Salaam 1980.

Mulokozi, M.M.: Review Article: Bwana Myombekere na Bibi Bugonoka na Ntulanalwo na Bulihwali, *Research in African Literature*, vol.15/2, 1984, 315-319.

Ruhumbika, Gabriel: *Projektplan* (unveröff. Manuskript o.J.)

Schulz, Hermann: *Der Enkel des Regenmachers.* Afrikanische Literatur und die Entdeckung des Aniceti Kitereza, Manuskript einer Sendung des Westdeutschen Rundfunks, 3. Programm im Januar 1991.

Zimon, Henryk: Geschichte des Herrscher-Klans Abasiringa auf der Insel Bukerewe bis 1895, *Anthropos*, Bd.66, 1971, 321-372, 719-752.

Zimon, Henryk: *Regenriten auf der Insel Bukerewe (Tanzania)*, Fribourg 1974.

Literatur aus Afrika im Unionsverlag

Black Erotica
Zwei Frauen und ein Mann haben zusammengetragen, was schwarze Autorinnen und Autoren über Liebe, Sex und Erotik schreiben, über die Bedeutung von Lakritze und Schokocreme, über Rauch, Lilien und Jade. Ein Kopfkissenbuch für Liebende.

Mongo Beti *Sonne, Liebe, Tod*
Zam, der Journalist, hat Sorgen: Leiche in der Wohnung, Freundin entführt, Überfälle. Was ist los in dem afrikanischen Land? Ganz einfach: Wahlkampf. »Ein schwelgerisches Buch, bunt mäandernd zieht es uns in seinen Bann.« *Bettina Schmidt, Sächsische Zeitung*

Buchi Emecheta *Zwanzig Säcke Muschelgeld*
Nnu Ego hat ihrem Vater zwanzig Säcke Muschelgeld eingebracht, obwohl er mit ihrer Mutter nicht einmal verheiratet war; denn die stolze Ona hatte es immer abgelehnt, die untergebene Ehefrau zu spielen. Dafür gerät Nnu Ego um so tiefer in die Maschen der Forderungen an eine »vollwertige afrikanische Frau«.

Yvonne Vera *Eine Frau ohne Namen*
Mazvita verläßt ihr Dorf und sucht in Harare die Freiheit. Ungebunden lebt sie mit Joel Leben jenseits aller Traditionen, bis sie merkt, daß sie von einem anderen schwanger ist. »In einer dichten, intensiven und poetischen Sprache entsteht das Bild einer Frau, die oft nicht weiterweiß, aber die weitergeht bis an die Grenzen der Hoffnung.« *LiteraturNachrichten*

Das Zuckerrohr der Königin
Nichts Menschliches ist diesen Geschichten, Märchen und Mythen aus Afrika fremd. Unbefangen berichten sie nur von dem einen: von der Liebe, ihrem unbeschwerten Genuß und der phantasievollen Beseitigung ihrer Hindernisse. Aus der Sammlung Frobenius, herausgegeben von Erwin Künzli.